狼花《おおかみばな》

Um lobisomem

新宿鮫IX

SHINJUKU-ZAME IX

大沢在昌

OSAWA Arimasa

光文社

狼花

新宿鮫IX

ブック・デザイン　宗利淳一

1

その事件を担当するまで、鮫島《さめじま》はナイジェリアという国に関して、何ひとつといってよいくらい知識がなかった。

世の中には、そういうことがある。

存在するのは知っている。あたり前にそれをうけいれている自分がいて、だが実際にそのものについて何かを考えようとすると、ほとんど予備知識がないと気づくのだ。

たとえば家庭でごくあたり前に使われている調味料がどのような製法で作られているのか、ふだん使っている家電製品がいったいどんなメカニズムで動いているか、誰かに訊かれ、説明しようとして不意に気づく。

ナイジェリアという国が、調味料や家電品ほど身近でないのは確かだが、聞いたこともない国、というわけではなかった。

この数年、新宿や六本木などで、飲食店の呼びこみをするアフリカ系の外国人が急速に増えている。彼らがアメリカ人でないことは、呼びこもうという白人に話しかけるときの英語の訛《なまり》や、仲間どうしの会話で用いられる、まるで聞きなれない言語から、鮫島にも想像がついた。

服装はまちまちで、街頭に立つ〝仕事〟のときはダークスーツを着ているが、クラブなどからでてくる遊び帰りには、ヒップホップ系のアフロアメリカンを意識したファッションを身にまとっている。

彼ら全員がナイジェリア人ではないだろうが、いずれにしてもはるか遠いアフリカ大陸から出稼ぎにきているのだとすれば、その数が意外に多いことに気づかされる。

呼びこみは、多くが外国人ダンサーなどが踊るストリップバーへのもので、ぼったくりを目的としたキャッチバーや個室マッサージへのものではない。苦情が寄せられるのは、彼らの体格がいいので、「道が歩きにくい」「不意に立ち塞がられたので恐怖を感じた」といったていどのものだ。むろん、度を超しての勧誘は注意の対象にはなるが、検挙するまでにはいたらない。管内での外国人検挙者の八割以上はアジア圏の人間で、そういう意味でも、さほど注目はされていなかった。

だが、三日前に起こった傷害事件が、鮫島に、ナイジェリアとナイジェリア人に対する興味を抱かせた。

発端は、新宿中央公園からの一一〇番通報だ。外国人どうしが喧嘩をしていて、そのうちのひとりが刃物で切られたという携帯電話からの通報だった。

新宿中央公園は、新宿警察署からは直線で六〇〇メートルほどの距離しかない。熊野神社前の交番は、ちょうど公園の西南角にある。

交番から二名の巡査が駆けつけた。時刻は午後四時十八分だった。

現場には右手を血だらけにしたアフリカ系外国人がひとりいて、巡査に気づいたアフリカ系外国人二人が走って逃走した。うちひとりが手にスポーツバッグを所持していたのを巡査が見ている。

通報したのは、公園で犬を散歩させていた韓国人ホステスだった。被害者のアフリカ系外国人は、出血が激しかったので救急車で病院に搬送された。そのおり、救急車の車内で、ポケットからだした大麻樹脂二グラムを捨てようとしたのを同乗した巡査に見咎められた。

大麻取締法違反の現行犯で男は逮捕された。所持していたパスポートから、オムナリイ・オドメグという名前が判明した。取調べに対し、オドメグはかたことの英語でしか応じようとせず、たまたまその役割が鮫島に回ってきたのだった。

二〇〇三年四月、警視庁に、一九六七年の「警ら部」以来、三十六年ぶりに新しい部が設けられた。

組織犯罪対策部というのがその名称である。

刑事部から捜査四課、暴力団対策課、国際捜査課が、生活安全部からは銃器薬物対策課が、公安部から外事特別捜査隊が、さらに国際組織犯罪特別捜査隊などが編入された。

外国人犯罪、暴力団、銃器、薬物などを対象にした総勢千名近いセクションである。通称「組対」と呼ばれるこの部が、急増する外国人犯罪とそこに結びつく日本人暴力団の摘発を主眼として設けられたのは誰の目にも明らかだった。刑事犯に対する検挙率低下の最大の原因が違法滞在外国人の増加によるものであるのは否めない事実だからだ。

存在しない人間による犯罪の摘発ほど困難なことはない。

入国記録がない以上、法的には彼らは日本国内に存在しないのだ。存在しなければ、住所も氏名も判明せず、また周辺からそれをつきとめたとしても、すべて虚偽である可能性が高い。といって、日本国内にいるすべての外国人を犯罪者であるときめつけることはできない。正規のビザをもち、就学、就労している外国人もまた、決して少なくない。彼らひとりひとりを、「外国人であるから」という理由だけで、職務質問や身体検査の対象にしたら、日本は「人権意識の低い警察国家」であると、誤解を招きかねない。ただでさえ、言語や習慣のちがいが軋轢《あつれき》を生んでいる場合があるのだ。

経済活動の広域化を考えれば、鎖国のように外国人を日本から排除するのは不可能である。人、もの、金、すべてが、全世界から国境を越えて入り、またでていく循環が日本において成立しているのだ。

経済活動において、表と裏を分けへだてるのは不可能だ。犯罪は、もはや、誰もが犯罪とわかるような公然としたものだけではなくなっている。何人《なんぴと》も気づかぬうちにそこにかかわる可能性を秘めているのだ。

組対の新設は必要に迫られてのことだった。だが寄せ集め、急造、といわれ、風通しをよくするための合併も、かえって旧来のセクショナリズムによる摩擦を生んだ。

それはまだ、所期の目的を十分に果たしているとはいいがたい。とはいえ、旧来のシステムではもはや首都東京の治安維持に対応できなくなりつつあるのは、数字が証明していた。

犯罪と犯罪者は常に進化する。それはある意味で当然の結果でもある。

犯罪を収入の手段として選ぶとき、犯罪者は当然、リスクを計算する。リスクとは即ち、逮捕され収監されることだ。そのリスクから逃れるために、正体をつきとめられない犯行方法を考えだし、あるいは逮捕されても長期の服役刑を打たれないような〝口実〟を捜す。彼らにとって警察の存在は行為の前提となっている。そのため行為に及ぶ前から、発覚を避ける、あるいは遅らせるための方法をめぐらせる。

進化の過程において、外敵から身を守るために鎧のような皮膚をまとったり、鋭く固いクチバシを得た生物が生きのびたように、犯罪者もまた警察から逃れるために進化していく。

一方で、警察は犯罪の発生を前提にはしても、犯罪者の方法は予測しない。犯罪者が警察の捜査、追跡をあれこれと想定して方法を講じるようには、個々の犯罪に対して、発生以前から対応することはできない。

犯罪の予防に有効な手段はひとつしかない。

監視である。そのためにパトロールをこまめにおこない、街頭防犯カメラを設置している。カメラの存在はしかし、すぐさま犯罪者に折りこまれることとなる。しかもいきすぎた監視は、市民の反発を買う。さまざまな個人情報が換金性を帯びる現在、たとえ相手が警察であっても、自分の個人情報をもたれるのを好まない人間は多い。

結局のところ、警察が未然の作業によって犯罪の発生を防ぐのはかなり困難な状況にある。

だが、犯罪の発生率を下げるのに有効な手段はある。それは検挙率を高めることだ。どんなに犯罪者が知恵を絞り、自分にたどりつくのは不可能だと信じる犯罪であろうと、人によってなされたことが人によって暴けない筈はない。粘り強く、労苦をいとわず追跡をおこない、犯罪者に到達して検挙する。

ニワトリとタマゴのような論理だが、検挙率を高めることが結局は、リスクの高い犯罪という収入手段を人に選ばせない結果につながるのだ。

そういう点では、鮫島は組対の新設には意味がある、と感じていた。当初こそぎくしゃくとした動きしかできないだろうが、やがては効果をもたらすときがきっとくる。

警視庁に組対部が新設されたことに対応する形で、新宿署にも組織犯罪対策課が設けられた。マル暴担当や、薬物、銃器捜査のベテランが配されている。

鮫島が異動されなかったのは、本庁の意向だといわれていた。組対課の新設が決まったとき、鮫島は桃井《ももい》に呼びだされた。

「署長に、組対課の件を相談された。君を課長にしてはどうか、といった。実は署長も同じことを考えていたようだ」

二人きりの場所で桃井は打ち明けた。鮫島はありがたい話だと思った。しかし現実はそれを許さないだろう。

「本庁の人事から横やりが入った。君はこのままの場所においておけ、という。本庁でも組対部が新設され、マスコミなどの注目度が高くなっている。どうやら人が注目するところに君をおきたくない人間がいるようだ」

鮫島は頷いた。

「かわらない人たちがいるんです」

そして微笑《ほほえ》んだ。

「その方が私にとってはありがたいかもしれません。新設した以上、組対部は結果をだすことを求められます。そのために各署の組対課を集中して同一案件にあたらせることが予想されます。

そうなればこれまでのようには私もできなくなる」

桃井は小さく頷いた。

「かもしれんな。それともうひとつ、そうならなくて幸いだったかもしれんことがある。香田《こうだ》さんが理事官として組対に移られた」

「香田が」

鮫島は意外な気がした。香田は公安部外事一課の課長補佐として、順調に出世の階段を登っていた筈だった。組対部には確かに公安部からも人員が投入されてはいるが、香田がそれに含まれるのは、やや流れがちがうような気がする。

「雀の噂では、香田さん本人の希望があったということだ。別に公安部に愛想をつかしたわけではないだろうが、あの人なりにやってみたい仕事があるのだろう」

鮫島は無言だった。

「いずれにしても、現場で顔を合わせる機会が増えるかもしれん。前もって知っておいた方がいいと思ってな」

「ありがとうございます」


鮫島の予測通り、新宿署に新設された組対課は、入国管理局の新宿出張所などと連携して、アジア系外国人の違法滞在者摘発、さらに違法風俗店摘発に忙殺されていた。管内にはアジア系外国人が働く、飲食店、エステ、マッサージ店が多数あり、それらをこれまでとはちがった厳密な調査の対象とするだけで、捜査員は寝食の時間も奪われるほどだった。

ナイジェリア人、オドメグの取調べが鮫島の担当となったのは、そういう事情があったからだ。

オドメグは、大麻取締法違反で地検に送致されることがすでに決まっていた。取調室で向かいあったオドメグは、一九〇センチ近い大男で、ナイロン製のスポーツウェアの上下を着け、右腕を首から吊るしている。傷は、刃渡りの短いナイフで右手首と指を切られたもので、全治二週間ということだった。手首の傷が最も深く、骨近くにまで達しており、もし内側であれば動脈を切断する大怪我になっていた可能性もある。

「あんたの話を聞くのは今日が最後だ。このあとあんたは検察庁に送られ、裁判で起訴される。私がここで聞いた話は、すべて検察官に伝えることになる。それによってあんたに対する求刑の重さがかわるだろう。もっていたハシッシュをどこで手に入れたか、話す気はないのか」

鮫島は英語でいった。オドメグの肌の色は濃く、表情は乏しかった。目だけを動かし、鮫島と記録係の村山という若い刑事、さらに壁ぎわに立つ桃井を見た。

「私は何も知らない。洋服は友だちに借りた。ポケットにあったのはゴミだと思った。だから捨てた」

英語で答えた。

「外務省の記録によると、あんたはこれまでに二度、日本にきていて、今回が三度目の来日だ。いずれも観光ビザできているが、三回も日本にきた理由は？」

「観光、日本はとてもきれいだから」

「パスポートを見ると観光旅行が好きなようだな」

オドメグのパスポートには、ポーランド、ハンガリー、オランダ、タイなどの入国管理局のスタンプが押されている。

「友だちがいるから」

オドメグは肩をすくめた。

「洋服を貸してくれたような友だちか」

「そう」

洋服を貸した友人は、本国で紹介された人間で、本名も知らない。オドメグが住むアパートに、日本は寒いからと届けてくれたのだ、といっていた。

「その友人の名は何といったっけ？」

「チーフ」

ナイジェリア人には、「チーフ」や「プリンス」という名を使う者が多い。いずれも先祖の部族内における称号を名乗っているのだと、鮫島は調べて知った。

「あんたに怪我を負わせた人間はどうだ」

「知らない」

「見ていた人の話だと、あんたたちは友人どうしのようだったといっている。最初は笑って話をしていたのがそのうちいい合いになり、ひとりがナイフを抜いた」

「知らない人」

オドメグはくり返した。鮫島はかまわずつづけた。

「ナイフをだした人間は、あんたがもっていた鞄が欲しかったらしい。鞄を奪いあって、あんたが離さないものだから、ナイフで切りつけた」

オドメグは首をふった。

「私は知らない」

鮫島はすわり直した。

「あんたが逮捕されたのはハシッシュをもっていたからだが、あんたを傷つけた人間はもっと重い、強盗傷害という罪をおかしたことになる。それでもかばうのか。奪われた鞄には、あんたにとって大切なものが入っていたのじゃないか」

オドメグは無言だった。

「たとえばあんたがポケットにもっていたハシッシュと同じものが、もっといっぱい入っていたとか」

「何のこと。わからない」

「いいだろう。ところで、日本人に知り合いはいるのだろう。三回もきているんだ。その知り合いのことを教えてくれ」

オドメグは首をふった。

「私、日本人に友だちいない」

「それはないだろう。現にあんたが泊まっているアパートは、日本人の旅行代理店がおさえているんだ」

その旅行代理店がかなり怪しいものであることも鮫島は調べていた。旅行業者としての認可はうけているが、少数の社員でやっているらしく、いつ電話をしても秘書代行サービスに転送されてしまう。

「友だちの友だち」

「最初の友だちはどこにいる？」

「イバダン」

「名前は？」

「プリンス」

「プリンス何だ？」

「プリンスしか知らない」

イバダンは、首都アブジャ、旧首都ラゴスと並ぶ大都市である。オドメグ自身はラゴスに住居がある、といった。ただし家族は別の場所にいて、その地名は鮫島が調べたナイジェリアの地図にはなかった。

「場合によってはあんたは長いこと日本の刑務所に入ることになる。あんたひとりが全部の罪を背負うんだ。あんたを傷つけて逃げた人間はその間、遊び暮らしているかもしれない。かまわないのか」

オドメグの表情が変化した。怒りを感じたようだった。

「あいつら何もできない。イナカモノ」

田舎者は日本語だった。

「イナカモノの名前を」

オドメグは瞬きした。

「鞄の中身が大金になると今ごろ大喜びだろう」

鮫島はけしかけた。

「毎晩、酒を飲んでうまいものを食べて、大騒ぎだ。日本人のガールフレンドも見つけるかもしれない」

「ナムディ」

オドメグは口走った。

「ナムディ？」

「イボ族のナムディ。もうひとりはナムディの従弟」

「どこにいる？」

オドメグは首をふった。

「知らない。ナムディは日本人の友だちがいる。私の知らない友だち」

「ナムディは日本にきて長いのか」

「よく知らない。でも日本人のガールフレンドがいるといっていた」

「知り合ったきっかけは？」

「ナムディ、お金がない。私の仕事を手伝いたいといってきた。ナムディのことは、チーフから聞かされていた」

「チーフというのは、洋服をあんたに貸した人間を紹介したチーフと同一人物か」

「ちがう、別のチーフ。もうナイジェリアに帰った。私はそのチーフから今度の仕事を紹介された」

「仕事とは？」

「貿易。家電製品を日本で買って、船で送る。ナイジェリアでは高く売れる」

「観光できたのじゃなかったのか」

「最初は観光、でもお金が欲しい。そうしたら、前にいたチーフが自分と同じことをやれと教えてくれた」

「チーフどうしは知り合いなのか」

「わからない。ナイジェリアには、チーフがたくさんいる」

ナイジェリアの事情にこちらが疎いことを計算している。

「資金はどうした？」

「資金？」

「日本で家電製品を買うお金だ」

「借りる」

「誰から」

「チーフの友だちが送金してくれることになっている」

「送金て、あんた口座をもっているのか、銀行に」

オドメグは黙った。地下銀行のことをいっているのかもしれない。

「ナムディは昔、チーフの手伝いをしていたのか」

「そう」

「他にはどんな仕事をしている？」

「ガールフレンドに食べさせてもらっている。あとはときどき、クラブのガードマン」

「クラブ？　ホステスをおいているクラブか」

「ちがう。ダン、ディン、ダン、ダン、ダンスクラブ」

オドメグは巨体を揺らしてみせた。「セキュリティ」と呼ばれる、若者向けのクラブの警備員のことのようだ。

「ナムディのガールフレンドの名前は？」

オドメグは首をふった。

「じゃ住居は？」

同じく首をふった。

「鞄の中は何が入っていた？」

「知らない。鞄はナムディのもの」

だが言葉にははっきり怒りがこもっていた。

2

「要領を得ないな。彼らアフリカ系は、日本人が自分たちを低く見ていると考え、それを逆手にとってくる」

桃井が、息を吐いた。二人は生活安全課に戻っていた。

「もう少し時間があれば落とせると思うのですが」

「勾留を延長するかね」

鮫島は考え、首をふった。大麻取締法違反以外の容疑をオドメグにかけることはできない。

「問題はナムディという男が奪ったバッグです。中にはもっと多量のハシッシュが入っていた可能性が高い」

「取引のもつれか」

「その可能性はあります。オドメグは運び屋で、ナイジェリアからもちこんできたハシッシュをナムディに渡す手筈になっていた。その手間賃で家電製品を買い、ナイジェリアに輸出する。それがどこかで狂い、争いになった。ただ……」

鮫島はつぶやいた。

「イナカモノ、という奴の言葉が気になります。オドメグが運び屋だとして、こちら側の受け入れに、日本人がひとりもかんでいない筈はありません。現にアパートなどは、日本の旅行代理店が手配しているのですから。そう考えると、中央公園に彼らがいたのは、むしろ日本人の取引相手を待っていたからで、その間に仲間割れが起きた可能性の方が高いような気がします」

「ナムディは金を欲しがっていたといったな」

「ええ。運び屋なら、オドメグには手間賃くらいしか入らない。もってきた大麻を別のところに売れば大金になる、そうそそのかしたのかもしれません。しかしオドメグはそれを断わった。取引相手以外に横流しすれば、自分に制裁が加えられる。そこでいい争いになり、バッグを強奪されたとも考えられます」

「ナイジェリアからのブツを麻取が挙げた一件があったな」

「大麻樹脂と種子です。アフリカのあの一帯は、大麻の産地だと聞いたことがあります」

ナイジェリアは西アフリカに位置する。国土の広さは日本の約二・五倍で、人口は一億一千三百万人。正式名称はナイジェリア連邦共和国といい、公用語は英語で、アフリカ一の大国ということだった。

「ナムディを田舎者と罵ったのは、取引のシステムを知りもしないで、という意味だったような気がします」

鮫島は自分の印象をいった。

「すると当然、本来の受取先である日本人も奪われた大麻を捜しているな」

「ナムディは、奪った大麻をどこにもちこむ気なのか。のこのこ知り合いのマルBにもちこんだら、それが当の取引相手だったということになりかねません」

「よくて半殺し、悪けりゃそれまでだ」

ドラッグがからんだ取引のもつれでは、警察の把握していない死者が相当数でていると考えられる。もめる原因が原因なので、痛めつけて半端に生かしておくと、その傷害事件をきっかけに警察が介入し、関係者を根こそぎもっていかれかねないからだ。

特に違法滞在中国人が、覚せい剤取引にからんで、かなり密殺されていると鮫島はにらんでいた。蛇頭などの手で密入国した中国人は、存在を警察に把握されていない。殺されて、山奥に埋められればそれまでだ。

日本海における不審船取締の強化が、これまで主流を占めていた北朝鮮産の覚せい剤ルートに大きな打撃を与えた。その結果、一時的に市場が品薄になり、覚せい剤の末端価格がハネ上がったこともある。

現在は、中国産、ロシア産などの供給でやや落ちついたが、そのかわりにシェアをのばしたのがＭＤＭＡ、通称バツとかエクスタシーと呼ばれる錠剤型の覚せい剤だ。

ＭＤＭＡはカフェインとメタンフェタミンを主原料としている。タイと中国で爆発的に流行し、ヘロインの一大産地である東南アジアの黄金の三角地帯《ゴールデン・トライアングル》にもそのための工場が乱立したといわれていた。中国では、ダンスクラブで服用して踊る若者が狂ったように頭をふることから「揺頭丸」、タイでは「ヤーバー（馬鹿者）」と呼ばれ、小学生にまでその汚染が広がるほど猖獗《しょうけつ》をきわめている。

当初、ヨーロッパから流入することの多かったＭＤＭＡだが、現在はヨーロッパ、アジアルートともに確立され、中には外見だけそっくりなコピーのＭＤＭＡすら中国から入っていた。

大麻の需要も決して下がってはいない。以前に比べると、乾燥した葉から、より少量で強い効果のある樹脂に主流は移っていた。大麻の樹脂成分を濃縮して固めたもので、見かけは茶色い板状をしていることからチョコとも呼ばれるハシッシュが相当量出回っている。また一方で、大麻種子を入手し、マンションのひと部屋を栽培用の温室などに改造して大麻草を育てているマニアなどもいて、インターネット上にはそうした連中の集まるチャットルームもある。

「オドメグに部屋の世話をした旅行代理店から取引先はたどれるのではないかと考えています」

「旅行代理店か」

桃井はつぶやいた。犯罪を目的とするための旅行代理店が増えていた。人身売買、コピーブランド、違法薬物、法に触れるものだけの渡航を扱う業者だ。多くは暴力団のフロントである。

「うしろに組がいれば、そこが取引相手だった可能性は高いでしょう」

「ナムディがそこを知っていて、直接もちこめば、追うのは難しくなるな」

「それでは金になりません。取引代金は地下銀行を通じて決済されるでしょうから。ナムディがよほど愚かでない限りは、別の組を選ぶか、もっと安全なところでさばこうとする筈です」

桃井は息を吐いた。

「それにしても今度はアフリカか。よくもこんな遠い国にまで悪さをしにくるものだ。よほど日本がなめられているのか、金になるのか」

「両方でしょう」

鮫島は答えた。

「ただ、日本だけではないと思います。経済が発展して労働賃金の高い先進国は、すべて対象になっていると思います」

これを機にナイジェリアについて少し調べてみよう、と鮫島は思っていた。

3

ナイジェリア人、オムナリイ・オドメグが住居として使用していたアパートは、中野弥生町の老朽化した建物だった。六畳の部屋に小さな流しとトイレがついただけのものだ。借り主は、新宿区西新宿一丁目の雑居ビルに本社をおく旅行代理店サンエイ企画だ。

令状をとって弥生町のアパートを捜索した鮫島は、ハシッシュの捜査につながる物証を何も発見できなかった。部屋には二段ベッドと小さなテーブル、古いテレビの他は家具が何もおかれていない。オドメグの私物と思われるのは、傷だらけのサムソナイトのスーツケースひとつで、そこには衣類と英語版の東京地図、使い古された日本語会話辞典が入っているだけだった。

地図だけがま新しく、マークや書きこみの類は何もない。会話辞典は一九八二年の発行で、明らかに誰かから譲りうけたものだとわかる。記録によれば、オドメグの初来日は二〇〇一年。二月に来日し、二週間で出国していた。二度目の来日は二〇〇三年十二月、翌年二月に出国。今回は来日して三日目でこの事件を起こしている。

単にナイジェリアと日本をいききするだけの運び屋なら四年間で三度の来日というのは、決して多くはない。だがパスポートに記載されていた、ポーランド、ハンガリー、オランダ、タイなどへの出入国をあわせると、オドメグは四年間で十五回以上の出入国をくり返していたことになる。ことにポーランドとハンガリーへの出入国回数が多い。二国あわせて十回を数える。地勢的にいえば、ナイジェリアから、ヨーロッパのポーランド、ハンガリーは、日本よりはるかに近い。アフリカ大陸の地中海をはさんだ北側はヨーロッパだ。

オドメグは東ヨーロッパへの運び屋で、その頻度が高くなりすぎたために相手国の司法機関にマークされ、回避するために日本にきたのではないか、と鮫島は考えた。

同一国家間を短期間内に頻繁にいききする人間は、税関の注目を集めやすい。まして片方の国が麻薬生産国であればなおさらだ。

麻薬における運び屋の仕事は、あらかじめ損害を織りこんで発注される。一度に大量のブツをひと組の運び屋にもたせることは、決してない。その運び屋が検挙されたらとりかえしのつかない打撃となるからだ。

品物はいくつかに分けられ、複数の運び屋が、ルートや日時をかえて、目的地へと運搬する。かりにひと組の運び屋が検挙されても、失うのは全体の二割から三割で、残りを無事運べれば、流通組織としては採算があう仕組だ。

通常の輸出品なら、決してそうはならない。工業製品や農産物が、運搬中に二割から三割の損傷をうけたら、流通組織は利益を失う。二割から三割をあらかじめ損失すると計算してもなお、利益が得られるのが麻薬ビジネスのうまみである。

品物を細かく分け、多くの運び屋を使えば、検挙されても失う量はさらに減る。だが手間がかかる上に、運び屋への手間賃もかさむ。そこで流通組織は、多くても三組から五組ていどに、運び屋の数を抑える。

一度検挙された運び屋は、まず同一ルートでは使えない。税関や司法当局にマークをうけ、その後も荷物の徹底検査をされるからだ。ゆえに、運び屋は消耗品といわれている。検挙を免れていても、オドメグのように頻繁化すれば、いずれは徹底検査の対象となる。それを避けるために、運び屋はパスポートの再発行をうけたり、対象国を変更したりする。パスポートが新しくなれば、コンピュータによる検索さえうけなければ、過去の出入国記録がその場で明らかにはならず、ポーランドやハンガリーに頻繁にいききしていたとしても、日本が二度目三度目なら、日本の税関はさほど厳しくはチェックしないからだ。

オドメグが運び屋であることはほぼまちがいないとして、オドメグからバッグを奪ったナムディとの関係が問題だった。

桃井がいうように、ナムディは取引相手で、何かのトラブルで争いになったのか。それとも金に困ったナムディが個人的に金になると見て、オドメグからバッグを奪ったのか。

不良外国人による強盗は、同国人を対象に犯行に及ぶことが多い。それは簡単な理由で、相手が〝金持〟あるいは金目のものをもっているという情報を、同国人であるがゆえに得やすいからだ。

中国人による強盗犯罪も、近年こそ日本人を対象にした犯行が増えてきたが、初期はすべて中国人を狙ったものばかりだった。

日本人対象の事件が増えてきたのは、犯行に及ぶ中国人がそれだけ日本の事情に詳しくなり、〝金持の日本人〟とそうでない日本人の区別をつけられるようになったこと、中国人強盗に〝金持の日本人〟情報を提供する日本人が現われてきたこと、が原因している。

地方の素封家を狙った凶悪な押しこみ強盗は、特にその傾向が強い。

地方では都会ほど防犯意識が高くない。周囲すべてが知人、親戚といった環境で、戸閉まりが神経質ではなかったりする。

都会ではピッキングなどへの警戒心が高くなり、一方で不景気と上納金システムの中で喘いでいる暴力団の構成員がいる。本来、窃盗や強盗は、〝任侠道に反する〟という理由でタブーとされている暴力団員たちだが、背に腹はかえられず、強盗団への情報提供、さらにはドライバーとして道案内することによって収入を得る者が増えてきた。

このことは、暴力団の世界における、カタギの世界とも共通するような再編事情が関係している。

長びく不況と暴対法以降の締めつけで、さしたるシノギの手段をもたない古い体質の暴力団は存続が難しくなった。その結果、資金力、組織力のある大組織に解体され吸収されるケースが増えている。

大組織に吸収されれば当然、かつて本社だったものが子会社になるわけで、これまではうけとる側だった上納をさしだす側に回る。さらに系列の下部組織ともなれば、上納先が増えたことになり、より厳しいシノギを求められる。

だがもともと下部組織のシノギがうまくいっていれば、本家が大組織に吸収される筈もなく、下部組織はいよいよ切羽詰まる。

そこで中国人強盗団と組む。地方から上京してきた暴力団員は、出身地の事情に明るい。どの家に金があるかを知っており、周辺の地理にも通じている。しかも実行犯に加わるわけではないから、罪悪感も少ない。実行犯の強盗団を車に乗せ、高速道路を走り、郷里に案内すると、犯行を終えた強盗団を再び東京などへと連れ帰る。それだけでアガリの何割かを受けとれるのだ。こんな楽なシノギはない。

日中混成の強盗、窃盗犯罪はさらに増えるだろう。

さらに、こうした盗犯が増えた背景には、故買ルートの成熟がある、と鮫島は考えていた。

かつて盗品といえば、現金のみ、というのがあたり前だった。貴金属や腕時計、有価証券や家電製品といった盗品は、足がつきやすいためにプロは手をださなかった。

現在でも質屋などで盗品を現金化するのは困難だ。こうした古物商に警察は、品触《しなぶれ》と呼ばれる被害品の通知書を流しているからだ。

古物商には、品触に該当する被害品をもちこまれたら届けでる義務がある。

にもかかわらず、貴金属やブランド品のバッグ、電子機器、有価証券などの被害は増えている。しかもそれらの被害品が発見されたという情報は少ない。

大がかりな故買ルートが確立されているとしか考えられない。国外への売りさばき、あるいはインターネットによる互いの身分を秘しての売買、こういったシステムがどこかで作りあげられているのだ。

そのシステムの存在を知っていれば、盗犯は迷うことなく犯行に踏みきれる。たとえ現金が思ったほど得られなくとも、〝ただ働き〟になる確率は低いからだ。

問題はシステムの所在地だ。インターネットを使えば、理論上は日本のどこにあっても故買市場は成立する。だが、取引そのものをおこなうには、地理の便がよく、人、ものの出入りが頻繁であっても怪しまれない、という条件が必要だ。また市場を維持していくためには、情報が閉鎖的であってはならない。

　摘発を免れるためには情報の制限は必要だろう。が一方で、新たな売り手をうけいれられる開放性もなければ、市場は機能しない。

　そのためには利用者に情報が流れやすい土地柄でなければならない。外国人が聞いたこともないような、地方の辺地では成立しないのだ。

　度重なる入管や組対の刈りこみで、新宿は表向き、かわったように見える。だが、故買システムが存在するとしたら、それは新宿以外にはありえない、と鮫島は思っていた。


　ナムディが金目あての犯行でオドメグからバッグを奪ったのだとすれば、その処分は決して簡単ではない。バッグの中にはおそらく、キロ単位でハシッシュが入っている。

　ナムディがセキュリティとしてかかわっていたようなクラブにも売人はくるだろうが、キロ単位のハシッシュとなれば、とうてい末端の売人が扱える量ではない。

　暴力団にもちこむ以外に方法はない。

　ナムディが不良外国人であれば、暴力団とのつながりは何らかの形で存在する。知り合いの売人をたどってもちこむ手もあるだろう。

　だが桃井が懸念するように、よほど暴力団事情に詳しくなければ、藪蛇になる可能性もあるわけだ。

　オドメグやナムディが新宿中央公園にいたという事実は、取引先である暴力団も新宿近辺を縄張りにしている可能性を示している。したがってナムディが新宿近辺の暴力団にハシッシュをもちこもうとすれば、危険は避けられない。

ハシッシュを奪われた暴力団は当然それをとり返そうと考え、アンテナを張っている。オドメグと同じナイジェリア人が、大量のハシッシュをさばきたがっているという情報が入れば、ただちに動く筈だ。

鮫島は西新宿のサンエイ企画に向かった。

中野弥生町のアパートは、サンエイ企画が法人として家主から借りうけている部屋だった。隣室の住人は不在だったが、近くの不動産業者によれば、三階建て六室あるアパートの部屋すべてを、サンエイ企画が借りているらしい。

つまりアパートそのものが、サンエイ企画による外国人向けの短期滞在施設なのだ。こうした滞在施設をもつ旅行代理店の大半は、まっとうではない。

外国人の受けいれも日本人の送りだしも、どちらにも犯罪がからんでいるケースが多い。

中国人に関しては現地法人「蛇頭」があるので、そことの取引になるが、ロシア人、ルーマニア人、フィリピン人などの、ダンサーという名目での売春婦や、オドメグのような日本には馴染みの薄い外国人の運び屋を受けいれ、一方でタイや香港など東南アジアに日本人の売春婦を送りだす。むろん背後には暴力団がかかわっている。

オドメグは、サンエイ企画のバックにいる暴力団にハシッシュを渡す約束だったのだろう。取引そのものに関して現金が動くことはない。ハシッシュの代価は、地下銀行で決済されているか、ナイジェリアに〝輸出〟する家電製品などで支払われる。オドメグがもし運び賃を日本の暴力団から受けとることになっていたら、それも輸出品にかえて金儲けをもくろんだかもしれない。検察庁に送られたオドメグは、弁護士を通じてサンエイ企画のバックにいる暴力団と連絡をとる。ハシッシュの回収や自身の処遇について相談をするにちがいない。

西新宿一丁目の雑居ビルの二階にサンエイ企画は入っていた。五階建ての小さなビルで、一階には家電製品の量販店、二階から五階までにさまざまなオフィスが入っている。一階の集合郵便受に掲げられたオフィス名は、いずれも業務内容がそこからは判断できないものばかりだった。看板を掲げられない闇金融なども何社か入っているのだろう。

二階のワンフロアに、三つのオフィスが入っている。ビルの大きさを考えると、サンエイ企画のオフィスは、せいぜい十坪かそこらしか広さがない。

スティールドアに「サンエイ企画」と書かれたプレートが貼られ、インターホンがかたわらにある。

鮫島はそのインターホンを押した。ややあって、若い女の声が、

「はい」

と応じた。

「新宿警察署生活安全課の者です。お宅が中野弥生町に借りられているアパートの件でお話をうかがいたいのですが」

いきなりオドメグの名をだすことなく、鮫島はいった。

「あの……社長は今でかけていて、よくわからないのですけれど」

女の声はとまどっていた。

「では御社のことだけでも、お話をうかがわせて下さい」

「わたしバイトで、よくわからないんです。それに社長から知らない人は入れるなといわれてて……」

「社長はいつお戻りですか」

「海外出張中で、来月にならないと戻りません」

「社長のお名前を教えていただけますか」

インターホンは沈黙した。鮫島は待った。

やがて錠の外れる音がして、スティールドアが開かれた。髪を明るい色に染めた若い女が立っていた。二十一、二だろう。ジーンズに襟ぐりの深いTシャツを着けている。かなり化粧が濃い。

鮫島は身分証を提示した。

「お仕事中、おそれいります。新宿署の鮫島といいます。よろしいですか」

女はとまどいと不快が混じった表情で頷いた。鮫島はドアをくぐった。

小さなデスクがふたつとキャビネット、業務用ファクスとパソコンのおかれたオフィスが目に入った。デスクの奥についたてがあり、その向こうに簡単な応接セットがおかれている。女の他には誰もいない。

「お宅が契約されている中野のアパートのことはご存知ですか」

女は頷いた。

「そこの二〇二号室に入居していた人のことでちょっとお話をうかがいたいと思ってきたのですが」

「わたしは週二で通っている電話番なんです。ですから何もわかりません」

「以前、お電話をさしあげたときは、秘書代行サービスにつながったのですが」

「電話番といってもファクスだけを見にきているんです。もしファクスがきていたら、それを社長のホテルに転送するようにいわれていて」

怒ったような口調で女はいった。デスクのひとつの上にアクセサリーをいっぱいつけた携帯電話と開いたマンガ雑誌がおかれている。

「失礼ですが、お名前をうかがえますか」

「本間《ほんま》です」

「本間さん。社長のお名前は何といわれますか」

「竹下です。竹下正勝《たけしたまさかつ》」

漢字を聞き、鮫島はメモをとった。

「本間さんはいつからここにおつとめですか？」

「去年の十一月です」

四ヵ月ほど前だ。

「その間ずっと週二回、通われているのですか」

「そうです。火曜と木曜。一時にきて五時に帰ります。社長がいてもいなくても。電話はでなくていいんです。ファクスだけ気をつけていろといわれてます」

「なるほど。社長が不在の場合は転送先を指示されるわけですね」

本間は頷いた。

「社長からこちらに連絡が入ることはあるのですか」

本間は首をふった。

「ありません。ここに電話しても代行サービスにつながるだけです」

「では緊急の場合とかはどうするのですか」

「わたしの携帯にかけてきます」

「最近、連絡はありましたか」

「ないです」

「社長がでかけられたのはいつです？」

「先週の土曜です」

オドメグが逮捕された翌日だ。

「どちらにいかれたのですか」

「タイです。タイのチェンマイ」

鮫島は本間を見つめた。

「ホテルの名前と電話番号を教えていただけますか」

「何があったんですか。二〇二の人に」

「怪我をされましてね。強盗の被害にあったんです。ところが日本にはほとんど知り合いがいない。アフリカの人なんですよ。なのに入居しているアパートは、こちらが契約されたところだった」

「アフリカのお客さんも少しいます。貿易をしている人たちだと思います」

「貿易というのは何ですか」

「冷蔵庫とかテレビとかをこっちで買って、船便で送るんです」

「あなたもそのお手伝いをされているのですか」

「ファクスを送ったりするくらいです」

鮫島はオフィスを見回した。

「こちらにおつとめなのは、あなたと社長の竹下さんのお二人だけですか」

「そうです」

「よくこられる方とか、取引先の方とかで、お話をうかがえるような人はいらっしゃいませんか」

「いません」

即座に本間はいった。

「社長以外の人に会ったことはありません」

返事が早すぎる。

「本間さん、ここへおつとめになったきっかけは何ですか」

「関係あるんですか、そんなことが」

鮫島は微笑んだ。

「共通の知り合いでもいらしたのかな、と」

本間は顔をそむけた。緊張している。やがていった。

「前につとめてたお店の店長です」

「お店とその方の名前を」

『セイナ』というキャバクラで、片倉さん」

「片倉さんが竹下社長のお知り合いだったのですね」

「はい」

小さな声で本間は答えた。

「わかりました。ではタイのホテルと電話番号をお願いします」

本間はデスクに戻ると、メモを書いて手渡した。意外にていねいな字だった。

「ありがとうございます。ところで、ナムディというナイジェリア人に心当たりはありませんか。竹下社長あてに電話がかかってきたとか」

「ナムディ」

本間の表情が動いた。

「クラブのセキュリティをしたりしている人のようです」

「知りません」

固い表情で本間はいった。

「日本人のガールフレンドがいるらしいのですが」

「そのナムディって人、何したんですか」

「強盗です。竹下社長のお客さんである、オドメグというナイジェリア人に怪我をさせ、もちものを奪いました」

本間の目が動いた。デスクにおいた携帯電話を見つめている。やがていった。

「知りません」

鮫島は携帯番号の入った名刺をだした。

「もし社長から連絡があったり、何か妙なことがあったら、こちらに電話をいただけますか。あなたに迷惑がかかるようなことはありませんから」

本間は名刺をうけとった。鮫島は頭を下げた。

「お手間をとらせました。失礼します」

4

サンエイ企画をでたその足で、鮫島は西新宿の喫茶店に向かった。大学時代の友人で以前石油会社につとめていた渡井《わたい》と待ちあわせていたのだ。

ナイジェリアについてインターネットで検索したところ、アフリカ最大の産油国である、という情報があり、もしかしたら何か情報を得られるかもしれないと、渡井に連絡をとったのだった。渡井は、以前イギリスとオランダの合弁である石油メジャーにつとめていた。ナイジェリア産の原油の大半は、渡井のいた会社が買いつけているということで、ふたつ返事で協力を了承してくれた。

がっしりとした体格で日焼けした顔に濃いヒゲをたくわえた渡井は、喫茶店でも目立っていた。ヒゲは中東で仕事をするには不可欠だと、前に会ったときに聞かされたことがある。それ以来、剃ってないらしい。

「ナイジェリアか。旧植民地が独立して、近代国家にかわろうというとき、必ずといっていいくらい、混乱や対立を生じるものだが、ナイジェリアは今、その第一段階が終わったというあたりだ。ただし、お前さんにかかわる部分でいうなら、ナイジェリアは先進国といっていい」

「どういうことだ」

「『ナイジェリアンレター』という詐欺の話を聞いたことはないか。今はインターネットが中心だが、かつては国際郵便やファクスなどでおこなわれていた」

「いや」

鮫島は首をふった。渡井はにやりと笑った。

「ある日突然、メールがくる。差出人は、ナイジェリアのある族長だ。ナイジェリアには百を超す部族がいる。彼は石油がらみで表にはだせない何千万ドルというワイロを得た。だがその金を国内にはおいておけないので、あんたの銀行口座を使って保管させてくれたら、その一割を支払うというんだ。送金処理の手数料さえだしてくれたら、何日間かで大儲けできる、と」

「馬鹿ばかしい」

「そう思うだろ。あるいは、アフリカの旧独裁者や反乱軍のリーダーの身内を名乗る場合もある。いずれも手口は同じだ。表にだせない隠し財産の預金口座を提供してくれたら、とんでもない謝礼を払う。あんたが信用できる人間と知って、特別に協力を求めている、というのさ。古い詐欺の手口だが、世界中でこれにひっかかる奴が数えきれないほどいる。しかも手数料をだましとられるだけじゃなく、最近は教えた口座の預金までかすめとる手段があるらしい。こいつをナイジェリアからの手紙、『ナイジェリアンレター』という。日本でも一時はやったM資金詐欺のようなものだ。アメリカの財務省も警告をだしているらしい。もちろんこういう詐欺をすべてナイジェリア人が働いているとはいわんが、手口にその名前を使われるという不名誉なきっかけになったのは確かだ」

「どんな国なんだ」

「複雑だ。人口はアフリカ最大、地域は北と南、その中間に三分割され、気候もちがう。北部は乾燥した砂漠地帯でイスラム圏。ハウサ族やフラニ族といった部族の支配地域で、政治権力は北部人に集中している。中間のサバンナ地帯をはさんで南部は熱帯雨林、ジャングルの土地だ。こちらは大西洋に面しているため、古くからヨーロッパ文化の影響をうけていてクリスチャンも多い。旧宗主国であるイギリスの植民地政策もあって、教育水準が高い。南部と東部はイボ族、西部はヨルバ族の支配地域だ。ビアフラ戦争というのを聞いたことがあるだろう」

「栄養失調の悲惨な子供たちの映像が流れた内戦だな」

「それだ。一九六七年五月に始まり、七〇年の一月に終結した、イボ族による独立運動だ。彼らは自分たちの新国家に〝太陽〟という意味のビアフラという名をつけた。北部人支配の政府に独立を宣言し、内戦に突入した。わずか三十ヵ月そこそこでビアフラは消滅するが、このとき八百万人以上のイボ族が死亡した。ジェノサイドだったという者もいる。皮肉な話だがこの独立運動の指導者はイギリスで高等教育をうけた若者であるにもかかわらず、イギリス政府は石油利権を失うのを恐れて、政府軍に武器などを提供した。のちにソ連も石油めあての援助を政府におこなった。自分がそっち系の会社にいたのにいうのも何だが、先進国の利益確保の戦いで途上国の人間が血を流すのは、昔から何ひとつかわっちゃいない。この北部対南部の対立は、今も深い傷をナイジェリアに残している。考えてもみろ。昔から開けた土地柄で西欧文明の影響をうけ、教育の水準も高い地域が、権力の中枢からは弾きだされているんだ」

「犯罪に走る人間もいる、か」

「どの国にも悪い奴はいる。ただ旧宗主国のおき土産もあるんだ。ナイジェリアはイギリスの植民地時代、ヨーロッパとアジアを結ぶ阿片ルートの重要な拠点だった。八〇年代以降は、ヘロイン、ハシッシュ、コカインと、まさにイリーガルドラッグの大貿易港と化している。お前さんが知りたいのは、そのあたりのことじゃないか」

「その通りだ。具体的にはどんなルートをたどっているかわかるか」

鮫島は頷き、いった。渡井はメモをとりだした。

「俺が少し調べたところによると、対アメリカのヘロイン供給量は、全体の五割近くにのぼった時期があるらしい。また南米発のコカインを西ヨーロッパに供給するナイジェリア人の流通ネットワークがあり、ハンガリーとポーランドが中継地点になっているようだ」

ＩＣＰＯのデータを鮫島は思いだした。一九九二年のものだが、その一年間に世界中で麻薬事犯で拘束されたアフリカ人の三分の一が、ナイジェリア人だった。

「ナイジェリアでヘロインが生産されているのか」

「いや、ヘロインは主にアジア産だ。タイのバンコクにはナイジェリア人地区があり、ゴールデン・トライアングル産のヘロインをインドやパキスタンといった旧イギリス植民地経由で運んでいる。ナイジェリア産のイリーガルドラッグといえば、気候的にあっている大麻、それを精製したハシッシュだ」

「じゃあなぜヘロインやコカインまで扱う？」

「運び屋に適しているからだろうな。人間だけじゃない、国家もが、だ。アジア産ヘロイン、南米産コカイン、自国産のハシッシュなどを国内にいったん集積し、中継基地として再分配するのが可能なのは、政治、軍部、警察などで腐敗が激しいというのがその理由だ。ただし、ナイジェリアを悪の帝国だとは、俺は思わん。ヘロインや大麻が金になることを教えたのは、旧宗主国であるイギリスだ。生産地であるゴールデン・トライアングルの人々にケシの栽培を教えたのが、フランス人やイギリス人であるように。麻薬汚染で苦しんでいる先進国は、俺にいわせればかつての植民地政策のしっぺ返しをうけているのさ。そう考えると、この日本でも似たようなことが起きているとは思わんか」

渡井は無気味な笑みを見せた。

「かつて大日本帝国は中国大陸を侵略し、そこに傀儡国家を作りあげた。中国を完全に植民地化していたとはいわないが、彼らの国土を蹂躪していたことは事実だ。そして今、この国やこの街が、中国人がもちこむ犯罪に痛めつけられているとしたら、歴史って奴は、いつか必ずツケを支払わせるものだ、と思えてくる」

鮫島は唸った。

確かに麻薬汚染に関して、欧米は一方的な被害者を主張することはできない。植民地支配のもと、麻薬の原料を生産し、自国の富に還元したり、それらの植民地が独立してからは冷戦下の反共産勢力の橋頭堡として、地元麻薬組織に麻薬とひきかえに武器を供与してきた歴史がある。その買いとった麻薬が結局は自国内に流れこみ、深刻な社会問題となった。

だが日本もそうだといわれると、すなおに頷くことはできない。

鮫島の考えこんだ顔に、渡井は豪快な笑い声をたてた。

「ま、お前さんの立場で俺の暴論に同意しろ、というのは無理がある。ただ、犯罪も戦争も、結局は根っこは同じだ。経済なんだよ。そういう意味じゃ、石油と麻薬はよく似ている。いつも国際紛争の火種になるところにあるんだ。現象面ばかりでなく、経済面から犯罪を見ると、いろんなことがわかるかもしれんぞ」

「確かに犯罪の質というか、内容がかわった。俺が警官になった頃は、今と比べればもっと単純だったような気がする」

鮫島は息を吐き、いった。渡井は目を細めた。

「単純とは？」

「そうだな」

鮫島は考え、答えた。

「たとえば二十年近く前だと、強盗や窃盗は、主として土地鑑のある人間の犯罪だった。犯人がまるで知らない土地で、泥棒に入ったり強盗を働くというのはあまり考えられなかった」

「つまりそれだけ容疑者を絞りこみやすかった？」

「そうだな。手口を見れば、それがプロであるかどうかはすぐにわかる。ベテラン刑事は、地元のプロを知っている。だからまずそこにいく。もし地元のプロでないとすれば、流しのプロということになるが、流しのプロなどあまりいない時代だった」

「情報だよ、鮫島。犯罪者も情報の重要性に気づいたんだ。そうすると何が起きるか。分業化だ」

「分業化？」

「同じ製品を作るのでも職人がひとりでこつこつと最初から最後まで仕上げるものは、生産性が低い。だが職人でなくともできるような仕事を工場で分割しておこなえば、生産性は向上する。たとえば昔なら、泥棒は金持の家の見わけかたや盗みの手口に関しての情報を他人には教えなかった。それは職人的なプライドがあったり、悪事なのだから人に教えるなどとんでもないと思っていたのかもしれん。ところが情報というものに対する人間の認識がこの十年、二十年で、大きくかわった。必要な情報を共有することの重要性や、あるいは情報そのものに価値がある、という考えかたが生まれてきた。インターネットという、情報のやりとりのみのために生まれたシステムの発達の影響があったのかもしれん」

「確かに我々が子供の頃は、犯罪は愚かな人間がおかすものだ、という大人たちの思いこみがあった。だから犯罪に手を貸したりすれば、必ず露見し、報いをうけると教えられた」

鮫島は頷いた。

「だろ。犯罪者は基本的には頭の悪い人間だ、だから情報の売買や分業化のシステムなどありえないと考えられていた。ところが、土地鑑はないが頭の働く、あるいは腕の立つ、外国人の流入がそれを一変させた。しかもまっとうな勤め人が、職場で得た情報が金になり、しかも上手に流せばつかまる心配もないことに気づき、こづかい欲しさに売りとばすようになる」

「そういう意味では、昔の犯罪は、目の前にむきだしでおかれた金をつかんで逃げるようなものだった。それに比べ、今の犯罪は、金をしまいこんだひきだしのありかを前もって調べて盗んでいくようなものだ。しかも調べる人間とひきだしをこじ開ける人間が別々だから、捜査も簡単じゃない」

「その通り。警察に必要な意識改革はそこだよ。ぼやぼやしていると、『俺は頭が悪いから、カタギの仕事しかできない』なんてとんでもない時代がくるかもしれんぞ」

渡井は大きな笑い声を響かせた。

「馬鹿をいうな」

「そうか？　じゃあ訊くが、日本がこれまで犯罪の少ない、治安のよい国だといわれていた一番の理由は何だ」

「国民性だ。遵法意識が高く、犯罪者の検挙に協力を惜しまなかった」

「その時代と今と、貧富の差は縮まったか、広がったか」

「たぶん広がっている」

「そうさ。俺が思うに犯罪の動機は単純だ。恨みか金か。金の場合、自分の労働の対価を上回るものでなければ、犯罪を働く奴はいない。早い話、月給百万円の人間は、十万円のために犯罪を働かないが、月給十万円の人間が百万円のために犯罪を働くことはある。金持が増える一方で、自分はどんなにがんばってもああはなれないと自覚した人間が、一瞬で高額の対価を得られる手段として犯罪を選ぶ。食うや食わずの犯罪じゃない。ジャン・バルジャンとはちがうんだ」

「貧富の差の拡大が犯罪を増やしているというのか」

「もちろんそんな単純な理由だけじゃない。犯罪と遵法意識の低下には相関関係がある。犯罪が増え、司法がそれに対応しきれなくなると、成功の確率があがる。つかまらないで逃げられると思うわけだ。そうなると、犯罪そのものに対する忌避感のガードは低くなる。皆やってる、そして皆つかまらない。だから自分がやってもかまわない」

渡井の目が鋭くなった。

「一方で逃げきる犯罪者が増えれば、検挙に対する協力者は減る。お礼参りも恐いしな。せっかく警察に協力しても、警察は犯罪者をつかまえられず、それどころか犯罪者が復讐にやってくる。悪循環だ」

「あんたの話を聞いていると、将来この国は犯罪の温床になるみたいだ」

「この国だけじゃないさ。テロを犯罪と決めつける国家がある。一方でテロをおこなっている側は、これは犯罪ではなく戦争だといいはるだろう。戦争で人を殺すのは犯罪か？　もしそうなら、戦火を交えたすべての国の兵士は犯罪者だ。俺は戦争と犯罪は峻別すべきだと思うね」

「国家による犯罪もあるぞ」

「だろうな。テロではなく、国家事業で麻薬を輸出したり、偽札を作るのは犯罪だ。いっておくが俺は、戦争だから許されて犯罪だから許されない、といっているわけではないぞ。ただ犯罪は犯罪、戦争は戦争としてきちっと規定していかないと、この世の中は犯罪で埋めつくされてしまう。そうなったら本当に、犯罪者にその行為の是非を問うことができなくなる、といいたいのさ」

「あんたの知恵を借りたい」

鮫島はいった。

「どんな？　いっておくが俺は犯罪学者じゃないぞ。お前さんより経済によったものの見かたをしているというだけだ」

「わかってる。俺の借りたい知恵というのはこうだ」

鮫島は窃盗犯による、従来は換金にともなう危険の高かった盗品の増加を話した。それが新たで大がかりな故買ルートの出現の可能性を示唆している、という自分の考えについての意見を渡井に求めた。

「自明の理だな。お前の考え通り、盗品を安全かつ有利に売りさばける市場が存在するんだ」

渡井はあっさり答えた。

「それはどんなシステムだと思う。インターネットか」

「インターネットも使っているだろうが、『人を見たら泥棒と思え』ということわざ通り、本物の泥棒相手の取引である以上、安全なネット上のみでのやりとりは不可能だ。たとえばの話、偽ブランドを本物と偽って泥棒がもちこんだらどうなる。故買市場でも、本物と偽物の値段は当然ちがう筈だろう」

「するとどこかにリアルな市場が存在すると？」

「あるだろうさ。互いに顔を合わす機会は最小限におさえるだろうが、品物はきちんと見せなきゃならん。そのためには管理者が絶対に必要だ」

「管理者？」

「盗品を商品とする。売り手と買い手が直接に取引をするのは、今いったトラブルの発生を考えると、あまり利口とはいえない。管理者とはつまり仲介者だ。売り手からさまざまな商品を、その価値に応じた値段で買いとり、今度は買い手に商品の情報を流す。お前のいう通り、市場への出入りはあるていどオープンでなけりゃならない。売り手と買い手が直接取引をしていたら、そうするのは困難だ。売り手のもとにあるさまざまな商品、たとえば貴金属、バッグ、電化製品、すべてをひとり、あるいは一社の買い手がひきとることはありえない」

「おそらく貴金属は国外へ流すだろう。バッグや電化製品なら、国内でもさばける。それに買い手だって素人じゃない。組織的に足のつかない方法で盗品を末端の客に売れる者だ。たとえば暴力団のような」

いってから気づいた。

「すると市場の管理者は暴力団ではないかもしれない……」

「ありうるな。俺はやくざにはくわしくないが、やくざがいろいろな窃盗犯と直接取引をしていたら、お前の耳にもそういう情報が入ってくるのじゃないか」

渡井はいった。鮫島は頷いた。

「やくざにはやくざのやりかたがある。仲介業務だけというのは、確かに暴力団にはなじまない。大組織なら、すべてを管理しようとするだろう」

「その方がはるかに金にはなる。ただ、もしその故買システムが俺たちの考えたようなやりかたで運営されているとするなら、それを組み立てた奴は、相当頭のいい人間だな。しかも各方面にコネをもっている。売り手買い手の双方から信頼される力のもち主だ」

「日本人か」

鮫島は訊ねた。渡井は首をひねった。

「わからん。日本人であり、日本人でないような人間だろうな。いずれにせよ、この国の犯罪のありようを理解している人間だ。外国人犯罪者も組織暴力も、おそらく警察の捜査の方法まで知りつくしている、そんな人物だろうよ」

5

明蘭《めいらん》の日本人名はアキコという。それは日本にきて最初に働き始めたマッサージ店でつけられた名だった。

その店ではマッサージ嬢すべてが日本名を名乗るように、ママから命じられていた。

「コンニチハ、アキコデス、ヨロシク、オネガイシマス」

その言葉をちゃんといえるようになるまで何百回、くり返したかわからない。

店はマッサージ用のベッドの周囲をカーテンで仕切った「個室」が十二あった。明蘭たち新人は、使われていないベッドで寝起きをした。

いちおう、誰がどのベッドを使うかは決められていて、ベッドの下には私物をおくプラスチックケースがあった。

十二あるベッドのうち、四つが新人の寝起き用にあてがわれていた。その四台は、よほど客がたてこまない限りは、マッサージ用には使われなかったが、混んでいるときはやむをえず客を寝かせることがあった。

ベッドが十二あってもマッサージ嬢は十二人出勤しているわけではない。六人から八人だ。なのになぜベッドをすべて使うかといえば、明蘭のいた店では「仮眠サービス」をおこなっていたからだ。

最終電車がでてしまったあとも働いたり飲んだりしていた客が店にくる。そういう客はたいていマッサージのあいだに眠ってしまう。眠ってしまえば外にまたでていくのは面倒だ。そこで一時間以上のマッサージをうけた客に限って、一時間五百円で仮眠用にベッドを貸すことにしていた。

仮眠をする客が何人もいて、そこにまたマッサージの客がくれば、すべてのベッドを稼動させなければならなくなる。

明蘭はそれが嫌だった。ふだん自分が寝ているベッドに、いくらシーツは替えるとはいえ、酒くさい日本人が涎をたらし、イビキをかいて眠るのだ。同じベッドに顔をつけて眠るのは、ひどくみじめな気分になった。

だから早く金を貯め、店での暮らしから脱出したかった。そのためには日本語をマスターしなければならない。あるていど日本語を喋れるようになれば「指名」の客がつき、それだけ店からのバックも増えるからだ。

始発まぎわの、客足が途絶えた時間、明蘭はベッドに腰かけ、けんめいに日本語の勉強をした。

「コンニチハ、アキコデス、ヨロシク、オネガイシマス」

周囲のベッドからも練習する声が聞こえてきていた。

「コンニチハ、ジュンコデス、ヨロシク、オネガイシマス」

「コンニチハ、キョウコデス、ヨロシク、オネガイシマス」

そこに客のイビキや歯ぎしり、咳ばらいなどが混じるのだった。

「イタイ？　キモチイイ？　オ客サン、延長スルカ？　マタクル、アキコヨロシク、オネガイシマス」

あの店にどれだけいたろう。八ヵ月、もしかすると九ヵ月かもしれない。それからジュンコといっしょに大久保のアパートに移ったのだ。歌舞伎町のクラブで働きだしたのもいっしょだった。アキコはアキコのままだったが、ジュンコはすでに同じ名前のホステスがいるというので、サユリとかえさせられた。

サユリは酒があまり飲めず、日本語もうまくならなかった。そのクラブは、日本人の客が多くくる店だったので、少し太っていて日本語の下手なサユリはあまり席につけてもらえなかった。

同じママでも、マッサージ店のママとクラブのママとでは、まるで性格がちがっていた。マッサージ店のママは福建の生まれで、がみがみうるさかったが、それなりに親切でもあった。

いやらしいことをいってくる客や触ろうとする客をどうかわすかを教えた。そしてマッサージがうまくさえなれば、そういう客につけられることもないといった。だいたいそういう客は、飛びこみでくる酔っぱらいが多い。「指名」が増えれば、マッサージだけを求めてくる客ばかりだから、いやらしいことをされる心配もない。

ただ、人気がでたらでたで、店ではいやらしいことをいわないのに、「今度デートしよう」と誘ってくる客が増えたのは困った。

おいしいもの食べさせてやる、とか、マンションを借りてやる、といった常連の客もいた。「つきあう、つきあわない、はあんたたちの自由だ。でも男はみんな同じだ。外で会ったら、マッサージ以外のこともしてほしがる。それでよけりゃ、休みの日につきあうんだね」

クラブのママは上海の出身だった。マッサージ店のママと同じ年だというのに、驚くほど若く見えた。整形手術をうけていて、韓国人と中国人、両方のパパがいる、という話だった。

日本人の客には、やさしくてサービスがいいママで通っていた。客がいるといつもにこにこしていて、肩をもんだり、膝に手をのせたりとサービスがいい。だが仕事のできない女の子を怒るときは、鬼のような形相になるのだった。

その店は「店外デートＯＫ」のクラブだった。客はママに三万円を払って、ホステスを外に連れだせる。いく先はもちろんホテルだ。ホテルは、ママの韓国人のパパが経営しているところと決まっている。ホテル代はとられない。

ママはその三万円からホテル代の五千円と紹介料の一万円をひいた、一万五千円をホステスに月末に支払う。日本語が喋れなくて店ではあまり人気のない子でも、若くてスタイルがよければ「店外デート」の指名が多く、そういう子はママにかわいがられた。

サユリは、店でも「店外」でもあまり人気がなく、ママによく叱られていた。結局半年ほどでそのクラブをやめ、中国人相手の店に移った。

中国人相手の店で働くことは、マッサージ、クラブ、両方のママが「最悪」といっていた。まず、日本語を覚えない。相手が中国人なので、日本語を使わなくていいのだから当然だ。次に、悪い男にひっかかる。まともに働いている中国人なら、歌舞伎町のスナックになど飲みにこない。博打をやっているか、泥棒を仕事にしているような男ばかりだというのだ。そんなのにひっかかったら、結局、ヒモのようにぶらさがられるだけだ。

サユリは、スナックに勤めはじめて一ヵ月で、中国人のボーイフレンドができた。しょっちゅう男のアパートに泊まるようになり、それとともに小太りだった体型がみるみる痩せ始めた。

やがて男が自分のアパートをひきはらい、二人のアパートに転がりこんできた。明蘭はそのことでサユリと喧嘩をした。

男は吉林省出身だった。最初はコックをしているといっていたが、すぐに嘘だとわかった。何台も携帯電話をもち、昼間はずっと寝ているからだ。やがて注射でクスリをうっている姿を見て、サユリが痩せた理由が明蘭にもわかった。

明蘭はひとり暮らしする決心をした。そのためにはまた金が必要だった。勤め先のクラブでは「店外デート」をしなくとも人気があったが、金のためにはしかたがなかった。

常連で、自分に熱を上げている日本人の客に金を借り、返すかわりに店に秘密で月に二回「店外デート」をした。そして代々木のアパートに引っ越した。

だがそのクラブは三ヵ月後、クビになった。店に秘密で「店外デート」をしていたのがバレたのだった。

「この泥棒!」とママに罵られた。ママは一万円の紹介料が自分に入らなかったのが許せなかった。ホテル代の五千円のうち、千五百円も、ママの取り分だったとあとで知った。

その頃、明蘭は、日本語が喋れるだけでなく、読み書きもかなりできるようになっていた。勉強は、子供の頃から得意だったのだ。

日本語の求職雑誌を見て、銀座の店につとめた。ママがひとりに女の子が三人という小さな店だった。中国人は、明蘭だけだ。

明蘭はそこでもアキコと名乗った。その店にくる客は、あまり金持でないサラリーマンや、年寄りが多かった。給料も、それほどよかったとはいえない。だが「店外デート」を求められることも、求めることも、しないですんだ。

その店に勤めはじめて半年後、ＪＲ新橋駅の近くで、「開発」をやっている男に声をかけられた。明蘭を中国人とわかっても、もっと稼げる店に紹介する、というのだ。ただそのためには、洋服のセンスや化粧のしかたをかえなくては駄目だという。

男の名は関口《せきぐち》といった。プロのスカウトマンで、銀座や六本木の、大きくてたくさんのホステスを抱えた店と契約して、女の子を斡旋する仕事をしているのだ。

関口は、明蘭からお金はとらない、といった。明蘭を紹介したクラブから紹介料をもらうという。

そんなことでやっていけるのかと思ったが、ホステスが移った先で売り上げた額の何パーセントかが、半年くらいは関口の懐ろに入る仕組になっているのだと聞いて納得した。

仕度金を百万用意するから移らないか、と関口にいわれ、明蘭は迷った。

だが日本にきた目的はお金だった。日本で五百万円を貯めたい、と明蘭は思っていたのだ。

五百万円貯まったら、北京の大学にいく。北京の大学で法律の勉強をして、弁護士になりたかったのだ。

日本にきたのは二十二のときだ。二十五までに五百万貯めよう、そう思っていたが、二年近くが過ぎても、お金はほとんど貯まっていなかった。

二十八まで、と自分に決めた期限をのばしたばかりだった。関口にはそのことを素直に話した。

「この百万円は、五百万円のためのもとでだ。アキコちゃんはこれで自分を磨きなさい。そうすれば、二十八とはいわないが、三十までにはきっとお金が貯まる」

「自分を磨くって？」

関口は明蘭を見つめた。

「身長は何センチ？」

「一六六センチ」

「足が長くてきれいだ。バストは？」

「八〇センチ」

明蘭はうつむいた。本当は七八センチだった。

「手術をうけなさい。病院を紹介してあげよう。五十万でやってくれる。八八センチにはなるよ」

そのときは断わった。「店外デート」をするつもりはないのだ。胸の小さいことなど、洋服でいくらでもごまかせる。何よりお金を払ってまで自分の体をかえたいとは思わない。

だが二ヵ月、小さな店で働きつづけ、決心した。きっかけは、その店に「アフター」で客とき た大型店のホステスとの会話だった。

たいして美人でもないし、頭がいいとも思わなかった。日本人ではあったが。

酔ったそのホステスは、自分の日給が最低保証「二万八千円」である、と口をすべらせたの だ。明蘭の日給の倍だった。「同伴出勤」のノルマを達していればそれだけもらえる上に、客の ボトルを空ける数などによっては、日給が千円から二千円、増える月もあるという。

「あたしなんかヘルプだからさ、そんなもんだけど、稼いでる〝売り上げ〟のお姉さんは、日給 が十万、十五万ていう人もいるよ」

関口にもらった名刺はとってあった。電話をした。

紹介された病院で手術をうけた。明蘭に仕度金をだしたのは、「オーロラ」という六本木のク ラブだった。銀座とはまたちがう客筋だが、金はもっている、と関口は保証した。

残った五十万で、豊かになった胸や長い足を強調するスーツやドレスを新調した。不思議な話 だが、同じホステスでも、新宿、銀座、六本木で、好まれる店服の趣味が異なるのだ。

六本木のそのクラブは、新規開店で、関西などからもホステスをスカウトし、集めていた。内 装に金をかけ、鳴りもの入りでオープンした。

明蘭はそこでもアキコだった。名刺には「蘭野明子」と印刷されていた。関口は明蘭を、中国 人ではなく、日中のハーフだと店には説明していた。純粋な中国人だと、就労ビザの問題などで 嫌がられるか、条件が悪くなるというのだ。

「アキコちゃんの日本語はすばらしいよ。ハーフだといっても、絶対バレない」

入店時の条件は、日給二万円からだった。ただし六本木には、銀座にはない「指名料」というシステムがあった。客が話したいホステスを席に呼ぶと三千円がひとりごとにかかり、そこから二千円がホステスにバックされる。一日に指名が十本入れば、それだけで日給と同じ額が稼げる。

さすがに十本も指名が入ることはなかったが、平均で一日三、四本は、指名がとれた。

胸の魅力だった。襟ぐりの開いたドレスやスーツからふくらみをのぞかせていると、それだけで呼びたがる客は多いのだ。

一年後、明蘭の日給は二万五千円に増えた。だが、それほど金は貯まらなかった。指名料などとあわせ月に六、七十万の手どりにはなるが、美容院代やタクシー代が思いのほか、かかるのだ。小さな店にいたときは美容院などいかなくてよかったのが、大きなクラブでは、あたり前のように毎日セットに通わなければならない。

それだけで三千五百円がとぶ。代々木までのタクシー代が、帰りは二千円。一日約六千円、ひと月で十八万円が消えるのだ。

それにお客さんの誕生日や、お中元、お歳暮といった出費もある。

貯金は、できて月に十万円、たいていは六、七万円といったところで、一年に百万円貯めるのがやっとだった。

それでも三十までには何とか目的の五百万円には達しそうだった。代々木のアパートをひき払い、もっときれいで近いところに移りたかったが、そんなことをすれば一年分の貯金がふいになる。一階が居酒屋のせいか、一年中ゴキブリのでるアパートに我慢して暮らしていた。

ところが一年半後、思いもよらなかったできごとが起こった。

鳴りもの入りでオープンした筈の六本木のクラブ「オーロラ」が、倒産してしまったのだ。

危ないという噂はちらほらでていた。話題作りのために内装を豪華にしすぎ、その借入金が経営を圧迫している、というのだ。さらにオープン当初、金をつかう客の大半を、街金系の金融業者とIT関連の新興企業が二分していたのだが、警察の取締り強化でまず街金系が姿を消し、つづいてIT関連も駄目になる負け組と勝ち組の差が極端にひらいた。

両者とも、一本十万もするような高いワインを連日のように何本も空けるという点では飲みかたが共通しており、潮がひくようにその筋の客が姿を消すと、一気に店の中は静かになっていった。

最後の給料日の夕方、社長、専務は姿を見せなかった。会長と呼ばれるオーナーはもちろん現われない。

全員に一律十万円だけが支払われ、常務が店の倒産を告げた。経営状態が悪いことを察して、事前に店を移ったホステスも多くいたが、明蘭はビザがとうに切れていたこともあって、移れずにいたのだった。

残ったホステスたちは当然、激しい怒りを露わに常務に詰めよった。だがその常務にしてからが、半年前に別の店から移ってきたばかりで、会長の居どころなど見当もつかないのだった。

ボーイから抜擢してやるといわれ、喜び勇んでやってきたのが、体よく尻ぬぐいの役目を押しつけられたのだ。

明蘭は十万円を手にひとり店をでると、関口に電話をした。こんなときに頼れるのは関口しか思い浮かばなかった。

だが関口の携帯の番号からは、

「おかけになった電話は、電源が入っていないか、電波の届かない地域にあります」

というメッセージが流れてきた。明蘭は路上で立ちすくんだ。

そのとき、店の前で止まったセルシオのサイドウインドウが降りた。

「明子――」

担当の客の深見《ふかみ》だった。もう六十近いが、以前銀座にいて「オーロラ」に移ってきた美優《みゆう》というお姉さんが体を壊して退店したのを機会に、担当を店から任されたのだ。カードも使わず、いつも現金払いをすることから、ふつうのサラリーマンではないと思っていたが、親切でもの知りだった。

そして明蘭がハーフではなく純粋の中国人だと見破った、唯一の客だ。だが深見はそのことを、誰にも話さず、ないしょにしてくれた。

「深見さん」

「風の噂で、『オーロラ』が駄目になったと聞いて、きてみた。会長は?」

明蘭は首をふった。

「きてるのは常務だけです。社長も専務も行方不明だって」

「やっぱりな。飯でも食わないか。私でよけりゃ、相談にのる」

深見とは何度も同伴をした。口説かれたことはないが好意をもたれているのは感じていた。

顔が広い深見なら、どこか勤められる店を紹介してくれるかもしれない、と明蘭は思った。中国人であることも、ビザが切れていることも、今さら深見には隠す必要がない。

「助かります」

明蘭はいって、深見のセルシオに乗りこんだ。

「何が食いたい？」

深見はいつも通り、スーツ姿だった。髪をオールバックにしていて、中央からやや左よりにひとすじ白髪の房がある。

「何でも」

「同伴する必要がないのだから、六本木にこだわらなくともいいな。横浜の中華街にでもいこうか。嫌じゃなけりゃ」

「いいですよ」

横浜までドライブとなれば、さすがの深見も狼になるかもしれない、とちらりと思ったが、店が潰れたショックの方が強く、明蘭もあまり深くは考えなかった。

だが深見はまっすぐに横浜中華街まで車を走らせた。途中、電話で個室を予約する。それを中国語の標準語でしたので、明蘭は驚いた。

「深見さん、中国語喋れるの？」

「少しだけだ」

「深見先生、你不会也是中国人吧？《（まさか、深見さんも中国人？）》」

「不是。可惜我是日本人《（いや、残念ながら日本人だ）》」

深見は笑い、日本語でつけ加えた。

「自慢できるほど喋れるわけじゃない。商売の必要でやむなく身についたんだ」

そういえば貿易関係の仕事をしている、とちらりと聞いたことがあった。

深見が連れていったのは、中華街の奥にある、小さな店だった。二階と三階がそれぞれ一部屋の個室になっている。

「中華街といっても、台湾系の料理人のいる店が多いが、ここは本土からきた料理人を使っている。たぶん明子の口にも合う」

本当だった。新宿を離れてから、本格的な中国料理を食べる機会は少なかった。歌舞伎町で働いているときは、中国人の作る出前の弁当があり、それをよく食べた。銀座に移ってから食べる中国料理は、豪華だがすべて日本人の舌に合わせた味だった。

深見には、貯金をして北京の大学にいきたいと考えていることを話してあった。

「オーロラ」の倒産で、またその夢は遠のいた。

「結局、わたしもお金を貯められず、そのうち強制送還されてしまうのかもしれません。中国人は日本にくるときにはいっぱい夢をもっているけれど、それがかなう人はほんの少しです」

日本人の前で、明蘭は初めて泣いた。喋っているうちにぽろぽろと涙がこぼれてきたのだった。

「変です、不思議です」

明蘭は泣き笑いをした。

「そんなに悲しくないのに涙がでます」

深見は無言だった。妙な慰めを口にしないのが、明蘭にはありがたかった。

「深見さん、お店、どこか紹介してくれますか」

「クラブかね」

明蘭は頷いた。

「他に仕事できませんから。ビザも切れているし。風俗は嫌です」

「クラブ以外の仕事はどうだい」

「何をするんです?」

深見を見つめた。

「明子は頭がいい。フットワークもあるし、頑張り屋だ。実は新しい仕事を新宿で考えているのだが、中国語の話せる人間に手伝ってほしい」

「深見さんも喋れる。発音がすごくいいです。中国語は発音がとても難しい、といわれていますけど」

「苦労したよ。四声といったかな。同じ発音でもアクセントや語尾のひきかたで、まるでちがう言葉になってしまう」

「日本語にもあります。橋と箸」

「それはまだふたつだ。標準語では四つあって、しかも言葉の数が多い。明子は知っているかな。平仄《ひょうそく》が合わない、という日本語を」

明子は首をふった。

「つじつまが合わない、という意味なのだが、もともとは漢詩を読みあげるときの声の抑揚を四種類に分けていて、そのうちの三種類が仄声《そくせい》、ひとつが平声《ひょうしょう》だ。この四つの発音をまちがわないことを平仄が合うといったのが語源だそうだ」

「初めて知りました。恥ずかしいです。中国人なのに知らなくて」

「若いから当然だ。私が明子の年のときは、もっと何も知らなかった」

「二十六のとき、深見さんは何をしていましたか」

「私か。明子が想像もつかない仕事だ。十八歳から三十八歳まで二十年間、その仕事をしていた。あるとき、すべてが馬鹿ばかしくなって辞め、外国にいったんだ。そう、辞めてからちょうど二十年になるな」

「外国はどこへ行きました？」

「いろいろだ。南米やヨーロッパ、中国にも少しいた。最初の十年は、ほとんど日本にはいなかった」

「そういえば深見さん、結婚していますか」

「いいや。独り者だよ。結婚していたが、二十年前にその仕事を辞める直前に別れてしまった」

意外だった。お洒落でいつも身ぎれいにしている深見には、きっと世話好きの妻がいるにちがいないと思っていたのだ。

「驚きました。わたしはいろいろ想像していました。深見さんにはやさしい奥さんがいて、大きな家に住み、きっと大きな犬を飼っている――」

深見は首をふった。

「まるでちがうな。私がしているのは、根なし草のような生活だ。生活だけでなく、仕事も決してほめられるようなものではない。そんな仕事だが、明子に手伝ってもらえると嬉しい」

「わたしにできることなんかないです。中国語喋れる人はいっぱいいますよ。日本語を喋れる中国人はもっと多い」

「確かにそうだ。だが私の側に立ってくれる中国人を捜すとなると簡単じゃない。中国人を雇って中国人とのビジネスの窓口になってもらうとき、安心してこちらサイドだと信頼できる人が欲しい」

深見の目は真剣だった。

「明子は新宿にいたことがあるらしいが、今は昔の人とのつきあいがほとんどない、といっていたよな」

「ありません」

明蘭は頷いた。本当だった。特にビザが切れてからは新宿には近づいていなかった。入国管理局が出張所を設けて、違法滞在者を徹底的に摘発している、と聞いたからだ。

「明子に戸籍を用意する。日本人の戸籍だ。君は日本人として私のアシスタントになり、中国人とのビジネスの窓口をやってもらいたい。彼らには君が中国人だとわかられてもかまわない。大切なのは、日本人には日本人、中国人には中国人として君がふるまえることだ」

「戸籍の話、本当ですか」

「本当だ。何も結婚してくれといっているわけじゃないから心配しないで。中国に帰りたくなったら、捨てればいいだけのことだ」

戸籍を買える、という話は聞いたことがあった。一番簡単なのは、日本人と結婚する手だ。離婚しても日本に住める。だがそのための結婚斡旋所は、百万円を手数料にとるという話だった。ましてて日本人の戸籍を買うとなると、気が遠くなるような金がかかる筈だ。

「何のビジネスですか」

「法律に違反しているビジネスだ。それでもいいというのなら話すが」

「あの、お給料はいいですか」

「うまくすれば一年で、目標の貯金ができるだろう」

明蘭は目をみひらいた。

「人を傷つけたり、殺したりするような仕事ではない」

「教えて下さい。仕事は何ですか」

「盗まれた品物を買いとり、それを欲しがっている人に売る」

「泥棒市場!?」

深見は微笑んだ。

「以前、新宿にあったと聞いている。中国人による中国人のためだけのものが」

明蘭は頷いた。マッサージ店で働いていた頃の話だ。その後警察がうるさくなり、聞かなくなった。

「私が考えているのは、もう少し規模が大きい。買うのは中国人だけでなく、日本人やロシア人などもいるだろう」

「それを新宿でやるのですか」

「そうだ。窓口となる事務所をおく。品物は別の場所で保管するが、事務所はやはり新宿でなければならないと思っている。これから場所を捜し、インターネットなどの回線を引くつもりだ」

「あの、それは深見さん以外、誰か手伝っているのですか。暴力団とか」

深見はきっぱりといった。

「私は暴力団員ではない。ただ彼らとのつきあいはある。この仕事では特にそういうケースが多くなる可能性はある。ただしやくざといってもその辺のチンピラではない。嫌かね？」

明蘭は首をふった。やくざを恐いと思ったことはなかった。中国人の犯罪者の方がよほど恐い。やくざは、ホステスやマッサージ嬢にはむしろ親切だった。

「大丈夫です。わたしが殴られたり、刺されたりしなければ」

深見は笑った。

「ありえないよ。それはありえない。もしいっしょに仕事をしてくれるのなら、私が君を守る。どんなことがあっても、やくざに君を食いものにさせはしない」

明蘭は頷いた。つかのま考え、顔をあげて深見の目を正面から見た。

「わたしはがんばります。深見さんの仕事をやらせて下さい」


それから二年が過ぎた。

6

「セイナ」は、歌舞伎町一丁目、区役所通りに面した雑居ビルの四階にあるキャバクラだった。六階建てのビルはテナントのすべてが飲食店で、キャバクラは他に二軒入っている。

その中では「セイナ」はいちばんの大箱で、開店したのは一昨年の冬だった。表向きの経営者はすべてカタギだが、開店資金を準備したのは、指定広域暴力団系の闇金融業者だという噂がある。

だが実際がどうであるかまでは鮫島は知らなかった。

暴力団の世界における「勝ち負け」はカタギの企業以上に苛烈で、上下の差は拡大するばかりだ。

かつてはみかじめを目的とし、飲食店にたかるダニのような存在であった暴力団が、今は飲食店そのものを所有するほど成長している。金融業者などのフロントを前面に、暴力団のぼの字もうかがわせずに、クラブや居酒屋、レストランを経営するのだ。そこまでの力をもつ暴力団は巨大で、傘下の組織も数十、ときには百以上を数える。これは暴力団社会でも、大組織が小組織を吸収し系列化する、再編の波が押しよせているからに他ならない。

その結果、本家が経営する飲食店に、そうとは知らない系列の組がみかじめをたかりにいって、あとでその組の幹部が本家に呼びだしをくらうなどという、笑い話もおこってくる。

本家からのびたタコ足のような系列、傘下組織の全体像は、末端の組にいる人間にはとうていつかめない。あそこにもここにもいて、文字通りシノギを削っていたライバルの組が気づいてみたらすべて同じ広域組織の傘下系列であったりする。

一方、大組織に呑みこまれるのを潔しとせず、旧来の縄張りにしがみついてきた組は厳しい状況に追いこまれている。

周囲を完全に大組織に包囲され、これまでは払ってもらえたみかじめも拒否されるようになって、収入は細るばかりだ。しかもそこに中国人が食いこむと、日本人組織には一切、金が流れこまなくなる。

古い任侠映画のような、新興の大組織対昔気質《むかしかたぎ》の小組織といった抗争など、この場合は起こらない。

抗争が金を食い、警察に取締りの格好の口実を与えることを、大組織の幹部は知っている。縄張り争いのケンカは、無駄な犠牲を増やすばかりだ。兵糧攻めをして、我慢比べにもちこめば、小組織はいずれ崩壊する。

暴力団の勢力は経済力なのだ。資金が回転しなくなれば、社員が会社を辞めるように、組員も組織を離れていく。

こうして新宿の暴力団勢力図は、かつてとは大きく異なる姿になった。

大小さまざまな組が看板を掲げているのは、一見かわらないように見えるが、それぞれの根は、以前ほど多彩ではない。独立組織はほとんど消え、関東と関西の大組織、数組に集約されつつある。

鮫島が「セイナ」を訪れたのは、まだ開店前の午後六時だった。

店内を掃除し、グラスやアイスペールなどを磨く準備に、黒服の上着を脱いだ男たちが追われている。

「お忙しいところを申しわけありません。片倉さんはいらっしゃいますか」

鮫島が訊ねると、椅子をテーブルにあげたフロアの中央で、モップがけに指示をとばしていた男がふりかえった。黒いスラックスに白いシャツを着け、胸のポケットから蝶タイがのぞいている。

「俺ですけど、何でしょう」

色の白い、なかなかの二枚目だった。髪は今どき珍しいオールバックだ。年齢は三十六、七か。鮫島は歩みより、小声でいった。

「新宿署の鮫島と申します。お話をちょっとうかがいたいのですが」

「今、すか。二十分ほど待ってもらえませんかね。開店準備があるんで」

動揺したようすも見せずに片倉はいった。腕にはめた時計をのぞく。金のロレックスだった。

「けっこうです。下でお待ちしています」

「じゃあこうしましょうよ。一階をでて、斜め向かいに『カフェ・アンナ』って喫茶店があります。そこにいてもらえませんか」

「わかりました」

鮫島が頷いて踵を返そうとすると、片倉が呼び止めた。

「すいません、もう一回、お名前を」

「新宿署生活安全課の鮫島です」

抜け目のない男だ。待たせているあいだに、鮫島に関してどこかから情報を仕入れるつもりにちがいない。

鮫島は苦笑しながらエレベータに乗りこんだ。

いわれた喫茶店に入り、コーヒーを飲んでいると、やがて上着を着けた片倉が現われた。

「すみません、お待たせしてしまって」

礼儀正しく頭を下げる。

「いえ、こちらこそ忙しい時間に失礼しました」

アイスコーヒーを頼んだ片倉は、スラックスの折り目を気にしながら腰をおろした。

鮫島は周囲の客に目立たないよう身分証を提示し、話に入った。

「サンエイ企画という旅行代理店について、お話をうかがいたいのです。先日、新宿中央公園で強盗事件がありましてね。その被害者の外国人の方が、サンエイ企画さんの世話になっているようなのです。ところが社長の竹下さんがご旅行中でお話が聞けない。サンエイ企画でアルバイトをしていらっしゃる女性から、片倉さんと竹下さんがお知り合いだとうかがったものですから」

「ああ、本間エミですね。以前、うちにいた」

「そうです」

「竹下社長とは自分は、地元の先輩後輩でしてね。神奈川の厚木の方なんですが、それでエミが昼の仕事に移りたいってんで紹介したんです。ちょうど竹下社長も電話番を捜していて」

片倉はショートホープをとりだすといった。彫金の施されたダンヒルのライターで火をつける。落ちついていた。

「本間さんはずっと『セイナ』におつとめだったのですか」

「一年くらいですかね。その前は六本木にいたらしいんですけど、もともとが新宿で、やっぱり新宿がいいっていうんで、うちに面接で入ったんです」

「じゃあずっとホステスをしていたのですね」

「じゃないですか」

「『セイナ』では毎日、出勤を?」

「そうですよ」

「サンエイ企画では、週二回の出勤しかしていないそうです」

鮫島は言葉を切って、片倉を見つめた。

「給料がいい会社なのですね」

「そこまでは俺も知りませんよ。まあ、エミも不細工じゃない方だし、竹下さんもそれなりに払っているのじゃないですか」

「それなりとは?」

片倉はわずかにいらだったような表情になった。

「男と女ですからね。何かありゃ、給料弾《はず》もうって気になるでしょう」

「竹下さんはご結婚されているのですか」

「バツイチで独身ですよ」

「もともとはどんなお仕事をされていたのでしょうか」

「高校をでて、地元の旅行代理店につとめてたんです」

「それで？」

「独立したんですよ」

「厚木から新宿にこられて？」

片倉は頷いた。

「やり手なんですね」

「そうすね……。まあ、やり手かな」

「『セイナ』にもよくこられるのですか」

「たまあに、です。旅行している方が多いから」

「どこによくいかれてます？」

「タイとか、東南アジアかな。よく知らないけど」

「竹下さん以外にも社員がおられるようですね」

鮫島はかまをかけた。

「忙しいと、ときどき、頼んでるみたいっすね」

「その方のお名前、何とおっしゃいましたっけ――」

鮫島はメモ帳をのぞきこんだ。

「岩木です」

「そうそう、岩木さん。岩木さんも後輩なのですか」

「みたいなもんすかね」

「みたい、とは?」

「自分とは学校とかちがうんすよ。岩木とは、竹下さんが新宿で遊んでるときに知りあったらしくて……」

「岩木さんの連絡先、わかりますか」

片倉は煙草をくわえ、顔をしかめた。上着から携帯電話をとりだした。ボタンを押し、検索する。

「ないっすね」

嘘をいっている、と鮫島は思った。

「本間さんに訊いてもらえませんか。私が警官なので非常に緊張していたらしく、たぶん迷惑をかけると思ったのじゃないかな。だから直接は訊かなかったのです。片倉さんから訊いていただければ、双方に迷惑をかけずにすみます」

身をのりだし、片倉の目を見ていった。

「いや、それは……」

狼狽したように片倉はいった。

「岩木さんにお会いしないと、報告書が作れないんですよ。被害者の側の話なんで、こちらとしてもさっさと作ってしまいたい。要は、竹下さんのかわりになる方がいればいいんです」

黙っている片倉にたたみかけた。

「本間さんの番号はご存じでしょう。どなたから聞いたかはいいませんので」

片倉は息を吐き、ボタンを押した。

「――もしもし、あ、片倉です。ごぶさたしてます。いや、それは……うん。知ってる。で、岩木さんの番号わかるかな」

わざとらしい他人口調だった。

「何番？　オーケー。ありがとう。いや、大丈夫、大丈夫。俺の方、ちょっとアレなんで、また連絡しますよ」

電話を切り、

「携帯の番号でいいすか」

と訊ねた。

「助かります」

片倉は番号を口にすると、腕時計を見た。

「じゃ俺、店に戻らないと――」

「けっこうです。ありがとうございました。また何かあったらうかがいますが、たぶんないと思いますので」

含みをもたせていった。

ぎょっとしたような顔になったが、片倉はすぐに表情を消して立ちあがった。

片倉が喫茶店をでていくと同時に、鮫島は教えられた岩木の番号を押した。

二度の呼びだしで応答があった。

「――はい」

ぶっきら棒な男の声だった。鮫島は耳をすませた。声の背後に音がする。ジャラジャラという牌をかきまぜる音、麻雀荘だ。

「もしもし――」

男はいらだったようにいった。

「あ、すいません。岩木さんですね」

「そうだけど、誰？」

「新宿署の鮫島といいます。いきなり申しわけない。ちょっとお聞きしたい件がありましてね。そちらまでうかがってもいいんですが、ご迷惑だといけないので、前もって電話したんですよ」

口調をかえ、鮫島はいった。岩木の住所を把握しているようなふりをする。

「何の件、何の件で？」

岩木はあわてたようにいった。

「いや、サンエイ企画さんの件ですよ。ほんの数分で終わるんで、でてきてもらえませんかね」

岩木は黙った。

「サンエイ企画さんがどうこうというのじゃないんです。お聞きとは思いますが、サンエイ企画さんのお客さんの、アフリカの方。怪我をされたでしょう。その件でいろいろ、書類上の仕事がありまして。社長の竹下さんがご旅行中だというので……」

「いや、帰ってくるよ、帰ってくる」

「いつです？」

「あさって、かな。俺、連絡もらったから」

「そうですか。じゃあその前に一度。何でしたら今からおうかがいしますけど」

「知ってんの、どこにいるのか」

「そりゃわかりますよ。チーポン、聞こえますから」

「いや、降りてくから……」

「じゃあ、喫茶店ででも待ちますか」

「そ、そうだな。ここの下に、『はなざわ』ってあるから」

新宿三丁目だ。大きな喫茶店で、待ち合わせによく使われる。

「わかりました。じゃあ、そこでお待ちしてますよ」

鮫島はいい、電話を切るや否や、「カフェ・アンナ」をとびだした。

7

区役所通りから靖国通り、さらに新宿通りをつっきって、三越のわきを抜け鮫島は新宿三丁目の喫茶店「はなざわ」まで走った。

岩木は明らかに刑事と会うのを嫌がっている。ここで会いそこねたら、それを理由に逃げ回る可能性があった。携帯電話の番号しか知らない現状では、今後着信拒否をされたらそれまでだ。

「はなざわ」の前までくると、自分より先にガラスの自動扉をくぐる男のうしろ姿が見えた。でっぷりと太っている。

鮫島は荒くなった息を整えながら声をかけた。

「岩木さん？」

男がふりかえった。ナイロンのスポーツウェアを着た、典型的なチンピラのなりをしている。年は三十を超えたかどうかだ。どこかの組員か準構だろう、と鮫島は思った。

鮫島は身分証を提示した。

「生活安全課の鮫島です。ま、すわりましょう」

男の背を押して店内に入った。岩木はかなり緊張している。向かいあうと、すぐに口を開いた。

「俺、新宿署、よく知ってる人、いるんすよ――」

岩木が口にしたのは刑事課のマル暴担当で、あまりいい噂を聞かない人物の名だった。

「ああ、四係のね。うちは生安だから関係ないよ」

鮫島はぴしりといった。

「麻雀の途中だったんでしょう。悪いことしちゃって申しわけない。早く終わらせますから、戻って下さい」

一瞬青ざめた岩木の顔がほっとしたようにゆるんだ。

「サンエイ企画さんなんですがね、ナイジェリアからのお客さんの面倒、ずいぶん見ているみたいですね」

「そっちは俺、あんまりよく知らないんすよ。俺が手伝ってるのは、タイとかフィリピンの方で」

「タイやフィリピンの何を？」

「いや、芸能プロダクションのからみで、向こうからくる歌手やダンサーの受け入れです」

「おたくが芸能プロをやってるの？」

「俺がっていうか、会社が……」

岩木は口ごもった。

「会社の名前は？」

「――『ナルミエージェンシー』」

「ナルミエージェンシー、場所はどこにあるんですか。よかったら名刺をもらえませんか」

岩木は尻ポケットに手をつっこみかけ、首をふった。

「いや、今、もってないす」

「そう。じゃ会社の住所と電話番号だけでも聞いておこうか」

途方に暮れたような顔になって、岩木は住所を口にした。西新宿五丁目のマンションだった。

「サンエイ企画さんは、そういう外国からの芸能人の受け入れもやっているんだ。あとはどこの国が多いんです？」

「いや……だからナイジェリアとか、アフリカですよ」

「中野弥生町にアパートを借りてますよね」

「ええ。ナイジェリアからくる連中はきてもすぐ帰ることが多いんで、ホテルとかもったいないながるんです。それで、サンエイ企画で部屋を用意してやって、一泊、二千円とか三千円で泊めてやるんです」

「彼らは何をしにくるの？」

「パソコンとか冷蔵庫とか、そういうのの買いつけだって聞きました。秋葉原なんかいって、型落ちの安いモデルをいっぱい買って、コンテナで送るんです」

「専門の業者がいるんですね」

岩木は頷いた。

「量販店の売れ残りとかをストックしておいて、まとめて売るのがいるんです。何年か前のだって、アフリカもってきゃそりゃ、最新型でしょう」

「業者の名前は？」

「俺は知らないです」

「竹下社長ならわかるね」

岩木は小さく頷いた。

「いつ帰ってこられると？」

「いや、だからあさって」

「竹下さんとは学生の頃からのつきあいだそうですね」

「学生、つうか、まあ、十七、八の頃から」

「自宅はどちらですか」

「いや、俺は、それは……」

「大丈夫ですよ。竹下さんを別に調べているわけじゃないんですから」

岩木は唇をなめた。やがていった。

「勘弁して下さい。俺の口からでた、なんてマズいっすよ」

「竹下さん、警察とはかかわりたくない理由があるの?」

「いや、そうじゃないっすけど。やっぱり、いろいろあるじゃないですか」

「いろいろ、とは?」

鮫島は岩木を見つめた。

「だから、例のナイジェリアのだって、変なものもっててつかまったんでしょう」

「オドメグです。何もってたか、知ってます?」

岩木は急いで首をふった。鮫島はにやりと笑った。

「知ってるでしょう。いつも向こうから運んでこさせたのだから」

岩木の目がみひらかれた。

「どうせ現場をおさえなけりゃ、つかまえられない。今回は、オドメグがもってきたものを別のナイジェリア人にとられちゃって、困ってる人がいると思うんだけど」

「困ってるって、何が……」

「とぼけない」

鮫島は厳しい口調でいった。

「オドメグは運び屋だ。ナイジェリアから、ハシッシュだの何だのをもってきて、こっちでそれを家電製品にかえて本国にもち帰る。別にあんたが運び屋だっていってるわけじゃないのだから、そんなにあわてることはないよ」

岩木の顔は青くなり、そして赤くなった。

「ところで――」

鮫島は話をかえた。

「オドメグに怪我を負わせた犯人、知ってますか」

「いや、知らないです。本当っす。オドメグが前にこっちきたときに知りあった、同じナイジェリア人だってことだけで」

「どこで知り合ったのかな」

「原宿にアフリカ人がやってるバーみたいのがあって、そこで連れになったらしいんです」

「店の名前は？」

岩木は首をふった。

「もう潰れたって聞きました。いろんなアフリカ人が集まってきて、中にはあんまりタチがよくないのもいるらしくて」

「チーフって聞いたことある？」

岩木は頷いた。

「たぶん、オドメグの前に日本にきてた奴です。同じような仕事、あの、だから家電品の仕事してて、もう引退した奴ですけど。原宿の店のことも、たぶんそのチーフから聞いてて、俺、前にオドメグが日本にきたとき、頼まれて連れていってやったんです」

「いちおうその店の場所を聞いておこう」

岩木は説明したが、何年か前に一度きりということで、記憶はあやふやだった。

「で、オドメグに怪我を負わせた犯人だけど、あんたたちも捜してるの？」

岩木は首をふった。

「うちは直接、関係ないっすから」

「うちとは？」

「だからナルミエージェンシー」

「どこの組？」

鮫島はなにげなく訊ねた。岩木は口を開きかけ、あわてて閉じた。岩木の目を見つめた。

「お互い、無駄な手間は省こうや。調べたらすぐわかる。何だったら、四係のあんたの知り合いに訊いたっていい。もっともそんなことしたら、その人に迷惑かけちまうかもしれないけれど――」

岩木はため息を吐いた。

「俺からでたっていわないで下さい。別に俺、盃もらってるわけじゃないんで」

鮫島は頷いた。

「東心会ってところです」

「共栄連合系の」

岩木は頷いた。

「竹下さんも組員なの？」

「ちがいます。俺といっしょで、ビジネスパートナーです」

そのいい方がおかしかったが、鮫島は笑いをこらえた。

「共栄連合は最近、どこかの傘下に入ったな」

「田島組です」

田島組は関東有数の広域暴力団だった。

「すると田島組系共栄連合東心会か？」

「もういっこ入ります」

「何だ？」

「田島組系光國一家共栄連合東心会です」

光國一家の名は知っていた。田島組の系列では、しゃぶやＭＤＭＡなど、クスリを主に扱っていて羽振りがいいとされている。

共栄連合は昔から新宿に縄張りをもっていたが、二年ほど前に、田島組に吸収されたのだった。

「光國の誰か知ってる？」

岩木は大急ぎで首をふった。めったな名は口にできないとわかっているようだ。

「竹下さんは、光國とつきあいがあるわけだ」

「そんなこと、俺はいってないっすよ」

「だってそうだろ。竹下さんの会社がうけいれるナイジェリア人は運び屋だ。あんたのところの東心会はクスリじゃなくて女を扱っている。となると、クスリを預けるところは、光國しかない」

岩木はほとんど泣きそうだった。

「勘弁して下さい。俺、殺されちゃいます」

「大丈夫。俺は誰にも喋らない」

鮫島はいった。

「ただ、オドメグからハシッシュを奪った奴はどうするだろうと思ってさ」

「いや、すげえヤバいと思いますよ。絶対、追いこみ入ってますから。東京じゃさばけないっす」

「だけどアフリカ人が、大阪もっていってさばくってわけにはいかないだろう」

岩木は頷いた。

「アテがあったのかな」

「田島組系はもちろん無理っすよ。だから、別のところでしょうね」

「たとえば」

「そりゃ、他にもあるじゃないっすか。ただいきなりもちこんだって、相手にはされないと思いますけどね。ヤクネタじゃないっすか。下手に買おうものなら、田島に弓引いてんのかって話になるでしょうし……」

「そりゃそうだな」

「一回、別のとこ通さないと無理だと思いますよ」

「別のとこ、とは」

「つまり、その品物じゃなくて、他から入れたものにするってことです」

「なるほど、頭がいいな」

岩木は嬉しそうな顔になった。

「俺がその野郎だったら、一度洗いますよ」

「だが問題はどこで洗うか、だ。オドメグと運び屋仲間の人間にもっていけば、すぐ光國に伝わるだろう。オドメグが死んでいれば別だが、生きている。自分が運んできたブツは見ればわかる筈だ」

「そうすね」

「他の組にいきなりもちこむのはリスクがある。確実に、光國に通報されないとわかっている組を、奪った奴が知っていれば別だが」

「そんなの無理ですよ。よほど個人的な知り合いがいて、そいつが責任もってケツもってくれるのじゃない限り、日本人でもおっかなくて、そんなヤクネタもちこめませんて」

「ヤクネタだけ扱っているようなところはないのか」

岩木がつりこまれた。

「ないとはいわないけど、ハシッシュでしょ。やるかな……」

「どんなものならやるんだ」

「いや、だから宝石とか――」

いいかけ、岩木の顔色がかわった。

「噂っすよ、本当に。噂ですから」

「どんな噂だ」

岩木はうんうんと唸った。ますます窮地におちいっていることにようやく気づいたようだ。

「その……あるらしいって」

「どこに」

「どこかなんて知らないっす。本当です。ただ中国人とかから、盗んだものを買いとってるところがあるって」

「誰から聞いた？」

「その……竹下社長です」

「竹下さんから？」

「ええ」

あきらめたように岩木は話し始めた。

「オドメグとか、日本で安い家電を買うじゃないですか。もっと安く仕入れられるところがあるって。それが、何ていうんですか、泥棒市場みたいなところで。中国人のピッキングとかやってる奴らが、パソコンとかもちこむらしいんですよ」

「だがオドメグが買いつける、冷蔵庫のような家電製品までは扱ってないだろう」

いくらピッキング盗が多いとはいえ、冷蔵庫まで盗んだという話は聞かない。

「だからそういうのは前もってオーダーをかけるらしいんです」

「オーダー？」

「冷蔵庫を何台、パソコン何台、液晶テレビ何台っていう風に。前もっていっておくと、中国人が用意してくれるって……」

「直接中国人にいうのか」

「それはわかんないっす。あいだに人がいるのか。でも中国人の強盗団とか、ふつうつきあいないですからね……。ヤバすぎて」

「それを竹下さんがいっていたのか」

「ていうか、そういうところがあるらしいから調べておくって。それでくる前にオーダーもらって用意させる。秋葉原で型落ち買うより安いじゃないですか」

ハシッシュをもちこんだナイジェリア人が今度は盗品の家電製品をもち帰る。輸入と比べ輸出は検査が甘くなる。盗品であることを隠す書類さえそろっていれば、コンテナ船に積み込むのは容易だ。しかも型落ちではなく、最新の製品である。

オーダーは泥棒市場を通じてだされ、窃盗団は期日までに、数をそろえた家電製品を納品する。盗んだ者と買う者が顔を合わせず、取引が完了するシステムだ。

「だけど竹下さんが知っているということは、光國もその泥棒市場の存在を把握しているわけだろう。そんなところにハシッシュをもちこんだら、一発で光國に伝わるのじゃないのか」

「いや、そこは一応、どことも深くならない中立でやっているのが売りだそうで。だから光國以外の関東の組や、関西なんかもときどき取引してるって——」

「竹下さんはどこで聞いたのかな」

「いや、そりゃわかんないすよ。ただの噂かもしれないし」

「噂だけじゃそこまでいわないだろう」

「勘弁して下さい。こんなに喋っちまっただけでも、俺、ヤバいんですから」

大柄のわりに気の弱い男のようだ。岩木は半べそをかいている。

「ものは考えようだ。竹下さんがどこからその泥棒市場の話を聞いたかがわかれば、こっちは竹下さんをとびこして話を訊きにいける。だろう？」

岩木は首をふった。

「そんなのありえないですよ。じゃあそこへいって、どっから聞いたっていわれたら、竹下社長の名前だすんですか。それとも俺の名前だすんですか」

「わかった」

鮫島はあっさりひいた。

「じゃああんたの意見を訊きたい。オドメグからハシッシュを奪ったナイジェリア人は、その泥棒市場にもちこむと思うか」

「たぶんもちこむと思います。そういう手癖の悪い奴にとっちゃ、蛇の道はヘビですから。だいたい日本に長くいる不良外人なら、聞いたことがあるんじゃないですか。あいつらはあいつらどうしの情報ルートがあるでしょうから」

鮫島は頷いた。

「ところで竹下さんがあさって帰ってくるというのは誰から聞いた？」

「エミですよ。竹下社長のとこのアシスタントをやっている――」

「彼女は元キャバクラ嬢だそうだな。その店にあんたもいったことはあるのか」

「ありますよ、そりゃ」

答えて、岩木は口をつぐんだ。

「今でもいくのか」

「俺はときどき。竹下社長はいかないすね」

「なぜ」

「理由がないんじゃないですか」

理由とはつまり、本間エミのことだろう。

「セイナ」をやめさせ、自分の会社に入れたので、通う理由がなくなったのだ。

岩木のスポーツウェアの内側で携帯電話が鳴った。それを機に、鮫島は訊きこみを終えた。

8

マーケットでは、商品をA項目からD項目まで、大きく四つに分類している。

A項目に入るのは、洋服、バッグ、靴類だが、市場価格が二万円以上のものが二十点を越えない限りは扱わない。

B項目は、宝石、腕時計などの貴金属類だ。これは総額が十万円以上というのが条件だが、バイヤーからのオーダーが入っていれば、一点からでも買いつける。

C項目は、パソコンやテレビなどの家電製品と自動車だ。自動車は寒冷地仕様の４ＷＤまたは高級セダンに限られている。家電製品はオーダーがあったときのみの受けつけ、自動車は、ロシア向けに輸出する。

D項目が、証券、手形類。

明蘭の担当は、A項目とB項目の鑑定だった。

まずメールがセラーからマーケットに届く。およその商品内容が、互いにのみ通じる記号でそこには記されている。

たとえば「B―2　BNG」と打たれていれば、それはブルガリのゴールドのネックレスであり、「B―1　RWM」は、ロレックスの男もの腕時計をあらわす。

宝石類は、ブルガリやカルティエといったブランド品以外は、すべて輸出に回す。腕時計も同じで、ロレックスやピアジェなど名の通ったものしか扱わない。

こうした宝飾品はコピー商品が大量にでまわっている。中にはもち主すらコピーと知らずに大切にしまいこんでいたものを、セラーが盗んできて、明蘭の鑑定をうけてがっかり、というケースもある。

初めの頃、腕時計やバッグの鑑定におもむいた明蘭がコピーだと断定すると怒りだす中国人が多かった。

偽物だといって安く買い叩こうとしている、と疑うのだ。まして盗まれた被害者が、大切に金庫や宝石箱にしまってあったものだったら尚さらだ。

そんなとき明蘭は、本物と偽物の見分けかたをていねいに教えてやる。たとえば腕時計なら秒針の動き、裏蓋の刻印のちがい、バッグなら縫製の特徴、などだ。そうすれば彼らセラーも、今後、盗みに入った先でリスクを背負ってまでコピーをつかんでくる愚をおかさなくなるからだ。

こうした鑑定眼を明蘭に仕込んだのは深見だった。深見の仕事を手伝うことになってからの半年間、明蘭はみっちりと本物とコピーを見分ける鑑定法を教えこまれたのだ。

それでも始めてすぐ、明蘭は気づかずコピーを買ってしまう失敗をおかした。

バイヤーからオーダーの入っていた、エルメスのバッグだった。市場では当初百二十万の値で売りだされ、希少価値から百五十万にまで値上がりしたモデルだ。

明蘭の目から見て、それはどう見ても本物だった。オーダーは八十万で入っていた。そこで五十万で明蘭は買いとった。よくできたコピーだとわかったのは、バイヤーに送ったあとだった。クレームがついたのだ。

バイヤーは「コピー不可」の条件をだしていた。深見は商品を先方に預けたまま、八十万を返却し、その半額を明蘭の給料から引いた。そして次からコピーをつかまされた場合、支払いの全額を明蘭の給料から引く、とつけ加えた。

明蘭は必死になった。ブランドショップに足を向け、本物を見て手にとって、重さ、質感、光沢を頭に叩きこんだ。

腕時計のコピーを見分けるのが一番やさしい。〇・一グラム単位で重量をはかれば、本物と偽物のちがいはすぐ明らかになる。セラーも、本物のモデルより一〇グラム近くも軽いロレックスのゴールドを、本物とはいいはれない。

だが、よくできたコピーはコピーで、それなりの市場価値はある。バンコクの露店で売っているような、数千円のコピーにはまるで価値はないが、まず素人には見破れないような、ヴィトンやエルメスなどのコピーバッグには、本物の十分の一近い値がつく。

その場合、大切なのはパッケージだ。人間の目はパッケージにごまかされる。エルメスの箱や袋、ヴィトンのケースに入っていると、むきだしの本物よりも、ケーシングされた偽物を信じるのだ。

だがあたり前の話だが、時計やバッグをコピーするよりも、箱や袋をコピーするほうがはるかに容易である。

そのための〝工場〟と深見は契約していた。明蘭はいったことはないが、タイとカンボジアの国境近くに、そうしたコピー商品専用のパッケージ工場があるらしい。そこでは、ブランド品のバッグや腕時計のパッケージから、映画DVDのケースに至るまで、ありとあらゆるパッケージの、本物と寸分たがわないコピーが作られているという。

DVDなどとちがって、時計やバッグのケースは大量生産ではないので決して安くはない。安くないといっても、密輸（もちろん表だった通関は不可能だ。中身のないグッチやエルメスの箱が百や二百も入っている貨物を見たら、税関は即座にストップをかける）の手間賃を含めて、せいぜいが数千円である。

その数千円があるかないかで、本物であろうとコピーであろうと、マーケットでの値が大きく異なってくるのだ。

さらにその工場ではメーカーが発行する保証書のコピーも、ケースに添付している。受けとった保証書に、商品の型番を書きこむのは明蘭の仕事だ。

バイヤーはもちろん商品が盗品であることを知っている。しかしバイヤーから商品を購入する消費者は知らない。そこでマーケットではある仕掛けをする。単価の高い腕時計やバッグでは、型番を変更するのだ。これも技術が必要だが、明蘭は身につけた。彫金やレタリングの勉強をしたのだ。

型番を変更するのは、万一、バイヤーから商品を購入した消費者が、質屋やネットオークションなどでリセールする危険に備えてだ。盗難届けに型番が入っていると、それは警察が古物商に配布する「品触」にも記入される。リセールされた時点で盗品であったと発覚してしまう。それを防ぐためだ。

C項目、D項目に関しては、深見と深見の古い知り合いらしいイラン人が担当している。特にD項目の、有価証券や手形は、バイヤーが決まっている。オーダーをうけつける類のものではなく、入った時点である一ヵ所のバイヤーにひきとるかどうかを打診し、不要ならただちにシュレッダー、さらに酸で溶かす方法で処分される。

この一ヵ所のバイヤーは、A、Bの両項目でも、オーダー専門で商品を買いとっている。最初に明蘭がつかまされたコピーのエルメスを買ったのが、同じバイヤーだった。そのバイヤーはときどき東京にでてくると、明蘭と会う。そして一流ブランドの内覧会などに連れていくのだ。

初めの頃深見もいっしょだったが、今は別々だ。深見が最近そのバイヤーと会うときは、D項目の商品に関する打ち合わせに限られている。

バイヤーの名は毛利《もうり》といった。四十歳くらいで、いつも地味だが値のはるスーツを着けている。装飾品にあまり興味がないといっているが、腕時計だけはアンティークの超高級品をはめていた。一千万は下らない品物だ。

言葉にわずかに関西弁がまじる。無口だが、必要なことははっきりいう。自宅は神戸にあるらしいが、東京の目黒区にも小さなマンションを借りているという。

この二度ほど、内覧会のあと、毛利は明蘭を食事に連れていった。一度めは西麻布の小さなイタリアンレストランで、二度めは新橋の料亭だった。

二度めの夜、明蘭は毛利に誘われるまま、ホテルにいった。

深見には決して知られてはならない情事だった。

深見から体を求められたことはない。もし求められたら拒みはしなかったろう。だが深見のもとで働きだした最初の一年は、明蘭には恋愛をできるような余裕などなく、深見はそれを思いやってか求めてこなかった。

何となく機を逸した状態で次の一年が過ぎ、毛利が現われたのだ。

ホテルでは明蘭が先にバスルームを使った。部屋を暗くしてベッドに入り、ルームサービスのワインを飲みながら、毛利がバスルームからでてくるのを待った。

やがて腰から下にバスタオルを巻いた毛利がバスルームから現われた。バスルームの灯りに一瞬照らしだされた毛利の体を見て、明蘭は息を呑んだ。

登り龍の刺青が背中一面に入っていたからだった。

見つめている明蘭を、毛利は笑みを含んだ目で見返した。

「初めてか。こんなんして見るのは」

明蘭は無言で頷いた。きれいだ、と思った。

毛利はワインのデキャンタをとりあげた。ロマネコンティの八一年だった。

——馬鹿みたいに高い代物じゃないが、今日みたいな日は、これくらいは飲みたいな。

そういって、ホテルに入っているフレンチレストランからとりよせたボトルだ。明蘭のグラスに注ぎ、香りをかいだ。

「ふん、さっきよりよくなった」

まるで口を漱《すす》ぐようにワインを味わって飲む。明蘭の知識では、ロマネの八一年は、四十万前後はする筈だ。ホテルで買えばもう少し高いだろう。

「ワインと葉巻は、年をとってからの楽しみにとっておけ、といわれたことがある」

毛利はベッドに腰をおろし、ひとり言のようにいった。

「誰に？」

毛利はため息を吐いた。

「深見さんからもいわれた。あとはうちの会長かな。若いうちに何もかも楽しんでしまうと、年寄りになってから楽しみがなくなる」

「年をとるっていくつから？」

「そうだな……。本当に年をとったと思うのは、女が抱けなくなったら、だろう。だがそれから始めたのじゃ遅すぎる。女を抱けないくらい弱ると、酒も弱くなるらしい。ボトルの一本くらい飲めるうちに始めなきゃ、ワインの良さもわからないだろう」

考えこむように毛利はいった。珍しく饒舌だと明蘭は思った。深見に対する罪の意識がそうさせているのか。

「だったらいくつくらいがいいの」

「四十五、六」

「毛利さん、今いくつ？」

毛利は明蘭をふりかえった。

「四十二。厄年や。知ってるか」

「聞いたことはある」

「本当のこと、教えてやる。俺の名前は毛利じゃない。石崎《いしざき》や。石崎謙一《けんいち》。毛利高史《たかし》というのは、東京での商売用の名前だ」

明蘭は毛利の目を見た。

「石崎謙一さんは何者なの」

「興味があるのか」

明蘭は毛利がもったグラスに手をのばした。ひと口含むと、確かに重みのある華やかさのような香りが強くなった気がした。毛利の言葉のせいもあるかもしれない。だがすぐ、それはちがう、と思い直した。腕時計やバッグの精巧なコピーなら、持主が本物と信じている限り、本人にとってそれは本物だ。だがワインのような味のあるものに、ごまかしはきかない。たとえラベルを見せずに飲ませたとしても、一本千円と四十万円とにはちがいがある。そのちがいは、バッグや時計のコピーと本物以上に多くの人間に見分けられるものだ。

明蘭の考えを読んだように毛利がいった。

「本物と偽物のちがいは、わかる人間にはすぐにわかる。けれどワインは実は難しい。千円のワインとこれを比べてわからん奴はおらん。二十万円のワインとこれ、いや一万のワインでも、わからんときはある」

「わたしは逆のことを思っていた。バッグや時計より、ワインの方がわかりやすいって」

「そりゃ、安もんと本物を比べるからだ。ワインの世界にも偽物はあるが、ボトルを開けるまでが勝負や。一本百万、二百万の代物は開けんでこそ価値がある。ラベルもボトルも本物そっくりで、飲まずに見抜くのは難しいぞ」

「それはわたしには無理」

明蘭は首をふった。

「ワインを勉強する方法はひとつしかない。飲むことだ。飲んで飲んで飲み倒す。そうしなけりゃ、本物と偽物の区別はつかん。けれど封を開けてからこいつは偽物だといったって、たいていは遅い。レストランやバーなら、クレームでとりかえさせることもできる。まともなソムリエがいれば、飲んでみい、といえばすむ。けど知らずに買いこんで、何年間も寝かしていたらそれまでだ。開けて飲んで、偽物だと気づいても、売った奴はとっくにとんずらだ。だから俺もワインは扱わない。味見ができなけりゃ、保証のしようがない」

明蘭は頷いた。毛利はぽつりとつけ加えた。

「人も同じだ」

「人も味見するの」

「誤解せんでくれ。ベッドに入ることをいってるのじゃない。そりゃあ女としてつきあおうと思ったらベッドも大事だが、俺のいっているのは、人間として本物か偽物かの見分けかただ」

「わたしは簡単。自分のことをよく喋る人間は信用しない。特にお金や力を自慢する奴は。たとえいっていることが本当でも、どこか信じられない」

毛利は薄い笑みを浮かべ、頷いた。

「なるほど。じゃ、いうのやめておくか。石崎謙一さんが何者か、というのは」

明蘭は毛利の目を見つめた。とにかく頭の切れる男だ。それだけはまちがいない。これまでの明蘭の人生の中で、頭が切れ、それでいて狡くないと思った人間は、深見しかいなかった。毛利がたぶん二番めだ。毛利も、自分さえよければいい、という男ではない。

しかも深見より若く、深見にはない何かがある。その何かを言葉で表わせば、冷たさ、だろう。深見は厳しいが、同時に明蘭に対する責任のようなものを負っていると感じる。たとえれば師匠であり、親だ。それがときに重たく、いらつかされる。

毛利はちがう。女としてストレートに扱うぶん、明蘭を対等に見ている。それはつまり毛利に嘘をついたり損をさせたら、切り捨てられるということだ。

「そうね」

明蘭はいった。

「でも刺青を背中いっぱいに彫った男と寝るのは初めて」

毛利は笑った。

「これは戒め、や。どんなに気どっても、高いもんを身に着けても、しょせんは自分がどんな人間か、忘れんように、鏡を見るたびに戒めてくれるんや。それがのうなったら、俺は偽物になる。俺にとって、人間が本物か偽物かを見分けるんは、己を知っているかどうかだ。カタギのくせにやくざの真似をする奴、やくざなのにカタギみたいなふりをする奴、今はそんなんばっかりが幅をきかせている。けど、本物は本物、偽物は偽物や。俺は己を見失ったら終わりやと思っている。鏡を見るたび、俺は俺にいい聞かせる。どんなに格好つけとっても、お前はやくざや。それを忘れるな」

明蘭は無言で頷いた。

毛利は明蘭の手からグラスをとり、サイドテーブルにおいた。明蘭のかたわらに横たわり、手を毛布の中にさしこむ。

毛利の手が乳首に触れた。焦らすような、先端をさけた触れかただった。それでも明蘭は、体の奥深いところが熱くなるのを感じた。

「やくざと寝るんは初めてか」

「初めて」

毛利は頷いた。明蘭は手をのばし、毛利のわき腹から背中にかけての龍に触れた。冷んやりとしていた。

毛利が笑った。めったにない、大きな笑顔だった。同時にその笑顔を、狼のようだ、と明蘭は思った。狼が牙をむくと、まるで笑ったような顔になる。毛利の笑顔はそれに似ていた。

「そのうちこの絵がないと、男と寝た気がせんようになる。この絵を見ながらでないと、いけん体になるかもしれん」

「恐い」

「やめとくなら今や」

表情をかえずに毛利はいった。明蘭は怒りをこめて毛利の目をにらみつけた。

「狡い」

「冗談や。やめとくいうても許さへん。お前は俺のもんや」

それを聞き、明蘭は息が荒くなった。愛撫よりも体の芯が潤うのを感じた。今まで、そう明蘭に告げた男はいなかった。

やがて明蘭の体を開いて毛利が入ってきたときも、その言葉だけを明蘭は考えていた。

もしもっと前に、深見がその言葉を口にしていたら、自分はどうしただろう。この毛利とこうなることはなかったのではないか。

やがて毛利の動きが激しくなり、明蘭は何も考えられなくなった。

9

岩木の情報をもとに、鮫島は当日タイから成田空港に到着する便の乗客名簿を調べた。その結果十五時四十分に到着するタイ航空と全日空のコードシェア便に「タケシタマサカツ」の名を見つけた。

帰国後、竹下が自宅に帰るか、西新宿のサンエイ企画に直行するかはわからない。いずれにしても本間エミから鮫島の捜査を聞かされ、それなりの準備をするだろう。竹下に泥棒市場の情報を吐かせるためには、不意を打つ必要があった。

鮫島は成田空港の到着ロビーに張りこむことにした。その前に入国管理局に協力を依頼する。

東京入国管理局は、歌舞伎町を中心に活動する不法入国・滞在外国人を摘発するため、新宿出張所を開設した。通称、入管と呼ばれる入国管理局には、入国審査官と入国警備官の二種の職務があるが、摘発は主に警備官の仕事だ。だが表向きの在留資格をもっている外国人に対しては、警備官は厳しく問い詰めることをしない。偽装結婚で資格を得たり、留学生の身分で犯罪をおこなっている者を見抜くには、審査官の知識が必要になる。新宿出張所では入国警備官と入国審査官によるチームを作り、歌舞伎町の飲食店を中心にした摘発にのりだした。それには新宿署の組対課が協力にあたったが、鮫島も何度かつきあったことがある。

その結果、新宿出張所の入国警備官、審査官に何人か知り合いができた。彼らを通して、成田空港の入国審査官に協力を頼んだ。

竹下正勝には逮捕歴などの前歴がない。したがって竹下の写真などは警視庁の記録になく、成田空港で待ちうけたとしても、鮫島は竹下を特定することができない。そこで、当日当該時刻の、日本人入国を担当する審査官に、竹下正勝名義のパスポートを所持した人物を扱った際に合図を送るよう、頼んだのだ。

合図は、審査官の手もとにあるパソコンを通して送られ、鮫島はそれを入国管理局の監視カメラで確認する。

緊急の依頼だったが、入国管理局は快く応じてくれた。

「TG676、到着しましたよ。定刻より十分早い」

待機していた入国審査官に呼ばれ、鮫島は、監視カメラの映像をうつしだすモニターの前にすわった。

十分ほどすると、入国審査のブースに新たな行列ができた。

「この中にたぶんいますね」

やがて管理局のコンピュータに信号が入った。

「六番です。六番の台にいる人物がそうですよ」

いわれて鮫島は、モニターにうつった男を見つめた。年齢は、三十代の後半。白っぽいジャケットにチェックのシャツを着けている。

「何かもちこみますかね。パスポートに問題はないようですが」

コンピュータを見ていた審査官はいった。

「もし臭いようなら、税関にその旨、連絡しますけど――」

鮫島がサンエイ企画を訪れたことは、すでに本間エミから竹下に伝わっているだろう。よほど愚かな人間でない限り、警察の捜査の対象となっているときに、違法な品をもちこもうとはしない筈だ。

「いや、たぶん何ももっていないと思います。調べられているのを知っていますからね」

鮫島は答え、礼を述べて入国管理局をでた。

入国審査を終えた竹下は、このあと飛行機に預けていた荷物をうけとり、税関の検査台を経て、到着ロビーにでてくる。そこをおさえたかった。旅慣れた男だろうから、あるいは大型のトランクなどをもたず、機内にもちこめるスーツケースだけで移動している可能性もある。そうなると到着ロビーには短時間で現われる。

鮫島の予想通り、キャスターつきのスーツケースを片手で引いただけの軽装で竹下は、到着ロビーにでてきた。そのまま駐車場の方向に向かおうとする。

近くで見ると、陽焼けしたなかなかの二枚目だった。頬骨が高く、白人のような風貌をしている。

「竹下さん、竹下正勝さんですね」

駐車場のビルとつながるエスカレータを降りたところで鮫島は声をかけた。

ふりかえった竹下に身分証を提示する。

「帰国されたばかりでお疲れのところを申しわけありません。お手間はとらせませんので、ちょっとお話をうかがわせて下さい」

竹下の目に、まさかという動揺の色が浮かんだ。

「いや……今ちょっと、人と待ち合わせがあって、急いでいるんですよ」

「お車ですか。じゃあ駐車場までのあいだでけっこうですから」

鮫島が告げると、竹下は息を吐いた。

「新宿署、ですか」

「そうです。お聞き及びかもしれませんが、竹下さんの会社の手配で来日したナイジェリア人が強盗にあいましてね。その際にハシッシュをもっていたのが見つかって逮捕されました」

「オドメグですよね。俺はやめろっていってたんです。妙な小遣い稼ぎを仲間から吹きこまれたらしくて、来る前にもってくるようなことをいってたんで、絶対によせといいました。なのにあんなことになっちまって」

竹下は首をふり、いった。

「すると竹下さんは、オドメグがハシッシュをもちこむことを知っていたのですか」

「知っちゃいませんよ。知ってたら世話なんか焼きません。うちはちゃんとした旅行代理店で、密輸の片棒を担ぐことなんてありえない」

怒ったように竹下はいった。頭の回る男だ。いきなり知らないの何のと全否定せず、あるていど鮫島のでかたを予測して、先手を打ってきた。

「ただそういう可能性があるとは思っていたのですね」

「くる前に、いちおう電話であれこれやりとりするんです。そのときにちらっとそんなことをいったんで、止めたんです。あいつらけっこう、そういう商売している仲間が多くて、危ないんですよ」

竹下は舌打ちした。

「ナムディという同国人は知っていますか」

「名前だけです。奴さんがこっちにくるとつるんでたみたいですけど、会ったことはありません」

鮫島は攻めかたをかえることにした。

「竹下さん、あなたやあなたの会社をどうこうしたいという気はない。うちあけた話をしましょう。オドメグはおそらく、多量のハシッシュをもちこんでいた。それを被害にあった中央公園で誰かに渡す筈だった。その誰かは、どこかの恐いお兄さんでしょう。ああいう品物をわざわざ外国から運んできて、素人に売る人間はいない。オドメグとどこかの恐いお兄さんとの間では話がついていたと考えるのがあたり前だ」

竹下の表情に変化はなかった。

「それをナムディが横からかっさらった。もっと高く売れる場所があると思ったのですかね」

「俺にはわかりませんよ」

「じゃあ私が想像で話します。おそらくオドメグは運ぶだけで、ハシッシュの代金を受けとれる立場になかった。かりに受けとるとしてもそれは現金じゃなくて、オドメグが本国にもち帰る電化製品の形をとっていた。つまりオドメグには現金が入らない。ナムディはそれがわかったので、ハシッシュを奪った。売れば金になると踏んで」

「そりゃそうでしょう」

「問題はどこに売るか、だ」

鮫島は竹下にささやきかけた。

「その辺で売《バイ》をするには光國一家の恐いお兄さんたちの目が光っている」

竹下の表情がかわった。

「下手をすりゃ、東京湾に沈められるか、どこかの山奥に埋められる」

「何の話だ」

「そういや、この前私も初めて聞いたのですがね。埋めるときというのは、本人に穴を掘らせた上に、その底に正座させるのだそうですね。それから土をかける。正座させるのは、まかりまちがって穴から這いでてこないようにするためらしい。知ってるか、竹下さんなら」

「あんた、何がいいたいんだよ」

鮫島は竹下の顔を無言で見つめた。血の気がひいていた。

「光國の追いこみのことは伝わってるんです。ハシッシュを売りこみにくるアフリカ人がいたら、すぐ知らせろってね。光國の上は田島組だ。田島組に喧嘩売ってまでハシッシュを欲しがる奴はそういない。関東じゃ有数の代紋だ。そうなると、ナムディは困るだろう」

「アフリカ人のことなんか知っちゃいないよ。埋められるなり、沈められんなり、されちまやいいんだ」

「まあ、竹下さんの立場ならそうなる。そこでひとつ訊きたいんですよ。ハシッシュを奪ったナムディは、どこにじゃあ、もちこみますかね」

「そんなの俺がわかるわけない」

「あてずっぽうでいい。たとえば不良外国人が盗んだものをひきとってくれるような、故買屋とかに心当たりがあるだろう」

「何のことだ」

竹下は目だけを動かし、いった。

「あなたは顔が広い。実際にそことかかわっているとはいわないが、中国人の窃盗団とつきあいのある泥棒市場の話を聞いたことくらいはあるだろう」

竹下は無言になった。

「はっきりいおう。オドメグのハシッシュも光國一家も、この際、二の次だ。私が知りたいのは、その泥棒市場のことなんだ」

竹下は黙りこくっている。わずかだが息が荒い。

「あなたに迷惑はかけない。だからこそ成田まででばってきたんです。西新宿のお宅の会社にガサをかけたり、ナルミエージェンシーだっけ？　芸能プロダクションのことを細かに洗ったりすれば、どうしたって噂が流れる。それは避けたい」

竹下はやがて鮫島に目を向けた。

「喋ったら俺が殺されるかもしれないだろ」

「そのときは殺しも、その泥棒市場の連中に背負わしてやる」

竹下は天井を見上げた。深々と息を吐く。

「鮫島さんだっけ。あんた、『新宿鮫』って渾名《あだな》されてんだろ。えらいしつこくって、どうにもならねえって、チェンマイから電話して訊いた知り合いがいってた」

「仕事に熱心なだけでね。だからってスパイを仕立てたり、そのスパイを犠牲にしてまで手柄を立てようとは思わない」

竹下は鮫島をふりかえった。

「俺をスパイにする気じゃねえのかよ」

「泥棒市場のことだけだ。あんたの知っていることを全部話してくれ。オドメグのハシッシュに関しちゃ、あんたを絡みでひっぱるのは難しいと思っている」

「取引か」

鮫島は首をふった。

「取引はしない。別件であんたが悪事を働いているとわかれば、そのときはまた訪ねていく」

竹下は再び息を吐いた。

「本当に噂通りの人だな。わかりました。立ち話もなんだ。そのあたりでお茶でも飲みましょうや」

10

新宿署に鮫島が戻ったのは、午後七時過ぎだった。いつもは帰宅している筈の桃井が生活安全課に残っていた。

「どうしたんです？　珍しいですね」

鮫島が笑いかけると、桃井は笑い返した。

「夕方から本庁に呼ばれていてな。組対が新しい対象を設けた。入管の活躍で、新宿から外国人が減ったろう。そこで新宿署に新たな協力を求められた」

確かに新宿から中国人や南米系の外国人の姿が消えていた。入管による刈りこみで、中国人、韓国人、コロンビア人などの不法滞在者がいっせいに摘発されたからだ。

といって、消えた連中は摘発された人数の何倍、何十倍もいるし、彼らが本国に帰ったわけではないこともわかっていた。新宿を避け、錦糸町や池袋、あるいは地方の都市などへ分散したにすぎない。

「新たな対象を設定したのは新任の理事官だ」

「香田ですか」

鮫島の言葉に桃井は頷いた。

「外事にいた頃から、やりたいと思っていたそうだ」

「何です？」

「コピーブランドの摘発だ」

「コピーブランドを？」

「ブリーフィングによると、海外の有名ブランドのコピーは、中国やタイ、韓国などの工場で作られている。製品として輸入される場合もあるが、半製品の形で入れて、日本国内の工場で組み立てるケースが最近は増えている。製品で入れると、税関に摘発されることが多くなったかららしい。もちこまれたコピーブランドは、インターネットで売られたり、パチンコの景品として扱われている。香田さんは外事の時代に、外務省出向でタイ大使館に一年ほどいっている。そのとき、タイにあるコピー工場のことを聞いた。さらに、最近、深夜の路上でＣＤやＤＶＤを売っているが、それもコピーだ。ＣＤもＤＶＤも、海外のミュージシャンやハリウッド映画で、タイで作られたものが入ってきている。これらは暴力団の資金源になっている」

「具体的にはどうしろと？」

「贓物《ぞうぶつ》の流れを追え、というんだ」

鮫島は息を吸いこんだ。贓物とは盗品のことだ。

「コピーブランドも贓物も、そのあたりの店で堂々と売ることはできない。流れとしては同じルートを通る可能性がある。きれる人だな。君と同じところに目をつけたというわけだ」

鮫島は頷いた。

そりがあわないのは事実だが、香田が無能だと思ったことは一度もない。だからこそ、自ら希望して、公安畑から刑事畑にきたというのは意外だった。

警視庁、警察庁の出世ルートは公安畑という流れは古くから厳然としてある。

「それと、嫌な噂を聞いた」

桃井は声を低くした。

「何です」

「杉並署の刑事課にいる古い友人から入ってきたのだが、ある警視庁幹部の自宅マンションがピッキングにあった。ところが犯行の最中に、その幹部の妻子が帰宅し、被害にあった」

鮫島は桃井を見つめた。深い皺が刻まれた桃井の顔は無表情だった。

「被害がどういうものであったかは不明だ。単に威され縛られただけか、それ以上のことがあったのか、杉並署員には当然箝口令《かんこうれい》がしかれ、幹部の名も含め、いっさいでてこない」

鮫島は言葉を失った。香田の自宅は杉並区だ。

「噂はあくまでも噂だ。こんな話を君の耳に入れるのもどうかと思ったが……」

桃井は咳をした。

「で、組対の要求にどう応えていくのですか？」

「通常の捜査活動の中で得た、故買屋の動きを定期的に報告するよう求められた。ただし組織的な故買屋に関しては、時期には関係なく、情報を得たらばただちに報告せよ、ということだ」

「組対はどっちを狙ってるんですか。外国人組織ですか、それとも暴力団？」

「表向きは両方だ。だが実際は外国人組織だろう。暴力団が大組織に収斂している現状では、やるとなったらいつでも暴力団とは向かいあえる」

鮫島は息を吐いた。

暴力団には長い歴史がある。壊滅を掲げながら、警察は暴力団をこの社会から完全に駆逐できずにきた。暴対法の施行などが彼らの影響力を弱め、勢力図の再編をうながしたのは事実だが、一方で不法滞在外国人の増加とその組織化が、犯罪の発生率を高め、検挙率を下落させている。当初、日本の暴力団と外国人犯罪者は、その犯罪のフィールドを棲み分けていたが、対立を経て、互いに利用しあう最悪の環境が整いつつある。

こんなことならば、暴力団だけに目を光らせていた過去のほうがよほどましだったと誰しもが考える。そこでまず、外国人犯罪者の徹底した取締りをおこない、関連する日本人も検挙していこうというのが、組対部を新設した目論見《もくろみ》なのだ。

それじたいは決して誤った方針ではないと鮫島も思っていた。ただ、そのやりかたは、一番困難なところから手をつけようとするもので、障害にぶちあたりそこで動けなくなったら一歩も進めなくなる。

さらにもうひとつ、鮫島には懸念することがあった。

「組対じたいはこの対象にどのていど人を割いているのです?」

「タイと韓国に捜査員を派遣し、情報の収集にあたらせるつもりだと香田さんはいっておられた。ピッキングやパチンコの裏ロムなどもあるが、これ以上、外国人犯罪組織が日本で市場を広げるのを、何としても阻止したい、ということだ。CDやDVDの路上販売は、場合によっては旧四課を動かしてでも、できなくなるよう圧力をかける」

「どう動かすのです?」

桃井は鮫島を見つめた。

「毒をもって毒を制す、というやり方もある、といわれた」

鮫島は桃井を見返した。昔から路上における物品販売は、暴力団の地割りをもとにした資金源となってきた。路上で物販行為をするのはそれじたい道路交通法違反だが、その前に地元の暴力団によって差配される。つまり、コピーのCDやDVDが路上で売られているのは、収益の一部が地元暴力団に流れこんでいる証しなのだ。

香田はそれを排除するために、暴力団に圧力をかけ、外国人組織と手を切らせようと考えているのだ。

鮫島が懸念する、もうひとつのことというのがそれだった。

この国では古くから、警察と暴力団のあいだに「もちつもたれつ」の関係が存在していた。上べでは対立を装いながら、ある種の必要悪であると是認し、利用しあう関係が長くつづいていたのだ。それをかえたのが暴対法の施行で、暴力団の名を口にした瞬間から逮捕される厳しい状況が作られた。

それによって大きな組織のみが生き残るという流れとなった今、再び警察と暴力団は、癒着しやすい環境となっている。

外国人組織の排除を優先順位の一番に掲げる警察は、暴力団に対し、外国人組織と手を切ることを要求する。だがそれは容易ではない。シノギという側面から見ると、大小さまざまな部分で、暴力団と外国人組織の間には関係が作られているからだ。

簡単な話、外国人犯罪組織との関係を完全に断とうとするなら、暴力団は食っていけなくなる。それでも手を切らせるにはどうするか。

むろんのこと、暴力団も外国人組織も根絶させられればそれに越したことはない。だが不可能であると、歴史が証明している。

「場合によっては暴力団と組むこともありうる、というのですか」

鮫島の問いに、桃井は首をふった。

「そこまではっきりとはいわれなかった。だが同じシノギを暴力団がしているのと、外国人がしているのとでは、どちらが取締りやすいかは、はっきりしている」

暴力団には事務所がある。その所在地から代表者である親分以下、幹部構成、盃をもらっている組員の名簿まで、かつて警察庁、警視庁が完全に把握していた時代があった。所轄署の四係は、管内に事務所をおく組の動向に詳しく、シノギの中心が何で、次に幹部にとりたてられるのが誰なのか、細かく知っていた。

そのような状況で、組員が犯罪をおこなったと判断するに足る証拠があがれば、暴力団は容疑者を出頭させずにはいられなかった。そうしなければ、警察は親分などの幹部を攻めるからだ。そこでたとえ身代わりであっても、何がしかの容疑者をさしだすことで、上への追及を逃れてきた。「上に迷惑をかけられない」という、ある種日本的な美学で、警察は身代わりにせよ、容疑者を手に入れてきたのだ。

容疑者をあげれば、検挙率は維持される。それが本物であるか身代わりであるかについては、暴力団側がよほど杜撰《ずさん》な人選をしない限りはこだわらない。そうして作った暴力団側への〝貸し〟を、警察は、拳銃取締月間のときなどに回収する。各署に課されたノルマをクリアするため、暴力団に協力を求めるのだ。暴力団は、求められた数の拳銃や、ときには容疑者も加えてさしだし、互いに丸くおさまるというわけだ。

そうした「もちつもたれつ」の関係を壊したのが暴対法であり、外国人犯罪組織の台頭だった。その結果、暴力団は本来のシノギの手段を離れ、窃盗や強盗団への協力、あるいは詐欺といった、別種の犯罪へと流れていった。さらに巧妙な経済犯罪専門の組織も生まれている。

香田の考えは、現在の犯罪市場から外国人の勢力を追いだし、もう一度、日本の暴力団だけのものへと戻す。すなわち、外国人からとりあげたシノギを渡すのを条件に、暴力団に協力を求めるというものだ。

まさに毒をもって毒を制す、というやり方といえる。

「香田さんはこう、いわれた。アナログな捜査法で対処できないのがデジタル化した現在の組織犯罪だ。だからといって全警察の捜査法をデジタル化するのは容易ではないし、またそれに不向きな捜査員もおおぜいいる。ならば発想の転換をして、組織犯罪をもう一度アナログの世界に戻してしまえばよい、と。いってみれば、犯罪における攘夷運動だと――」

「そんなことができるのでしょうか」

桃井は首をふった。

「私にもわからない。だが並み並みならぬ決意であることは確かだ。ただ、香田さんの立場にある人が本気でそれをしようと考え、暴力団側に協力を求めたら、彼らもそれを無視するわけにはいかないだろう」

確かに群雄割拠の時代とちがい、暴力団が限られた大組織に収斂した現在、話をもっていく先はそう多くはない。当然、水面下での働きかけになるだろうが、暴力団側がこれを拒否するのはかなり難しい。たとえばの話、協力をうけいれる組織とそうでない組織があれば、警察は当然、うけいれない組織を狙い撃つことになる。徹底した狙い撃ちをうければ、どのような大組織でも弱体化する。そうなったら兵隊も離れ、シノギも奪われる結果となるだろう。

　法のもとの公平、公正、という視点で考えるなら、それは許される方法ではない。しかし増えつづける外国人犯罪を抑制するための〝緊急避難〟的な手段だと考えるなら、そしてそれも香田ひとりが責任をすべて負う、という作戦ならば――。

「そのことを、さらに上は知っているのでしょうか」

　いった鮫島の目を桃井は見つめた。

「どう思うね」

「知っていても、知っているとは認めないでしょうね」

　桃井は小さく頷いた。

「むろん、このことが外に洩れるとすれば、それは警察側からではありえない。だとするなら、暴力団の訴えなど、マスコミはとりあげないだろうし、とりあげたとしても決して警察はそれを認めないだろう。まかりまちがって、このことが実態として認められるような報道がされたら、そのときは香田さんひとりが腹を切る覚悟なのだろう。あの人は自ら望んで、特攻の弾になったようだ」

「そのためにわざわざ組対にきたのですか」

　信じられない思いで鮫島はいった。桃井の表情は暗かった。

「だから、さっきの嫌な噂が信憑性を帯びてくる」

鮫島は答える言葉を失った。

香田を動かしているのは、家族を傷つけられた怒りなのか。その怒りを晴らすために、自ら火中の栗となって、汚れ役を買ってでたのか。

「――ところで、何か新しい手がかりはあったのか」

桃井の言葉に我にかえった。

「ありました。まさに、理事官に報告をしなければならない内容です」

桃井は無言で眉を吊りあげた。

「かなり組織化された泥棒市場が、新宿に存在しています。管理者の正体は不明ですが、売り手、買い手、どちらからも中立を保っており、特定商品のオーダーもうけつけるとのことです。ただ具体的に、どこで誰が運営しているかというのは、まだはっきりしていません。特定の暴力団や外国人犯罪組織と偏ったつながりをもってはいないという話で」

「接触の方法は？」

「主にメールを用いているそうです。パスワードを知っている者だけがアクセスできるネット上の窓口に、売買したい商品の情報と自分の連絡先を打ちこむと、運営者側から接触がある」

「インターネットか」

桃井は息を吐いた。

「といって、完全にネット通販の形をとっているわけでもないようです。表の企業とちがって、信頼関係などありませんから、必ず商品の確認や代金の決済には、人間が立ちあうようです」

「それはそうだな。互いに犯罪者なんだ。それこそコピーをつかまされたらそれまでだ。で、扱っている商品の構成は？」

「広範囲です。洋服やブランドもののバッグ、貴金属、宝石類から腕時計、家電製品、自動車、さらに証券、手形類にまで及んでいるそうです」

「証券、手形類も扱うなら、暴力団がつながってないというのは変じゃないか」

「卸しているのだと思います。すぐには現金化できない、あるいは表にだせない手形類でも、大きな組織ならどこかで使い途があるでしょうから。逆に薬物や拳銃などは扱っていないという話です」

「つまり大きな組と取引はあるが、そこに食われてはいない、と？」

鮫島は頷いた。

「確かにそこのところはひっかかります。今どき、大組織と取引をもちながら食われずにやっていくのは並みたいていじゃありません。よほど複数の大組織と関係をもっていて、ひとつの組が乗っとるのが難しいか、かなりの貫目《かんめ》のある人物が仕切っているので、手をだしづらいのか」

「あるいはその両方か」

「ええ。おそらく自動車は、ロシア向けだと思われますので、ロシアマフィアとつながりがあり、もちろん中国人などの大規模窃盗集団ともつきあいがある。特定の組だと利害関係が複雑なので、逆に仕切りきれない可能性はあります」

鮫島の言葉に桃井は考えこんだ。

「――で、顔の見えている人間はひとりもいないのか」

「サンエイ企画の竹下の話では、鑑定人に若い女がひとりいるそうです」

「鑑定人」

「もちこまれる貴金属やブランド品が本物かどうか、目利きをおこなう仕事です。日本語も中国語も完璧で、商品知識も並みじゃない。その上、美人ときている」

「ずいぶんできすぎた話だな」

「ええ。ですがその女の正体についちゃ誰も知っている者がいないので、逆に噂になりやすいようです。日本人説、中国人説、ハーフ説、いろいろあるようです」

「まさかその女が管理者なのじゃないだろうな」

鮫島は首をふった。

「それはないと思います。もしその女が管理者なら、それこそケツもちでどこかの組が入っていておかしくない」

「具体的につきあいのある組の名はでたのか？」

「竹下はそれについて話すのを嫌がりましたが、どこかひとつだけでも名前をあげろ、といったら喋りました」

「どこだ」

「稜知会《りょうちかい》です」

桃井はわずかに顎を引いた。いいたいことはわかった。鮫島は先回りした。

「適当に名前をあげたわけではありませんでした。本気で恐がっていましたから」

稜知会は関西に本部をおく、日本最大の暴力団だった。

かつて稜知会は「箱根の山を越えない」といわれていた。兵庫を本拠地として生まれた稜知会は、戦前からある博徒系の暴力団で、戦後の復興期から昭和四〇年代にかけて飛躍的にその縄張りと勢力をのばした。

豊富な資金力と武闘派の組員による高い戦闘力を背景に中国地方から九州一円を支配下におき、さらに愛知、静岡といった中部圏にも傘下の組を増やしていった。

当時、これに対抗するため、関東の大組織が結集し、「連合」を作った。ふだんは縄張り争いをくりかえす関係であったが、日本最大の組織の関東進出を何としても食い止めるのが目的だった。

「連合」は、六つの大組織のトップによって形成され、月に一度、連絡会議をおこなうことで結束した。稜知会の関東進出を許さず、都内には組事務所を開かせない、という申しあわせをおこなった。万一、稜知会がそれをするときは、六組織すべてが稜知会と対立し、抗争に入る。

これが「箱根の山を越えない」といわれた理由だった。

だがバブルの崩壊と暴対法の施行が、この申しあわせを無効にした。

まず、バブル時における地価の高騰は、地上げなどの非合法活動に暴力団を呼びこみ、その後の地下経済の発展につながる下地を作った。バブルが崩壊したとき、「力ずく」しか頭になかったやくざは勢力を失い、逆に頭の切れる者は勢力を伸ばした。金融機関や不動産会社の弱みを握り、それを踏み台に大企業の喉笛に食いついたのだ。

稜知会には、「最も頭のいいやくざ」と「最も頭の悪いやくざ」の両方がいる、といわれる。頭のいいやくざとは即ち、優秀な経済やくざで、大企業のトップにも比肩しうるような才覚をもち、多角的かつ先端的なシノギを次々に開発する。

頭の悪いやくざとはつまり戦闘員である。組と組とが互いの全存在をかけて衝突するような抗争が「時代遅れ」とされる現代にあっても、一朝ことあらばいつでも鉄砲玉として敵地にのりこむ覚悟をもった組員を、稜知会は多数擁しているといわれていた。それが事実かどうかはともかく、戦闘員の数は交渉力につながる。

巨大な軍事力をもつ国家が行使するしないにかかわりなく、国際社会での発言力をもつのと同様に、戦闘員を多数抱える組織は、勢力を拡大する。

実際、稜知会は、抗争において負け知らずだといわれていた。稜知会の組員が一人殺されれば、対立組織は二人以上が必ず殺されている。相手が手打ちを望まず、あくまで抵抗を示すなら、千人でも二千人でも鉄砲玉を送りこみ、完膚なきまで叩きのめすという作戦をとるのだ。

優秀な頭脳がもたらす経済力と巨大な戦闘力が、稜知会を日本最大の組織にし、さらにバブル崩壊や暴対法によって、勢力を著しく失った関東の組の縄張りへの進出を可能にした。

今や「連合」でかつての勢力をもつ組は二つしかない。田島組と東砂会だ。「連合」の内部でも再編がおき、収斂が進んだのだ。

日本の暴力団人口は八万七千人といわれる。このうちの七割が現在、稜知会、田島組、東砂会に所属していると、警察庁は見ていた。中でも最大級なのが稜知会で、四五パーセントを占める。

警察庁が稜知会の壊滅を目標に掲げたのは二十年以上も過去のことだ。だが現実は逆に動いている。稜知会はさらに勢力を伸ばし、事実上、日本全土を制覇しているといってよかった。

かつて新宿歌舞伎町で、中国マフィアによる暴力団幹部強盗が頻発したことがあった。新宿に縄張りをもつ日本人暴力団の幹部を狙い、金品を奪いとるのだ。まさかやくざを襲う者などいないだろうという油断につけこみ、路上や車中でひとりになったところを暴行し、所持品を強奪する。暴力団幹部は多額の現金やブランド物の腕時計などを身に着けていることが多く、強盗にとっては格好の獲物だったのだ。しかも体面があるので、警察に被害届けをだすこともない。いわば水面下の犯罪で、鮫島も実数を把握しているわけではないが、相当の被害がでたという噂があった。その報復に拉致され、密殺された中国人も少なくないという。

ただそのときですら、なぜか稜知会系の組員は被害にあわないといわれた。稜知会が中国マフィアと組んで強盗をおこなっていたというのではなく、稜知会にだけは手をだすな、という警告がマフィア内に流れていたとしか思えない。

本拠地から遠く離れた東京ですら、稜知会の勢力の強さをうかがわせる逸話だった。

「むろんつきあいのあるのは稜知会だけではないと思います。ただ、証券、手形類を表にださず処理できるような組織はそうはありません」

鮫島はいった。

「稜知か……」

桃井はつぶやいた。

都内に進出している稜知会系の暴力団は、警視庁が把握しているだけで三十五組、おそらくは四十組近くある、と思われた。このうち新宿署管内にも八組が事務所あるいはそれに準ずる出張所をもっている。

「稜知がからんでいて乗っとられずにいるとなると、田島や東砂とも強いパイプをもっているということだな」

「しかもどこかの組の出身ということもないでしょう。もしそうなら、当然その組を相手の事業展開になる」

「稜知一本というのではないのだな」

鮫島は頷いた。

「泥棒市場が稜知会の管理下におかれているのなら、バックに田島組系がいる竹下が、家電製品の発注を考えないと思います。知らなかったというのならともかく、稜知と市場のあいだにつきあいがあることを知っているわけですから」

桃井は考えこんでいたが口を開いた。

「以前、イラン人による家電窃盗品密売グループをやったことがあったな」

鮫島は頷いた。さんざん内偵に時間をかけ、ようやく埼玉県内の窃盗品保管庫をつきとめた矢先、その窃盗品を狙った中国マフィアの襲撃とぶつかってしまい、埼玉県警に通報したあげく、そっくり事件を渡してしまった苦い思い出があった。その後、事件はイラン人グループと福建系中国マフィアの抗争に発展し、その過程で鮫島はある人物とかかわりをもつことになった。日系ブラジル人、ロベルト・村上、またの名を仙田勝《せんだまさる》と名乗る男だ。

「あのときは、イラン人グループは盗んだ家電製品を出稼ぎにきたコロンビア人の売春婦などに売りさばいていました」

「その組織をより大きくして、中国人などとも取引をおこなっていると考えたらどうだ？」

「中心にいるのが奴だと？」

桃井は首をふった。

「それはまだわからん。だが君と奴のあいだには浅からぬ因縁がある」

鮫島は桃井を見つめた。仙田とは一度だけ会ったことがある。電話で呼びだしをうけ、渋谷の雑踏で短い時間、立ち話をした。

「仙田は麻薬ビジネスはしない、と私にいいました。泥棒市場の管理者が奴なら、ナムディがハシッシュをもちこんでも買いとらないでしょう」

「商売のやり方をかえれば、扱う商品がかわることもある」

「確かに」

桃井は沈黙した。

「存在があるていど確認されただけで、具体的にどう攻めるかはまだ手がありません。どこかでパスワードを見つけても、下手な接触をすれば飛ばれてしまうでしょう。もう少し時間をかけて調べたいと思います。それまで組対にあげるのは待っていただけますか」

「あくまで君の事件《やま》だ。私はかまわない」

「ありがとうございます」

鮫島は頭を下げた。だが香田が名指しで桃井を呼びだしたというのは、鮫島が捜査を進めれば進めるほど、報告義務を怠った責めを桃井が負わされることを意味している。

独断で捜査を進めておいて、忘れていましたでは通らない。香田は、鮫島が桃井とだけは気持がつながっていることを知っているのだ。しかも今回の香田の方針には、香田の私的な感情がからんでいる可能性が高い。そうであるならば、香田は決して、鮫島と桃井を許さないだろう。自分のことはいい。宮本の一件以来、味方する者が警視庁上層部にひとりもいないことを鮫島は覚悟していた。

だが退官を間近に控えた桃井にまで災いが及ぶのだけは避けたかった。理解者である桃井の存在なくして、今の自分はない。桃井はそんな恩など感じる必要はないと笑うだろうが、自分が原因で桃井に苦しみを与えることは防がなければならない。

いずれは香田に報告することになる。そのときは事件を組対にとりあげられるだろう。そうなるとわかっていて、捜査に対する意欲を失わないでいるのは難しい。

鮫島がひとりきりで捜査をおこなうがゆえに、その思いを打ち明ける相手もいないのだった。

11

野方のアパートに帰った鮫島は仙田のことを考えていた。先のことを考えると、ともすれば泥棒市場の捜査に対する気持が萎えそうになる。それを止めるには、桃井の思いつき、仙田が泥棒市場の管理者かもしれない、という考えについて検討するしかなかった。

仕事のことをすべて頭からしめだす、という方法がないではない。だがたとえそうしたとしても、鬱々として気分がすぐれないであろうことはわかっていた。

晶《しょう》に連絡をとろうか、と考え、鮫島はすぐにそれを打ち消した。晶のバンド「フーズ・ハニイ」は新しいアルバムのレコーディングの準備に入っており、晶はしばらく「煮詰まる」と宣言していたのだ。

もともと詞作は晶の役割だったが、最近はバラード系の曲作りも晶にふられることが多く、作曲があまり得意ではない晶はそのたびにかなり苦労しているようだ。

出会った頃、作詞をときどき手伝ったことを鮫島は思いだした。あの頃の「フーズ・ハニイ」はアマチュアに毛が生えたていどのバンドだった。それがプロデビューして、何年間かの低迷期を経《へ》、今ではメジャーバンドだ。

アルバムがミリオンを売りあげることはさすがにないが、リリースすれば五十万枚近くを売っている。

ある種の安定期に入り、それが原因で解散の噂がたったこともあった。安定と収入を求めるメンバーと、それがゆえによりとがった方向へ進みたいと考えるメンバーのあいだに気持のすれちがいが生まれたのだ。

——ハシカみたいなもんだっていわれたよ。

音楽評論家と対談した帰り、久しぶりに会った晶はいった。

——売れて、それから安定したバンドには必ずあるんだって。なんかくやしいよ。

——何がくやしいんだ？

——うちらがありきたりのバンドみたくいわれたみたいでさ。

——ありきたりなのか？

訊ねた鮫島に、晶は息を吐いた。

――わかんねえ。最初は皆んな自分たちはすげえとんがってると思ってる。よそじゃだせない音だせるし、こんな歌、他にないだろうって。そういうときって、自分たちより前にでた連中を、口ではリスペクトしながら、本音じゃ否定してる。俺らのが絶対、上だって。

――そういうものだろう。そうじゃなきゃ前へ進めない。

――わかったようなことというな。オヤジみたいだよ。

晶はにらんだ。横浜のホテルのバーラウンジだった。対談は横浜のテレビ局のスタジオでおこなわれたのだ。

――オヤジだ。

――ひらき直るなっての。そうやってオヤジは、本当はそうなりたくないのに自分を納得させてくのだってよ。

――そっちこそわかったようなことをいいやがって。先へ進めよ。

――だからさ、あるていど売れるようになって、今まで売れてた人の苦労とか壁とかがわかってくるじゃん。そうすっと、皆んなたいしてちがわないのかなって思うときがあるんだよね。

――それは嫌なことなのか。

――嫌ってのとはちがう。でもちょっと寂しい。

――寂しいなら否定しつづけてみたらどうだ？　自分たちはちがう、ちがうんだ、と。

――ひとりならできる。あたしひとりなら、本当はそうかもしれないって思っても、ちがう、ちがうって自分にいい聞かせて、そうすることで何かかわってくるかもしれないし。

でもメンバー全員でってのは無理だよ。結婚してさ、マンション買っちゃったり、子供生まれちゃったりしたのもいるし。

——そうしたからといって必ずしも守りに入るとは限らないだろう。

鮫島がいうと、晶は寂しげな目をした。

——誰でも皆んな、あんたみたいなわけじゃないんだよ。金もって家族できて、それでも生き方ロックしてますって、いえんのかって。

——じゃあクスリやってアル中になって、人間関係ぼろぼろで生きる方がロックなのか。

——それでも人とちがってたら、その方がいいのかもしんない。

晶がつぶやいたのを鮫島は覚えていた。

結局は、「これで終わり」がない世界で彼らは生きているのだ。組織に属している者なら、昇進の限界や停年というものがある。だが晶のような表現者たちにはそれがない。

ここまでやったからあとは惰性でいけるとか、この先は個人としての限界があるからあきらめよう、ということにはならないのだ。

いくつになろうと、どれだけキャリアを積もうと、前へ、そして新しい場所へと、自分を動かしつづけていかなければならない。

——ライク・ア・ローリングストーンだな。

鮫島はいった。

——ストーンズがどうしたって?

訊き返した晶はひどく眠たげだった。鮫島は首をふった。

――いや、何でもない。今日は帰る。ひとりでお前、考えろ。

晶の目にとまどいと怒りが浮かんだ。

――なんでひとりなんだよ。

――もしかすると今夜二人でいたことを、お前はあとになって後悔するかもしれん。二人でいるときに考えた答と、ひとりでいるときに考えた答では、ちがうことがある。そして今夜のこの問題を、お前はひとりで考えるべきなんだ。

――わけわかんねえ。

晶は吐きだした。だがその目にはあきらめがあった。

鮫島は目を閉じた。晶は気づいている。鮫島がじょじょにその存在を晶の世界から薄めようとしていることを。

それはある期間を経た男女にとっては、ごくありきたりな別れの前兆のようなものかもしれない。

鮫島に一方的な責任のあるできごとで、ぎくしゃくとした状態におちいった二人は、その後もかつてのような関係をとり戻せずにいた。「フーズ・ハニイ」が晶の予想を超えて大きなバンドになってしまったのもその一因ではある。かつてのように二人でデートすることはままならず、新宿の雑踏を並んで歩くなどもはや不可能な話だった。

それは晶に恋人がいることを秘密にしなければならないというような問題ではない。晶の存在は人目を惹きつける。それを前提として街にでなければならないことに、鮫島が緊張を覚えてしまうのだ。

人目につかない場所を選んで会おうとするのは、常に晶ではなく鮫島だった。晶は、「どこでもいい、どこでもいくよ」と口にする。が、実際にそうすれば、人だかりができ、声をかけられ、結局は晶自身が不機嫌になってしまうのだった。

たとえばそれが新宿ではなく、西麻布や青山のような、いわゆる「芸能人がお忍びで通う」といわれる土地や店であったなら、また結果はちがったかもしれない。だが晶はそうした「お洒落で気どったところ」が大嫌いで、今も新宿を一番好きな土地だといってゆずらない。また鮫島もそうした場所には不案内で、新宿とその周辺しか思い浮かばない。

今のところ、二人のどちらもが、急いで決定的な答をだそうと考えているわけではなかった。しかし離れている時間の長さと、暮らしている場所の隔たりは、まちがいなく関係の終わりを予感させていた。

晶と離れてもかまわないのか、と自問すれば、それは嫌だと感じる自分がいる。だがこの状況を大きくかえるにはどうしたらよいのかが鮫島にはわからない。いや、そもそも大きくかえられるような手段があるのかすら疑わしいのだ。

自分たちだけは特別だと感じていた時代は、確かに鮫島と晶にもあった。時間の流れやさまざまなできごとがそれをより強固にまちがいないと思わせた。

特別だった時代もある。が、おそらく今はそうではない。

鮫島は息を吐いた。自分をありきたりの人間だと認めることで楽になるときもある。反対に、何かを失くしてしまったと感じるときもある。

失くしたのではないのだ。ある、と思っていたものが幻想にすぎなかったのだと気づいたにすぎない。

鮫島は目を開いた。晶のことを頭からふり払うと、パソコンの前にすわった。パスワードを打ちこみ、ファイルをひらく。これまでに扱った事件とそこで得た知識を、鮫島なりにデータ化したものだ。このパソコンはインターネットにはつないでいない。

仙田の存在を知ったのは、今から七年前だった。桃井との会話にでた、イラン人による窃盗家電品の密売事件の主犯格として存在が浮かびあがったのだ。それをさかのぼること三年前、仙田は突然、新宿に仙田商事という不動産会社を設立している。そこから幽霊会社を通し、イラン人やコロンビア人にアパートを斡旋していた。それが南米の麻薬カルテルによる大がかりなマネーロンダリングのカバーではないかと当初、鮫島は疑った。

仙田には日系ブラジル人という、もうひとつの顔があった。そのロベルト・村上という名をICPOを通じてブラジル警察に照会した結果、実在しない人物であるとの答がきている。

ロベルト・村上はイラン人窃盗団のリーダーだった。当時仙田は、遠藤ユカという女と同棲していて、鮫島は中国マフィアの襲撃から彼女の身を救っている。このときはもうひとりモハムッドというイラン人が、ユカを守るために、瀕死の重傷を負っていた。そのことから鮫島は、仙田にはカリスマ的なリーダーシップがあるのを知った。仙田は直後、日本を高飛びした。

ユカの話によれば、仙田はスペイン語やポルトガル語に堪能だが、出身は〝東北地方の寒いところ〟ということだった。コイーバというキューバ産の葉巻が好きで、左のわき腹に盲管銃創がある。

その事件の頃は、仙田は日本の暴力団といっさいつながりをもっていなかった。むしろ暴力団の側がかかわりを避けていた節があった。彼らに仙田は麻薬カルテルの人間だと思われていたからだ。

だがその後の捜査では、仙田の窃盗品密売組織と麻薬組織をつなげるような証拠は見つかっていない。ただそうなると、仙田がいったいどこから突如として不動産会社を立ちあげるような資金を得たのかが謎だった。

次に鮫島が仙田とかかわったのは、西新宿のホテルで射殺された元ＣＩＡのアメリカ人の事件がきっかけだった。そのアメリカ人、ブライドは、かつてのコネを使い、渋谷の暴力団平出組にコカインの密輸ルートを世話して収入を得ていた。ブライドの下にペドロ・ハギモリという日系コロンビア人がおり、鮫島はその男を偽造クレジットカードの行使容疑で追っていた。偽造クレジットカードの組織が、仙田に率いられていたのだ。仙田はハギモリがコカインビジネスにかかわったことを許さず、密殺した。それは、仙田の口から直接、鮫島が聞いたことだった。

鮫島が一度だけ仙田と会ったのはこのときだ。仙田は新宿署の鮫島の席に電話をしてきて、会いたいと告げたのだ。

待ちあわせ場所は渋谷のハチ公前だった。携帯電話でそこから誘導され、宮下公園下の駐車場まで鮫島が歩いたとき、自転車に乗った仙田が姿を現わしたのだ。

その場で交したやりとりを、鮫島はパソコンに残していた。

――ハギモリはどこだ。

鮫島の問いにこう答えている。

「たぶん、もう二度と姿は現わさないでしょう」

——警察に目をつけられたから殺したのか。

「まさか。ただ非常に不愉快な問題をひき起こしたのは事実だ。あなたのこととは別に。ハギモリがコカインビジネスをすることを、私は許可していなかった。かくれてアルバイトをしていたんです」

——それを俺が信じると思っているのか。

「あなたが私に関してどのような情報を得ているのかは知らないが、麻薬ビジネスとは一切関係がない」

——まるで矛盾する話を聞いた。

「中傷だ、とまではいわないが、それを口にした人間は、私についてあまり快くは思っていなかったようだ。機会があったら、私の方で誤解をといておきます」

——頭に一発ぶちこんで、か。

仙田は首をふり、いった。

「平出組にコカインコクネションを世話したのは、ブライドという男です。ブライドと私は、以前南米でいく度か顔を合わせたことがある。そのときのブライドの目的はコカインの買いつけだった」

——ブライドは麻薬組織と関係していたのか。

「仕事で麻薬を買いつけていたのだ。CIAは、ゲリラ組織などに資金援助する際、金の出所がわからないよう、麻薬にかえて渡すことがある。マネーロンダリングの逆だな」

――CIAの正式な局員だったのか。

「そうだ。だがカルテルの担当だったわけではない。カルテルを担当する局員は、DEA、FBIには麻薬組織のメンバーだと疑われる。同じ連邦政府の役人だとは、決して名乗れないからだ。CIAはそうしたマークを避けるために、わざと管轄ちがいのブライドを買いつけに動かした。麻薬組織と取引した局員が引退後、麻薬ディーラーとなるケースは少なくない。仕事で作ったコネを豊かな老後のために役立てる」

――あんたも、CIAだったのか。

「手伝ったことがあるだけだ。いくらCIAでも正局員が直接、カルテルの人間と取引をするわけにはいかない。当然、あいだに人を立てる。使い走りをおおせつかったんだ」

――麻薬ビジネスとは関係がない、といったぞ。

「今は、という意味だ」

――ブライドが昔のコネを使って、ハギモリにコカインビジネスをやらせていたというのか。

「たいした量ではなかった。ブライドの懐ろに入るのは、せいぜい数千万の金だ。だがアメリカよりも日本の方が物価が高い。恩給だけでは苦しかったのだろう」

――ブライドを消したのは平出組か、それともあんたか。

「私ではない。ああいう死に方をした人間は否が応でも警察の注目を惹く。平出組とするなら、かなり愚かしい方法だ」

――あんたの話の裏付にはハギモリが必要だな。ハギモリがブライドと平出組のあいだに立っていたなら、あんたがいう以上に重要な役廻りだ。

「ハギモリはもう現われない。永久に」

仙田によるハギモリの〝粛清〟を確信した言葉だった。

あのとき仙田が鮫島に接触してきたのは、ある種の〝親切心〟によるものであったと考えられる。事件は複雑で、鮫島の前には、捜査のさまざまな方向があり、その選択をあやまると、真相にたどりつけない可能性があった。

やりとりの中で仙田が鮫島に知らせた事件に関する情報はすべて真実だった。結果、鮫島はブライド殺しの犯人とその動機にたどりつくことができた。それが晶との距離を遠ざけたのも事実なのだが。

問題は、仙田が自分に関して語ったくだりだ。

かつて自分がＣＩＡと麻薬組織の仲立ちをつとめたと認めている。ＣＩＡの正局員であったとはいっていないが〝使い走り〟をしていたというのだ。

鮫島はパソコンの画面を見つめた。

「使い走りをおおせつかったんだ」

誰かに命じられたことを意味する言葉だ。仙田がＣＩＡの局員であったなら、それはＣＩＡの命令だと解釈できる。しかしＣＩＡの局員でなかったら、誰が仙田に命令を下したのか。

仙田が属していた組織のボスだろうか。

もしそうならばそれは麻薬組織以外に考えられない。だが仙田が麻薬組織の人間なら、仲立ちではなく、直接の取引となる筈で、仙田の言葉と矛盾する。

つまり、麻薬組織でもなくＣＩＡでもない、第三の組織に仙田は属していたのだ。

いったいどのような組織なのか。鮫島は画面の中の文字を凝視した。

今もその組織に所属しているのだろうか。

考えられるのは、ゲリラ組織だ。ＣＩＡが支援する、南米で反政府活動をおこなうゲリラ組織の一員であった。

かりにそうだったとしても、ブライドが現役の時代とは、南米の政治状況は大きくかわっている。また対米テロ事件を経て、ＣＩＡの活動内容も変化している。

外国のゲリラ組織に対するＣＩＡの支援活動は、その後のアメリカ政府の方針転換によって禍根を残すケースが多いからだ。

東北出身の仙田がいったいどんないきさつで南米のゲリラ組織に身を投じたのだろう。

鮫島は考えこんだ。

仙田の外見を思いだす。年齢は今なら、五十代の半ばから後半といったところだ。陽によく焼けていることを別にすれば、これといって特徴のない顔立ちをしている。鮫島ほどではないが、あの世代としては長身の方だろう。

あの世代。

戦後生まれ、おそらくは昭和二〇年代の前半あたり。いわゆる全共闘世代にひっかかっている可能性はある。

活動家出身か。鮫島ははっとした。七〇年安保闘争にかかわった活動家の中には、国外にでてより先鋭化していった過激な思想のもち主がいた。

仙田がそうした活動家のひとりで、国内の政治状況に見切りをつけ、南米に流れていった可能性はゼロではない。

反米安保闘争をおこなっていた人物がＣＩＡの活動に協力するのは一見、矛盾しているように見えるが、現実の国際社会ではありうることだ。

当時、南米には独裁主義者による軍事政権国家がいくつかあった。当然そうした国では反政府活動は死刑の可能性もある危険な行為で、地下に潜らざるをえない。

アメリカ政府、特にＣＩＡは両方の勢力に対し支援活動をおこなう。これは振子がどちらに振れてもその国に対する影響力を失わないための保険である。政府や高官に公式の援助や賄賂を渡す一方で、地下組織にも資金や武器などの支援をおこなうのだ。

仙田が反政府活動に身を投じれば、ＣＩＡの援助にかかわる可能性もあったのではないか。

やがてそうした援助活動の欺瞞に気づき、地下組織を離脱したのかもしれない。反政府活動をおこなうゲリラ組織が麻薬カルテルのもうひとつの顔であることに気づいたとすれば尚さらだ。

国際政治の世界には、絶対的な善も絶対的な悪も存在しない。人をむしばむ麻薬で金儲けをする組織が、独裁政権に対する反旗をひるがえし、貧困層のための病院や学校を建設している現実がある。

だが、と鮫島は思い直した。

仙田が日本における反政府活動の闘士であったとすれば、そしてその思想、活動が過激であったらあっただけ、仙田に逮捕歴がないのは奇妙だ。

仙田に逮捕歴がないと鮫島が考えた理由は、指紋だった。

仙田が遠藤ユカと同棲していた中野のマンションで、警視庁はその指紋を採取している。鮫島の捜査の接近と中国マフィアによる襲撃の危険を感じた仙田は、あのときとるものもとりあえずといった格好で出国した。そのため、部屋に指紋を残していたのだ。

採取された指紋に該当する記録《ヒット》がなかったことは、その後の調査で明らかになっている。少なくとも仙田には、現在のコンピュータによる指紋識別《FIS》システムに残るような逮捕歴はない。

むろん仙田が慎重な活動家で、一度も逮捕されたことがないという可能性も否定できない。そうであるなら、データベースに記録がなくても、何ら不思議はないわけだ。

もう一度、照会をしてみようか、と鮫島は思った。

あのときはすでに高飛びをされたあとということもあって、「記録なし」の回答に対して軽い失望を覚えただけだった。よりしつこく、さかのぼっての調査を申請しなかった。

指紋識別システムは、警察庁刑事局鑑識課指紋センターの管理下にある。ここでは約八百万人ぶんの指紋がA、B、C、三つのファイルに分けられ、磁気ディスクに保存されている。

Aファイルは、左右人さし指の中心部のデータで、主に被疑者や身元不明死体の指紋照合に活用されている。Bファイルには十指の指紋すべてが紋様別に分類され、最終犯歴から十六年未満がB1に、十六年経過後も殺人などの凶悪犯に限ってB2に、保存されている。Cファイルには、A、Bのどちらと照合しても一致しなかった遺留指紋が保存されているのだ。

中野のマンションで採取された仙田の指紋は、現在はCファイルにおさめられている筈だ。

ヒットがなかったという回答は、A、Bのどちらのファイルにも一致する特徴の指紋記録がなかったことを意味する。

通常ならば、そこで照会は終わりだ。だが仙田が活動家時代に逮捕されたとすれば、今から四十年近くも前のことで、当時の記録がＦＩＳに残されていない可能性もある。となると、ＦＩＳに登録されなかった古い指紋記録を当たらなければならないわけで、これは大変な作業となる。

それを頼める人間が果たしているのか。そのこともまた、大きな課題だった。

12

翌日、鮫島は鑑識係の藪を呼びだした。

「お前さんが俺を呼びだすときは、たいていろくでもない頼みごとと決まってる」

最近、少しダイエットに成功したといいはっているが、鮫島の目からはどこも変化したように見えない藪は、署内の食堂で会うなりいった。あいかわらず太っていて、よごれた白衣をぞんざいに羽織っている。

「今回のがたぶん一番たいへんな頼みごとだ」

藪はあくびをかみ殺した。

「じゃあ聞かなかったことにする」

「ＦＩＳでヒットしなかった紋を、古い記録で洗ってもらいたいんだ」

藪は瞬きした。

「百年かかるぞ。見つかった頃は、俺もお前も退官どころか、くたばってる」

「すべての記録を照合するわけじゃない。全共闘活動がらみで逮捕された人間のものから検索してもらえればいいんだ」

「俺もあんたもあの頃はまだじゃりだったが、いったい当時何人がパクられたと思ってる？ デモやりゃぶちこんでた時代だろうが。しかも四十年近く前だ」

「あんたなら、警察庁《サッチョウ》の鑑識課にも相談できる人間がいるだろう」

「もう退官したが、指紋の神様っていわれた人がいる。今でもときどき嘱託で手伝ってるそうだ。ＦＩＳの立ちあげにもかかわったって話だ。俺とはメル友だ」

「その人に訊いてみてくれないか、不可能ならあきらめる」

藪は唸った。

「いつもみたいに昼飯代と煙草じゃすまねえぞ。その人はえらい酒好きなんだ」

鮫島は息を吐いた。

「酒屋から一升壜を届けさす」

「日本酒じゃない。スコッチウィスキーが好物なんだ。特にアイラモルトに目がない」

「わかったよ。捜してくる」

藪は頷いた。

「で、照合する紋は？」

「Ｃファイルに入っている筈だ。『グランドナカノメゾン』で採取された、仙田勝、またの名をロベルト・村上と称している男のものだ」

藪はにやりと笑った。

「奴か。またぞろ、お前さんの縄張りに現われたってわけか」

「まだ決まったわけじゃない。もしかしたら奴かもしれん、というだけだ」

「おいおい、ずいぶんのんびりした仕事してるな。組対ががんばってるんで、さすがの鮫の旦那も開店休業か」

「そんなようなものだ」

「わかった、交渉してみよう」

藪は嬉しそうにいった。

「アイラモルトウィスキーだな」

「そうだ」

指を二本立てる。

「二本もか」

「一本は俺の口きき料だ」

すました顔で藪は答えた。


だがその日の夕方、鮫島が署に戻ると、藪から鮫島のパソコンにメールが入っていた。鮫島は、風俗嬢を相手にブランド品をワゴン車で訪問販売する業者の男のもとに訊きこみにいったのだ。男の仕入れ先が泥棒市場の可能性があると踏んでだった。

男から得たのは、店舗をもたない古物商の情報だった。インターネットで商品を売っている古物商だ。その背後には金融屋がついているという。

金融屋を開業するにあたってまず必要なのは現金だ。そこで金融屋に金を回す金融屋というのが存在する。古物商の背後にいるという金融屋を洗うと、別の金融屋の名があがってきた。

稜知会系の闇金だった。


藪からのメールには、ただひと言、「会おうぜ」とあっただけだ。

鮫島は、鑑識係の部屋を訪ねた。藪はパソコンを叩いていた。

「ちょっと待ってろ」

鮫島は頷き、藪が私物でもちこんだコーヒーメーカーからコーヒーをカップに注いだ。コーヒーの味にはうるさく、いい豆を使っている。

「——やっぱりか」

パソコンの画面をのぞきこんでいた藪はつぶやき、椅子を回転させた。

「ちょうどメル友が出勤の日でな、相談したら、すぐCファイルを当たってくれた。仙田くんの紋がなけりゃ始まらないからな」

「だろうな」

「なかったよ」

「何?」

鮫島は口にもっていきかけたカップを止め、藪を見た。

「仙田くんの紋はファイルになかった」

「どういうことだ」

「『グランドナカノメゾン』で採取された紋は、FISに保存されてない」

「そんな馬鹿な」

藪は指を立てた。

「あのときのことは俺も覚えてる。確か防疫官のとっつぁんと、あんた二人三脚してた。『グランドナカノメゾン』に指紋採取にいった日もわかってるんで、再検索をかけてもらった。ないそうだ。つまり――」

「つまり?」

「誰かが消去した」

鮫島は言葉を失った。

「ないものは照合しようがない。『グランドナカノメゾン』で採取された仙田くんの指紋は、残ってない、ということだ」

鮫島は空いている椅子に腰をおろした。

「ハッカーか何かがデータを改竄《かいざん》したのか」

藪は首をふった。

「いくら何でも警察庁のFISには入れんよ。FISのデータに触れる人間がいるとしたら、内部の者だけだ」

「つまり警察庁が消したと?」

「そうなるな。妙じゃないか。仙田くんの仲良しが警察庁にいて、『すまないけど、俺の紋消しといてくれるか』なんて」

「そんな馬鹿な」

「だろ。そこで別の可能性を考えてみた」

「何だ」

「最初に照合を依頼した段階で実はヒットがでた。ただしそいつは、A、B、C、いずれでもない、いわば〝裏ファイル〟の記録だった。そこでセンターは、上におうかがいをたて、記録がなかったことにした。ついでに、今後も別から照会がきちゃまずいんで、Cファイルにも仙田くんの紋を残さなかった」

鮫島は藪を見つめた。

ありえない、と断言はできなかった。だが、もしそうならば仙田はただの活動家ではなかった、ということになる。

「仙田くんとは、いったい何者なのだろうな」

楽しげに藪はいい、頭のうしろで両手を組んで椅子にもたれかかった。

鮫島は息を吐いた。

「何者なんだ」

「わからんね。だが、意外な大物かもしれんぞ……」

13

毛利からのメールで呼びだしをうけたのは、その日の夕方のことだった。

毛利にしては珍しい、と明蘭は思った。気まぐれな行動をとらない毛利は、上京する数日前から必ず、明蘭に〝予告〟し、スケジュールの確認をする。また、内覧会やオークションなどへの同行、そして食事をしてからホテルにいく、というのが二人のパターンだった。

予告はおそらく深見への気兼ねだろうし、手順を踏むのは、「ただの男と女」になってしまわないための予防策だろう、と明蘭は思っていた。

深見と自分のあいだに体の関係がないことは、毛利には告げてある。しかしそれと深見の気持とは別だ、と毛利は考えているようだった。

確かに毛利と自分の関係を知ったら、深見は複雑な気持になるだろう。もしかすると裏切られたと感じるかもしれない。

だが求めてこなかったのは、深見の方なのだ。求められれば、その意思はあった。だから裏切ったと思うのはまちがっている。

そう考えるのは、わずかだがやましい気持が深見に対してあるからでもある。深見は確かに〝恩人〟だ。戸籍を用意してくれ、入管を恐れる必要がなくなった。さらに仕事を教え、今の暮らしを与えてくれた。

明蘭は港区白金の、家賃二十五万円のマンションに暮らしている。車もある。毛利がくれたメルセデスの2シーターだ。こんな暮らしができるとは、日本にきたときは夢にも思わなかった。バイヤーとしての自分の給料は、年に一千万円以上支払われている。しかも家賃と車のガソリン代は、〝会社〟もちだ。マーケットは、表向きユニ交易という有限会社の形をとっている。ユニ交易の本社は明蘭の住むマンションで、代表取締役は明蘭の戸籍名、「古尾明子」になっている。ユニ交易は法人税も払い、わずかではあるが実際の貿易業もおこなっていた。ユニ交易には従業員が二名いて、どちらもマーケットの仕事をしている人物だ。二人とも深見のアシスタントで、明蘭はほとんど会うことがない。

深見がいなければ今の暮らしはもちろんなく、おそらくこれからもつづかないだろう。

明蘭は深見を尊敬している。だが男として意識する機会は明らかに減っていた。明蘭が仕事を覚え、ひとりでセラーに対処できるようになればなるほど、深見本人と会う回数も少なくなっている。

週に二回、多くて三回だ。新宿にある深見のオフィスにいき、商品の情報を伝える。メールで入るセラーからの商品情報はすべて深見のもとに集約され、明蘭が担当するA項目とB項目の情報だけが、明蘭のパソコンに送られてくる。それをもとに明蘭は鑑定に動く。セラーはそのほとんどがつきあいのある〝業者〟なので、鑑定の際の手順は決まっており、警察に踏みこまれる危険はない。深見は、新規のセラーをマーケットに加えるのに慎重な態度をとっている。むろん商品は常に補充されなければならないので、マーケットそのものが閉鎖的というほどではない。だが、これまで商品をもちこんだことのない者がマーケットに接触しようとするなら、つきあいのあるセラーの紹介が必要になる。紹介するセラーは、新規のセラーとの連帯責任を求められ、トラブルが生じた場合は、両者にペナルティが科せられるのだ。

そのペナルティが具体的にどのようなものかまでは、明蘭も知らない。取引の停止やマーケットに参加する際の〝保証金〟の没収までなのか、もっと厳しい制裁があるのか。

いずれにしろ、これまでトラブルが皆無だったわけではないが、マーケットはおおむね良好に機能している。売上げの総額はおそらく年間、十億円をこえるだろう。C項目の自動車やD項目の証券、手形類の売上げによっては、その倍以上かもしれない。

それを考えると、自分の給料は決して高くないと感じるときもある。だが、明蘭はマーケットの存続に関するリスクは一切負っていない。対警察や、マーケットの存在を快く思っていない中国人組織などとの軋轢《あつれき》については、すべて深見が対応にあたっている。

トラブルが予測されるセラーとの交渉は、途中から深見に預けることができる。したがって、〝恐い思い〟は、一度もしたことがなかった。

つまりは守られているのだ。深見は、陰に陽に、明蘭をケアしている。明蘭の能力をのばし、働き甲斐を与え、一方でトラブルに巻きこまれないよう保護しているのだ。

その話を毛利にすると、

「愛だな」

といった。

「大事にされる、いうんは愛や。たとえほんのちょっとでもいっぱいでも、愛は愛や、深見さんは明子のためにいろいろした。したぶんだけ、愛は強くなる」

「してもらったからじゃなくて？」

ふん、と毛利は笑った。

「してもらって惚れるんは打算や。したくなるのが愛なんや。そして、すればするほど愛は大きくなる。けどな、妙なもんで、大きくなればなるほど、独占欲は薄れてく」

「本当に？　大きくなったら独占したいという気持も強くなるのじゃないの」

毛利はふっと息を吐いた。

「世の中で一番大きい愛は何やと思う。親の愛や。男と女の愛なんぞ、親の、子にかける愛に比べたら、屁みたいなもんだ。親は子供を独占するか？　せんやろ」

「じゃ深見さんは、わたしを子供のように愛しているの」

「そこが難しいとこだな」

毛利は遠い目になった。

「明子がずっと手の内におると思っている間は、親やろう。けど、俺とこうなったと知ったら、男に戻るかもしれん」

「でもわたし、深見さんとは何もない」

「何もないのが問題や。何かあって、通りすぎたあとなら、むしろ簡単だ」

「じゃあどうすればいいの」

「どうもせんでいいよ。よぶんなことといわず、考えず、きちんと仕事をしていればいい。くるときがきたら、そのときや」

「わたしを切る？」

明子は毛利の目を見つめた。わずかでもそこに怯む気配があったら、毛利との関係に終止符を打つことを考えなければならない。毛利は極道で、おそらくは強い人間だろうが、男と女の問題とその強さは別だ。

毛利は明子の視線を受けとめた。

「俺のもんに切る切らんはない。何があってもな。ずっと俺のもんや」

嬉しかった。だが、いつかその言葉を恐いと感じる日がくる、そんな予感もあった。


メールの呼びだしは、直接ホテルにこい、という内容だった。そのホテルも、これまで二人が使っていた新宿ではなく、赤坂のホテルだ。

何か組関係でトラブルがあったのだろうか、そんな不安を抱きながら、明蘭は指定された部屋を訪ねた。

だが毛利にかわったようすはなかった。スーツを脱ぎ、バスローブ姿でリラックスしている。

「急にきたの？　東京に」

「一昨日からおったよ。いろいろ準備することがあったからな」

毛利はミネラルウォーターを飲みながら答えた。

「深見さんとは今日、会ったか」

「ええ。昼過ぎにオフィスで。今日は飲みにでるといってた」

「銀座か、六本木か」

深見は新宿では飲まない。安全のため遊びと仕事の場を分けている。

明蘭は首をふった。

「そこまでは聞いていない。携帯に電話する？」

「いや、いい。今日、お前を呼んだんは、勉強をしてもらおうと思ったからや」

「勉強？」

「深見さんもお前も、マーケットで扱ってない商品がある」

「何？」

「何だと思う」

明蘭は考えた。すぐに答がでた。

「クスリ。それとピストル」

毛利は頷いた。

「さすがやな。なんでやと思う」

「クスリは、深見さんが嫌いだから。それに扱っている人間がだいたい、クスリの中毒だから信用できない、というのがある」

「ピストルは？」

「危ないから」

毛利は笑いだした。

「いきなり子供みたいな返事するなよ。ピストルを扱わんのは、前歴がわからんからや。どっかで誰かを弾いて、殺したピストルでも、そこにあるだけではわからん。それを知らんと買わされて、前の殺しまでしょわされたらかなわんやろ。それとな、ピストルは素人が扱うもんやない。だからめったにセラーも見つけてこんのや。もともとマーケットにもちこまれることが少ない品物なんや」

明子は頷いた。毛利はミネラルウォーターをさらに飲んだ。

「けどクスリはちがう。薬局、病院、もってこよう思うたら、なんぼでもセラーがとってくる場所はある。ただ、どれが銭になる商品か、素人はなかなかわからん、というだけや」

「わたしもそう」

「そうだな。それやったら、最初から銭になる、とわかっとるクスリはどうや」

「中毒者のいるような？」

「そうや。俺のいる組は、いや、今の日本の主だった組は、どこもクスリを扱うんを表向き、法度《はっと》にしてる。けど、誰でも手をだせて、うまみのあるシノギがクスリや。下手打てば破門やとわかっとっても、やめられんとこも多い。上納もきついしな。だから、クスリをやっとるとわかっとっても、見て見んふりをしている本部、本家は多いんや」

明蘭は毛利を見つめた。

「クスリがサツにばれるんは、たいてい、入口と出口からや。入口は、日本にもちこんでくるとき、出口は、街で客にさばくときだ。だが客にさばくときパクられてもたいてい被害は小さい。売っとるんも、中毒者やし、奴ら命惜しいし、これからネタが入らんようなっても困るから、どっから仕入れたかは、絶対に口を割らん」

勉強なのだ、本当に。明蘭はすわり直した。毛利の話は、いつかどこかで役に立つ。

「入口っていうのは？」

「クスリの大半は、外国で作られとる。クスリにどんなんがあるかはあとで教えるが、船か飛行機で運ばれてくるもんがほとんどや。運ぶ方法はいろいろある。一番多いんは、人間が運ぶやり方や。腹ん中詰めこんだり、鞄に隠してもってくる者もおる。量は運べんが、でっかくもってきて、サツや税関にやられたら痛手が大きい。だからちょこちょことしか、もってこん場合が多い。だがたとえ税関を通っても、安心はできない。CD、という捜査の方法があるんや。コントロールドデリバリィ、つまりわざと泳がして、運び屋がどこにもっていくかを見るんやな」

「そういうのも税関で見抜かれるわけ？」

「いいや。こっからが本題や。でかいのが入口んとこで、サツや税関に抜かれるんは、たいていは密告《チックリ》が原因なんや。さっきもいった通り、クスリのシノギは儲かる。どこもが扱いたいし、実際、下の方では皆扱っとる。そうなると、値段の競争やら、もののクオリティの争いになる。まあ、商売というのは何でもそうだ。

しんどい組《ところ》があるとする。台所の事情もあって安くは売れん。上ものを入れるコネもなかなかない。そういうとこはだんだん商売がきつくなる。そうなると、密告がでる。商売敵のところに、だいたい何曜日、ものが入るとか、どこらあたりから上がってくるとか、長くやっていれば何となく情報はもっているもんだ。密告を入れればサツが動いて、商売敵の入口の栓を閉める。どうだ？　ものがなきゃ商売はできない。中毒してる奴らは、何せものが欲しいわけだから、こっちの店にやってくるって寸法だ」

「でもそんなことして仕返しはないの？」

「密告のやり方しだいだろう。どこがやったとばれない方法がある。パクられ癖のある奴で、いつも刑事につきまとわれているようなのを使って、なにげなく情報を流すんや。その野郎が密告《チク》ったとわかって、ぶち殺されても痛くもかゆくもないからな」

そんなことがあるのだ。明蘭は首をふった。

「警察を利用するわけね。警戒しているばかりじゃなくて」

「俺らの生きている社会いうのは、この世の中の一番下や。泥棒やヤク中や、極道。極道にもなれん半端者。それにお巡りだ。そういうのが集まって、泥水の底にたまった、ヘドロのような社会を作っているんだ。うまいもん食って、きれいなカッコして、いい車に乗っているとしても、その辺のファミレスで飯を食って小さな車に乗ってる安サラリーマンの一家より下なんだよ。お巡りもそれをわかっている。ヘドロの住人どうしで、互いに利用しあうのさ。明子の住んでいるマンションに極道はいるか？」

「いないと思う。ふつうの人ばかりよ」

「会えば挨拶するか」

「ええ」

「そうだろうな。白金のマンションや。デザイナーやら何やら、きれいな仕事している奴らだろう。けどな、明子。会えば挨拶するそいつらより、お前に近いんは、会ったこともない、新宿署の刑事たちや。お前が見たら極道に思うかもしれん、ごつい、目つきの悪い男たちや。そいつらの方が、マンションの隣に住んでる上品な連中より、はるかにお前に近い世界で生きているんや」

明蘭は小さく頷いた。

「わかってる。いくらいい暮らしをしたって、わたしは偽者だって思ってるもの」

毛利は目を細めた。

「ほんまか」

「本当よ」

「よし」

毛利はバスローブのポケットから携帯電話をとりだした。ボタンを押し、応えた相手に告げた。

「もってこい」

何が起こるのかわからないまま、明蘭は待った。やがてドアチャイムが鳴った。

毛利が立ちあがり、ドアを開けた。

「ご苦労やったな。電話をするまで待っとけよ」

戸口に立つ人物に告げ、ジュラルミンのアタッシェケースを受けとった。ドアを閉め、テーブルにアタッシェケースをおいた。番号錠を合わせてロックを解くと、アタッシェケースを開いた。小さなプラスチックケースがいくつも入っている。

「なに?」

「クスリだ。今まで何かやったことあるか」

嘘は許さない、という目で毛利は明蘭を見つめた。

「揺頭丸」

明蘭は小さな声で答えた。大久保のアパートでサユリと暮らし始めてすぐ、ディスコにいっしょにいった。そのとき、「すごくいい」といわれている錠剤を飲んだ。踊りだすと、頭を振るのが止まらないので、揺頭丸と呼ばれている。

「MDMAやな。若い者には、バツだの、エクスタシーで通っとる」

毛利はいって、ケースのひとつをとりだし、蓋を開けた。白や茶、緑色のざらっとした印象の錠剤が入っている。表面には蝶や貝殻のマークが刻まれていた。

「それ」

「これはな、第二次大戦後に、アメリカが自白剤として開発したMDAという幻覚剤がもとになっている。こういうケミカル系の薬は、より効き目を強くしたり、副作用を小さくするために、化学者が手を加えることが多い。そのことを『ドラッグデザイン』という。覚えとき」

「ドラッグデザイン」

「MDMAは、MDAをドラッグデザインして生まれたクスリや。効き目がある成分はアンフェタミン。今、日本に入ってきているのは、大半がヨーロッパ製だ。オランダ製が主やが、最近はロシアや中国でも作っとる。中国製はガセネタが多いんで、要注意や」

毛利はケースをテーブルの端においた。別のケースをアタッシェケースからつかみだし、蓋を開ける。光沢のある、粒子の細かな白い粉が入っていた。

「それは」

「コカインや。コカの木の葉っぱからとるアルカロイドが原料になる。使えるコカの木には二種類がある。コカ種とノボグラナテンス種や。アルカロイドをたくさん含んどる二種類やな。あとのコカの木は商売物にはならん。主に南米で栽培されているが、ボリビアがコカ種、コロンビアがノボグラナテンス種、ペルーが両方混じっている。同じ木でも、高地で育ったものほど、アルカロイドの含有量は高い。生産量の多い順に、ペルー、ボリビア、コロンビアだ。ペルーとボリビアには、国が認めた正規栽培がある。アルカロイドは麻酔薬の原料として、輸出品になるからだ。コロンビアは、栽培されるコカのすべてが不正規栽培だ。ちなみに、アルカロイドは麻酔薬の原料だが、コカインは、しゃぶと同じでアッパー系、つまり興奮剤だ」

毛利はいって、コカインのケースをMDMAのケースに並べた。

「コカインは注射《ポンプ》で打つと効き目が強すぎて死ぬことがある。だからたいていは鼻で吸う。粘膜吸収やな。女のあそこに塗る場合もあって、そのあたりはしゃぶとよく似た使い方をする。上ものは、こういうふうに光沢があってきらきら光っている。安ものになると粉っぽくて片栗粉のように見える」

明蘭は頷いた。難しい化学名や植物の種類をすらすらと口にする毛利に驚嘆していた。

「次がこれや」

新たなケースを開けた。細かな氷砂糖のような結晶が入っている。

「覚せい剤ね」

「そうだ。これはガンコロという結晶体だが、今は粉にして包み《パケ》にしたり、水で溶いて金魚にして売っとるものが多い。金魚の中には赤ワインやジュースで割ったのもあって、飲みものに混ぜるんがふつうや」

金魚というのは、弁当などに入っているビニール製の醬油ケースを使うところからきたのだと、毛利はつけ加えた。

「スピード、エス、ともいうが、主成分はメタンフェタミンやアンフェタミンだ」

「揺頭丸と同じ？」

「そうだ。メタンフェタミンとアンフェタミンは、ほぼ同じ作用をもつ化学物質で、エフェドリンという薬物から作られる。トルエンからも密造ができる。少し前までは北朝鮮製が圧倒的に多かったが、最近は中国やカナダ製が多くでまわっている」

「カナダ？」

「カナダには中国人が多い。工場がそれだけあるってことだ。しゃぶは何より安いこと、飲んでも射っても塗っても効く。炙って吸うやり方もあるんで、今じゃ日本だけじゃなくアメリカでも流行り始めている。おかげでコカインが押されて売れゆきが落ちてるって噂もあるくらいだ。ただし、しゃぶを扱うとき、気をつけなきゃならないことがひとつある」

「どんなこと？」

「メタンフェタミンもアンフェタミンも、化学合成で作る。この方法は主に二通りあって、さっきいったエフェドリンを使うのと、フェニルアセトンというのを使うやり方だ。エフェドリンは国際的に規制が厳しい薬物で、手に入れるのが難しい。フェニルアセトンの方は、トルエンやら、いろいろな原料を使って合成が可能だ。そこで、フェニルアセトンからしゃぶを作ることが多い。ところが、このフェニルアセトンからの合成で、クズものができる」

「クズものって？」

「ちっと難しい話になるが、光学異性体というのをもつ化学物質が存在する」

毛利はメモに「光学異性体」と記した。

「読んで字の通り、光の通し方がちがう性質をさす。化学的には同じものなのに、光をあてると、片方は右に屈折させるが、もう片方は左に屈折させる。フェニルアセトンからメタンフェタミンやアンフェタミンを合成すると、双子のように二種類の光学異性体ができあがる。右に屈折させるのを『D体』、左に屈折させるのを『L体』という。化学的には同じものだが、『L体』はまるで効かない。見た目も成分もいっしょなのに、クズものなんだ」

初めて聞く話だった。

「長いつきあいのある業者なら、『L体』をもちこんでくることはまずない。客から苦情がでて取引を打ち切られるのは見えているからな。だがマーケットにもちこまれたらやっかいだ。『L体』かどうか確かめるためにはその場でキメるしかないからだ。もちろんそれも手だが、あまりほめられるやり方じゃない」

毛利はいって、ケースをコカインの横においた。次のケースをとりだす。緑がかった茶色の塊が入っている。粘土のようだ。

「これは何だかわかるか」

明蘭は首をふった。

「ハシッシュだ。大麻の樹脂成分を固めたものだ。効き目のある成分はテトラヒドロカンナビノール、THCという。今までのとちがってこいつはダウナー系の幻覚剤だ。大麻ってのはアサのことだが、アサの葉を干して煙草のように吸っても効果はある。グラスとかクサといわれるのはそのせいだ。ただそれじゃ効き目が弱いんで、樹脂を固めてハシッシュを作る。色には緑がかったのと茶色いのがあって、こいつはインド産だ。中央アジアからもってくるのはもっと茶色っぽくてチョコレートのように見える。パイプに詰めて吸ったり、煙草に混ぜて吸う。やたらに喉が渇くのと、独特のいがらっぽい匂いがする」

ケースを、今までのケースとはテーブルの反対側においた。アッパーとダウナーで分けているようだ。

毛利は次のケースをだした。

「今日もってきたうちの最後がこれだ」

わずかに赤みがかった白い粉が入っている。

「なに？」

「クスリの王様さ。ヘロインだよ」

「ヘロイン……」

「ヘロインの原料は医療でも使われる鎮痛剤のモルヒネだ。モルヒネは末期癌患者に投与するほど強い麻酔効果があるが、さらに精製して作ったヘロインは、モルヒネの十倍以上の効果がある。原料はケシの実で、この汁をとって固めたのが阿片。イギリスが中国から香港を百五十五年ふんだくった戦争の原因になった麻薬だ。阿片の中に、モルヒネやコデインといったアルカロイドが含まれていて、阿片は炙って吸うが、精製したモルヒネやヘロインは、注射で打つ」

「なぜヘロインは王様なの？」

「何もいらなくなる。こいつさえあれば、飯も酒も女もいらない。羽化登仙《うかとうせん》の心地って奴だ。しかもいちころで中毒になり、切れたときの禁断症状がハンパじゃない。一度はめちまえば、ペイ中は一生しゃぶりつくせる」

明蘭はぞっとして粉を見つめた。

「主な産地は、東南アジアの黄金の三角地帯と中央アジアの黄金の三日月地帯だ。最近は、ヘロインとしゃぶ、ヘロインとコカインを混ぜたスピードボールって代物もあるが、あんなものをやるのは馬鹿だ。アッパーとダウナーを混ぜてやったら、心臓がパンクするに決まってる。単体で売るのじゃ粗悪すぎるんで、混ぜて売る。手をだすような代物じゃない」

「禁断症状は他のクスリにもあるの?」

「しゃぶは頭にくる。体にくる禁断症状はないが、切れると気分が落ちるんでまた打ちたくなる。そいつをくり返していると、脳がいかれる。フラッシュバックが起きるのもそのせいだ」

「コカインは?」

「ヘロインほどじゃないがある。幻覚、幻聴、皮膚の下を虫が這い回る、とか」

毛利は明蘭を見た。

「基本的にクスリをやる奴に利口はいない。俺がいうのも何だが、夢がない、未来がない、生きていても楽しいことのない奴が、最後の楽しみで手をだすのがクスリだ。その点でいや、ガキがクスリをやる国は、もう終わりだ。日本はそうなりかけている」

明蘭は瞬きもせず、毛利を見返した。

「どのみち誰かがこの国をしゃぶるんだ。だったら早目にしゃぶった方がええ。俺はマーケットでクスリを扱うべきだと思うね」

「そのためにわたしに勉強させたの?」

毛利は頷いた。

「一度じゃ覚えきれないだろうが、勉強のためにもって歩くというわけにもいかんやろ。それで用意したんや。まず見た目を覚えておけ。コカインやヘロイン、しゃぶは、もっと色のついたのもあるが、色つきは皆、安もんやと思ってまちがいない。安もんはマーケットで扱ってもしょうがない。上ものだけを扱えばええ」

「深見さんには何ていうの」

「そこだな。それを相談しようと思った」

毛利は低い声でいった。しばらく無言で考えていたが、思いついたように明蘭を見た。

「ところでせっかくそろえた品物や。どれでもええから試してみるか。効き目も知らんで商売はできんやろ」

明蘭はわずかに息を呑み、並べられたケースを見つめた。毛利はアタッシェケースの底から厚手の布の包みをとりだした。広げると、注射器、アルミホイル、パイプなどを並べた。

「どれをやってもいいように、道具はひと通りそろえた。こんなん持ち歩いてるところを職質《バン》かけられてみろ、五年は喰らう」

だから突然の上京で、ちがうホテルだったのだ。しかも若い衆に運ばせた。

「まあ、ヘロインとコカインは勧めん。一発目から効くとは限らん。最初は人によっちゃ吐きまくることもある」

残っているのは、ＭＤＭＡと覚せい剤、それにハシッシュだ。ＭＤＭＡは前に試したことがあるし、覚せい剤は成分が共通している。

「じゃ、それ」

明蘭はハシッシュの入ったケースをさした。毛利は頷き、小型のパイプとハシッシュ以外をアタッシェケースに戻した。

携帯電話で待機している部下を呼びだす。アタッシェケースを引きとらせた。

「しゃぶと並んで大麻は、日本で市場が大きい。なんでかというと、素人が手をだしやすいからや。ひとつ、しゃぶやヘロインとちがって依存性が低く、体に悪くない、と思われている。ふたつ、自家栽培ができて、面倒な化学合成などをせんでもすぐに楽しめる。みっつ、しゃぶには極道がからんどる暗いイメージがあるが、大麻はお洒落な印象がある。マンションの部屋をひとつまるまる使って、大麻の自家栽培をやっている素人は多い。商売になるだけの量や上ものを作っている奴もいる。そういう連中は、極道とはかかわりになりたがらない。インターネット内で、愛好家のサークルを作り、うちうちでやりとりをしている。だが設備投資はかかるし、定期的に場所を移さなけりゃならないから、金は必要だ。安心して売れる場所があれば、必ずもちこんでくる。それをマーケットで用意してやればいい」

ハシッシュのかけらをパイプに詰め、喋りつづけた。ライターの火を近づけ、深々と煙を吸いこむ。煙草のようにはすぐ吐かず、胸のうちで煙をためこんだ。

やがて毛利はにっこりと笑った。頬の筋肉がゆるんでいる。ゴムの焼ける臭いに似た、いがらっぽい煙を吐きだした。

「上ものだ。やってみな」

明蘭はパイプをうけとった。

「苦しいだろうが、煙を肺の中で一度ためるんだ」

いわれた通り火を近づけて吸いこんだ。喉がひりつくような煙が入ってくる。咳きこみそうになるのをこらえ、息を止めた。

不意に世界が変化した。

部屋の調度、壁紙、飾られた絵、すべての色彩がくっきりと立ちあがり、聴覚も鋭敏になるのが感じられた。同時に、ひどく幸せで愉快な気分になる。

「すごい……」

明蘭がつぶやくと、毛利は部屋の明りを消し、BGMのスイッチを入れた。

管弦楽の音色が流れでた。ひとつひとつの楽器が奏でる音をはっきりと聞き分けることができる。窓の外のビルの光が渦を描いて立ちあがり、ガラスの外に浮かんでいるような光景だった。

「ほら」

ミネラルウォーターの壜がさしだされた。ひりつく喉に水分を流しこみたい。だが明蘭は、壜の中の水の粒子に見とれた。宝石の粒がいっぱい貼りついたように、壜の内部で光っている。

「きれい」

「飲め」

毛利にいわれるまま、ミネラルウォーターを飲んだ。うっとりするほど甘い。

「おいしいよ。すごく」

「すわれ」

いわれて気づいた。いつのまにか立ちあがっていたのだ。

「おさえてよ、体が浮いちゃう」

毛利に抱きかかえられるようにして、ベッドに腰をおろした。明蘭は瞬きした。

「ねえ、こんなのを売りにくるセラーが本当にいるの」

「いるとも。やり方しだいで、次から次に入ってくるぞ」

「誰が買うの？　バイヤーは」

「任せろ」

毛利が囁《ささや》いた。

「うちが責任をもってさばいてやる。大麻をガキのおもちゃだと馬鹿にする奴もいるが、素人が安心して手をだしたがる商品ほど、いい商売になるんだ」

明蘭は頷いた。

「だが、お前がやるのは今夜だけだ」

「なんで？　体に悪くないんでしょう」

「いったろう。楽しみのない奴がやるのがクスリなんだ。お前に楽しみはないか？　未来はないか？　これからお前はマーケットをもっともっと大きくするんだ。でっかい存在になるんだよ」

14

鮫島は、闇金系の車屋をあたっていた。盗難車をつかまされるのは彼らにとって命とりになる。そこで泥棒市場に関する情報があるのでは、と考えたのだ。

車屋は、「連合」には所属するものの、近年とみに勢力を失いつつある組の系列だった。谷村といい、鮫島は以前別件で逮捕したことがある。新宿にあった事務所をたたみ、池袋の近くで自動車屋をやっていた。自動車屋といっても、実際に車を並べて売っているわけではなく、借金のカタで溶けた車をおさえにいくのが仕事だ。「車で融資」という捨て看板から谷村の事務所をつきとめた鮫島は訊きこみに足を運んだ。

雑居ビルにある事務所のインターホンを押すと、

「はい」

とぞんざいな返事がかえってきた。

「先ほど電話した者です」

「ああ、ちょっと待って――」

ロックを解く音がしてドアが開いた。黒いナイロンのスポーツウェアを着けた男が立ち、鮫島を見ると顔色をかえた。タンクトップの前に太い金鎖をさらし、細いサングラスをかけている。

「な、何だよ、管轄がちがうだろうが！」

ドアを閉じようとするのを押し返し、鮫島は怒鳴った。

「とぼけたことというなっ。百人町三丁目でかっぱらわれたセルシオ、溶かしたのお前のとこだろうが」

「あれはハメられたんだよっ。車でてきて、持ち主に返ったろうが」

谷村は退がりながら怒鳴り返した。

「誰がハメた」

「中国人のガキだよ。日本語のうまい二世かなんかで、偽の免許証もってやがった」

「なるほど」

鮫島は事務所に入ると、うしろ手にドアを閉じた。引っ越したばかりのせいか、中は簡素で、ひどく痩せて顔色の悪い若い男が、あわてて机の上に広げていたファイルを閉じた。若い男はスーツを着ていて、髪を明るく染めている。閉じたファイルには、少女の写真が並んでいた。

「スカウトやってんのか」

鮫島は若い男の顔を見つめた。

「何のことっすか」

「それさ。若いお姐さんの写真が並んでたろう。ＡＶか、風俗か？　スカウト行為、禁止になったの知ってるな」

「あんた新宿署だろうが。関係ねえのに首つっこむなよ」

谷村が叫んだ。

「じゃ所轄の生安呼ぶか？　百人町の件、話して、こっちでもしっかり眼つけといてもらうか」

「だからいってんだろう。あれはハメられたんだって。俺らふつうはギラれた車には手ぇださねえよ。冗談じゃねえっつうの。命とりだろう」

「俺もそう思ってたよ。だから驚いたのさ。宝永一家のいい若い衆が、あんな厄ネタつかまされるとはびっくりだ。ふつうギラれた車なんてのは、そっちには流れないだろうが。裏情報も入ってるんだろ」

「知らねえよ」

「教えてくれないか。万一、盗難車をまちがえて溶かしちまったら、どうすんだ」

「どうもこうもねえ。その辺にほうりだすしかないだろう」

「回した金が焦げつくだろう」

「しょうがねえ、泣くさ。故買でパクられるよかマシだから」

「どっかでひきとっちゃくれねえのか」

「そんなとこあるわけないだろう」

「そうか。あんたなら知ってると思ったんだがな」

鮫島は事務所を見回した。ノートパソコンが谷村のと覚しいデスクにおかれている。

「何だよ」

鮫島がパソコンを見つめているのに気づいて谷村がいった。

「いいパソコンだな。ちょっと見せてくれないか。最近、凝ってるんだ」

「ふざけんな。帰ってくれ」

「しかたがない。フダとって戻ってくる」

鮫島が踵を返すと、谷村はあわてた。

「おいおいおい、待ってくれよ！」

「何だ？」

鮫島がふり返ると、谷村は荒い息を吐いた。

「うちもよ、何だかんだと苦しいんだよ。勘弁してくれよ。これであんたにもってかれたら、仕事がつづけらんなくなる」

「大丈夫だ、実刑まではいかんだろ」

「金がかかんだよ。引っ越したばっかでよ、またこれでたたまなきゃならねえなんてことになったら、本部に借金しなきゃなんねえ」

「金貸しが借金か、つらいな」

鮫島はいい捨て、ドアノブに手をかけた。谷村がそれをおさえた。

「よう、ここで聞いたのナシにしてくれるんなら、前に一度だけカブった奴の話をする」

「聞くだけ聞こう」

「そいつがひっかかったのはランクルだ。もちこんだのは筋者っぽい日本人だった。たぶん中国人の下請けで、中国かロシアからの注文流れで余っちまったんだと思う。金を回したんだが、それが盗難車だった。その野郎はノミ屋もやってて、そっちがパンク寸前だったんで泣きが入った。ノミ屋の方は、稜知のケツモチだ。そうしたら、稜知の方で面倒みてやるって引きとってくれたんだと。金は全額とまではいかないが、七割がた保証してくれたそうだ」

「どこにそのランクル運んだ?」

谷村は首をふった。

「若いのがとりにきたらしい。だからもっていった先はわかんねえ。ただその後、でものものベンツの2シーターを元値でもってかされたらしい。世話焼いた稜知の幹部が女にくれてやる、とかで」

「それだけか」

「それがさ」

谷村は声を低めた。

「いちおう、ベンツ届けるときに車庫証明だの何だのとるだろう。それしねえと車庫トバシでサツにやられるからよ。名義はその女だった。だけどその女の名前がさ、以前そいつが戸籍扱ってたときにホームレスから買った名前だったのだと」

「偽の戸籍ということか」

「えらい偶然だってたまげてた。買ったのはもう何年か前で、売ったのはおととしだ。まあ、中国人の女が買ったのだろうけど」

「稜知の幹部が中国人を女にしたのだろう」

「ちがうんだよ。その野郎から戸籍を買っていったのは、稜知とは縁もゆかりもねえ不動産会社の社長なんだ。昔、新宿で会社やってたが、たたんで行方知れずになってたのが、その頃、戻ってきたらしいんだな」

「不動産会社の名は?」

「仙田商事」

鮫島は谷村の顔を見直した。

「なくなっちまった会社の名前を使えばいくらでも話は作れる」

「本当だって。仙田商事てのは、昔、コロンビアの連中にアパート斡旋してて、そっちのカルテルとも社長がつきあいあるんじゃないかって、とかくの噂があったんだ」

「大きくなってきたな。稜知の次はコロンビアの麻薬カルテルか」

鮫島はからかうようにいった。谷村の表情は真剣だった。

「コロンビアうんぬんは、確かに噂だけだけど、あの頃、仙田商事はどこの組ともつきあいなしでやってたのが、今は稜知と組んでるてんで、二度びっくりしたってその野郎はいってた」

「仙田商事の社長というのは、どんな男なんだ」

谷村は首をふった。

「俺は知らない」

「じゃ、そいつから話を聞こう」

「勘弁してくれよ。俺の立場が――」

「お前の立場に興味はない。この話をもちだしたのはお前で、それは自分が助かりたいからだ。他人のことをうたって逃げようとしている奴が、立場だの何だのというんじゃない」

谷村は何かをいいかけ、言葉を呑みこんだ。

「それとも今までの話は、すべて嘘か」

「嘘じゃない」

「じゃ、その車屋の名を聞こう。お前から聞いたとはいわないでおく」

「吉野《よしの》だ。吉野友康《ともやす》」

「会社はどこにある」

「荒川だよ。荒川区の町屋でやってる」

谷村はビルの名を口にした。

「吉野興業つって、若いのを二、三人使ってらあ」

「携帯の番号は」

「知らねえ」

鮫島はため息を吐いた。

「わかったよ！　今教える」

谷村はいって、自分の携帯電話をとりだし、検索した番号を告げた。

「吉野興業のケツモチは？」

「地元の尾久組だよ。ゾクあがりが何人か、吉野のところに入ってる」

鮫島はメモ帳を閉じた。

「この話がガセだったらまたくる」

「嘘じゃねえって」

谷村は吠えるようにいった。


その夜のうちに、鮫島は荒川区の町屋に向かった。京成線の町屋駅に近い雑居ビルに、吉野興業はあった。一、二階が居酒屋で、三、四階にカラオケボックスが入ったビルの最上階、七階に事務所をかまえている。

ノックをすると、

「入れや」

若い男の声が返ってきた。内部は下町らしく、いかにもといった内装で、虎の敷皮や神棚、酉の市の熊手などが飾られている。デスクの手前におかれた応接セットに、三人の男がかけていた。ひとりが三十代の後半で、あとの二人はようやく二十を超えたかどうかという年頃だ。髪を金色に染め、皮ジャケットの胸もとを大きくはだけているのと、スポーツウェアを着て眉を剃り落としている、典型的なチンピラ二人組だ。

三十代の方だけが薄紫色のダブルのスーツにネクタイを締めている。

チンピラ二人が値踏みするように鮫島を見つめた。

「何だい」

スーツの男が口を開いた。

「新宿署の者です。お忙しいところを申しわけない」

鮫島はいって身分証を提示した。応接セットのテーブルの上には花札がまかれていた。

「以前おたくが扱った車の件で、ちょっとお話がうかがいたくて――」

「はあ!?」

スポーツウェアが叫んだ。

「新宿ぅ？　管轄ちがうだろうがよ」

「何だよ、何だよ、新宿署もずいぶん暇なんだねえ。で、令状は？」

皮ジャケットが立ちあがり、鮫島の前に立ちはだかった。その間にスーツの男が花札を集める。

「おたくさんたち、吉野興業の社員？」

鮫島は二人を見つめた。

「関係ねえだろ。令状はどうしたんだよ、令状はよ」

皮ジャケットがいった。鮫島はスーツの男に目を向けた。

「で、吉野さんはあんただな」

スポーツウェアが立った。

「よお、令状どうしたって訊いてんじゃねえかよ」

「お前ら、うるさい」

鮫島は静かにいった。

「何だと」

「マッポだからってでけえツラすんじゃねえぞ、こら」

「やってやろうか、おい！」

スポーツウェアが上着を脱いだ。タンクトップ姿になると、びっしりとタトゥの入った上半身が露わになった。

「刑事に喧嘩を売ってもいいことないぞ」

「やかましいわ。新宿だかどこだか知らねえが、ここは町屋なんだよ。令状なしででけえツラすんじゃねえよ」

「でかいツラはしていない。お忙しいところを申しわけないといった筈だ。なあ、吉野さん」

鮫島はスーツの男にいった。男は横を向き、煙草に火をつけた。

「おいっ」

皮ジャケットが鮫島の肩をつかんだ。鮫島はその手を見た。

「これは何の真似だ」

「文句あんのかよ。あん？」

タトゥをむきだしたチンピラが下から鮫島をにらんだ。

「吉野さん、子供にこういうやり方をさせるのは感心しないな。結局傷がつくのは、この子たちの将来だ」

「余裕くれてんじゃねえぞ、オヤジ――」

「やかましいっ」

鮫島は怒鳴りつけた。

「お前ら尾久組の準構だろうが。ガキがいい気になってると、あとでえらく後悔する羽目になるぞ」

「何だと――」

鮫島は皮ジャケットの腕をつかむと、即座に手錠を叩きこんだ。

「公務執行妨害、傷害未遂、現行犯だ。お前もだ」

タンクトップのチンピラの腕に反対側の手錠をかました。

「何すんだ、手前！」

手錠の鎖をつかみ、二人をひきよせた。目に力をこめ、いった。

「いいか、ガキのお前らがどれだけすごんでもな、痛くも痒くもないんだよ。お前らのやっていることは捜査妨害で、それを指示したとみなされる、そこの社長も、それから社長がケツモチを頼んでいる尾久組の組長も、全部もっていこうと思ったら、もっていけるんだぞ。そんなことになったら、せっかく揃ってる指《エンコ》、飛ばす羽目になる。いいのか、それでも」

二人の顔色がかわった。

「わかったよ」

スーツの男がいった。

「話聞いてやっからよ、ワッパ外してやってくれや」

テーブルの上に足をのせ、煙を吹き上げた。

鮫島は向き直った。

「何を大物ぶってる。お前もいっしょにパクるっていってるだろうが」

「ふざけんなよ、俺が何したってていうんだ」

「今いったことが聞こえなかったか。捜査妨害の指示だ。俺は警告した筈だ。子供にこういうやり方をさせるなと」

「手前、何なんだよ！　いきなり乗りこんできて、それはねえだろうがよ」

「新宿署の警察官だといって、身分証も見せた。何か手続きがまちがっていたか？」

男は足をおろし、肩で息をした。

「そりゃそうだけどよ、いきなりパクるなんてねえだろう」

「パクられるようなことをしたのはそっちだ。それとも何か。所轄なら、お前らがそんな態度をとっても、『おうおう、若い者は威勢がよくていいなあ』とか何とかいって、見逃してくれるというのか」

「あんたの顔を知らねえんだからしょうがねえだろ」

「知ってる人間なら頭を下げて、知らない人間なら追い払うのか。それで知らない人間で刑事でもない奴ならどうするんだ。小突き回すか？」

男の顔がひきつった。

「わかった、悪かった。勘弁して下さい」

「できないな」

鮫島は冷たくいった。

男は深々と息を吸いこんだ。鮫島は青ざめているチンピラ二人の顔をのぞきこんだ。無言で鍵をだし、手錠を外した。

「いけ。俺はこれからお前らの社長と話をつける。ここをでて、どこにも電話せず、おとなしく社長からの連絡を待ってろ。誰にも迷惑かけたくないだろう。え？」

二人は大急ぎで頷いた。スーツの男を見つめる。男は目だけをぎらぎらとさせて鮫島をにらんでいた。

「いけっ」

鮫島がいうと、スーツの男が小さく頷いた。二人は転がるように事務所をでていった。

鮫島は男の向かいに腰をおろした。男の顔には不安が浮かんでいる。

「あの、もう一回、身分証、見せてくれるか」

鮫島はだした。

「新宿署、生活安全課、鮫島だ」

男は息を呑んだ。顔をしかめ、

「やっちまった……」

つぶやいた。

「痛ってえ。あんた、もしかして新宿鮫かよ……」

鮫島を見た。鮫島が頷くと大きなため息をついた。目を閉じ、呻くようにいった。

「気づけよ。ひとりで乗りこんできて、新宿署っていわれたときに。馬鹿野郎……」

どうやら自分を罵っているようだ。

「吉野さんだな」

無視して鮫島はいった。吉野は頷き、両手をさしだした。

「もっていってくれよ。そのかわり、あいつら見逃してやってくれや。来月、盃もらうことになってて、はりきってたんだ」

「奴らに考え直させろ。今どき、組の盃もらったってロクなことがないって。そうするんだったらなかったことにする」

吉野はもう一度息を吐き、首をふった。

「俺もやめろっつってんだ。本当だ。あいつら頭が悪くて、喧嘩するくらいしか能がねえ。そんなのいくら集めたって、もう通用しねえ世の中なんだ」

「だったら決まりだ。俺はあんたから、必要な話だけ聞いてひきあげる」

吉野は上目づかいになった。

「何を聞きたいんですか」

口調が改まった。

「以前、戸籍を売っていたそうだな」

「昔の話です。それにそんな数はやってません」

「そのとき、新宿で不動産会社をやっていた男に頼まれて売ったことがある筈だ」

吉野は頷いた。

「覚えてますよ。古尾明子。古尾って珍しい姓じゃないですか。白金のこぎれいなマンションに住んでました」

「マンションの名前を覚えているか」

「白金アーバンホームです。場所は確か、プラチナ通りのまん中あたり」

「その女にベンツをもっていったんだな」

「ベンツの件は勘弁して下さい。俺のこと、もっていっていいです。何年ぶちこまれてもしかたないと思っていますから」

吉野の表情が硬くなった。稜知会の名はどうしてもだしたくないようだ。

「わかった。それについてはいい。じゃあ戸籍を買った男についてはどうだ」

「仙田商事の社長ですね。あの人が新宿で会社をやっていた頃、俺は新宿で今の仕事の修業をしてました。そのときにイラン人ともめたことがあって、手打ちにでてきたあの人と知りあったんです。ちょっとかわった人で、自分のことは『幽霊だ』っていってました」

「幽霊？」

「ええ。存在しない人間だっていうんです。南米だかあっちに長いこといて、そのあいだに死亡届けをだされたとかで」

「家族にか」

　吉野は首をふった。

「詳しいことは知りません。筋者じゃないことだけは確かですが」

「なぜそう思う」

「名前が多すぎますよ。会うたびに名前がちがうんです。最後に会ったときは、深見って名前でした。深いに見るです」

「仕事は何をしていると？」

「貿易だといってました。会社は今でも新宿だって。なんで新宿なんですかって訊いたら、『ここが一番、日本らしくて好きだ』って。日本らしいってどういうことだっていうと、『境界がない』って。俺は何いってんだか、ぜんぜんわからなかったですけど」

「古尾明子に話を戻そう。中国人なのか」

「そうだと思います。たぶんホステスか何かだったんでしょうが、日本語はうまかった。読み書きもできるようで、あれなら日本人で通ると思いました」

「今もホステスなのか」

吉野は首を傾げた。

「ちがうんじゃないですか。社長のレコになって、別の商売をしていると思いますよ」

「仙田商事の社長の女だというのか」

「ええ」

「じゃあなんで稜知の幹部がベンツをプレゼントする」

吉野は首をふった。

「だからそれは勘弁して下さい」

「何をそんなにびびってる。あんたは金貸しのケツモチは宝永一家系の尾久組にやらせ、ノミ屋のケツモチを稜知にやらせているのだろ。そのあたり、うまく渡っているのじゃないのか」

「稜知ったっていろいろあるじゃないですか。俺がケツモチ頼んでんのは、元からこのあたりでやってて稜知に吸収されちまった小せえとこです。尾久さんとことも古いつきあいで、角つきあわせてるわけじゃない。でもベンツの一件は、そこの紹介でできた、本家本筋なんすよ。そんな人に迷惑かけたら、俺は生きていけません」

鮫島は考えた。

「古尾明子の前の名前は？」

吉野は首をふった。

「知りません」

「いい女なのか」

「いい女です。あんまりすれた感じがしなくて、すうっとしてますよ」

「その女が仙田商事の社長と稜知会直系の幹部をふたまたかけているのか」

「わかんないですよ。人の色ごとですから」

「で、仙田商事の社長とその稜知会とはつきあいがあるのか」

「たぶん。これ以上はいえません。社長が今、どんな商売をやってるかも知らないんです」

「それは嘘だろう。盗難車のランクルをあんたがつかまされて困っていたら、稜知会がひきとったと聞いたぞ。その稜知会が車をもっていった先が、仙田のところだったのじゃないのか」

吉野は首をふった。

「かもしれないけれど、見たわけじゃないですから」

「話を整理しようか。仙田商事の社長、かつては仙田といい、今は深見と名乗っている、は、中国人であんたから戸籍を買った古尾明子と商売をやっている。その商売には、稜知会本家とつながる幹部も関係していて、それが縁で古尾明子といい仲になっているらしい。

その商売の中身だが、盗品の故買だ。車だけじゃなく、他の品物も扱っている」

「そこまで俺はいってませんよ」

「だがそういうことになる」

吉野は黙った。

「稜知の幹部の名を聞こう」

「いえません」

鮫島は身をのりだした。

「なあ、あんたにその幹部を紹介したのは、あんたのノミ屋のケツモチをやっている稜知会系の組だろう。もし俺がそこにいって、吉野さんが世話になった本家の幹部の名を教えてくれといったら、あんたはもっと苦しくなる。ちがうか」

吉野はうなだれた。

「青天の霹靂《へきれき》ってこういうのをいうんですか。地元でおとなしくやってたら、いきなり鮫島さんがやってきて、明日から俺はいつ地獄が頭の上に落っこちてくるか、びびりながら暮らさなきゃなんない」

「だとしてもそれはあんたがこれまでやってきた人生のツケだ。まっとうな商売をしてきたのか？　人の弱みにつけこんで金儲けをしなかったと断言できるのか？　カタギじゃない暮らしってのはそういうことだろう」

吉野はそっぽを向き、煙草をくわえた。火をつけ、たてつづけに吹かしている。

「ところで深見とは、今でも連絡がとれるのか」

「いや、とれないですね。戸籍の件で電話もらったのも何年かぶりで、相場の倍だすからっていわれて、すぐ銀座のホテルで待ちあわせて売りました。そのときの深見さんの携帯は、あとでかけたらもう使われていませんでした」

「用心深い男なんだな」

「そうじゃなきゃとっくに稜知に食われてますよ。直系の幹部ですよ、めちゃくちゃ頭が切れるって評判の人だ」

「名前は？」

吉野は息を吐いた。

「石崎さんです。石崎謙一」

「わかった。あんたから聞いたことは内緒にしておく」

吉野は首をふった。

「安心できませんよ。稜知と組むってのは、そういうことなんです。何でもできるけど、いつ命《たま》をとられてもおかしくない。稜知の代紋に不可能はないが、泥を塗ったらそれまでなんです」

鮫島は立ちあがった。

「俺が嘘を吐くと?」

「いいや。鮫島さんは喋らんでしょう。自分からはね。でも鮫島さんでも折られるってことがある。どんなこわもての刑事さんでも、稜知全部は敵に回せませんよ。ありとあらゆるところにパイプがあって、アンテナを張りめぐらせている」

「なるほど」

「サツがこれだけがんばって今まで潰せなかったんだ。サツは今でも稜知会相手に戦っているというが、決着なんて本当のところ、とっくについてる。稜知会が勝ってますよ。桜田門にだって、稜知会に食われちまってる人がきっといます。鮫島さんが石崎さんのことを調べた時点で、本人にも知らせがいくんだ。そういうことなんです」

「覚えておく」

鮫島はいって、吉野興業の事務所をでていった。吉野はソファにすわったまま身じろぎもせず、宙を見つめていた。

15

警視庁の組対にはもちろん稜知会担当のプロジェクトチームがいるし、警察庁にも専門の部署が設けられている。だが吉野のいうように、そこに石崎謙一の名をもちこむのは危険だった。石崎に関するデータを得られたとしても、同時に石崎にも鮫島が関心を抱いていると伝わる危険がある。

鮫島はまず、古尾明子の身辺を探ることにした。

古尾明子は白金アーバンホームの八〇二号室に住んでいた。部屋の間取りは２ＬＤＫで月額二十五万円の家賃は、ユニ交易という有限会社から払いこまれていた。同室はユニ交易の登記上の本社を兼ねている。

白金アーバンホームに暴力団関係者の入居がないことは、所轄署地域課に問い合わせ、確認した。住民調査によれば古尾明子はひとり暮らしということになっている。

鮫島は古尾明子の行動確認を開始した。まずは生活習慣の把握だ。古尾明子が、仙田の管理する泥棒市場で鑑定人として働いているのはほぼまちがいないと思われた。美人で中国語も完璧という、サンエイ企画の竹下の話とも一致する。

古尾明子に関する調査を進めていけば、やがて仙田の泥棒市場の全容がつかめると鮫島は考えていた。が、それには慎重を期さなければならない。

張りこみや尾行に気づかれれば、仙田は古尾明子との接触を断つだろう。最悪の場合、古尾明子を殺害して、自分につながる情報のパイプを閉じようとするかもしれない。必要であれば、仙田はいくらでも冷酷な人間になれる男だ。

古尾明子はほぼ毎日、午前中に外出していた。だいたい午前十時から十一時のあいだに車ででかけ、午後五時から、遅いと十時過ぎに帰宅する。

鮫島が監視を始めてから四日間は、古尾明子が自宅やその周辺で他の人物といっしょにいることはなかった。その中には週末も含まれていたが、古尾明子は自宅ではひとりで過ごしているように思われた。

吉野から得た情報では、古尾明子は仙田と愛人関係にあるという。もしそうであるなら、仙田が古尾明子のマンションを訪れたり、古尾明子が外泊する機会がある筈だ。

仙田は結婚していない。が、かつて遠藤ユカという女と同棲していた。女性と生活を共にするのが苦痛ではないということだ。ただ、そのとき遠藤ユカが、仙田の率いるイラン人組織と対立する中国人組織に襲撃をうけた経験を踏まえ、現在は独り暮らしをしている可能性は高い。

生活を共にする女性がいれば、それが弱点になる。

一方で、愛人関係にある女をビジネスパートナーにしている、というのもかつてなかった現象だった。

仙田に変化が生じている。

その最大の部分は、広域暴力団と取引をもったという点だ。以前の仙田は配下の外国人犯罪者を通して暴力団とつながることはあっても、直接暴力団と仕事上のつきあいをすることはなかった。それは偶然そうであったというより、意図的につきあいを避けていたと考えられた。

だが現在はちがう。これまでに判明しただけでも田島組や稜知会といった広域暴力団と仙田の管理する泥棒市場は取引がある。ひとつの組にだけ取引を集中させないのは、食われないための予防策だろう。複数の組と利害関係をもてば、摩擦を避けるべく、互いに距離をおいた関係になる。

それに加えて、古尾明子の存在がある。

仙田の変化が何によってもたらされたのかを、鮫島は考えずにいられなかった。

まずあるのは環境の変化だ。裏社会における勢力図は、かつての群雄割拠から大組織による寡占化に変わっている。そのような状況では、すきま的な犯罪ビジネスはむしろ成立しにくい。表社会の大企業と同じく、大組織は下請けの子会社にいたるまですべてを系列化して利潤を他者に分け与えないシステムを作り上げるからだ。

それにより、仙田もまた大組織との交渉を余儀なくされたと考えるべきだろう。

さらに年齢の問題がある。仙田が昭和二〇年代の初め生まれと想像した鮫島の考えがあやまっていなければ、六十に近づいている。

体力的に著しく衰えるというほどではないが、激しい緊張の連続や不安定な生活環境からは遠ざかりたいと感じる年齢だ。

まっとうな勤め人であれば、停年を目前に控え、第二の人生についてあれこれ考えを巡らせ始めているだろう。

職業的犯罪者である仙田に第二の人生を考えるのは許されないが、そうであればあったで、現在にわずかでも平穏を求めていて不思議はない。

愛人関係にある女をビジネスパートナーにしているというのが、まさにその証明ともいえる。平たくいえば、仙田にも「ヤキが回って」いるのだ。恋愛感情を抱く相手とビジネスライクな関係を築くのは困難だ。いいたいことをはっきりといえず、ミスをミスと指摘できなければ、やがて組織全体に軋《きし》みが生じる。

さらにその相手が、別の組織の人間とも関係があるとなれば尚さらだ。

そんな状況が長つづきする筈はない。

しかし一方で、あまりにも仙田らしくない、と鮫島は感じずにはいられなかった。鮫島の知る仙田は冷静で、常にその行動によって生じる危機を予測して生き抜いてきた。自らの感情によって、自分や組織を危険にさらすのは、最も仙田の嫌う行為ではないのか。

自分は仙田を買いかぶっていたのだろうか。それとも、これまで入ってきた情報にあやまりがあり、実は古尾明子は、仙田とは愛人関係でも何でもない、純粋なビジネスパートナーなのか。

だが、その可能性を低いと鮫島が考える、ある理由があった。

それは古尾明子の外見だった。

ほっそりとして長身の古尾明子は、かつての仙田の愛人、遠藤ユカと驚くほど似ていたのだ。

古尾明子の住居をつきとめ、行動確認に入ったことを、鮫島は桃井に知らせた。同時にそれを香田のいる組対本部に上げてもかまわない、と告げた。

「いいのか、それで。君と仙田のあいだには因縁がある。組対に上げれば、仙田はもっていかれるぞ」

「しかたがありません。ここから先は、慎重で、尚かつ規模の大きな内偵が必要になります。組対が動いた方が、漏らしは少なくなるでしょうから」

つかのま沈黙し、桃井は頷いた。

「わかった。明後日、本庁で定例会議がある。そのときに報告に交えて上げておこう」

「はい」

「その際、君を内偵チームに加えるよう求められるかもしれん。どうなんだ」

表向き、拒否はできない。鮫島は考えこんだ。

「内偵についていうなら、君は先行している。それだけもっている情報も多い。特に仙田に関しては、会った経験があるのは君だけだ。香田さんが欲しいといえば、預けることになる。もちろん香田さんしだいだ。君といっしょにやるのを、香田さんがどう感じているかだが」

かつての香田なら、鮫島を配下に組み入れ、使うことに躊躇は感じなかったろう。だが桃井の耳に入った強盗被害の噂が真実なら、個人的な感情が背景にある捜査に鮫島を加えるのをためらうのではないか、桃井はそう考えているようだった。

「香田がこいというのならいきますよ」

鮫島がいったので、桃井はわずかに目を広げた。

「確かに互いにやりにくい面はあるかもしれません。しかし私もここで仙田からすべて手を引きたくありません。とはいえ、香田がいらないというのに押しかけるわけにもいかない」

「ではこの件が終わってからも残れといわれたら？」

鮫島は首をふった。

「それはないと思います。私を本庁に戻すとなれば、香田よりさらに上の人たちが嫌がるでしょう」

桃井はわずかに息を吸い、鮫島を見つめた。

「香田警視正が組対に自ら希望して異動されたことに本人の事情が関係しているかどうかはともかく、香田さんの目のつけどころはまちがっていない。君が組対に残れば、組対はようやく本来の力を発揮できる条件が整うことになる」

鮫島は微笑みを浮かべ、生活安全課を見回した。

「私は新宿署が好きです。ここで私は本当の警察の仕事とは何であるかを学びました。確かに現在の新宿は少し前に比べれば平和になっているように見えます。ですがそれは取締りに耐え切れず、水面下に潜った連中が増えただけに過ぎません。潜った連中がずっとおとなしくしているわけはなく、むしろこれから面倒は増えるでしょう」

「同感だ。今のこの平穏は一瞬のものだと私も思っている。新宿はむしろこれからが厄介な街になる。そうなったとき、君には残っていてもらいたい。それが私の本音だ」

桃井は窓の外に目を向け、いった。

「ありがとうございます」

「難しいことだろうが、一度、君と香田さんが腹を割って話せるといい」

鮫島は息を吐いた。

「スタートこそいっしょでしたが、彼と私は遠く離れてしまいました。そしてもし彼の中に、今度のことで個人的な理由があるのなら、私たちの距離は、前以上に遠くなっていると思います」

桃井は小さく頷いた。何かに耐えるような表情になり、ため息を吐いた。

「わかった。ご苦労さん。今後も注意して捜査を続行して下さい」

刑事部屋をでた鮫島は、藪を捜した。藪は鑑識係の部屋におらず、食堂で遅い夕食を摂っていた。

「例の件、その後何かわかったか」

向かいに腰をおろした鮫島は訊ねた。指紋識別システム《FIS》から、仙田の遺留指紋が消されていた問題だった。藪はそれについて、仙田が〝裏ファイル〟に登録された人物だったのではないか、という仮説を立てていたのだ。

藪は天ぷらうどんを食べていたが、すぐには答えず麺をすすって、周囲を見渡した。

「外にいこうや」

丼に残っていたつゆを飲み干すと、口もとを手でぬぐい、いった。トレードマークのよごれた白衣を脱ぎ、こわきにかかえる。

二人は新宿署の玄関をくぐった。青梅街道にでると、藪は右に歩きだした。野村ビル、安田ビルの前を通りすぎ、大ガードの方向に向かう。青梅街道をまたいだ歩道橋の階段を登った。

歩道橋の中央で立ち止まり、眼下を流れる車の列を見おろした。

「大げさだな」

鮫島がいうと、藪は口の中に指をつっこんだ。何かをつまみだし、弾いた。

「ネギだ。年とると、歯茎が痩せてくんのかな。すぐに食ったもんがはさまるんだ」

鮫島は苦笑した。藪はあたりを見回した。「メル友がな、ヒントをくれた。FISの裏ファイルに入るのは、サクラかチヨダだそうだ」

鮫島は息を吸いこんだ。

「なるほど。ありうるな」

サクラは、一九五〇年代の初め、組織改変で今はなくなった警察庁公安一課に設けられた〝分室〟の通称だった。中野の警察学校に拠点をおき、対左翼組織の監視、浸透といったスパイ工作をおこなった。サクラ部隊のメンバーは、各都道府県警の公安警察官から選抜され、〝中野学校〟と呼ばれた警察大学校で徹底したスパイ技術を教えこまれた者だけによって構成され、その活動は所属自治体の公安委員会や警察本部長にも制限されることがなかった。

だが一九八五年の共産党幹部宅への電話盗聴が発覚、存在が公になったことが原因で消滅した。そして一九九〇年代に入って、警察庁警備企画課に後継部隊チヨダが生まれた。

通称はかわったものの、活動内容にちがいはない。必要に応じて非合法な工作に手を染めるのも同じだ。どちらもトップは、警察庁入庁十五年前後のキャリアが「裏理事官」としてつとめる。

「仙田くんがチヨダであるわけがない。年があわないからな」

鮫島は頷いた。

サクラ部隊の浸透工作は、情報協力者、すなわちエスを作ることにあるが、場合によっては自らが身分を偽って左翼組織に潜入するときもあったという。

「だがなぜなんだ。なぜ元サクラが南米で麻薬組織とつながりをもつ？」

「ドロップアウトしたとしたらどうだ」

藪がいった。

「ここからは俺の想像だが、仙田の年齢を七〇年安保闘争当時までさかのぼると、全共闘活動をおこなっていたセクトに潜入するのにはちょうどいい年頃だ。そこで実績をあげた仙田は、サクラに抜擢される。ときあたかも極左暴力集団の全盛期だ。七一年警務部長宅小包爆弾、七二年テルアビブ空港乱射、オランダでのフランス大使館占拠、七四年から七五年にかけては、連続企業爆破事件もあった。だが八〇年代に入ってからは、対象となる極左暴力集団が急速に力を失う。八五年には問題の盗聴事件が発覚して、サクラは徹底して叩かれた。このまま警察にいてもろくなことがないと、CIAの下請けに転職した連中もいたっていうじゃないか」

「あるいは任務で国外に飛ばされたか」

鮫島はつぶやいた。

「ちなみに一九八〇年代の半ばといや、コロンビアの麻薬組織メデリンカルテルの黄金時代だ。一九八六年にアメリカのレーガン大統領は、麻薬に関する非常事態宣言をだしている。八八年には中米パナマの独裁者ノリエガ将軍が麻薬取引に関与したとしてアメリカ国内で起訴され、九〇年にアメリカ軍に逮捕されている。八〇年代半ば以降、顔の知られていない日本人スパイは、中・南米じゃ引く手あまただったろうな」

藪はいって、歩道橋の手すりにもたれかかった。

「仙田が、日本国内でのケチなスパイ活動に愛想をつかし、自分の技術をアメリカ軍やCIAに売りこんだとすれば、いくらでも高く買いとってもらえたろう」

「『使い走りをおおせつかった』」

鮫島はいった。

「なに？」

「奴のセリフだ。奴と会ったとき、ＣＩＡだったのかと俺が訊ねたら、手伝ったことがあるだけだ、といった。『いくらＣＩＡでも正局員が直接、カルテルの人間と取引をするわけにはいかない。当然、あいだに人を立てる。使い走りをおおせつかったんだ』。いったい誰がそれを命じたのだろうと、ずっと考えていた。麻薬組織でもＣＩＡでもない、別のどこかが奴に命じた。俺はそれを南米のゲリラ組織じゃないかと思っていた」

「ありうるのじゃないか。日本人の極左テロリストは、七〇年代、世界に名を馳せた。その生き残りという触れこみで、南米のゲリラ組織に仙田は送りこまれた。送りこんだのは、サクラから仙田を借りうけたＣＩＡだ。もしかするとＤＥＡ（アメリカ連邦麻薬取締局）だったかもしれん。いずれにしても日本人なら簡単にはスパイだとばれない。日本にいたときすら、サクラ部隊のメンバーとして活動していたのだからな」

〝中野学校〟におけるスパイ教育は徹底していて、同級生ですら互いに本名を名乗ることを許されず、卒業後いかなる任務についたかは秘密にされたという。

藪の言葉に鮫島は頷いた。

「だがもちろん、奴が今でもサクラでいる筈がない。南米でＣＩＡや麻薬組織の活動にかかわった仙田は、公安警察官の仕事を捨てて、自らも犯罪の道へ走ったんだ。サクラの追及を逃れるため、おそらく行方をくらましたのだろう。そして得た金をもって、日本の新宿に戻ってきた」

「だとすれば、奴はアナーキストだな。政府のやり口も、警察を始めとする情報機関のやり口も知り抜いている。そんな人間が、犯罪の世界に飛びこんだとすれば、アナーキストにちがいない」

藪が断言した。

「みごとな分析だ。すばらしい」

声がした。鮫島と藪は同時にふりかえった。いつのまにか男がひとり、歩道橋に立っていた。右手に折った新聞をのせている。スーツを着け、メタルフレームの眼鏡をかけていた。

藪がぽかんと口を開いた。

男は一歩進みでて、新聞を左手でもちあげてみせた。鮫島は息を呑んだ。大きな消音装置のついた、大型の自動拳銃がのぞいた。

「SOCOM《ソーコム》かよ――」

藪が目をみひらいた。

「詳しいな。この人の名前を教えてもらえないか、鮫島警部」

仙田はいった。

「なぜ、ここにいる」

鮫島はいった。古尾明子の行動確認に拳銃は必要ないと考え、鮫島は丸腰だった。

「君を殺すのが目的だ」

仙田は短くいった。

「なに」

そのときカップルの通行人が歩道橋に現われた。仙田は二人との距離を詰めた。

「無辜の人間を巻き添えにしたくなければ騒がないことだ。そちらの人は知っているようだが、この銃は実に静かに人を殺す」

「本当だ。そいつはヘッケラー&コッホが米軍の特殊部隊向けに開発した消音拳銃だ。四五口径は音速を超えないため、サプレッサー効果が高い」

藪が早口でいった。

仙田は藪に眼を移した。

「銃の専門家か」

「鑑識の藪だ」

「本庁の?」

藪はいった。仙田はわずかに顎をひき、藪を見つめた。

「新宿署だよ」

藪は答えた。

「今の話をうかがっているだけでも、あんたがとても優秀な鑑識員だというのがわかる。なぜ本庁にいかないんだ」

「そんなこと俺にわかるわけがない。俺みたいなのは桜田門に合わないのだろう」

仙田は皮肉げな顔になった。

「人の使い方は前より下手になったようだ」

鮫島はとびかかるチャンスがないかをうかがっていた。だが仙田は慎重に、鮫島と距離をおき、手が届く前に銃弾を撃ちこめる位置にいる。

「あんたの頃はもっと上手だったたというわけか」

鮫島は体の向きをかえるふりをして、わずかに仙田に近づいた。

「そうだな。キャリアも、まだ今ほど愚かしくなかった。警察の仕事を頭だけで理解しようという馬鹿者も少なかった」

「サクラだったのか」

「昔話はいい」

仙田は首をふった。

「本当ならうしろから君を撃ってひきあげるつもりだった。だが藪さんの分析を聞いているうちに、つい声をかけてしまった」

「どうして鮫島を殺さなきゃならないんだ」

藪が訊ねた。仙田の右手に握られた拳銃とその上にのった新聞紙を凝視している。

「それをいえば、君も殺さなきゃならん」

「どのみち俺も殺す気だろうが。あんたのような人間が、殺しに直接手を下すとは驚きだな。よほど守りたいものがあるんだろう」

「よせ、藪」

鮫島は止めた。仙田が本当に自分だけを殺すつもりならば、藪の質問は危険だった。

仙田は冷ややかな顔になった。

「やめろ。この男はただの拳銃おたくなんだ。捜査のことは何も知らない」

鮫島は急いでいった。藪が傷ついた表情になった。

「なんてこといいやがる」

「黙ってろ」

鮫島はいって、さらに半歩踏みだした。それでもまだ遠い。あと一メートル、せめて五〇センチは縮めたい。背中をすっと汗が伝い落ちるのを感じた。

「私が何を守ろうとしているのか、君は知らんのか」

仙田は藪に訊ねた。

「知らないね。だがどうせ女だろう。俺はグランドナカノメゾンであんたの指紋をとる手伝いをしたんでね」

藪は仙田をみひらいた目で見つめ、いった。

「よせってば」

鮫島はいった。

「その通り、鮫島警部はもうつきとめている」

仙田は短く答えた。

作戦をかえる他なかった。こうなったらわかっている情報をすべて仙田にぶつけ、動揺を誘う。

「古尾明子。白金アーバンホーム八〇二号。あんたの泥棒市場の鑑定人だ。意外だったよ。あんたが愛人を仕事の仲間にするとは」

仙田は鮫島をふりむいた。

「おや、さっきより近くにきたな。どうやら丸腰のようだが、素手で私を何とかできると思っているのか？」

鮫島と藪のほぼ中間に立っていたのが、半歩、藪に寄った。

「答えろ！　あんたは愛人のために俺を殺しにきたのだろう」

「彼女は私の愛人ではない」

「嘘だ。だったらなぜ、中国人の彼女に戸籍を用意してやったんだ」

仙田はわずかに息を吸いこんだ。

「しかもあんたは彼女に裏切られている。古尾明子は、稜知会の石崎謙一ともいい仲だ」

「そこまでつきとめていたのか」

意外なことに仙田は驚いた表情を見せなかった。

「知っていたのか」

「残念ながらね。私が明子を大切にしていることは認めるが、私と彼女の関係は君の想像したものとちがう」

「そいつはどうかな。古尾明子の外見は、遠藤ユカと似ている。つまり好みって奴だ」

「下世話ないい方だな、鮫島警部」

「俺は上品な人間じゃない。いっておくが、俺が知っていることはすべて、本庁の組対も知っている」

仙田は微笑んだ。

「ありえんな。君はそういう人間じゃない。ひとりですべてをやる」

「俺にも限界があるんだよ。まして相手が稜知会のような大組織だと」

笑い声が弾けた。十代の男女五人のグループが歩道橋の階段をあがってきたのだった。酒が入っているらしい。くすくす笑っている娘を二人の男がはさむようにしてからかい、別のカップルがその前で手をつないでいた。

「見て、すっげえきれいじゃん！」

からかわれていた娘が叫んで、鮫島たちの五メートルほど手前で立ち止まった。歩道橋の手すりにつかまり、高層ビルを見上げている。

仙田はそちらを見やってから鮫島に目を戻した。

「信じられんな」

「組対には香田がいる。プライド殺しを担当した、俺の同期だ。奴は俺とは別の線で、あんたのやっている市場に気づいていた」

どっと笑いがあがった。手すりから身をのりだして下の車の流れを見おろしていた若者の背を、連れの娘が押したのだ。

「あぶねーっ、びっくりしたあ」

「だから俺を殺しても、あんたも古尾明子も助からない」

「だが白金にやってきたのは君ひとりだった」

「今まではな」

いってから鮫島は気づいた。仙田も鮫島と同じことをしていたのだ。古尾明子の行動確認を。

そして鮫島の監視を察知した。

「あんたは古尾明子が石崎と親しくなるのを恐れていたのじゃないのか」

仙田は無言だった。

「遠藤ユカで失敗し、古尾明子の世話をしたものの、愛人にする勇気をもてなかった。手をださず、仕事を手伝わせるだけで鑑賞するにとどめていた。ところが稜知会の石崎は、そんなあんたの心も知らず、さっさと古尾明子に手をだした。それがくやしくて、あんたは古尾明子を見張っていた。さぞつらかったろう。我慢して我慢して、大切にしていたら、西のやくざ者がお姫さまをさらっていったのだからな」

「黙れ」

険しい表情で仙田はいった。

「残念だが、あんたの泥棒市場は終わりだ。稜知会がからんでいるとわかれば、本庁組対はなだれを打って襲いかかってくるぞ」

「黙れといっているんだ!」

歯をくいしばって仙田はいい、銃口を鮫島に向けた。

はしゃいでいた若者の一団が歩きだした。狭い歩道橋の上をかたまって移動するので、それをよけようと、仙田の体は藪にさらに近づいた。銃口はしっかりと鮫島を狙っている。

若者たちがちょうど、仙田と藪のかたわらを通り抜けようとしたときだった。仙田の注意が若者たちにそれた。

藪が不意に仙田にとびかかった。新聞紙が落ち、拳銃がむきだしになった。

「よせっ」

鮫島は叫んだ。だが藪は闇雲に腕をふり回し、仙田の顔を殴りつけ、拳銃を奪おうとした。

バスン、というくぐもった音がした。銃が発射される瞬間を、その場の全員が見ていた。

「わっ」

と若者が声をあげた。

「逃げろっ、一一〇番するんだ！」

鮫島は叫び、仙田にとびかかろうとした。そのとき、藪がずるずると歩道橋の手すりに倒れかかった。抱えていた白衣が落ち、右のわき腹が赤く染まっている。眼鏡の奥で大きく目をみひらいていた。

「きゃっ、なにっ、どうしたの！」

「逃げろっ、この男はピストルをもっているんだ！」

鮫島は怒鳴った。叫び声をあげ、五人がいっせいに逃げまどった。

「藪！」

鮫島は藪に駆けよった。藪は何かいおうとして唇をわななかせた。

「仙田あっ」

鮫島は藪の体を支え、仙田の姿を捜した。が、その姿は歩道橋の上から消えていた。

16

ただちに現場は封鎖され、非常線がしかれた。駆けつけた機動捜査隊に、鮫島はただちに仙田を緊急手配するよう要請した。同じ情報を、本庁捜査一課と組織犯罪対策部にもあげるよう指示して、藪の運ばれた病院へと向かった。

仙田の放った銃弾は、藪のわき腹に入り、肋骨を数本砕いて下方に向かい、腎臓を破裂させて背中へと抜けていた。

一時は危篤状態だったが、二時間近くにわたる手術の結果、藪は命をとりとめた。執刀した外科医は、あと二センチ銃弾が内側にそれていたら腹部大動脈を切断し、助からなかったろうといった。

鮫島は藪の意識が回復するまで、病院に詰めるつもりでいた。必要な情報はすべて、機捜の担当班長に告げてあった。藪が撃たれたのは自分の責任だった。本来、現場捜査とは何ら関係ない藪を、巻き添えにしてしまったのだ。

後悔と怒りが渦巻いていた。後悔は、仙田の襲撃を予測できず、結果、藪にたいへんな怪我を負わせてしまったことにだ。怒りはもちろん仙田に対してのものだった。

鮫島は、自分に油断があったことを認めないわけにはいかなかった。仙田とは長年の関係があり、その愛人の命を救ったことや、仙田からも有用な情報が提供されたいきさつもあって、どこかで仙田に対し、甘い気持を抱いていた。

それは友情とまではいかないまでも、理解しあえているのではないかという、センチメンタリズムにも似た感情だ。

だが、まちがっていた。仙田は、自分と惚れた女の安全を守るため、鮫島を消そうとしたのだ。鮫島の警察内における立場、捜査法を知る、仙田ならではの判断だった。鮫島の口さえ塞げば、自分と古尾明子の情報はどこにも伝わらない、と考えたのだ。

やがて病院に桃井がやってきた。捜査一課の班長、倉山と乃木というベテランの刑事を伴っていた。

鮫島は、夜明けの近い、人けのない待合室で彼らの事情聴取をうけた。

仙田勝、別名ロベルト・村上、あるいは深見某と名乗る、元警察庁公安一課分室、サクラ部隊隊員によって、藪が銃撃されたのだと答えると、倉山と乃木の顔は険しくなった。

「本人が元サクラだといったのか」

倉山が訊ねた。

「その場ではっきり認めたわけではありませんが、以前グランドナカノメゾンで採取した指紋がＦＩＳから抹消された理由を、サクラにいたからだという推理を藪がたてたのを聞き、『みごとな分析だ、すばらしい』といいました」

倉山は桃井を見つめた。倉山は五十代の初めで、捜一と機捜をいききして班長になった。捜一の班長の中でも、決断が早いことで知られている。

「年齢的にも、その後の南米での非合法活動への関与にも、元サクラと考えると符合するものがあります。以前、西新宿のホテルで長期滞在者のアメリカ人、ハーラン・ブライドが殺害されたとき、元CIAであったという情報を私にもたらしたのも、仙田勝でした」

「あれだな。矢木さんがやろうとして外一にとられ、その後で公安総務がでてきて、いつのまにかうやむやになったヤマだな」

「そうです」

「結局、あれは本ぼしを神奈川にもってかれるって大失態につながった。もっとも、大失態は、捜一じゃなくて外一と公総だから、ざまをみろと思った人間も多かったらしいね」

乃木がいった。鮫島は無言だった。乃木は鮫島を見つめた。

「あの一件じゃ、あんたがずいぶんぎりぎりのところを渡ったって噂があった。公安部長があんたのクビをよこせと唸り、そいつを刑事部長が止めたとか」

好奇心のこもった目をしていた。

「ただの噂です。公総の暴走を刑事部長が嫌っただけだと思います」

乃木は口もとを手でおおい、ため息を吐いて倉山を見た。

「どうですかね。この人がからむ案件はだいたい大ごとになる。今回だって弾かれたのは新宿署の鑑識で、弾いたのが元サクラときちゃ、上は大騒ぎになりますぜ」

「上は上だ。俺たちはやれるだけのことをやるまでだ。仙田の本名・住所はわかっているのか」

倉山はいって鮫島を見つめた。鮫島は首をふった。

「不明です。私が古尾明子の行確を開始してからは、古尾明子は自宅やその周辺で仙田と接触していません」

「だが仙田は、あんたの行確に気づいた。だから消しにきたのだろう」

鮫島は頷いた。

「私の判断が甘かったんです。私と仙田は互いにメンが割れています。古尾明子の〝浮気〟を疑った仙田は、秘かにその住居を監視し、そこで私に気づいたのだと思います」

「それだけであんたを殺す理由になるのか」

「仙田は、私が単独で捜査を進めることが多いのを知っています。私を消せば、古尾明子の情報がどこにも流れないと考えたのだと思います」

倉山は渋い顔になった。

「本当にそうだったのか」

「私は報告をうけていました。次の組対の本庁会議にはあげるつもりでした」

桃井がいった。倉山と乃木は目を見交した。

「だが仙田はあんたを仕止めなかった。なぜだろう」

乃木がいった。鮫島は考え、答えた。

「仙田にも迷いがあったのだと思います。実際奴も口にしましたが、もし私を殺すだけなら、うしろから狙撃すればいい筈で、それは簡単にできたでしょう。そうしなかったのは、私がどれだけ奴の情報をつかんでいるかを知りたかったのだと思います。そこで、私と藪の話を立ち聞きした。さらに――」

「さらに？」

「奴の中にも、かつての自分と同じ警察官を殺すことへのためらいがあった」

「だが藪を撃っている」

「通行人のせいで、仙田は藪のすぐ近くに立っていました。奴は私からの反撃は警戒し、距離をおいていましたが、まさか藪が自分にとびかかってくるとは考えていなかった節があります」

「すると発砲は偶発的なものだったというのか」

「何ともいえません。ただ本気で私を仕止めようと思うなら、その場にとどまって撃つこともできました」

倉山は桃井を見やった。

「桃井課長はこの仙田という男を知っていますか」

「見たことはあります。ブライド殺しの一件で彼に情報を提供してきた場に居合わせましたから」

「元サクラだという話についてはどう思う」

桃井は首をふった。

「私には判断ができません。ただ年代的には符合しますし、ＣＩＡと何らかの形で関係していたことは確かだと思います」

「仙田はこれまでにも、新宿でイラン人を組織した窃盗団や盗品の故買グループを率いていました。足がつきそうになると組織を解散し国外に逃亡していたのです。ただ今回の奴のやり方に決定的にちがう点があるとすれば、広域暴力団と組んでいるところです。以前までは、仙田は大きな組織暴力とは距離をおく形をとってきました。極端な話、イラン人とは組んでも、やくざとは組まなかった。それが今はちがう。イラン人、中国人、稜知会、あらゆる連中と仕事のつながりをもっています。それだけ大がかりな盗品故買市場を作ったのだと思います。奴も年齢的に六十目前ですし、安定した環境を求めたのかもしれません。そしてそこに古尾明子という、実は違法滞在者の中国人を雇い入れた。おそらく中国人窃盗団との窓口に使えるという計算と男としての欲望の両方があったのだと思います。奴の言葉を信じるなら、その古尾明子に対して仙田は手をだしていなかった。以前交際していた遠藤ユカという女性が、奴のせいで中国人に襲われた経験があり、それを教訓にしていたようです」

「殺されたのか、その女は」

倉山が訊ねた。

「いいえ。すんでのところで、仙田の手下だったイラン人と私が食い止めました。そのイラン人は重傷を負い、長六四《ながむし》をくらいましたが、仙田のことは喋らなかった。仙田はイラン人の家族の面倒をみている、と私にいいました」

「じゃあ、あんたには借りがあるのじゃないか。その仙田って奴は」

乃木がいった。鮫島は乃木を見た。

「私もそう思っていました。それが甘かったんです。奴が私を殺そうと考えるとは思いもしなかった」

「それだけ中国人女に夢中なのだろうな」

「しかし、その女は稜知会の人間とも通じている可能性があります」

「えっ」

「どういうことだ」

倉山が訊ねた。

「まだはっきりとはわかりません。ただ稜知会の本家につながる男が、古尾明子にメルセデスを与えたという情報があります」

「それじゃ何か。惚れた女を寝盗られて、その仙田は逆上したと」

「逆上したのなら、稜知会にいくなり、古尾明子を消す方法をとったでしょう。鮫島を狙ったというのは、それでも古尾明子を守りたいという気持があったからじゃないですか」

桃井がいった。

乃木は息を吐いた。

「とりあえず、その古尾明子だな。中国名はわかるか」

倉山の問いに鮫島は首をふった。

「不明です」

「古尾明子さえひっぱれば、仙田の居どころが割れるだろう。そうなれば、故買市場も終わりだ」

「その件は、組対の香田警視正と連絡をとって下さい」

桃井がいうと倉山は顔をしかめた。

「あの人か」

そのとき看護師が近づいてきて、藪の意識が戻った、と告げた。

藪は点滴をうけ、ベッドに横たわっていた。天井を見上げていたが、鮫島が病室に入っていくと、ゆっくりと顔を向けた。

「痛いか」

鮫島は声をかけた。

「それほどでもない。たぶん麻酔が効いているんだろう」

ぼんやりとした声で藪は答えた。

「すまなかった」

鮫島はいった。

「俺があんたを巻き添えにした」

「そいつはちがう。俺が阿呆をやった。SOCOMの威力を知ってるくせに。助かっただけでもめっけもんだ」

「あんたを撃っちまったんで奴は逃げた。だから俺は殺されずにすんだ」

「そりゃ、どうかな。そうだ、人のことを拳銃おたくとかいいやがって、ひどいじゃないか」

鮫島は笑いがこみあげるのをおさえられなかった。

「すまない」

「そっちはあやまってもらう。だがよ、さんざん弾道検査はしてきたが、自分が撃たれたのは初めてだ」

「鑑識係で撃たれた奴なんて聞いたことがない」

「ああ。退院したらきっとさんざんからかわれるだろうよ」

「奴は挙げる。必ず」

鮫島は表情をひきしめ、いった。藪は小さく頷いた。

「頼むわ。そのときにSOCOM押収したら、俺のところへもってきてくれ」

鮫島はあきれて首をふった。

17

仙田と古尾明子はともに姿を消した。捜査一課は、白金アーバンホームの八〇二号室を家宅捜索したが、泥棒市場や仙田につながる証拠は得られなかった。

三日間が過ぎた。そのうちの二日間を、鮫島は自宅で過ごした。状況を憂慮した新宿署長に、非公式な謹慎を命じられたからだった。

新宿署に捜査本部が設けられるものと鮫島は考えていた。が、桃井からかかってきた電話で、そうはならないことを知った。

「帳場は立たない」

「なぜです」

「捜一と署長の判断だ。マル被が確定していることと、その背景を考慮した結果だと思う。倉山さんの話では、警察庁《サッチョウ》の警備企画課にサクラの隊員名簿のようなものがないか問い合わせたが、ナシのつぶてだそうだ。FISに入っていた仙田の指紋に関しても、最初から該当記録なしという回答があった」

予測はしていたことだ。サクラ部隊に関する情報は、すべて隠蔽する方向で統制が進んでいる。仙田の警察官時代の本名ともとの所属部署が判明しない限り、サクラ部隊を突破口にしての情報は得られない。

非合法工作もおこなったサクラ部隊をおおう壁は、公安が外部に対して積む壁の中でも、最も厚く高いと見てまちがいない。

「紋に関してはどうです」

「白金アーバンホームからFISにヒットする遺留指紋はまったくでなかった。仙田は古尾明子のぶんも含めて、証拠となるものをすべて処分していったようだ」

鮫島は息を吐いた。

「すると残る線は、稜知会の石崎謙一ですね」

石崎から古尾明子、そして仙田へと捜査を広げる手しかない。古尾明子は、偽の日本人戸籍だし、仙田に至っては本名も不明だ。現段階で、氏名や住所が特定できるのは、石崎謙一しかいない。

「実はその件で倉山さんから今日、連絡をもらった。石崎には触《さわ》るなという指示があったらしい」

「どこからです」

「組対だ。はっきりいえば香田さんだ」

「香田が」

「香田さんは、今回の銃撃事件を、君に対する仙田の個人的な怨恨が動機だと考えておられるようだ。したがって組対が現在内偵中の故買市場の捜査につなげるのは好ましくないと考えている」

「そんな馬鹿な」

鮫島は思わずいった。

「仙田と古尾明子こそが、泥棒市場の中核にいる人物です」

「わかっている。君の内偵情報はすべて香田さんにあげてある。だが、香田さんはちがう理解をしたようだ」

どういうことなのか。鮫島は、仙田が元サクラという可能性に香田が配慮したのかと考えた。元外事一課で、公安エリートだった香田が、警察庁の〝古傷〟ともいえるサクラ部隊に触るのをためらったのか。

「それはサクラにからんで、ということですか」

「私にはわからない。だが、仙田の関与を排除する方向で泥棒市場の捜査をおこなうのは非現実的な話だ。香田さんもそのあたりはわかっている筈だと思う。現に、捜一が仙田を追う件に関しては、何ら干渉はしていない。止めたのは、石崎謙一に関する捜査だ」

なぜだろう。石崎への捜査を止めることで、仙田の逮捕が防げると考えたのか。それはありえない。警視庁警察官を銃撃し、重傷を負わせた犯人に対し、元公安秘密部隊員の可能性があるからといって、捜査に制限を加えたとなれば、全警察官の士気にかかわる。それに制限をかけてくるとすれば、それは組対ではなく、本庁公安部、警察庁警備局の仕事だ。

いくら香田が元外一とはいえ、そんな回りくどいやり方をする必要があるとは思えない。もしそうなら、香田は組対の人間でありながら、いまだに尻尾を公安部におき、そのコントロールをうけていることになる。

怒りがこみあげた。

「石崎をやるのが、仙田への一番の近道です。それを封じたら、仙田は簡単にはつかまえられません。奴がどれだけ素早くて用意周到な犯罪者なのか、香田はわかっていないんです」

鮫島はいった。

「私も同感だ。だが、石崎及び稜知会には一切触《ふ》れるな、という指示が正式に一課にあったそうだ」

鮫島は息を吐いた。

見損ったぞ、という言葉を香田に叩きつけてやりたかった。

「したがって香田さんは、組対の応援に君を必要とはしていないようだ」

「香田と話します。もし彼が応じてくれるようなら」

「無理はするな。君や私が考えている理由で、香田さんが石崎への捜査を禁じているとするなら、ブライド殺しの二の舞になる可能性もある」

「あのとき奴は外一でしたが、最終的には私の味方に立ちました」

ブライド殺しの一件では、公安捜査員を監視する公安総務が鮫島の前に立ちはだかった。だが香田は、あえて鮫島を救うために、刑事部長に連絡をとった。香田の知らせがなければ、鮫島は職務停止処分をうけるところだったのだ。

その香田が今度は、仙田の捜査を妨害するのだろうか。

「納得がいきません。香田が組対にきた理由を考えても、彼がすることとじゃない」

桃井は息を吐いた。

「あるいは、香田さんにはまったく別の真意があるのか。もしそうなら、君には話すだろうか」

「わかりません。とにかく、連絡をとってみます」

鮫島はいって、電話を切った。香田の携帯電話の番号は、その一件以来知っている。鮫島が自分の携帯電話のメモリーを検索していると、それが鳴りだした。

「藪さん、撃たれたんだって!?」

いきなり声がとびこんできた。晶だった。

「ああ。だが命に別状はない。俺のミスだ」

「ミスだって、あんたもその場にいたの」

「いた」

「誰がやったんだよ！」

もしわかったら、自分がすぐにでも仕返しにいくといいだしかねない口調で、晶は訊ねた。

「仙田だ」

「あいつ――」

晶は息を呑んだ。仙田と直接会ったことはないが、鮫島とのいきさつについては知っていた。

「あのおっさんは、あんたのこと気に入っているもんだと思っていた」

「俺も思っていた。あの男には貸しがある、と。だがちがったようだ。くわしい話はできないが、仙田と俺は、完全に敵どうしだ」

「でもなんで藪さんが撃たれるの。あの人はあんたとちがって、デカじゃないだろ」

「仙田は俺を殺しにきた。止めようとして撃たれたんだ」

「何だって！」

「俺は大丈夫だ。たまたまそのときは丸腰だった」

「そういう問題じゃないだろ」

「ああ。反省している」

「ちがうだろうが。あのおっさんは、そこらのやー公とはわけがちがうじゃん。あんたのこと殺すって決めたら、本当にやりかねない」

「奴も追われる身だ。簡単にはいかない」

「今、どこにいるの？」

「自宅だ」

「え？　追っかけてるのじゃないのかよ」

「謹慎だ。今日で解ける」

「じゃ、会いにいく」

「やめろ」

言葉鋭く鮫島はいった。

「なんで」

鮫島は息を吐いた。

「仙田が俺を狙った理由は、奴が大切にしている女を、俺が内偵にかけたからだ。もし奴がお前のことを知ったら、知っている可能性は高いが、何をするかわからない」

「それが本当の理由？」

「そうだ」

「あたしのことがうっとうしいのじゃなくて？」

「そんな風に思ったことはない。これ以上、被害をだしたくないんだ」

「じゃ、あたしじゃなくてもいっしょだね」

「何が。何の話だ」

「あたしじゃない、別の誰かでも、あんたにかかわって死んだり怪我をしてほしくないのだろう」

「当然だろう」

晶が沈黙した。やがて涙声で、

「馬鹿野郎」

といった。

「晶、聞け。俺のせいで誰かに怪我をしてほしくないという気持は、それが誰であってもかわりはない。だがそれと、お前と俺のことは別だ」

「あたしは特別じゃないってことだろ」

「いいか。この世界で、一番俺のために怪我をしてほしくない人間がいるとすれば、それはお前だ」

「この世界で一番あんたのことを心配しているのがあたしなんだよ！」

晶は叫んだ。

「わかっている。だが、いや、だからこそ、お前には俺から離れていてほしいんだ」

鮫島はため息をつきそうになるのをこらえた。

「あんたはいつもそうやってあたしを遠ざける。何もかも、あたしのためだといって」

鮫島は歯をくいしばっていった。

「それが俺の考え方だ」

「あたしはあんたの特別な人間でいたいんだよ。あんたにとってたったひとりの大切な存在でいたいんだよ。それが駄目なのかよ」

「駄目じゃない」

「駄目じゃないか！　心配しても会いにいけない。あたしからすればあんたは、あたしだけを嫌って遠ざけているように見えるよ」

「そんなわけないだろう」

晶は電話の向こうで深呼吸した。

「もういい。だけどお願いだから殺されないで。殺されるくらいなら、殺して。わかった？」

「――わかった」

「約束する？」

「約束する」

晶は沈黙した。他にも何かいえることがないか捜しているようだった。それを強く感じたとき、鮫島は晶に対して申しわけなさと愛しさがつのるのを覚えた。

「すまない。お前は、本当に特別なんだ」

「信じられねえよ。態度で示してくれるまでは」

晶はいった。そして、電話を切った。

鮫島は目を閉じ、携帯電話を強く握りしめた。壁に向かってそれを投げつけたい気持を抑えた。

再び香田の番号を検索する。見つかると通話ボタンを押した。

五回ほど呼びだし音を数えたあと、応答があった。

「香田だ」

「鮫島だ」

「わかってる。何だ」

「今話せるか」

「少しだけなら」

「あんたに会って訊きたいことがある」

「お前、今、謹慎中だろ」

「自宅にいる」

「だったら何をぐだぐだいってるんだ」

鮫島ははっとした。

「俺を謹慎にしたのはあんたか」

「何のことだ」

「捜一への圧にあれこれいわれたくなくて、俺を押しこめたんだな」

「わけのわからんことをいうな。なぜお前なんかにいちいち手を打つ必要があるんだ」

まちがいない。新宿署長に手を回したのは香田だ。

「明日には出署する。どこかで会って話したい」

「俺には話すことなんかない」

「こっちにはあるんだ」

「お前、立場を考えてものをいえよ」

「そっちこそ立場を考えろ！　稜知への捜査を封じたら、泥棒市場はやれないぞ、絶対に」

「やかましい！」

「いいか、仙田と稜知はつながっている。稜知だけじゃない、中国人やロシア人ともつながった、大きな市場が作られているんだ。あんたはそれをやりたかったのじゃないのか」

香田は黙った。

「十分でいい。時間をくれ。本庁にいく」

「こなくていい。お前と会っているところなんか見られたくない」

「じゃあどうすればいいんだ」

「明日、正午、帝国ホテル一階のラウンジにこい。ただし十分だけだ」

香田は告げ、電話を切った。

18

電話がかかってきたのは、明蘭がでかける仕度をしているときだった。夕方から中国人セラーとの約束があり、そのための準備をしていた。

明蘭は二台の携帯電話をもっている。一台は古尾明子名義のもので、仕事やふだんの生活で使っていた。もう一台は、深見しか番号を知らない〝ホットライン〟で、もち歩いてはいても、使うことはほとんどない。深見も通常の連絡は、古尾明子名義のほうにかけてくる。ただ、きちんと使えるかどうか、月に一度くらい深見が鳴らすことがあった。それはいつも公衆電話からで、最近は、表示がでるとチェックの電話だと先にわかる。

だがその日はちがった。〝ホットライン〟が鳴り、液晶には見知らぬ番号がでていた。

「――はい」

明蘭は警戒しながら応答した。

「お葬式にでる用意をしなさい。二時間後に迎えの人間がいく」

深見の声がいった。

「お葬式?」

訊き返し、思いだした。深見の仕事を手伝い始めたとき、約束をさせられたことがあった。

仕事は非合法で、いつ警察や別の犯罪者に目をつけられるかわからない。危険だと思われるときがあったら、「お葬式」というキィワードで連絡が入る。それは深見本人かもしれないし、別のスタッフからの場合もあるだろう。いずれにしろ、「お葬式」という言葉を聞いたら、すぐにでかける準備をしなければならない。そして余裕がある場合は、自宅をきれいにすること。きれいにするとはつまり、仕事につながるような証拠を残さずもってでるか、処分する、という意味だ。そして可能なら、できる限り指紋も拭きとっておく。

指紋なんて、全部は無理です、といった明蘭に、深見はいった。

「わかっている。生活していた部屋から指紋をすべてなくそうというのは不可能に近い。だから、近々、君には新しい部屋に移ってもらうつもりだ。そこでは、なるべく意識した生活を送るように。ものによく触《ふ》れる部屋、触れない部屋、と分けて考えなさい。触れない部屋ではなるべく、限られたものにしか触れないようにして、もしふだん触《さわ》らない場所に触ったら、こまめに拭きとる習慣をつけておくといい。もちろんそれでも、指紋が残ってしまうかもしれない。それは心配しなくていい。時間があるなら、業者がきれいにしにいく」

以来、週に一度は部屋をきれいにする習慣を明蘭はもった。最も指紋を残していそうなのは、リビングルームで、手の届くところにウェットティッシュをいつもおき、気づくとテーブルやその周辺、テレビのリモコンなどを拭いている。

あるとき、深見が訊ねた。

「意識した生活はしているかい」

明蘭は、していると答え、仕事に使ったメモなどはこまめに処分していること、またウェットティッシュを愛用している話などをした。

深見は笑い、

「立派だ。明子のそういう性格はずっとかわらないでいて、嬉しいよ。いつどんなときも、明子の心の底には緊張がある。それはつらいことかもしれないが、そのこととひきかえに今があるのだと納得してもらうしかない」

といった。

感謝しています、と明子は答えた。深見さんはわたしの恩人です。一生、忘れません。

「感謝、か」

深見がつぶやいたのを明蘭は覚えている。だが、もうそのときには毛利との関係が始まっていた。

息苦しさと申しわけなさを同時に感じた。それ以外の気持を感じることはなかった。

毛利に話した。

「しかたがないな」

毛利はいった。

「男と女はタイミングや。深見さんは、タイミングのいいときに、お前に踏み切れんかったんや。踏み切れんかったんには、深見さんの事情があったのやろ。他に女がおったか、忙しかったのか。俺とお前はタイミングが合《お》うた。それだけのことや。お前にとって深見さんはだんだん父親のようになっていくやろな。けど、まちがえたらいかん。お前はそうでも深見さんはちがうかもしれん。だから俺も気をつかっている。今はまだ、お前にも俺にも、深見さんは必要だからな」

迎えの車がきたのは深見の電話からきっかり二時間後だった。明蘭はいわれた通り、仕度をすませ、待っていた。白金アーバンホームは、日本にきた頃、自分には一生縁がないと思っていたような住居だった。たった二年足らずとはいえ、そんなところに住めただけでも幸福だった。

ただ、毛利にもらったメルセデスを手放すのは悲しかった。マンションはしかたがないが、車はもっていこうと思えばいける。

だから迎えを待つあいだ、毛利に電話をした。が、携帯はつながらなかった。

迎えには四人の人間がきた。うち二人は、明蘭も顔を知っているスタッフだった。三人がそのまま明蘭の部屋に残り、ひとりが車に明蘭を乗せた。

「残って、何をするの？」

「部屋の掃除です。社長の命令ですから。社長は、もしかしたらまたこの部屋に帰ってこられるかもしれない、とおっしゃっていました。でも用心のために、自分らに掃除をしておけ、と命じたんです」

「何があったの」

スタッフは首をふった。

「わかりません。でもこういうときは、まず行動しろ。質問はあとだ、といわれています」

不思議に不安は感じなかった。いつかこんな日がくる、と心のどこかで思っていた。贅沢も平和も、つかの間のもので、また、日本にきたばかりの頃のような何もない日々に戻ってしまうのだろう。

むろんそれは悲しいことだ。だがあの頃とちがう点がひとつだけある。

毛利だ。深見とはちがう形で自分を愛してくれる男。深見は与えるだけだった。だから不意にそれを失っても、耐える覚悟を決めてきた。

毛利はちがう。与えられるだけでなく、明蘭もそれに応えた。恋人や夫婦とは異なるかもしれないが、自分と毛利のあいだには絆《きずな》がある。秘密という糸で編んだ絆だ。

「車をもっていきたいの」

いった明蘭にスタッフは首をふった。

「残念ですけどそれはできません。社長から、古尾さんの車も処分するように、との指示がでています」

「車も？　わたしが乗っていけばいいでしょう」

「ナンバーが知られています。別のナンバープレートを用意できればよかったんですが、あいにく社のほうに『3』ナンバーのストックが切れていて……」

その瞬間、明蘭の中に反発が生まれた。これまで一度も感じたことのない、深見への反発。深見は、明蘭のメルセデスが毛利から与えられたものだと知っている。上べは〝借りている〟ことになっていたが、実際は名義も古尾明子だ。

メルセデスを捨てろ、というのは、深見の初めて見せた嫉妬ではないのか。それが毛利によって提供され、明蘭が愛乗していたからこそ、処分を命じたのだ。

スタッフといい争ってもどうにもならないと、明蘭にはわかっていた。彼らは深見の命令を実行するためだけに、ここにいるのだ。

「深見社長と話すわ」

明蘭はいって、深見の携帯電話を呼びだした。だがつながらなかった。

見ていたスタッフがいった。

「たぶん社長は、夜にならないとつかまらないと思います。いろいろ仕事があるようなので。夜になったら、社長の方から連絡があると思います。それと――」

いいにくそうにスタッフはつづけた。

「古尾さんがおもちの携帯電話もお預かりしろ、といわれています。二台ある筈で、ふだん使っている方のものを預かれと」

「携帯電話まで。なぜ」

「電源が入っている状態だと、居場所を特定されてしまうからだそうです。このマンションも車も、おもちの携帯も、古尾さんの安全のために処分しろ、という話でしたから」

さすがに、〝ホットライン〟の番号までは毛利に教えていなかった。深見は、自分と毛利の関係をすべて断とうとしているのだろうか。

が、冷静に考えれば、それだけのためにスタッフを動員するような愚かしい真似をする筈がなかった。今になって毛利との関係を知ったというのも妙な話だ。もちろん、毛利の側から深見に何らかの働きかけがあったとすれば別だが、それなら明蘭にも前もって知らせがある。

結局、明蘭は、身の周りの大切な品だけを詰めたスーツケースをもって迎えの車に乗りこんだ。

車が通称プラチナ通りを走りだすと、明蘭は目を閉じた。また帰ってこられるかもしれない、

という スタッフから聞いた深見の言葉を、明蘭は信じていなかった。

ここには二度と帰ってこられない。だが、別の何かを自分は得る。それは深見ではなく、毛利の力を借りてかもしれないが。

何もない日々を、そう長くはつづけない。

自分は、あのときとはちがうのだ。

マッサージ店の使われないベッドに腰かけ、けんめいに日本語の勉強をした時代とは、大きく隔たった場所にいる。それに見合うだけの努力をしてきた。毛利はそんな自分を認めて、女にした。

同情や憐れみではない。ひとりの人間として、女として、能力と容姿と、すべてを認めて、求めてきたのが毛利なのだ。

毛利のもつ冷たさ、厳しさが、深見にもないわけではない。おそらく、自分以外の社のスタッフは、深見を敬いながらも恐れているだろう。

自分はちがう。深見を敬う気持はある。だが恐れてはいない。深見がいなくなっても、今の自分はこの仕事で食べていけるだけの能力があるからだ。能力に見合う仕事は、毛利が見つけてくるだろう。それが他のスタッフと自分との、大きなちがいだ。


「どこへいくの」

やがて車が首都高速の天現寺インターに乗ると、明蘭は訊ねた。

「社が用意した、富津《ふっつ》の別荘です」

「富津？」

「千葉です。自分も初めていくのですが、アクアラインを降りて少しいったところにあって、周りは別荘しか建っていないそうです」

「寂しいところなの」

「たぶん。でも、社長が見えるまではごいっしょしろ、といわれていますから」

「会社は大丈夫なのかしら」

「大丈夫です。社長は、古尾さんだけを心配していました」

ハンドルを握るスタッフはいいにくそうにいった。それを聞いて、明蘭は少し恐しくなった。深見は、どこか山奥で自分を殺す気なのではないだろうか。

それはない、と思い直した。会社にとって自分はまだ必要な人間だ。中国人セラーの多くは、明蘭を通しての取引に慣れている。自分にかわる人間はまだ現われていない。

一時間半ほど走って到着したのは、海沿いの小さな山の上にある別荘だった。一軒一軒が離れて建っていて、窓からは海しか見えない。ちょうど正面の東京湾に沈んでいく西日が映えている。

別荘は、木造で二階建ての小さな造りだったが、周辺の土地は占有しているらしく、建物へとつづく小道には、かなり手前にチェーンが張ってあった。スタッフはそれを外して車を乗り入れ、再び張って車を進めた。

一階は板張りのリビングで、海に向かってベランダがせりだしている。簡素なキッチンと小さな冷蔵庫、そして古びた応接セットがおかれていた。

二階には小さな部屋がふたつあって、木製の二段ベッドのある部屋と畳敷きの和室に分かれている。

「ふもとのコンビニで、何か食料を仕入れてきます」

スタッフがいったので、明蘭はほっとした。車関係の仕事をしている、岸川という男だ。年齢は三十代のどこかで、あまりお喋りではない。

岸川が明蘭を残してでかけるということは、殺す気はないのだ。

岸川がでていくと、明蘭は〝ホットライン〟の携帯電話をとりだした。

毛利の携帯電話を呼びだした。数度の呼びだしののち、応えがあった。

「はい」

いっただけで沈黙している。知らない番号からなので警戒しているようだ。

「わたし」

「明子か。どうした」

「携帯と車をとりあげられたの。今は、富津とかいう千葉のどこか」

毛利の声が厳しくなった。

「何があった」

「わからない。ただ、前から合言葉が決めてあって、それを今日、深見さんにいわれた」

ほこりっぽいリビングのソファにかけ、窓からさしこむ日に目を細めながら、明蘭はいった。

立ちあがると、眼下に広がる東京湾を、思いもよらないほど多くの船がいきかっているのが見えた。

「ヤバくなった、ということか。マーケットが」

「だと思うけど、変なの。会社のほうは大丈夫で、わたしだけが駄目みたい」

「深見さんは？」

「今、連絡がつかない。夜になったら連絡があるっていうのだけれど、少し恐い」

「お前に足がついたんかな」

「警察？」

「ああ。けど、そんな話は聞いてない」

「聞いてないって、どこから？」

「俺らにはたくさん耳があるんや」

「毛利さんとのこと？　じゃあ」

「そんなアホやない、深見さんは。しかたない。俺は今、大阪やが、夜のうちに東京にいく。この番号は何や」

「深見さんしか知らない携帯。いつものは処分するといわれた」

「車も同じか」

「そう。ごめんなさい」

「気にすんな。車など、なんぼでも手に入るわ」

「早く会いたい」

明蘭は思わずいった。

「あわてるな。こんなときにバタつくんが、一番まずいんや。最悪、お前の身柄は、俺がもらいうける。けど、何がどうなっとんのか、調べるのが先決や。この番号、またかけるけど、でていいときだけでるほうがええ。深見さんの考えてることがわからんうちは無理は禁物や」

「本当に東京にきてくれる？」

「あたり前や。心配すな。何かあったらすぐ連絡してこい。東京の舎弟を待機させておく」

毛利がいったので、明蘭はほっとした。

「マンションも引き払わされたの。帰るところがもうないんだよ」

毛利が笑った。

「そんなもん、倍の部屋に住まわせたるわ。お前にはそれだけの価値がある」

「信じる」

「信じろ」

毛利はいって、電話を切った。

19

正午の五分前に鮫島は帝国ホテルのロビーに入った。右手奥に受付カウンターがあり、左手にラウンジが広がっている。ラウンジとロビーとの仕切り付近には、待ち合わせにここを使う人々の姿がある。

習慣で視線を走らせた鮫島は、ひとつの顔に目を止めた。立ったりすわったりして、入口に目を向けている人たちの中にあって、ひとり視線を手もとの新聞に落としている人物がいた。その位置も、人々の陰になるような目立たない場所だ。濃いグレイのスーツに地味な紺のネクタイを締め、足もとにショルダーバッグをおいていた。

沼尻、といった筈だ。元捜査四課で、一時警察庁の暴力団対策部に出向していたが、警視庁に組対部が新設されたのを機に戻ってきた。警察庁時代、沼尻は兵庫県警、大阪府警に派遣されていたことがある。キャリアではないが、暴力団犯罪、特に稜知会に関しては警視庁随一といわれている捜査官だ。

沼尻がここにいるのが偶然である筈はなかった。

鮫島はだが気づかぬふりをして、ラウンジに入った。ウェイトレスに、

「待ち合わせです」

と断わり、ラウンジの中を一周する。隅の目立たない席に、香田はいた。テーブルの上に法律書らしい分厚い本を広げている。

鮫島が前に立っても、無視して目を走らせていた。

「忙しいところをすまなかった」

鮫島がいうと、そっけなく、

「十分だ、本当に。会議の前にそろえなきゃならん資料がある」

いって、本を閉じた。

「用件はひとつだけだ。なぜ稜知に触らせない?」

腰をおろし、鮫島はいった。香田は初めて鮫島の顔を見た。

「稜知は関係ない。あれは、仙田の個人的な恨みが動機だ。それを例の市場の捜査とつないでいるのは、お前の一方的な思いこみだ」

「じゃあ仙田は市場と関係のない人間だというのか」

「そんなことは知らん。仙田を挙げればわかる」

香田はにべもない口調でいった。鮫島は香田を見つめた。

「誰なんだ」

「何が」

「仙田もわからん、稜知会も関係ない、それならいったい誰が市場を動かしているとあんたは思っているんだ」

「中国人だ。組織的な窃盗集団には、獲物に関する情報をやりとりする横のつながりがある。そこから結果発生的に、盗品を故売買する市場が生まれた」

「ちがう」

鮫島はいった。

「市場は、仙田の手で、組織的機能的に作られた。中国人は取引に加わっているが、中国人だけじゃない。ロシア人や稜知もかかわっている」

「だったら証拠を挙げろ」

いって香田は腕時計に目をやった。

「約束の十分だ、いくぞ」

腰をあげる。

「本当に稜知はかかわってない、あんたはそう断言するのか」

鮫島はいった。香田は見おろした。

「断言なんかしない。盗品の故売買に暴力団がかかわっていない筈はないだろう。その中に稜知がいたっておかしくない。むしろあたり前、とすらいえる。極道の二人にひとりは今や、稜知なのだからな」

「そんなレベルの話じゃない。本家直系の幹部だ。名前もわかっている。石崎謙一」

「確かに石崎という組員はいる。神戸在住で、稜知のフロントを束ねている経済系の幹部だ。だが稜知だからって、何でもかんでもおっつけられるものじゃない。お前の締めあげた相手が、たまたま知っているというので、名前をだしただけだとは思わんのか。稜知を挙げとけば、ああやっぱり、と考える馬鹿はたくさんいる」

「逆だろう。本家直系の名を簡単にだせば、とばっちりがくるんだ」

「そう思うウラをかかれたのさ」

「仙田は潜っている。石崎をやらなければ、市場の突破口はないぞ」

「だったら仙田を早く挙げろ。奴は、お前と仲のいい、何とかって鑑識を弾いたのだろうが」

「藪だ」

「そうそう、藪か。だいたい鑑識をなぜ巻きこむような真似をした。お前の捜査のやりかたに問題があったのじゃないのか。組対につまらん因縁をつけるくらいなら、さっさと仙田をくわえて戻ってこい。それがお前らの仕事だろう」

鮫島は息を吸いこんだ。

「何を隠している」

「隠してる？　お前、誰に向かっていっている」

香田の表情がかわった。

「稜知と石崎を、わざと捜査対象から外すよう仕向けているのはあんただろう。何があるんだ」

「下らんいいがかりをつけるな。いくら同期だって立場のちがいをわきまえろ」

香田はいいすてて、ラウンジをでていこうとした。遠目にこちらをうかがっていた沼尻に動く気配があった。

「あんたは自ら希望して組対にきた」

鮫島は香田の背に告げた。香田の足が止まった。ゆっくりふりかえる。蒼白だった。

「それがどうした」

感情を押し殺した声でいった。

「そこまでやる気だったあんたが、わざわざ遠回りする理由が、俺にはわからないんだ」

香田は無言で鮫島の顔を見すえていた。鮫島が、口にはしないものの、それ以上の事情を何か知っているのではないかと疑っている目だった。

やがて香田は言葉を押しだした。

「遠回りなんかじゃない。俺は信念をもって、今の仕事にとり組んでいる。お前には永久にわからんし、できない仕事だ」

そしてくるりと背を向け、今度こそふりかえることなく、歩きさっていった。

20

日が完全に沈んでも、東京湾をいきかう船の姿は、その光の動きで見てとることができた。うるさいほどに虫が鳴いている。

戻ってきた岸川は、すぐに食べられるものから、あたためなければならないものまで、大量の食料品を抱えていた。何軒かのコンビニエンスストアやスーパーを回って仕入れてきたようだ。

だが明蘭は食欲がなかった。ミネラルウォーターとチョコレートを口にしただけだ。

別荘にはテレビがない。だから待っているあいだ明蘭にできるのは、窓辺から東京湾の景色を見ることだけだった。

岸川はそんな明蘭をもて余したように、表の車にいってしまった。もともと口数が多いほうではなく、明蘭も親しかったわけではない。

船の上からは、この家の明りが見えるだろうか。明蘭はぼんやりと思っていた。

明蘭の生まれた黒龍江省には海がなかった。海を初めて見たのは、日本にきてからだ。母親はハルビンに近い田舎の生まれで、文化大革命のとき北京から〝下放〟されていた父親と知りあい、いっしょになった。その後父親は北京に戻らず、母親とハルビンで暮らし始め、明蘭が生まれたのだ。

両親はしょっちゅういさかいをした。喧嘩の原因は、父親の中にある田舎を馬鹿にした考え方だった。娘の明蘭から見ても、父親は生活能力のある人間ではなく、始終、白昼夢を見ているようなところがあった。そして夢から覚めると、北京に帰ればよかった、と後悔をするのだ。

働かない上に愚痴ばかりいう父親を、母親はよく罵っていた。あんたの父親は、犬より役に立たない。

明蘭が日本いきを決めたとき、母親は泣き、父親は喜んだ。

親孝行な娘だ、立派な家を建ててくれるのだろう。父親がそういうと、母親は大声で叫んだ。

お前は日本人に体を売って贅沢をしたいんだろう。そんな贅沢好きになったのは、父親に似て、夢ばかり見ているからだ。

どちらでもなかった。明蘭は、家を、黒龍江省をでていきたかったのだ。特にすべてが凍りつく冬が大嫌いだった。

日本にきて、一度だけ、海に泳ぎにいった。銀座で働いていた頃だ。同じ店の同僚と三人で、千葉の海水浴場に遊びにいった。友香《ゆか》という娘がいて、バーテンをやっている恋人と同棲していた。その恋人の車で、金曜の夜にでかけたのだ。

確か午前五時頃まで東京で時間を潰し、それから車を飛ばした。海水浴場に着いたのは朝の八時頃で、明蘭は初め水が恐かった。

だがすぐに慣れて、はしゃいだ。海水の塩辛さにも驚いた。波打ち際で大騒ぎをする明蘭を、友香は、まるで小学生みたいだと笑った。

大変だったのは、東京に戻ってきた夜だった。激しい日焼けで、明蘭の肌はまっ赤になり、痛くてその晩は一睡もできなかった。

だが今から考えると、あの頃が一番、日本を楽しんでいたといえるかもしれない。

深見の仕事を手伝いだしてからは、自分が日本人のようになってきたと思うことがあった。セラーの中国人からも、鑑定に厳しい明蘭を、本当は日本人じゃないかと疑われた。

明蘭にしてみれば、大切なことは、自分が中国人か日本人かではなく、鑑定人として正しい仕事ができるかどうかだった。

日本人の味方もしていないし、中国人だからといって明らかなコピーを高く買いとってやろうとも思わない。

自分自身がすべてだったのだ。

もし明蘭が黒龍江省にいつか帰るつもりなら、少しはちがっていたろう。新宿、銀座にいた時代は、明蘭の中にも、いつか帰るのだという気持があった。はっきりかわったのは、六本木で働きだしてからだった。

六本木のクラブには、仕事こそふつうではないかもしれないが、信じられないような金持の客がきた。

一本十万円もするワインをゲームの一気飲みで五本も空けさせ、平気で現金で払っていく客。フェラーリやポルシェ、ランボルギーニなど、一台何千万もする車を何台も乗り回している客。ひとつ百五十万もする腕時計を、自分と寝てくれるなら、と三人ものホステスにプレゼントした客もいた。

生きている世界がちがうのだ。金持には金持の世界があり、貧乏人には貧乏人の世界がある。

決して金がすべてだと思ってはいない。金がいくらあっても買えないものはあるし、貧乏だってそれなりに幸せに暮らしている人間は、日本にも中国にもいる。

だが金持の世界を知れば知るほど、貧乏人の世界には戻りたくなかった。

一生、日本で暮らしたくはない。狭いし、人が多過ぎる。だが黒龍江省には戻りたくない。

もう北京で大学にいき、弁護士になろうという夢はなくなっていた。このまま金を貯めたら、上海に住みたい。上海で、中国人の金持を相手にした商売を何か始めたい。

それを毛利に話すと、大賛成をした。

「いいとこに狙いをつけたな。さすがは明子だ。上海には、うちの組も前から何人か、フロントを送っている。初めは日本人や日系企業相手の商売やったが、最近は中国人の方がようけ金をつかうようになってきたそうや。お前が上海で何かやるというのなら、俺がバックアップしたる。ただし、こっちの仕事でたっぷり元手を稼いでからや」

深見には、この夢を話したことはあっただろうか。

なかったような気がする。深見はいまだに明子の昔の夢、北京の大学にいって弁護士になる、を信じているかもしれない。

不意に携帯が鳴りだし、明蘭は息を呑んだ。鳴っているのはテーブルにおいた〝ホットライン〟だった。

「はい」

「私だ。今、そちらに向かっている。あと、三十分くらいで着くと思う」

深見がいった。ひどく沈んだ声だった。

「深見さん！　何があったのですか」

「会って話す。待っていてくれ」

深見は告げて、電話を切った。

明蘭はすぐに毛利の携帯電話を呼びだした。

「どうした、どこにいる？」

毛利はでるなり、訊ねた。

「まだ別荘。あと三十分くらいしたら、深見さんがくる。あなたはどこ？」

「もうじき新横浜や。とりあえず六本木のホテルに入って、ようすを見る。こっちの若い者に、お前のマンションのようすを見にいかせるつもりや。深見さんとは、俺も連絡がとれん」

「深見さんに話していい？」

「まだあかん。俺がいい、というまでは黙っとけ」

「でも――」

「いうたろう。深見さんが何考えてるかわからんうちは、無理は禁物や。お前を消すつもりやったら、そんなとこで何時間も待たせたりはせん。心配すな」

「わかった」

「大丈夫や。深見さんはお前に惚れてる。お前が俺の話をせんうちは、無茶は絶対しない。あの人は、女には優しいからな」

毛利は告げて、電話を切った。

やがて深見が到着した。スーツ姿ではなく、ゴルフ帰りのような、スポーツジャケットを着けている。

「待たせたね。すまなかった」

入ってくるなり、深見はいった。わずかだが顔色が悪い。

明蘭が無言で頷くと、深見はキッチンにいって、冷蔵庫をのぞきこんだ。

「そうか……。酒はないか。残念だな」

つぶやいて、缶コーヒーを手にとった。

「岸川さんに頼めば――」

「岸川は帰した。私の乗ってきた車で帰ってもらったよ」

深見はいって、ソファに腰をおろすと、呻きとも唸りともつかない声をたて、缶コーヒーを口に運んだ。目を閉じ、深々と息を吐いた。

ひどく疲れているようだ。それを見やり、明蘭は思った。

「何があったか、訊いていいですか」

深見は目を開いた。足元を見ている。

「――人を殺すのに失敗した。私のミスだ」

明蘭は目をみひらいた。

一瞬、毛利を心配した。だがそれはありえない。

「誰を、ですか」

「新宿署の刑事でね。鮫島という男だ。優秀な警察官だ。『新宿鮫』という渾名をつけられている」

「新宿鮫……」

「鮫島は、君のマンションをずっと張りこんでいた。たぶん市場のことに気づいて、どうやってか、君をつきとめたのだろう」

明蘭は信じられない思いだった。

「そんなこと……。どうやって……」

「市場とはいろいろな人間が取引している。セラーもバイヤーもいる。そのセラーやバイヤーと取引する人間たちもいる。市場そのものの存在に気づけば、情報を得ることじたいはそれほど難しくはない。ただ、逮捕状をとるだけの証拠をそろえるのは簡単ではない。そのために君を監視していた」

「深見さんはどうしてそれがわかったの。わたしにもわからなかったのに」

深見はすぐには答えなかった。

「――君を心配していた」

「心配？　何の心配？」

だが明蘭の問いには答えず、深見はいった。

「とりあえず一千万を用意した。それで中国に帰らないか」

「えっ」

深見は明蘭の目を見つめた。

「残念ながら君は警察に目をつけられている。したがってこれ以上、市場の仕事を任せるわけにはいかなくなった。仕事をあがってもらいたい。一千万は、退職金だ。少ないと思うかもしれないが、今夜の段階ではこれ以上用意できなかった」

「待って」

明蘭はいった。けんめいに頭を働かせた。

「わたしが中国に帰ったら、市場は安全なのですか」

「鮫島はおそらく、君をとっかかりにして、市場の捜査をするつもりだったのだろう。その君がいなくなれば、手のつけどころを失う」

「深見さんは、だから鮫島という人を殺そうとしたの」

深見は苦い顔で頷いた。

「優秀だが、少しかわった刑事でね。鮫島はひとりで動くんだ。だから彼のもっている情報を共有する警官は他にいない。鮫島を殺せれば、君はまだ安全だった」

「あの……失敗したというのは……」

「鮫島は仲間といた。そちらを私は撃ってしまった。たぶん死んではいないと思うが、大怪我は負ったろう」

「警察は知っているんですか。それが、深見さんのしたこと、だと……」

声が小さくなった。

深見は表情をひきしめた。

「残念ながらね。私は彼らのすぐそばにいた。鮫島と私は、前に会ったことがある。絶対に外さない距離だったが、ちょうど通行人がいたのと、鮫島の仲間が無謀にも私にとびついてきた。もしそれでも鮫島を殺そうとしたら、私は何人もの人間を撃たなければならなかった。それは、さすがにできなかった……」

「じゃあ警察は深見さんを捜している?」

「たぶんね。だからこそ前もって君を、白金から離した。もしいたら、今ごろはつかまっている」

明蘭は黙りこんだ。警察官を殺すなどという考えを深見が抱いたというのが信じられなかった。

中国人のセラーの中には、日本人の警官などいくら殺しても平気だという愚か者はいる。だがそれは、自分たちが中国に戻るのを前提にしているからだ。それが証拠に、そういう連中も、中国人の警官は殺すといわない。

中国人の警官を殺せば、中国では逃げ場がないし、まちがいなく自分も殺されるとわかっているからだ。つかまって銃殺にされるならまだしも、死ぬまで拷問される可能性だってある。

「深見さんがそんなことするなんて、信じられない」

「鮫島は、ずっと私を追いかけていた。だが私は簡単にはつかまえられない。ところが君という手がかりをつかんだ。中国人の君ではなく、古尾明子という日本人の君だ。そこをおさえられたら、君は終わりだ。君がつかまったら、市場も終わりだ。私はそれを食い止めたかった」

終わり、という言葉は、明蘭の心に恐しい響きをともなって届いた。

「じゃあ、全部、終わりですか」

勇気をだして訊ねた。

「それはまだわからない。鮫島がどこまで市場に関する情報を握っているかしだいだ。おそらく、この二、三日ではっきりするだろう。だがその前に、君には日本を離れてもらいたい。君は、人を撃った私の犯罪とは無関係だ。古尾明子という名前を捨てて、中国に戻れば、追ってこられる心配もない」

「わたしが明蘭に戻ったら？」

「中国で？」

明蘭は首をふった。

「日本で」

「それは感心しない。君の顔を知っているセラーやバイヤーがいる。そのうちの誰かを鮫島が割りだせば、日本にいる君は安全じゃない」

明蘭は息を吐いた。しばらく考えていた。深見は何もいわない。

「わたしがつかまったら、どうなりますか」

「刑務所だ。君に前歴はないが、市場の規模を考えると、実刑は免れられないだろう。二年、せいぜい三年だが。そして強制送還。君のもっている財産はすべてとりあげられる」

明蘭は息を呑んだ。

夢はすべて消えてしまう。上海での商売どころか、北京の大学にも通えない。貯金も奪われてしまうのだ。

「嫌です」

「だろう。だから、今のうちに中国に帰った方がいい。残念だが貯金は引きだせない。引きだせば、そこから足がつく。かわりに私が用意した一千万をもっていってくれ」

一千万は大金だ。明蘭の貯金もそこまではない。だが、夢をかなえるには少ない。大学はとにかく、上海で商売を始めるのには足りない。

「他に、方法はないんですか」

明蘭はいって、深見を見つめた。

「つかまるのも嫌だけど、わたしはまだ日本にいたい」

深見は目をそらせた。悲しげな顔だった。

「君が、何を、いや、誰のことを考えているか、私にはわかる……」

明蘭は待った。深見はどこまで知っているのか。

ただひとつだけ感じたことがある。深見は怒ってはいない。少なくとも、明蘭に対しては。

「私の失敗だった」

やがて深見がいった。

「毛利が君に関心をもっているのはわかっていた。その理由も。なのに、君たちをそのままにしていた。どこかで君を信じていた。それがまちがっていたんだ」

「信じていた？」

明蘭はつぶやいた。

「それはわたしが毛利さんとはつきあわないだろう、という意味ですか」

深見は頷いた。苦しげに息を吸いこむ。

「あの男は、やくざだ。それも最悪の種類のやくざだ。ビジネスで組むには力もあり、信頼できるが、それ以上の関係は決してもってはならないタイプの人間だ。君はそれに気づくだろう、それより何より、私という人間に対して、もっと思いをもってくれているだろうと信じていた」

明蘭の心はこわばった。それは深見が勝手に、自分を思っていてくれるだろうと信じこんでいたことに対してではなかった。その前に、毛利を〝最悪の種類のやくざ〟といったからだ。

「深見さんは焼いているんですか」

明蘭がいうと、深見はわずかに驚いたような顔をした。

「毛利さんがやくざだというのは知っています。あの人はそれを隠しませんでした。無理やりわたしを誘ったのでもなく、きちんと順番を踏んで、わたしたちはつきあい始めました。もしそれがいけないのなら、なぜ初めから、毛利さんとはつきあうなといわなかったのですか。勝手に信じて、勝手に裏切られたようなことをいわないで下さい」

深見の目にはっきりと傷つけられたような色が浮かんでいた。

「毛利さんもわたしも、それは、悩みました。でも、深見さんにとってわたしは何だったのですか。わたしにとっては恩人です。だからいっしょうけんめい働きました。いわれたことも守って、緊張する生活をしてきました。それでは足りなかったのですか。足りないならなぜ、足りないといわなかったのですか」

深見は不意に横を向いた。葉巻をとりだし火をつける。

「足りなくはなかった。私にとって、君は大切なんだ。だからいつかは、と思っていた」

「いつかは何です？」

自分の言葉が思っている以上にとげとげしくリビングに響くのを明蘭は感じた。その理由はひとつしかない。毛利を悪くいわれた怒りだ。

「いつかは、君といっしょになりたかった」

深見は聞きとれるかどうかという、低い声でいった。

明蘭は知らず知らずのうちに首をふっていた。

「それをわたしにいったことがありますか」

「ない。なかったよ。だが私の気持をわかっていてはくれると――」

「わたしはモノですか」

明蘭の言葉に深見はふりかえった。

「それともペット？　犬や猫？」

「何をいっているんだ」

理解できないような顔をしている。

「わたしは深見さんに感謝しています。ずっと、ずっと。でも感謝と愛情はちがいます。深見さんが欲しかったのはどっちですか」

深見は言葉を失っていた。

「愛情が欲しいのなら、なぜ愛情が欲しい、といわなかったのですか。犬や猫は、エサをもらえば、その人になつきます。わたしが犬ならそうしたでしょう。でも人間です。深見さんはわたしを大切にしてくれたけれど、恋人にしたいとはいわなかった。それともわたしがそれに気づかなければいけなかったのですか」

深見は目を閉じた。

「それは……。そうだね。私が悪かった。君に親切にしたから愛情を返してもらえると思いこんだのは、私の思いあがりだったかもしれない」

「わたしも考えました。わたしは何をして、恩に報いればよいのか。もしかすると、そういうことかもしれないと思ったときもあります。でもまずわたしがしなければならないのは仕事のことでした。鑑定の仕事を早く覚えて、深見さんや会社に迷惑をかけないようにならなければいけない、そう考えたんです。もし深見さんの恋人になっても、仕事が一人前でなければ、わたしはただ甘えているだけの人間になってしまう。ホステスをしていたとき、そういう女の子をたくさん見ました。ホステスをやめてお客さんの会社に入ったけど、仕事は何もできない。でもお給料はもらって、お客さんとつきあっている。それではただの愛人です。深見さんはわたしを愛人にしたかったのですか」

深見は首をふった。

「よそう、もう。わたしがまちがっていた。君のいう通りだ。私は君を愛人にする気ではなかった。ちゃんとした、使える鑑定人になってもらいたかったんだ。その上で君が私の恋人になってくれるのを願ってはいたが、それをはっきり態度で示さなかったのは、私の誤りだ。君のいう通り、感謝と愛情は別のものだった。それを分けられなかったのは私の方だ」

明蘭は頷いた。深見を見つめ、言葉をつづけた。

「じゃあ毛利さんの話をします」

「待ってくれ。その前に、私の気持をいわせてくれないか」

明蘭は首をふった。

「それは駄目です。なぜなら、わたしが先に話をしないと、わたしが冷静でなくなってしまうから」

「冷静でなくなる、とは？」

「さっき、深見さんは、毛利さんのことを〝最悪〟といいました。すでにあの言葉で、わたしは少し冷静さを失いました。もし、毛利さんについて、また深見さんが悪口をいったら、わたしはこれ以上、冷静に話をする自信がありません」

深見の顔が歪んだ。怒りと悲しみとやりきれなさの混じった顔だった。

「それは……」

「毛利さんは、男だから、深見さんの気持を理解していました。でも理解することと、その通り行動することは別だと思います。わたしは毛利さんを好きになりました。好きになる機会や時間を与えてくれたのは、深見さんです」

「わかっている。それはだが、君がまさか、あの男とそうなってしまうとは思わなかったからだ。あの男の危なさをきっと見抜くだろう、と」

「危なさって何ですか。やくざということですか」

深見は首をふった。

「その話は、君の話のあとにしよう」

「わかりました。深見さんはわたしを助け、拾いあげ、人間としての誇りをくれました。わたしはわたしに自信をもち、人として女として、胸を張って生きていけるようになりました」

深見の顔が和らいだ。自分の言葉で一喜一憂する深見を見るのは初めてだった。だがそれに喜びはなかった。むしろ痛みだけが明蘭にはあった。

「ひとりの人間として自信をもったわたしの前に、毛利さんが現われました。わたしの能力を認めてくれ、さらに伸ばそうとしてくれた上に、女として対等に扱ってくれたんです。与えてくれるだけでなく、わたしに応えることを求めました。それは、わたしにそれができるからだと思います。そのとき、毛利さんは自分がやくざだというのを教えてくれました。でもそれでもいいか、とは訊きませんでした。わたしがそのつもりだというのを知っていたからです。深見さんとのちがいはそこです。深見さんはいつも上からわたしを見ている。毛利さんは前からです。深見さんのおかげで自信をもてたからこそ、わたしは毛利さんと恋愛ができた。毛利さんは、わたしを壊れもののようには扱わない。ペットにもしない。女にしているんです」

深見は宙を見た。そこに神がいて、救いの手をのばすのを求めているかのような目をしている。

首を小さくふり、何ごとかをつぶやいた。

明蘭は目をみひらいた。こんなにも途方に暮れたような深見を見るのは初めてだった。冷静という点では、自分の方がはるかに冷静でいる。

「深見さん……」

深見は首をふった。

「最悪だ……。最悪の結果だよ」

「また、最悪というのですか」

「そうじゃないんだ。毛利は君に何を教えた？」

「何を……？」

「女として扱った。言葉を使い、体を使い、君を喜ばせた、そうだろう」

深見の目がぎらついていた。怒りともちがう、憎しみに近いような目で明蘭を見つめている。

明蘭は無言で見返した。

「いいか、これはただの嫉妬じゃない。女としての君を喜ばせるだけでなく、毛利は、君に何かを教えた筈だ。何を教えた」

「――クスリのことを」

「クスリの何を」

「見分けかた」

「それは何だ。覚せい剤か、ヘロインか、それともコカインか」

「全部です。全部そろえて見せてくれました。いいもの、悪いもの、どれが効いて、どれが効かないか」

「そして試したのか」

明蘭は頷いた。

「でもひとつだけ」

「何をやった」

「ハシッシュ」

深見は目を閉じた。左手で口もとをおおい、床に目を落とした。

「まだやってるのか」

くぐもった声でいった。

「一度だけ、それっきり」

父親に叱られているようだ。深見の目はだが、妙に虚ろだった。

「なぜそれを教えた」

「わたしが知らないから。マーケットでは扱わない」

「奴は扱えといったろう」

明蘭は無言で頷いた。深見は黙りこんだ。

冷えこんでいた。ずっと同じ姿勢ですわっていたため、体のあちこちが固まってしまったような気がする。

「私は南米にいた」

長い沈黙のあと、深見が口を開いた。遠くの者に語りかけているような声だった。

「私がいたところでは、欲望という欲望のすべてとコカインが切っても切れない関係にあった。金も権力も、もちろんセックスも。何かを得ようと思うのなら、まずコカインの問題とぶちあたった。貧しさも豊かさもコカインによって作られ、憎しみも救いもコカインによって与えられる。相反する思想を掲げ、銃を手に戦う者たちの誰もが、最初にコカインがもたらす利権を手に入れようとした。それはひとつの国の中の問題ではすまず、いくつもの小国、大国を巻きこみ、敵と味方は入り乱れ、法の正義も国家規模の利益の前ではいとも簡単に踏みにじられる、という混乱を作りだしていた。早い話が、世界のどこにも信用できる組織は存在しなかった。信用できる人間はいても、それは今日に限ったことで、明日はその人間は殺されるか、裏切っているかもしれず、その人間にとっての私もまた同様の存在だった。

そんな環境に身をおいたのは、半ば自分の意思であり、半ばそのとき私が信じていた日本の政府の意向でもあった。母国もそこでの本名も捨て、この日本で今生きている君よりも、当時の私はきっと甘ちゃんだった。それを思い知らされた」

明蘭は深見を見つめていた。何をいいたいのかは想像できるような気がしたが、そのことと毛利と自分の関係がどうつながっていくかがわからなかった。

「あまり思いだしたくもなく、また忘れようと決めて忘れてしまった経験もある。ただ教訓は残った。ひとつは、ドラッグに関係してはならない。もうひとつは、国家も含め、あらゆる組織は信用ならない、だ」

「でもマーケットも組織です」

「そう。だからすべて私がコントロールした。ドラッグは扱わず、他の組織との交渉は私がおこなう」

「自分がコントロールする組織はいいのですか」

「利益とそれを生む組織の大きさは、ある段階までは比例する。だからこそ、君も私も今の環境を手に入れた」

「でも今は危ないのでしょう」

深見は大きく息を吸いこんだ。さっきより落ちつきをとり戻したように見える。

「危なくなった原因はふたつある。ひとつは警察、さっき話した鮫島という刑事の動きだ。彼はマーケットの存在を嗅ぎつけ、そこにかかわる君という人間を割りだした。だが、まだ確実な証拠を握るにはいたっていない。少なくとも今は、君のことよりも、彼の仲間に怪我を負わせた私を追う方が、鮫島にとっては、はるかに重要な課題だろう」

その通りだ、と明蘭は思った。警察にとって、今は自分よりも深見の方がより重い犯罪者だ。なのに自分が中国に帰らなければならないというのは納得できない。

「もうひとつ、危なくなった理由が、稜知会だ。稜知会というのは、知っているかもしれないが、毛利の所属する、日本最大のやくざ組織だ。はっきりいおう。稜知会と組んでビジネスをして、大きな収益をあげているのに喰われないでいた非合法組織はほとんど存在しない。儲かると見こめば、あらゆる手段でそのビジネスを乗っとるのが稜知会だ。稜知会には、それができるだけの頭脳も暴力装置も、この国のやくざ組織で最高、最大のものが備わっている」

「暴力装置って何ですか」

「排除が必要だと決定されれば、それがどんな人間であっても殺してしまえるだけの力があるということだ」

「深見さんでも」

「もちろん。警察官であっても同じだ。ただ警察官をひとり殺したところで、利益構造が大きな変化をとげることは少ない。だから連中はめったに警察官を殺さない。殺した結果発生する、利益と不利益を比べ、不利益の方がたいていの場合大きいのが、警察官だ」

でも深見は鮫島を殺そうとしたではないか。

だったら、鮫島は稜知会に殺してもらえばよかったのだ。明蘭は思った。

「稜知会は、マーケットを狙っている」

「え？」

「稜知会は、私のマーケットを乗っとるつもりだ。そのために毛利は君を足がかりにした」

明蘭は首をふった。

「毛利さんは深見さんを尊敬しています。そんなことする筈がありません」

「だが毛利は君に、ドラッグを扱えとそそのかした。あくまでも私がそれに反対したらどうなると思う？」

「たぶん、あきらめます」

「一度はあきらめるかもしれない。だが二度目はない。私が反対できないようにする」

「深見さんが反対できないってどういうことです？」

「私を反対できないような立場に追いやる。マーケットから追いだすか、私がいうことを聞かざるをえないようにするか、殺す」

明蘭は笑った。

「ありえないですよ。毛利さんが深見さんにどれくらい気をつかってるか——」

深見は笑わず、明蘭の言葉も途中で止まった。

「毛利はひとりじゃないんだ。稜知会という大組織のメンバーだ。もし毛利がそれをしないといえば、するという人間を毛利のかわりに送りこんでくるだけだ。毛利は逆らえない。それに、決して毛利は、しないとはいわない」

明蘭は深見を見つめた。

「わかるか。毛利は、マーケットを喰おうとしているんだ。そのために君に近づいた」

嘘だ、と思った。毛利の組織がマーケットを乗っとろうとしているのは、ありうることかもしれない。だが毛利がそのために自分を利用していることはありえない。

「毛利は賢い男だ。仕事もできる。大組織である稜知会でも、これからさらに階段を昇っていくだろう。そしてそのためにはマーケットが必要なんだ」

「それは、わかります」

深見は頷いた。

「マーケットを乗っとる上で、最も邪魔になるのは私だ。だがいきなり私を排除すれば、マーケットのシステムは滞ってしまう。それを防ぐには、システムについてよく知る人間を味方にしなければならない――」

明蘭は首をふった。

「わたしはそんなに詳しくありません。A項目とB項目の二種類だけです」

「それで充分なんだよ。なぜなら、CとDは、多くは稜知会に売却されている。忘れたのかね。毛利は当初、D項目専門のバイヤーだったのだ」

明蘭は唇をかんだ。その通りだった。盗品である有価証券や手形を資産にかえる作業は、どこの誰にでもできることではない。恐喝の材料にしたり、発行元の企業に買い戻させたりするには、組織の看板力が不可欠だ。マーケットから買いとったそれらの商品を、具体的に毛利がどう処理しているかは明蘭は知らないが、日常的に滞りなく、その業務は進められている筈だった。

「毛利は稜知会だ。稜知会に自社の株券が渡ったと知るだけで、一流企業の多くは恐慌をきたす。商法が改正され、たかり屋のような総会屋は姿を消したが、稜知会に限っていえば、より巧妙な恐喝や乗っとりは増えているんだ。大がかりな経済事犯の背後には必ず稜知会がいる。そのシノギを支えているひとりが毛利なのだよ」

「わかります」

明蘭がいうと、深見はほっとしたような表情を見せた。

「よかった。その稜知会がマーケットを乗っとるにあたって、一番必要としているのが、中国人セラーとの優秀な窓口だ。つまり、君なんだ」

明蘭は無言だった。

「どうやらそれもわかっている、という顔だね。もしかすると、近いことをもう毛利からいわれたか。俺と組んで、同じ夢を見ないか、と」

明蘭は答えなかった。深見は目を窓に向けた。

「君がその言葉を信じたとしても、私は驚かないよ。毛利と君は男と女だ。だが、君たちが同じ夢を見られる時間は、そう長くはない。なぜなら、マーケットが軌道にのればのるほど、稜知会はすべてを手に入れようと乗りだしてくるのだから。そうなれば初めに私が排除されたように、君も排除される日がやってくる。そのとき、毛利の助力をアテにはできない。わかるね。毛利は組織の一員だ。稜知会そのものの決定に逆らうことはできない」

「そのときはマーケットをやめます。いずれわたしは中国に戻ります。新しい仕事がそこで見つかるでしょう」

明蘭はいった。深見は明蘭をすばやくふり返った。

「どんな仕事だ。弁護士か」

明蘭は首をふった。

「もうそれは考えていません。中国で会社を経営したいと思っています。日本企業と中国企業のあいだに入ってできるような」

「上海かね？」

明蘭は小さく頷いた。

「なるほど。毛利はそこまで君と話を進めていたか……」

「毛利さんのいったことが嘘だというのですか」

明蘭は深見を見た。

「いや、嘘ではないだろう。稜知会は、中国にも足がかりをもっている。ただし――」

「ただし？」

「それまで君が無傷でいられたら、だ」

明蘭は息を吸いこんだ。

「確かにわたしは、その刑事に目をつけられているかもしれません。でもマーケットのことは何もつきとめられていなかった。つきとめられていたら、他の社員やセラー、バイヤーも、警察につかまっています」

深見は頷いた。

「わたしは名前をかえます。わたしがつきとめられたのは、古尾明子という名前と、白金のあのマンションだけです。名前と住む場所をかえてしまえば、警察はもうマーケットを追えません」

「鮫島を甘く見てはいけない。あの男は粘り強い。どれほどうまく姿をくらましても、必ず君を見つけだす。そしてそうなったとき、毛利が、というより稜知会がとる手段はひとつだ。君を切り、マーケットを守る。私はそれを恐れている」

「わたしを切るってどういうことですか。深見さんがさっきわたしにいったようなことですか。お金を渡して中国に帰す？」

深見は首をふった。

「奴らはそんな手間はかけない。君は殺される」

明蘭は息を吐いた。

「やめて下さい。そんなことをいってまで、毛利さんとわたしをひき離したいのですか？」

「ちがう。毛利は君のことを好きかもしれん。だが稜知会とは別だ、といっているのだ」

「深見さんはずるいです。毛利さんが稜知会だからという理由で、信用できないという。でも毛利さん個人の気持は無視している。それとも毛利さんがわたしをだましている、というのですか」

「それは私にはわからない。だましているかもしれない。君を本気で好きなのかもしれん。いずれにしても、稜知会という組織がからめば、君や毛利の個人的な感情は、あっさり踏みにじられてしまう」

これでは結論がでない。どれだけ話そうと、深見は最後には稜知会がでてくる、という。

明蘭は無言になった。

「わかってくれ。真に君を傷つけたくないと思っているのは私なんだ」

「だから刑事を撃って、マーケットやわたしを危険にさらしたのですか」

「それはミスだ。だが、君を守りたかった」

「信じるのは難しいです。だって、毛利さんも稜知会も、まだわたしには何もしていない。深見さんは、深見さんがしたのは、わたしから住むところも車も、日本人の名前も、全部奪ってしまうようなことなんですよ」

深見は言葉を詰まらせた。ただ目を大きくみひらき、明蘭を見つめた。

明蘭は両手で顔をおおった。めまぐるしく頭を働かせた。

やがて両手をおろし、いった。

「毛利さんと話して下さい」

「毛利と……」

「はい。深見さんの心配に、毛利さんがどう答えるのか、わたしも知りたい。その答によって、わたしは中国に帰るか、日本に残るか決めます。駄目ですか」

深見は重い塊りを呑みこんだような顔になった。

「――私の言葉だけでは信用できないか」

「深見さんは信用したい。でも毛利さんを、わたしは好きです。話して下さい」

深見は深々と息を吸いこんだ。テーブルの上におかれたホットラインの携帯電話に目を落とす。

「毛利とは、話しているんだね」

明蘭は頷いた。

「今、東京にいます。話したら、とんできてくれました」

深見の顔がわずかに和らいだ。

「よかった。それは、毛利が君に対し、あるていど真剣な証拠だ」

「電話をしていいですか」

「かまわないが、果たして私と会いにでてくるかどうか。警官を撃って逃げている人間と接触するのは、彼にとってもひどく危険なことだ」

明蘭は迷った。自分のために毛利を危険にさらしてしまうのか。

その迷いを深見が感じとった。

「ためらっているのか。君は毛利を心配する。私は君を心配する。皮肉な話だ」

明蘭は決心した。携帯電話を手にとり、ボタンを押す。

「どないや」

開口一番、毛利はいった。明蘭は深呼吸した。

「今、目の前に、深見さんがいます」

唇を思わずかみしめた。毛利の答によっては、何もかもが失われる。

「――そうか。話したんか」

毛利は低い、沈んだ声でいった。

「深見さんは知っていました。わたしと毛利さんのことを」

「それで?」

「わたしにお金をあげるから中国に帰れ、といっています。毛利さんは、わたしがそうした方がいいと思いますか」

「なんでそんなことを訊くんや」

「答えて下さい。毛利さんの気持を知りたいんです」

「お前のマンションのようす見にやった若い者から報告があった。警察が張りこんでる。深見さん、何をしたんや」

「警察の人を撃ったそうです」

「何やと」

毛利は絶句した。

「教えて下さい、わたしは中国に帰った方がいいですか」

「待て。深見さんに代われ。なんでそんなことになったか知りたい」

「答えて！　わたしは中国に帰った方がいいの!?」

明蘭は叫んだ。こらえにこらえていたものが心の中で音をたてて切れた。涙が溢れだすのを感じた。

「阿呆！」

毛利が怒鳴った。

「何、泣いとんのや。しっかりせんかい。お前には俺がついとる。何があっても守ったる」

明蘭は切れ切れに息を吸いこんだ。心の中にあたたかいものが広がり、安堵に手が震えだした。

「代わるね、今」

電話を深見にさしだした。深見の顔は見られなかった。

長いため息が聞こえた。

「もしもし、深見です」

明蘭は顔をおおった。低い声で泣いた。深見と毛利のやりとりが遠くなった。二人は五分近く、話していた。

やがて深見がいうのが聞こえた。

「わかった。待っている。近くまできたら、この電話に連絡を入れてくれ」

21

毛利がやってきたのは、それから二時間後のことだった。その間、明蘭と深見は、ほとんど言葉をかわさなかった。深見はシャワーを浴び、明蘭は窓からずっと、東京湾の夜景を見おろしていた。自分と深見のあいだの距離が、もう決定的に遠ざかってしまったことを感じていた。

これでもし、毛利に裏切られるようなことがあれば――。

ガラスに映る自分の顔が首をふった。

日本になどこなければよかったと思うだろう。これまで何度も思ったが、そのどれよりも強く、思うだろう。

毛利はひとりで現われた。ノックの音に、深見が扉を開け、毛利を迎え入れた。

「手間をかけましたな」

「いえ」

二人は互いに見つめあい、挨拶抜きでやりとりを交した。

「ひとりですか」

「チェーンの手前に、一台、待たしてあります。いちおう、用心のためです。外には誰もいませんか」

毛利は険しい表情を浮かべていた。今まで明蘭が一度も見たことのないような恐しい顔だった。

「深見さん、自分は、今日は命を張っています」

毛利はいった。

「深見さんはチャカをもってる。自分は丸腰です。撃たれてもしかたがない、と思ってきてます」

「すわって下さい。たいしたものもないが……」

明蘭は缶コーヒーをテーブルに並べた。毛利は明蘭を一度も見ようとしない。

毛利と深見は向かいあった。明蘭は無言で床に腰をおろした。膝を抱き、二人の男を見上げた。

毛利が口を開いた。

「殺人未遂でサツが深見さんを追いかけてるようです。うちのアンテナにもその話がひっかかってきました」

「未遂か。つまり助かったのだな」

深見は低い声でいった。

「ええ」

毛利は答え、深見を見つめた。

「サツはまだ、深見さんについちゃ何もつかんじゃいないようだ。何があったんです」

深見は葉巻をくわえ、入念に火をつけた。

「鮫島という刑事の名を聞いたことはあるかね。本庁ではなく、新宿署の生活安全課だ」

「新宿の生安ですか？　いえ」

毛利は怪訝《けげん》そうにいって首をふった。

「変り者でね。だがひどく優秀だ。驚くことではない。警察という組織には、二種類の優秀がある。ひとつは、組織にとって優秀な人間で、そういう者は順当に出世の階段を登る。もうひとつは、警察官として優秀な人間で、必ずしも出世するとは限らない。むしろ変り者として、組織の爪弾《つまはじ》きにあうことが多い。まあ、一般の会社でもえてしてそういうものだが、警察では特にそれが顕著だ」

毛利は苦笑した。

「深見さんはまるで警察におったみたいにいわれますね」

「その通り。私は警察官だった。今から二十年も前のことだが」

明蘭は驚いた。毛利も同じだった。笑いが、こわばった。

「本当ですか」

深見は煙を吐き、頷いた。

「本当だ。公安の、特殊なセクションにいた。君らやくざとは、あまり接点のない場所だ。話がそれたが、鮫島も元公安だ。それも私のような叩き上げとはちがう。公務員上級試験にうかったキャリアだ。本来なら今頃は、どこかの署長か、本庁の課長クラスになっていておかしくない。それが何の因果か、所轄の遊軍捜査官止まりだ。階級も警察大学校を修了したときと同じ、警部のまま、かわっていない。だが、頭が切れ、粘り強いことにかけては、まず一級の警察官だ。その上、度胸もある。捜査に関してはまったく妥協をしないので有名で、ついた渾名《あだな》が『新宿鮫』だ。聞いたことは？」

毛利は首をふった。

「新宿あたりにはうといんで。で、その刑事が何か」

「私と鮫島のあいだには奇妙な縁があってね。きっかけは、以前私がやっていた小さなマーケットに彼が目をつけたことだ。今とは比べものにならないくらい小さなマーケットで、顧客も外国人ばかりだった。当時は主にイラン人を使っていたが、どうやってか鮫島はそのマーケットをつきとめた。窃盗品の故買を取締るのは、生活安全課の仕事だ。鮫島はたったひとりで張り込みや尾行をつづけ、ついには私の住居までやってきた。間一髪で私は逮捕を免れたのだが、そのときマーケットは中国マフィアと対立していてね。私がその頃世話になっていた人が、中国人に襲われそうになった。鮫島は、私のボディガードだったイラン人と二人で、襲ってきた三人の殺し屋どもを撃退した。おかげでその人は無傷ですんだ」

「じゃあ深見さんは、その鮫島という刑事に借りがある、ということですか」

毛利が冷たい声でいった。

「その借りは私なりに返した。というのも、これがまた因縁という他ないのだが、私が大昔南米にいたときに関係のあったアメリカ人が、住居にしていた新宿のホテルで殺されるという事件がその後あった。アメリカ人は元CIAで、そのためあっという間に公安が情報をおおい隠してしまった。私は鮫島に、男が元CIAで、引退したあと日本で何をやっていたのかを教えてやった。それは彼の捜査にかなり役立つ情報だった筈だ」

毛利は首を傾げた。

「懇意にしてたってことですか」

「懇意にしていたとはとうてい、いえない。イラン人とやっていたマーケットの時代から、鮫島は私を捕えようとしていて、それはかわっていない。そしてとうとう、今回、明子のことをつきとめたのだ」

毛利の目が明蘭に向けられた。明蘭が口を開くより早く、深見がつづけた。

「明子は知らない。鮫島の内偵には気づいていなかった。が、何日間も、鮫島は、白金の明子のマンションを張りこんでいた」

「なぜそれに気づいたんですか、深見さんは?」

毛利が訊ねた。

「偶然だ。あるとき、白金の明子のマンションの近くを通りかかってね。訪ねていこうとしたら、鮫島がいた。彼と私は、互いの顔を知っている。そこで鮫島が何をしているのかようすを調べたら、明子を監視しているとわかった」

毛利は深見の顔をまじまじと見つめた。

「なるほど」

「明子のことをなぜ鮫島が嗅ぎつけたかはわからない。バイヤーからなのか、セラーからなのか、ただいえるのは、このままでは遠からずマーケットの存在は鮫島に暴かれてしまう」

毛利は再び明蘭を見た。

「それで？」

明蘭を見やったまま、深見をうながした。

「先に話したように、鮫島は変り者の刑事だ。まず、ひとりで行動するんだ。捜査中の事案に関する情報を自分だけの胸にしまいこんでいる。鮫島がマーケットの存在を疑い、明子に目をつけたとしても、彼女のことは鮫島しか知らないでいる可能性が高い。つまり、鮫島を消せば、明子とマーケットを守れるかもしれない」

毛利はゆっくりと深見をふりかえった。

「それであんな真似を？　深見さんが自ら、ですか」

信じられない、といわんばかりの顔をしている。

深見はつかのま沈黙し、答えた。

「人を殺すのに他人を使えば、弱みをひとつ作ることになる。その弱みを弱みでなくするために、さらに人殺しをくり返す者は多い」

毛利はほっと息を吐いた。

「だが失敗した。殺人未遂で動いてるってのは、そういうことですよね」

「鮫島はひとりではなかった。鑑識係といっしょだった。初めは世間話をしているのだと思っていたが、途中から私の話をしているとわかった。何ら手がかりを得ていなかった筈なのに、彼は、私が警察官だったことまでつきとめていた。恐しい男だ」

毛利は煙草をくわえた。あきれたように首をふり、火をつける。

「鮫島が、明子についてまでその鑑識係の男に話してしまう前に、決着をつけようと思い、私は行動を起こした。だが事故が起こった。彼らがどこまで知っているか確かめようとしていると、通行人が通りかかり、無謀にもそのタイミングで私にとびついてきたのだ」

「鮫島が、ですか」

「いや、鑑識係の男が、だ。銃が暴発し、弾は鑑識係に当たった。その場にいる全員を殺すか、逃げるか、だった。私は逃げた。無関係の人間まで殺す度胸は、私にはなかった」

「じゃ、鮫島は無傷なんですね」

深見は頷いた。

「今ごろは怒り狂って私を追っているだろう。マーケットについても、明子に関しても、情報を明らかにしている。つまりは終わり、ということだ」

「それで明子を中国に帰そうとしたのですか」

「そうだ。明子に関して、立件できるだけの情報はまだ鮫島も握っていない。が、私のことに関連して、重要参考人扱いで彼女をおさえにくるのはまちがいない。彼女がおさえられれば、いろいろなことが明るみにでる」

深見は毛利を見た。

「君や君の組織のことも、でてしまうだろう」

「ひどい」

明蘭は思わずいった。

「わたしはそんなこと喋らない」

「お前は黙っとき」

毛利はいった。優しい声だった。

「これは、俺と深見さんとの話し合いだ」

明蘭は毛利を見つめた。

「わたしを信じて」

「阿呆なこというな。信じてへんかったら、なんでこんなとこまでくるんや」

毛利が頷き、明蘭は頷き返した。

深見が淡々といった。

「君らの関係について、とやかくいう気は、私にはない。だが稜知会という組織がマーケットと明子に関係していることが発覚すれば、警察は雪崩を打って押し寄せてくるだろう。私も君も、何があってもそれ相応の覚悟はしている人間だ。だが明子はちがう。明子を守ってやりたいと、君も思っている筈だ」

「もちろんです」

毛利はいった。

「明子とこうなったんは、すべて俺の責任です。深見さんにはおもしろくないことだろうとわかっていました。だから何かいわれたら、いつでも責任をとるハラはくくっていました」

「君に何も要求する気はない。ただひとつ、明子を中国に帰してやってくれ」

「それが深見さんのいわれる、明子を守ることですか」

「鮫島は、おそらくまだ明子が中国人であることをつきとめてはいない。古尾明子という日本人を、警察は追うだろう」

「それやったら、何の問題もありません。明子を別人にすればいい。すぐにでも手配できます」

「それは稜知会の力を使ってかね」

毛利は間をおいた。

「いけませんか」

深見は静かに息を吐いた。

「稜知会は、マーケットが欲しいのではないかね。そして、その初期段階では、明子の能力が必要だ。マーケットを手に入れたら、扱う品目を増やしたいとも考えている」

毛利は目をゆっくりとみひらいた。

「図星です」

明蘭は息を呑んだ。

深見は首をふった。

「そして明子をスケープゴートにするのかね、警察が襲いかかってきたら。それは許さない」

「警察は襲いかかってきません。うちに任せてもらえるなら」

毛利はいった。

「何だと?」

深見が訊き返した。

「うちでマーケットを預からせてもらえるなら、マーケットも明子も安全です。深見さんのことも、何とかできるかもしれません」

「君のいっていることがわからない」

毛利は唇をなめた。珍しく、言葉を捜すように考えこんでいた。

やがて口を開いた。

「鮫島という刑事の話は初耳でしたが、マーケットのことをサツが内偵しているという情報は、かなり前の段階で、俺の耳にも入っていました。でもそれは新宿署とかじゃなくて、本庁の組対部です。組対ができたわけを、深見さんはご存知ですか」

「情報の円滑な共有じゃないのかね。犯罪が組織化国際化したことで、これまでのセクショナリズムの強い警察組織では、現実の犯罪に対応できなくなってきたからだ」

毛利は薄笑いを浮かべた。

「それこそ役人の言葉ですよ。サツにとって、一番嫌なのは、外国人なんです。中国人やロシア人がでかい組織を張るのを、何とか食い止めたいんだ。アメリカじゃ、ロシアマフィアがものすごくのさばって、古いシチリアとかの連中を喰ってるんです。中国マフィアに関しちゃ、もうアンタッチャブルだ。奴らは東洋人のものの考え方が理解できないからです。そうなっちゃ困る。何とかこれ以上、外国人をこの日本でのさばらせたくないんです。そのために組対てのは作られた。食いつめた極道が中国人と組んで悪さをしている、じゃあ四課もいっしょに取締りにあたれって話なんです。極道が極道だけでやってるなら、別にかまいはしない。もう、何十年とやってきたことですからね。稜知会がどうだこうだといったって、でかいからいわれているだけで、それが証拠に、うちはもう五十年からの歴史があるんです。なのに潰されないできたわけです。四課が組対に組みこまれたからって、特にうちへの風当たりがかわるわけじゃない。連中の狙いは、外国人一本なんですよ」

「それで？」

「マーケットに組対が目をつけた理由もそこです。鮫島がどう思い何をいってるかは知りませんが、組対はマーケットは外国人が仕切ってるのだと思いこんでいるんです」

深見は瞬きした。

「深見さん。この話は、俺の胸の中だけにおさめとくつもりでしたが、今日、ここにいたっては、いうしかない。マーケットを仕切っているのが稜知だとわかれば、組対は手をひきます。稜知は、外国人と組まない、のさばらせない、そう警察は考えていますからね。実態は、外国人も入っている、だけど稜知が仕切っている限りは、アメリカのようにはのさばらないだろう。警察にも確かに頭のいい野郎はいて、全部は潰せないとわかっているんです。外国人か、稜知会か。もし稜知会を潰したら、この日本はもっとひどいことになる。いいですか、極道の二人にひとりは稜知って時代なんです。そいつらが全部とはいわないが半分でも、よその食いつめ極道のように、外国人と組んだら、どんなことになるか。ロシアなんて今や滅茶苦茶です。中小の組織がやたらにあって、喰いあいの殺し合いだ。どこに話を通すだの、つけるだのが、まったく成立しない社会になってるんです。警官だろうが何だろうが関係ない。金を握らすか、さもなきゃぶっ殺せ、なんです。そんなことになったら一番困るのは誰か。警察ですよ」

毛利はいった。目がきらきらと輝いていた。

火の消えてしまったシガリロを深見がくわえ直した。ライターを点す。その手がわずかだが震えていることに明蘭は気づいた。

「警察は外国人犯罪者をのさばらせないために稜知会に目をつぶる。そういうことかね」

深見はいった。

「もう一歩進んだことを、考えています」

毛利は答えた。深見が目を上げた。

「考えている？　それは誰が考えているのだ？　稜知会か、警察か」

「両方が」

毛利が答えると、深見は大きく目をみひらいた。毛利と深見はそのまましばらく見つめあっていた。

やがて深見が首をふった。

「そんなことが……。信じられん。それは、現場のレベルではなくて、なのか」

「深見さんが警察におられた時代とはちがいます」

毛利はいったが、明蘭にはそれが答をはぐらかしているように聞こえた。

「現場がマル暴とつながるという話は、いくらでもあった。公安はそれを見下していたものだ。やくざとつるむのは、目先の点数稼ぎで、そうまでして手柄をたてたいのかと」

「その頃は警察にとってもいい時代ですよ。今はちがう。俺は知りませんが、警察はアカと極道だけを追っかけ回していればすんだと聞いてます。追っかけなきゃいけないものが多すぎて目を回している。機械に頼っても限界がありますしね。そうなってくると、革命的なことを考える奴が現われる」

「それが誰かを訊いてもいいかね」

毛利は首をふった。

「そいつは無理です。こんなことを喋ってるだけでも命がけだ。ただ、深見さんに納得してもらいたいからこそ、話したんだ。マーケットを稜知に任せてもらえれば、明子は安全だ。深見さんは自分のことだけを心配していればいい」

深見は黙りこんだ。

空気がかわった。ほんのさっきまでは深見が毛利を攻めていた。だが今は毛利が深見に迫ろうとしている。

「こんないいかたは卑怯かもしれません。けど、マーケットをうちに預けてくれませんか。明子のことともども。そうしてくれるのやったら、深見さんのことも、できる限りさしてもらいます」

「……そうきたか」

深見はつぶやいた。毛利がいった。

「俺は、人間としてスジの通らんことはしたくない。マーケット、深見さん、ともに、うちは世話になってきた。そろそろマーケットもかわる時期やと思っていたが、深見さんの気持を無視してかわるべきやとは、よういわなかったです。けれど今回、深見さんにしては無茶なことをした。このままでは、マーケットも死んでしまう。マーケットが死ねば、明子も仕事を失くす。腹をくるときやと思いますよ」

「マーケットを渡せ、か」

「それが深見さんが作りあげたマーケットにとっても、明子にとっても、一番なんやないですか。そう仕向けたのは、深見さんだ」

深見は足もとを見つめた。急に年をとったように思え、明蘭は思わずいった。

「深見さん――」

「お前はいらんことというな。これは男と男の話し合いや。深見さんがつらいんは、百も二百も承知で、俺はいってるんや」

毛利がいった。厳しい声音だった。

「もし、マーケットをあんたに預けたら、私はどうなる」

あんたという言葉に力がこもっていた。

「責任もって、日本からはだします。タイやったら、一生、安気に暮らせるよう、とりはからわせてもらいます」

深見は毛利を見つめた。

「それは君の約束か、稜知会の約束か」

「今やったら、同じです。マーケットの件は、俺に一任されてますから」

「嫌だと私がいったら？」

「嫌だといわれても、話の流れは止められんと思います」

「どうしてもマーケットを渡したくない。それくらいなら、鮫島の手柄にしてやる、と私が考えるかもしれない」

毛利は口を閉じた。探るような目で深見を見返した。

「それはあきませんよ。誰にとってもいい結果やない」

「私を殺すか」

ほがらかにも聞こえる口調で深見はいった。

「深見さん、俺がそんなことにうんと答えると思いますか。それくらいやったら、丸腰でここまできませんよ。俺を今ここで殺せば、この話はなしになる」

「ならないさ。稜知会には君にかわる人材がいくらでもいる。ただし明子にとってはひどくつらいことになる。君にかわった人間は、君ほどは明子を大切にしないだろうからな」

「俺を殺りますか」

毛利が訊ねた。明蘭の体は凍りついた。

「今やったら、殺れますよ。けど、深見さんは完全に終わりや。警察も稜知会も敵に回すことになる」

「どうするかな」

深見がいった。毛利の目が険しくなった。

「君を殺せば、当面、マーケットは乗っとられないですむだろう」

「時間の問題ですわ。警察にやられるか、俺にかわる者がでてきて、歪つな形ですが稜知が仕切るか」

「その場合、明子はどうなる」

「その人間の胸ひとつでしょうな」

「君は明子を人質にとっている。そういうことだ」

明蘭ははっとした。

「そうしたくてしたわけやないです。そうなってしまった」

冷ややかに毛利は答えた。

「私にとっては同じことだ」

毛利は静かに息を吸いこんだ。

「殺るんやったら、早よ殺ったらどうです」

恐しく鋭い目になっていた。いまだかつて明蘭が一度も見たことのない目だ。

「そうだな。どのみち、明子を私は失っている」

深見はいった。二人は見つめあった。

22

帝国ホテルでのやりとりでわかったのは、仙田が元公安警察官であったかどうかは、香田にとっては大きな問題ではない、ということだ。むしろ稜知会に関する何かが、石崎への捜査を阻む理由だ。しかもその点に関し、香田は並みたいていではない決意をもってのぞんでいる。

捜査一課の、仙田に対する捜査は暗礁に乗りあげていた。仙田も古尾明子も、本名不詳の上に、そこにつながる唯一の実在者というべき石崎謙一への接触を禁じられれば、それも当然だった。

捜査一課はやる気をなくしている、という情報が早くも流れていた。

犯行が彼らしくない場当たり的なものだったとはいえ、もともと警察に情報を残さないことにかけて、仙田は、鮫島が知るどの犯罪者よりも長《た》けている。

古尾明子についても情報が極端に少ない点では共通していた。鮫島は、かつて仙田が足を向けていたと思しい銀座の酒場を当たった。だが中国人のホステスを雇っていたという店はなく、日本人と称していたとしても、古尾明子の写真に反応した関係者はいなかった。

そんな中、客として仙田を知る、何人かのホステスから、仙田が六本木のクラブでも酒を飲んでいたという情報を鮫島は得た。

六本木にも、バブル期以降、銀座なみの値段をとる高級クラブが何軒もできているという。その数は銀座ほどではないが、共通する客も多く、最近はホステスも、銀座から六本木、六本木から銀座へと移動するケースがあるようだ。

仙田が個人的な話をホステスと交すのはまれで、たとえば他にどんな店で飲んでいるかと訊かれても、具体的な店名をあげることはなかったという。だが唯一、鮫島が訊きこんだ情報でひっかかった店があった。それは鳴りもの入りで六本木にオープンし、わずか二年足らずで倒産してしまった、「オーロラ」というクラブだった。

「オーロラ」でボーイをやっていたという男と鮫島は会うことができた。男の名は青井といい、

三十四、五歳だった。現在は六本木の別のクラブで働いている。二人が会ったのは六本木の交差点に近い喫茶店だ。
『オーロラ』の話を新宿署の刑事さんが聞きたいってのは、珍しいっすね」

交換した名刺を手に、青井は笑った。目尻に優しげな皺がよる。男前で、黒のスーツをすっきりと着こなしていた。

「そうですか」

「まあ、あれは一種のミニバブルでした。本当のバブルの頃は、自分はまだガキで、どんなだったか覚えちゃいないんですが、IT関係と闇金系のお客さまが景気のいい頃はすごかった。でも、闇金の人たちは足が早くてね」

「足が早いとは?」

「いける店があるというと、毎日それこそ団体でいらっしゃるんですよ。シャンペンや高いワインをばんばん空けて、ゲームだ何だで女の子に飲ます。それでもってやれる子をひとわたりやっちまうと、さーっと波がひくようにこなくなる」

「トラブルはなかったのですか」

青井は首をふった。

「たいしてありませんでしたね。皆さん金もってましたから。現金で、五十、六十って払いを毎日していくんですから。若くてお金のほしい女の子なんかは、そういうのを見せられただけでついていってしまいます。まあたまに、ラインのちがう会社どうしがぶつかるってことはありましたけれど、皆さん本職じゃないですし。こっちも、あまり席が近くならないように気をつかっていましたし」

　潰れてしまった店についてだからか、青井の口は滑らかだった。

「そういうお客さんたちはだいたいグループでこられるのですか」

「そうですね。ひとりってことはなくて、たいてい二、三人、多いと六、七人なんてときもありました。人数が多いときだと、あまりそういう遊びに慣れてない若い人が混じってて、店側が気を使うようなこともありましたが」

「どんな風に？」

「大声をだしたり、ちょっと乱暴な言葉づかいをしたり、気に入っている子を抜かれると店の者につっかかるとか、ですね。そういうときはメンバーがまあ、土下座してあやまったりするわけです」

「メンバー？」

「ああ、つけ回しのことです。どの子をどの席につけるかを考えて動かすんです。人気のある子はやはり、いろんな席から指名がきますからね。一ヵ所にずっとつけておくわけにはいかない。うまく順ぐりに回していかないと、指名したのにつかなかったとか、あの席にはずっといたのに俺の席はすぐ立ったとか、クレームがつくわけです。でも、そういうクレームがつくのは、金融系のお客さまよりIT系のお客さまの方が多かったですね。IT系の方というのは、その、若い頃あまり遊んでいらっしゃらなくて、女の子の扱いが上手じゃない人が多い。それだけに気に入るとべったりそばにおいておきたがる。もちろん口説きが入りますし、女の子も息が詰まります。それでようすを見て、他の席に動かすんですが、そうすると機嫌が悪くなる」

「なるほど」

「高いお金を払って飲んでいるわけですから、あるていどわがままをいわれるのはしかたがないところちらも覚悟しています。ただ指名が重なってしまうとどうしようもありません。そういう点では、お客さまは皆さん平等ですから。といって女の子は、とりあえず『動きたくない』とか、お客さまの前でふくれっつらを見せるわけです。そりゃまあ、一種の営業なこともあるんですが、お客さまは真にうける。『いきたくないっていってるんだから、このまま俺の席においとけよ』とね。そういうときメンバーは土下座します」

「たいへんだな」

「それで給料をもらっているのですから。自分も、最後の半年は『オーロラ』でメンバーをやっていました」

「当時、お店に中国人の女性はいましたか」

「中国人の子ですか、いませんでしたね」

青井は首をふった。

「五十代後半で、仙田、あるいはロベルト・村上、深見、という名前のお客さんはどうです」

「深見さんとおっしゃるお客さまはいらしてましたね。ああ、そうだ。その深見さんの係りをしていた子が、日中のハーフだといっていたな」

「名前は？」

青井は携帯電話をとりだした。メモリーを確認し、

「蘭野明子です」

と画面を見せた。

鮫島はすわりなおした。

「どういういきさつでお店に入った方ですか？」

「この子は、確か開発です。開発というのはいわゆるスカウトで、『オーロラ』がオープンするときに、銀座や六本木で二十人くらい、いけそうな子を集めたんです」

「それも青井さんが担当されたのですか」

「いや、このときは、フリーのスカウトマンを使ったと思います。いろんなお店と契約していて、女の子をスカウトしてくるんです」

「そのスカウトマンの名前と連絡先はわかりますか」

「ええ、わかると思いますが……」

青井はいって、鮫島を見つめた。

「この明子さんが何か？」

「新宿で起きた殺人未遂事件の犯人と親しくしていたようなんです。『オーロラ』がなくなったあとの話なのですが」

青井は驚いた顔になった。鮫島は白金アーバンホームで望遠レンズで撮影した古尾明子の写真を見せた。

「この女性ですね」

「まちがいないです。明子さんです。自分も新しい店に移ってから連絡をとろうとしたんですが……。まさかね……」

青井は首をふった。

「その後の消息について何か聞いていませんか」

「いえ。携帯の番号もかえてあったし、あがったのだろうと思っていました」

「深見というお客さんについて、何か記憶に残っていることはありませんか」

「そうですね。いつもおひとりで見えていて、静かに飲まれる方でした。貿易関係の会社をやっておられるとかで。もともとは、『オーロラ』にいた美優さんというベテランの女性が銀座時代につかんだお客さまで、その美優さんが体を壊してやめたので、明子さんが係りをうけついだんです」

「支払いはどのようにしていましたか」

「そういえば、カードや請求書じゃなく、現金でしたね。だいたいカードを使わず現金払いというのは、闇金系かその筋の方ばかりなので、深見さんが現金払いというのは、少し意外な気がしたのを覚えています」

「明子さんと深見さんは、かなり親しい間柄でしたか」

「いや、それほどでもなかったと思います。明子さんという人が、わりに誰とも親しくならないような感じで、お店でも特に仲のよかった女の子とかいなかったんです。深見さんの係りになったのも、お店の指示だったんです。深見さんがいつも指名するのが明子さんだったので」

「人気があったのですか」

「美人ですしスタイルもよかったから、そこそこは。ただ飲んで騒いだりとか、アフターに気前よくつきあうというタイプじゃないので、そんなに指名をとりまくるということはなかったですね。お客さんによっては気どっているという印象をもたれた方もいるかもしれません」

「孤立していた、ということですか」

「ええ。待機のときも、ひとりだけ他の女の子とは離れてすわってましたね。酒は、まあ、強かったかな。酔って乱れたというのは見ていませんね。誕生日も確か、店に教えていませんでした。誕生日というのは、女の子にとっては大きな営業のチャンスなのですけど、お花を贈らせたりシャンペンを空けさせたりが嫌だといって、秘密にする子もいるんです」

「本名が何というかは知っていますか」

「いえ。うちにきたときは『蘭野明子』でしたね。年ももちろん二十を超えているし、ハーフというのなら、ビザその他の問題もなかろうというので、特に確認はしなかったと思います」

青井は答え、納得したのか、携帯電話のメモリーを再び検索すると、

「関口佑介」

という名前を表示させた。その名と携帯電話番号を鮫島はメモした。

「連絡をとるのなら、夜九時から十二時くらいまでがいいと思いますよ。それ以前と以降は、ちょうど開発にとっては仕事時間ですから」

「仕事時間？」

「駅とか街で張って、よさそうな女の子を捜しているんです。法律的には今、いろいろ問題があるそうですけど」

鮫島は頷き、礼をいった。この関口というスカウトマンをつかまえれば、古尾明子の本名と、日本にきてからの足跡をたどることができるかもしれない。

青井の助言にしたがい、夜九時三十分を過ぎてから、鮫島は関口の携帯電話を呼びだした。応えたのは、落ちついた声の男だった。

「関口さんですか。突然お電話をして申しわけありません。私、新宿警察署の生活安全課につとめています、鮫島と申します」

「刑事さん、ですか」

「そうです。実は、新宿署管内で起きた事件の関係者ということで、関口さんが以前、六本木のクラブ『オーロラ』に紹介された、蘭野明子さんの情報を集めています。そのことでお会いしたいのですが」

深見の下で働きだして以降は、明子が関口と連絡をとっている可能性は低いと見て、鮫島は先に用件を告げた。もし逃走中の明子が現在も関口と連絡を保っていれば、どのみち刑事からの電話ということで、意図を見抜かれる。

「蘭野明子……ああ、はいはい。彼女ですね」

関口は答えた。

「わかりました。刑事さんは今、どちらですか」

「新宿ですが、ご都合のいいところまでうかがいます」

関口は、銀座の旧電通通り沿いにたつホテルのカフェテラスを指定した。午後十時以降、十二時までならそこにいる、という。鮫島はすぐに向かいます、と告げ、電話を切った。

夜の早い時間は、ホステスと客の待ち合わせなどで混みあいそうなカフェテラスも、鮫島が足を踏み入れた十時過ぎは、閑散としていた。

奥の窓ぎわの席に、グレイのスーツを着た五十歳くらいの小太りの男がいた。ヒゲをのばしていてスーツの着こなしがサラリーマンらしくなく、鮫島は関口だろうと見当をつけた。

身分証を提示し、急な呼びだしを詫びたあと、鮫島は本題に入った。

「早速ですが、蘭野明子さんというのは、この方ですね」

今度は先に写真を見せた。関口は頷き、手にとった。老眼が始まっているのか、遠ざけて見る。

「以前よりだいぶ垢ぬけた感じだ。いい旦那がついたみたいですね」

「近頃のようすは聞いていませんか」

関口は首をふった。

「彼女とはね、『オーロラ』が駄目になって以来それきりです。紹介した手前、私も責任を感じて連絡をとったのだけど、初めの一、二回で、すぐ電話がつながらなくなった。もしかしたら、本国に帰ったのかもしれないと思っていました」

「すると関口さんは、彼女が中国人だというのをご存知だったのですね」

「知っていましたよ。『オーロラ』には、ハーフということでいきなさいといったのは、私です。彼女は日本語が非常にうまかったし、読み書きもそこそこできた。弁護士になるのが夢で、そのための学資を稼ぎに日本にきたのです。そういう人には、なるべくいいチャンスを与えてあげたかった」

臆するようすもなく、関口はいった。

『オーロラ』があんなに早く駄目になるとは思わなくて、申しわけないことをしてしまった。今、彼女が困っているようなら、私としてもできる限りのことをしてあげたいと思っています」

スカウトマンという言葉から受ける、いかがわしさをみじんも感じさせない口調だった。

「いったいどんな事件に巻きこまれたのですか」

「その前に。彼女の本名をご存知ですか」

「ええ。呉明蘭といいます。銀座にいたときは、カタカナでアキコと名乗っていました」

「呉明蘭」

「はっきりとはいいませんでしたが、日本にきて、相当苦労したようです。初めの頃は、新宿のかなりいかがわしい店にもいたようだ。求人誌の広告で銀座に就職したというから、その間に日本語を勉強したのでしょう。努力家で、一度決めたら、相当つらいことでもやり抜く根性があると私は見ていました」

「新宿のどんな店にいたのかは？」

関口は首をふった。

「マッサージ、それからスナックだかクラブのようでしたが、店の名は聞かなかった。本人も忘れたかったでしょうし。『オーロラ』はあの子に、百万の仕度金をだした。私がださせたのですが」

「なるほど」

「彼女は足も長く、顔もきれいだったが、胸が小さかった。ホステスは露出の大きい服を着る機会が多い。バストが豊かなのは、それだけで強い武器になる」

鮫島は関口を見つめた。

「それはつまり——」

「豊胸手術をうけさせました。彼女が稼ぎたいと考える学資をそれだけ早く得るためです。誤解のないように申しあげるが、別にスタイルをよくするというのは、体を売れという意味ではない。より多くの男性から魅力的だと思われるための条件を揃えるのが目的です」

鮫島は頷いた。

「中国人だという理由で、多くの優秀な女性が、この世界で能力を発揮できないでいる。むろんビザの問題があって、店側が雇うのをためらったり、日本語が堪能でないというのはしかたがない。しかし本人にやる気があって、華もある女性が、ただ日本人で日本語が話せるというだけの、頭の悪い小娘に負けるのは、私は納得がいかないんです。彼女は大きくなる、と思っていました。水商売から足を洗ったとしても、それなりの仕事をやれる人だろう、と」

「彼女のことを気に入っておられたのですね」

関口は頷いた。

「男女の関係はありませんでしたが。逸材だとは思っていました。安い媚は売らないでしょうから、つかまえるとすれば大物だろう」

「深見という男を知っていますか。五十代後半で、銀座でもよく飲んでいます。コイーバという葉巻を吸う」

関口は首をふった。

「私は店には立ちませんから。お客さんのことは詳しくありません」

『オーロラ』が潰れたあと、彼女は、その深見という男が経営する会社で働き始めました。その深見が、最近、殺人未遂事件を起こし、彼女の行方もわからなくなっています」

関口は息を吐いた。

「それは残念だ」

「困ったときに、彼女が頼りそうな人を知りませんか。親しくしていた人とか」

「彼女は孤独でしたね。中国人とは、新宿を離れたあとはつきあいがなかったようだ。ある意味、非常に厳しく自分を律していた。男に流されたり、遊びで足もとを見失うような子ではなかった。それはスカウトしてすぐにわかりました」

「どこでスカウトしたのです？」

「新橋駅です。当時彼女は代々木のアパートからＪＲで通っていた」

「つとめていたのは？」

「『ドミノ』という小さな店です。ママが倒れて、今年の夏に潰れました」

「いっしょにつとめていた人を誰か知りませんか」

関口は首をふった。

「彼女がそこにいたのは半年足らずです。たぶん親しい関係になった者はいなかった」

鮫島は息を吐いた。

「五百万を貯めるのが彼女の夢でした。二十二で来日し、初めは三年でその夢をかなえようと考えていた。だがそれは無理で、二十八までにそうしようと思っていた」

「今の彼女はいくつですか」

「その二十八になった筈です。最初の二年、彼女は新宿で非常につらい思いをした。次の二年、銀座と六本木で働いた。おそらくそれほど幸福でも不幸でもなかったでしょう。次の二年間は、私の知らない二年だ。そして刑事さんは、そのことで彼女を捜している」

「呉明蘭は、深見という男の下で働くようになってすぐ、日本人の戸籍を手に入れました。偽造ですが、古尾明子と名乗っています」

「古尾明子……」

関口は煙草をくゆらし、つぶやいた。

「平凡な名ですな。正直、彼女に似合うとは思えない」

「私が『オーロラ』の関係者から聞いた話では、同僚とは距離をおくタイプだったそうです」

「かもしれません。水商売を長くつづけるとは、私も思わなかった」

「でも関口さんは豊胸手術を彼女に勧めたのでしょう」

「彼女が水商売に求めたのは金です。それもただ贅沢がしたいという理由ではなく、人生の次のステップに進むための資金を得ようとしていた。こういう女性は多いが、実際に目的をかなえられる人は半分もいない。水商売というのは、よほど自分に厳しくしないと、実はそれほどお金が貯まる仕事ではないのです。ですが彼女は、それができる人だと私は思った。だからこそ、仕度金で手術することを勧めたのです。たとえば仕度金でもらった百万を貯金して、残り四百万を『オーロラ』で得ようとしたら七、八年かかったかもしれない。しかし百万で自分を磨き、その姿で『オーロラ』につとめれば、五百万を五年で稼ぐことが可能になる、と私は思ったのです。彼女がもっと社交的な性格なら、それは三年にも縮まったかもしれない。ただ、いずれにしても一生水商売をやっていくタイプではない、と思っていました」

「彼女は中国人窃盗団などから盗品を買いとる仕事をしていました。かなり大がかりな組織だと思われます」

鮫島はいった。関口は悲しそうな顔をした。

「そちらの方がより稼げると考えたのかもしれないな。あるいは……」

「あるいは？」

鮫島は訊ねた。

「大きなビジネスチャンスを感じたのか。弁護士にならなくても、それでやっていこうと思えるくらいの」

「そういう野心をもっている女性だったのですか」

関口は頷いた。

「野心がなければ努力はつづけられない。ことに女性はそうです。恋愛をすると野心よりも目先の男性の歓心を得ることの方が重要になってしまう女性がどれほど多いか。男と女の最も大きなちがいはそこにある。女にとって、事業と恋愛は、ときに同じ重さをもつ。男はそれがない。おそらく男は性欲が満たされることで、あるていど恋愛の欠落を補えるからでしょう。性欲を満たしてさえいれば、野心を燃やし事業に邁進していける。だからこそ、銀座のような街が存在するのです」

「呉明蘭は、恋愛に溺れて野心を失うタイプではない、ということですね」

「もちろん絶対にそうだとは断言できませんが。私の考える彼女は、百万やるから愛人になれ、といわれるより、五十万でビジネスパートナーになってくれといわれるのを望む女性です。そういう意味では、ホステスとしてではなく、人間として女性として自分を評価してくれるような男性にまだ会ったことがない、という印象でした」

鮫島は考えこんだ。古尾明子に対するイメージが変化していた。当初は、仙田の愛人でいながら、稜知会の石崎とも通じた、節操のない女、と考えていた。そんな女のために仙田は危険をおかし、鮫島を殺そうとした。そこに仙田のこれまでにはなかった弱さを感じた。

だが仙田は、あの歩道橋で古尾明子とは愛人関係ではなかったといい、さらに石崎と古尾明子の仲も知っていた。つまり、古尾明子のすべてを受け入れつつも、男女の関係ではなかったのだ。

それを古尾明子の立場から見れば、石崎との関係は裏切りではない。

「関口さんのお話をうかがっていて思ったのは、彼女が犯罪に手を染めたのは、むしろ金のためではなく、自分を誰かに評価されたかったのかもしれない、ということです」

「これもまた、水商売の世界では少なくない話です。事業で成功した男性が、夜の店で知りあった女性を気に入り、容姿だけでなく性格や能力も信頼できると考えて、ホステスをやめさせ、自分の事業の一部を任せたり、新事業の資金をだしてやったりする。惚れた欲目という奴で、少し頭の回転がよかったり、如才ない接客ができるというだけで、昼の商売にも才能があると思いこんでしまうのですな。もちろん中にはそういう子もいるが、たいていは失敗する。それは当然です。人から与えられたチャンスや資金には、どこか甘えがある。同じ五百万でも、歯をくいしばって何年もかけてためたお金と、ある日ぽんと渡されたお金では、まるで価値がちがいますからね」

鮫島は頷いた。関口は訊ねた。

「彼女は、その、犯罪の世界ではどうだったのですか」

「それなりに仕事をこなしていたようです。はっきりとはつかんでいませんが。ただ不思議なのは、彼女にその仕事を紹介した男、殺人未遂事件を起こした男ですが、その男とは愛人関係ではなかったようなのです。かわりに、おそらくは仕事で知りあったであろう、広域暴力団の人間と交際していた」

「やくざ者と、ですか」

関口は意外そうな顔をした。

「ええ。そのやくざはベンツを彼女に与えていました」

「意外だな。やくざ者に惹かれるような子ではないと思ったが」

「やくざといっても、経済やくざで、切った張ったのタイプではないようですが」

「なるほど。だとすれば、より大きな評価を与えてくれると、そのやくざ者のことを思ったのかもしれません」

関口はいった。

「より大きな評価?」

「そうです。もっと大きな仕事、大きな会社を任せてやる、といわれたか」

大きな仕事とは何だろうか。考え、鮫島は気づいた。泥棒市場を稜知会が乗っとろうとしていたら。仙田は当然、抵抗するだろう。だがいくら仙田が抜け目のない男でも、稜知会という大組織がその気になれば、乗っとりを阻むのは困難だ。ただ、仙田が確立したビジネスのノウハウまで失われてしまっては、乗っとる意味がない。それを稜知会に提供するのが、古尾明子だったのではないか。

そのことに気づき、仙田は追いつめられた。築きあげた泥棒市場も、育てあげた鑑定人である古尾明子も、仙田は稜知会に奪われようとしているのだ。

さらにそこへ鮫島が現われた。仙田であっても、さすがに冷静さを失った。そして鮫島を殺そうとした。

だがこれは筋が通らない。鮫島を殺したとしても、警察の追及はそれでかわせるかもしれないが、稜知会の乗っとりを防ぐことはできない。実際、仙田のみが今は危うくなっている状況だ。殺すなら石崎を殺した方が効果的なのだ。その考えに思いいたらない仙田ではない。

そのときだった。鮫島の脳裡に、本庁での会議から戻ってきた桃井の言葉が、稲妻のようによみがえった。

――香田さんはこう、いわれた。アナログな捜査法で対処できないのがデジタル化した現在の組織犯罪だ。だからといって全警察の捜査法をデジタル化するのは容易ではないし、またそれに不向きな捜査員もおおぜいいる。ならば発想の転換をして、組織犯罪をもう一度アナログの世界に戻してしまえばよい、と。いってみれば、犯罪における攘夷運動だと。

鮫島は思わず立ちあがった。なぜ香田が、石崎および稜知会への捜査を阻んだのか、わかったような気がする。

仙田はそれに気づいていたのか。いや、気づいていなかったとしても、今はまだ仙田イコール泥棒市場というとらえかたを警察がしている以上、事件は必要だったのだ。

鮫島は関口を見おろした。わずかに驚いたような顔で、関口は鮫島を見返した。

「実に重要で、参考になるお話でした。感謝します！」

鮫島は頭を下げ、カフェテラスをとびだした。

23

「我々は仙田に踊らされたんです。仙田は初めから私を殺す気などなかった。奴の狙いは、泥棒市場への警察の関心を高めることにあったんです。そのために私の前に現われた。藪を撃ったのは、奴にとっても誤算でした。銃を見せつけ、脅迫をすれば、私がより本気になり、さらに多くの捜査員が動員されるだろうと踏んであんな真似をしたんです」

鮫島はいった。時刻は午後十一時を過ぎていて、そこは桃井の自宅だった。神奈川との県境である多摩川に近い、大田区の住宅密集地域に、桃井の自宅はあった。二十坪ほどの戸建住宅で、周囲はひっそりとしている。ときおり、近くを走る東急多摩川線の電車の音と犬の鳴き声が表から聞こえるだけだ。

二階家だが、二階はほとんど使っていない、と桃井はいった。十数年前に家族を一度に交通事故で失って以来、桃井はこの家でひとりで暮らしている。

停年になったらゆっくり二階の整理をするつもりだ、子供部屋もあるのでね、そう寂しげに笑ったことがある。ここを鮫島が訪れるのは初めてではないが、新宿署に配属になってからまだ三度目だった。桃井は、自宅を他人が訪れるのを喜ばない。

緊急に二人だけで話したいことがある、と鮫島が電話で告げたので、帰宅していた桃井が来訪をうけいれたのだ。

一階は二人用の小さなテーブルのおかれたダイニングと六畳ほどの和室があるだけだ。和室にはベッドとひとりがけのソファがおかれ、畳の上にうずたかく本や書類が積みあげられている。

鮫島と桃井は、小さなダイニングテーブルで向かいあっていた。二人の手もとにはインスタントコーヒーの入ったカップがある。

「理由は?」

「稜知会です。仙田は、稜知会が泥棒市場に深くかかわっていることを嗅ぎつければ、警察は本腰を入れて捜査にかかるだろうと踏んでいた。警察庁は稜知会の撲滅を最重要課題のひとつに掲げています。当然、稜知会もそれは知っている。自分が警察に追われ、泥棒市場に対する本格的な捜査が始まれば、稜知会は泥棒市場から撤退する、と仙田は考えたのでしょう。しかしこれも、奴の誤算でした」

「稜知会は手をひく気がない、というのかね?」

桃井は訊ねた。署に着てくるような白いワイシャツの上に茶のカーディガンを羽織っている。スラックスも、以前はスーツとして着ていたものの古着だった。

「それはわかりません。ただ警察は稜知会に対する攻めを強めなかった。本庁の組対は、というべきでしょうが。香田は、仙田の襲撃は、私に対する怨恨が動機だと断定し、市場を動かしているのは中国人だといいました。稜知会のかかわりについてはさすがに全否定はしませんでしたが、広域暴力団のシノギの末端にすぎない、という見かたを示しました。ただしそれは香田の真意ではない、と私は思っています」

「整理しよう。泥棒市場に、必要以上は排除したいという仙田の意思とは裏腹に稜知が入りこんできている。その先頭にいるのが石崎謙一で、市場側で石崎とつながっているのが古尾明子、本名を呉明蘭という中国人の女。石崎と呉が愛人関係になった結果、稜知会による市場への侵食が進み、仙田は危機感をつのらせた。そこまでは確かだな」

「はい。仙田は呉に対し、恋愛感情を抱いているが、過去の苦い経験からそれを抑えていた。ところがその呉と石崎が親しくなった。呉は、中国人窃盗グループなどから盗品を買いあげるバイヤーで、盗品の鑑定、値づけなどの仕事をしているようです。彼女は中国人なので言葉がわかるという強みがある。おそらく稜知会とのかかわりは、買いとった盗品の売り先としてでしょう。稜知の傘下にはブランド品のディスカウントショップなどがあり、全国にそれらの商品を流通させる力ももっています。さらにこれは私の想像ですが、盗品の中には貴金属類以外に換金の難しい有価証券などが含まれている筈で、それらを足のつかない方法で現金化するには稜知のような組織力が必要です。中国人窃盗団が株券などをもちこんでも、どこも買いとるところはないでしょうから」

「なるほど。それに盗難車輛もある。盗んだ車を国外で捌くには、ロシア人組織とのパイプが必要だ」

「それは仙田自身がおこなっていたと思います。しかし仙田がいなくなっても、ロシアマフィアとパイプのある暴力団を通せば可能です。仙田が作りあげたのはシステムで、現場のノウハウをもった呉などのスタッフをそっくり手に入れられるなら、仙田を排除しても泥棒市場が崩壊してしまうことはない」

「稜知がそれを企てていると？」

「実際に進行していたかどうかはともかく、いつ乗っとりがおこなわれてもおかしくない状況だと思います。あるいはそう考えざるをえない立場に、仙田は追いまれていた。というのも、呉明蘭に対する私の監視に、なぜ仙田が気づいたのかを考えると、仙田自身が呉の行動に不安を抱いて監視をおこなっていたからだという答になるのです」

「すると仙田は、君、つまり警察が市場に捜査をかけようとしているのを知り、それを逆手にとって稜知会を排除しようとしたというのかね」

「そうです。もし私を殺して捜査の目を逃れようとするなら、仙田自身が危ない橋を渡る必要はまったくなかった。金をだせば、いくらでも中国人を雇うことができます。つまり仙田の狙いは、もっと警察の目を惹きつけることにあった。実際に私や藪を傷つける必要はない。銃をもって私の前に現われ、威せばよかった。私は呉が稜知会の石崎と関係があるのを知っている、と仙田に告げました。そのとき仙田は、関係があるという事実にも、それを私が知っているということに対しても驚いたようすを見せなかった。さらには私は、稜知会がかかわっているので本庁組対も動いている、といいました。その時点で仙田は、これ以上の威しは必要ないと悟った筈です。稜知がからんでいるとなれば組対はなだれを打って襲いかかってくるぞ、と実際に私は口にしたのですから。仙田はくやしそうな顔で黙れ、といいましたが演技だったんです。ところが直後に通行人の集団が現われ、藪がとびかかった」

「事故だというのか」

「ある意味、仙田にとっては事故でしょう。本気で私を殺したいなら、大量殺人になった可能性はあるが、そうできたからです」

桃井は顎をひき、中空を見つめた。

「君が私に話したかったのはそのことか」

「いえ。組対、もっといえば香田の考えです」

桃井は鮫島に目を向けた。無言で次の言葉を待っていた。鮫島は吐きだした。

「香田は稜知会と組んでいます」

桃井はわずかに眉をひそめた。が、何もいわなかった。

「それは香田がコロされているとかそういうことではありません。香田の目的は、外国人犯罪者、それも組織を形成している者の排除です。泥棒市場には、多くの外国人犯罪集団が関係している。市場のシステムを作ったのが仙田なのですから、それは当然です。過去、仙田はイラン人やコロンビア人などの不良外国人を日本で組織化していました。仙田の中には、日本と日本人に対する不信感、あるいは絶望があるのです」

「サクラだったから、か」

鮫島は頷いた。

「優れた公安スパイであったがゆえに、仙田は日本国内で働く場所を失い、南米へともっていかれました。そこで奴は、国家という存在への忠誠心を失った。あくまで想像でしかありませんが、当時の南米は、自由主義陣営と共産陣営が、コカインの利権をめぐって激しい戦いをくり広げていた。そこでは単純な善悪の概念は通用しない。仙田は身分を偽り、命がけの工作活動に従事し、結果、日本人警察官としてのアイデンティティを失ったか、自ら放棄した。スパイはたった一本の糸で国家とつながり、その先であらゆる背信行為をとらなければならない。そのことに嫌けがさし、その一本の糸を断ち切れば、残るのはただの犯罪者です。だが仙田はそうして生きる道を選んだのだと私は思っています」

「香田さんの目的は？」

「泥棒市場を稜知会に乗っとらせる。その結果、外国人犯罪集団の動きを把握できるようになる。必要ならその連中を排除することも可能だ。外国人犯罪集団にとってのシノギは、すべて市場とつながっています。市場を潰せば、犯罪集団は分散し、かつてのような場当たり的な犯行をくり返すだけです。しかし市場を残し、稜知会にコントロールさせれば、確実に動向を把握し、情報を得ることができる。仙田にはそういった協力は望めないが、稜知なら可能だ。稜知と警察には、表面上は戦い、しかし実際は共存してきた歴史があります」

桃井は黙っていた。冷えてしまったコーヒーをすすり、煙草に火をつけた。

鮫島も煙草をくわえた。

「私が香田に面会を強要し、奴は十分だけ、帝国ホテルで会いました。そのときロビーの隅に沼尻さんがいました」

桃井の顔がわずかに動いた。

「本庁での合同会議では見かけなかった」

「沼尻さんなら稜知とのパイプ役ができます」

「稜知の専門家だからな」

桃井は低い声でつぶやいた。

「香田は本気で、『毒をもって毒を制す』というやり方を考えているのだと思います」

「もしそうなら、仙田はどうする?」

「わかりません。仙田にとって問題は複雑です。呉明蘭がいるからです。呉がいなければ、市場などほうりだして、自ら作ったシステムを叩き壊そうとするかもしれません。しかしそれをすれば呉はいき場を失い、最悪の場合、稜知会に処分されてしまう。呉だけを傷つけず、稜知会と警察を市場から排除するのは不可能に近い手術です」

桃井は息を吐いた。

「近いうちに仙田は気づくな」

「まちがいなく。奴は警察の動向に神経を尖らせているでしょうから。今回のことは結局、稜知を排除するどころか、奴をより苦しい立場へと追いこむ結果にしかならなかった」

「孤独だな、仙田も」

桃井はぽつりといった。

「ええ」

鮫島は答えた。二人は黙りこんだ。

踏切が鳴るカンカンという音が遠くから聞こえた。あたりは静まりかえっている。

桃井が咳ばらいした。

「二階には人を入れたくないと長いこと思ってきた。もちろん感傷もあるが、それ以上に、もう二度とはとり戻せない世界が、人が入ることによってそれだけ早く色あせてしまうような気がしてしかたがなかった。誰に迷惑をかけるわけじゃない。私が、私の失ってしまった世界のかけらを大切にとっておくのは、責められるようなことではない筈だ」

「その通りです」

鮫島は低い声でいった。桃井は鮫島を見た。まるで今、そこにいるのに気づいたというような目つきだった。

「奇妙だが、仙田に同情を感じる。奴は、とっておきたいようなかけらももっていない」

「私は――」

いって、鮫島は息を大きく吸いこんだ。

「仙田を逮捕したい、と強く思っています。しかしその結果、泥棒市場が稜知会の傘下に入り、警察のコントロールをうけるようなことになってはならない」

「なぜかね」

「それは、法の公正に反する行為だと思うからです。警察が犯罪を撲滅するために別の犯罪者の手を借りる。そのときはたとえうまく機能しても、その後必ず齟齬《そご》が生まれます。そうしたとき、警察のとる態度はふたつにひとつです。妥協するか裏切る。協力を得た犯罪者に関してはあるていどまで目をつぶって大目に見るか、必要がなくなったとたんに掌をかえして協力した者まで逮捕する。初めの方は、法に対する裏切りであり、あとの方は、正義に対する裏切りです。どちらもあってはならない。法が、司法機関によって都合よく利用されるのを許せば、それは法ではありません」

桃井は吸いさしを灰皿に押しつけた。

「やめさせられると思うかね」

「わかりません。簡単ではないと思います。おそらく香田も命がけでしょう。人間としても警察官としても」

桃井は目を閉じた。

「たぶん、君の考えはまちがっていない。その思いも。だが香田さんの作戦を止めるのは容易ではないな。本庁内にどこまでの理解者がいるかによるが」

「もし刑事部長にまで話が通っているとすれば、内部の力でそれを止めるのはかなり難しいでしょう」

鮫島はいった。桃井は目を開いた。

「外部の力では？　たとえば法務省、あるいはマスコミに訴えるという手段で」

「法務省がこの件に関して動くとすれば、マスコミで問題化されたときです。そうなれば処分者が必ずでます。すべてが公になってしまったら――」

鮫島は言葉を切った。

「香田さんは警察にいられなくなるな。が、その手前で君がマスコミにリークしようとしていることがわかれば、先に君がほうりだされる。最悪の場合……」

いいかけ桃井はやめた。二人は目を合わせた。鮫島はいった。

「私が香田ならそうします。香田は私ほど冷酷ではないかもしれませんが」

鮫島という人間を消せばよいのだ。稜知会には、それを簡単におこなえるだけの力がある。

「君はしない。おそらく香田さんも。だがそれ以前に――」

鮫島は頷いた。

「私もマスコミの力を借りて同じ警察官を糾弾するような真似はしたくありません。それをしたら警察にいられなくなる」

「香田さんとまた話すのか」

「その前に沼尻さんと話そうと思っています。私のこの考えがまちがっていないかを確かめる必要があります」

「しかしそれをすれば当然、香田さんに伝わる」

鮫島は桃井の目を見た。

「そのことで彼が考えをかえてくれればよいのですが」

「もはやかえられない立場にいたらどうする？　作戦そのものが本庁刑事部の了解事項だったら」

鮫島は黙った。

「――やめるのか、警察官を」

「そうなるかもしれません。私が自らやめれば、それは外部への働きかけもある、と上は考えるでしょうから」

「その結果、殺し屋が飛ぶかもしれん」

鮫島は頷いた。この日本にいる限り、稜知会が本気で的にかければ、生き残るのは不可能だろう。

「そこまで自分を賭けるほどの価値があることなのか。職を賭け、命を賭けるほど」

鮫島は首をふり、苦笑した。

「正直いって、わかりません。しかし法の公正を信じなければ、警察官はただの権力者か、その番人でしかない。自分がそうなるのは、ちょっとうけいれられない、という気がします」

「気づかなければよかった、と思わないか」

「思います。それは心底」

鮫島は答えた。香田への悲しみと怒りとともに、それは本心だった。

24

「沼尻さん」

鮫島が声をかけると、沼尻は足を止めふり返った。わずかに驚いたような表情を浮かべた。地下鉄日比谷線の人形町駅の構内だった。

墨田区に自宅のある沼尻は、日比谷線と京成押上線を乗り継いで通勤している。それを調べた鮫島は、乗り換え駅である人形町で沼尻を待ち伏せたのだった。

　沼尻は、一見ベテランのマル暴担当とは思えないような細身の体つきをしている。長身で、鮫島よりもさらに五センチ近く高いが、痩せて尖った印象だ。だが空手と柔道の有段者で、三人のやくざ者を一瞬で叩き伏せたという〝伝説〟があった。

　沼尻は無言で鮫島を見つめた。午後七時を二十分ほど回った時刻だ。

「先日、帝国ホテルでお見かけしました」

　鮫島はいった。沼尻はスーツの肩から吊るしたショルダーバッグを抱え直した。

「三十分ほどお時間をいただけませんか。お話ししたいことがあります」

　沼尻はわずかに首をふった。

「悪いが、嫁が風邪気味でしてね。今日は早く帰るといってあるんです」

「ならば十分でけっこうです。私と会ったこと話したことを、もちろん香田理事官にお話しされてもかまいません」

「別にあなたと話すことはないと思いますがね」

「じゃあお耳に入れるだけでいい。同じ電車で隣に立って話してもいいんです」

「何の件です」

「稜知です」

「そういうことなら本社にきて話して下さい」

「名指しでうかがってはかえってご迷惑になると思っているのですが」

　沼尻は瞬きした。一切の表情を消している。

「わかりました」

頷き、歩きだした。二人は改札をでて、人形町のカフェバーに入った。

「家に電話を一本、入れます」

沼尻はいって席を立った。店の外にでて携帯電話を使い、三十秒ほどで戻ってきた。二人は生ビールを注文した。

沼尻は鮫島より年上で、四十七になる筈だった。運ばれてきた生ビールで口を湿らせると、鮫島を見つめた。

「何でしょう」

「香田理事官は、稜知会の誰と話を進めているのですか」

「何のことです？」

「泥棒市場です。香田さんは市場を稜知の管理下におかせようと考えておられる。仙田がいなくなればそれはあっというまにおこなわれる筈だ。それに関する申しあわせは、沼尻さんが間に立たれたのではありませんか」

「まったく意味がわかりませんね。泥棒市場って何ですか」

沼尻は首をふった。

「仙田という、先日、新宿署の鑑識係を撃った日系ブラジル人を称する男が率いている、盗品の故買市場です。稜知の石崎謙一はその市場に深くかかわっています」

「石崎の名は知っていますが、仙田という男の話は初耳だ」

表情をまるでかえることなく、沼尻はいいはなった。

「そうですか。香田さんはご存知です」

「ならば理事官に訊いておきます。じゃ、これで――」

沼尻は腰を浮かせた。

「仙田が元サクラだというのも、じゃあご存知なかったわけですね」

沼尻はふり返った。

「何ですって？」

「サクラです。公安《ハム》の秘密部隊の。その後南米にいき、ＣＩＡの工作にかかわっていたこともある。そうか、香田さんは元公安だからな。その件については口が固かったか」

今になって気づいたように鮫島はいってみせた。

沼尻はまじまじと鮫島を見つめた。

「妙なことをいうじゃないですか」

「ガセじゃありません。ご存知でしょうが、新宿の人間が撃たれたとき、私はその場にいて仙田と話したんです」

「だったらなぜつかまえなかったんです」

「後悔していますよ。だから今も必死になって仙田を追っている。しかし仙田につながる唯一の線だった石崎に、香田さんは手をだすなといわれた」

「理事官の考えが私にわかるわけがない」

沼尻は鮫島を見つめた。

「香田さんは、仙田をかばいたいのではないかと私は思っているんです。元公安ですから。そのために石崎へのラインを切った。表向きは市場の管理を稜知に任せる、という名目で」

沼尻の目が鋭くなった。が、何もいわなかった。鮫島はつづけた。

「香田さんが直接、稜知の人間と会ったとすれば立派だが、そこまで自分を汚さないでしょう。あいだに誰かを立てた筈だ。しかしその人は、本来の目的とはちがう理由を香田さんから聞かされていたかもしれない。それをちょっと懸念したんです」

「その仙田という人物がサクラだという証拠はあるのですか」

沼尻が訊ねた。

「七年前、新宿署は一度、奴の指紋《モン》を採取しています。奴がイラン人を組織して、今より小規模な故買市場をやっていたのをつきとめたからです。逮捕にはいたらなかったが、そのときの記録は当然、指紋センターに残っている筈だった。ところがセンターのファイルには、それがない。つまり意図的に消されたわけです。もちろん実際には指紋データは消されたわけではなく、ＦＩＳの裏ファイルにしまいこまれたのでしょうが」

沼尻は息を吐いた。

「それは本当に確かな話なのでしょうね」

「確かですよ。そのことをつきとめてくれたのが、撃たれた新宿の鑑識係なのですから」

ビアグラスをつかんだ沼尻の手に力がこもるのを鮫島は見つめた。

「公安には公安の仲間意識がある。だがそれをもってきて、現役を撃った奴の逃亡を手助けされてはたまらない」

沼尻は鮫島を見た。

「あなただって元公安だ」

「向かなかったから飛ばされたんです。噂くらいはお聞きになったことがあるでしょう」

沼尻は黙った。やがてビールを飲み、いった。

「理事官と同年次だと聞いています」

「そうです。でも今は互いに遠いところにいる」

「理事官は――」

いいかけ、沼尻はやめた。

「名前だけでけっこうです。あなたがつないだ人物の名を教えて下さい」

鮫島はいった。沼尻は表情をひきしめた。

「あの人は本気だと私は信じています。本気で、外国人のプロを叩きだしたいんです。公安の問題は関係ない。もしそんな古巣への気がねがあるのなら、組対に自らくることはなかった筈だ」

「それには稜知の手を借りてでも、ですか」

沼尻は険しい顔で鮫島を見た。

「手を借りるわけではない。利用するだけです」

「じゃあ訊きますが、稜知はそんなに甘い相手ですか。利用するだけして、いらなくなったらさっと手を切る。そんなことができますか。あなたは専門家だから知っている筈だ」

沼尻は激しく瞬きした。それが沼尻の本音を表わしている、と鮫島は思った。

「命がけでしょう。奴らが折れるか、こっちが折られるか。ただひとついえるのは、奴らとは長く向きあってきた歴史があって、奴らもそのことをわかっている。いってみればこれはがっぷり四つの戦いで、押し合うときはあっても、どちらかを土俵の外に投げだすまでにはいたらなかった。その状況は、今回の事案があったとしてもかわらない」

「土俵の中をまずきれいなものにする。バトルロイヤルではなく、一対一の戦いに戻す、そういうことですか」

沼尻は小さく頷いた。

「それがうまくいかなかったときのことを考えたことは？」

鮫島が訊ねると沼尻の瞬きが止まった。正面から見すえ、いった。

「外国人力士との戦いでは、我々の足はもう徳俵にかかっているんです。そいつを押し返すには、どんなものでも利用するしかない。何があろうと、今より悪くなることはないと私は思っています」

「するとこれは香田さんひとりの考えなのですか」

鮫島は驚いて訊ねた。

「上のことは私にはわからない。ですが私は香田さんの意気に感じて、お手伝いをした。それを後悔はしていない。あなたが邪魔をするなら、私たちの敵になる」

「その私たちの中には、稜知も入っているのですか」

沼尻は答えなかった。

25

沼尻と別れ、野方に帰ってきた鮫島は、アパートの二〇メートルほど手前で立ち止まった。あきらかに覆面パトカーとわかる車が二台、アパートの近くに止まっている。

香田だと直感した。沼尻は家に電話するといったが、香田に知らせたのだ。今ごろはカフェバーでのやりとりもすべて香田の耳に入っているだろう。

鮫島は再び歩きだした。手前に止まっている面パトには二人の人間が乗っていて、アパートに近いほうは運転手がひとりいるだけだ。

アパートの入口近くに香田がもうひとりの部下と立っていた。香田が連れているのは、香田とともに組対に移ってきた、元外事一課の井端《いばた》という警部補だった。井端はずんぐりとした体つきの、いつも眠たげな顔をした男で、噂ではその外見に惑わされると痛い目にあうということだった。

香田はほんの数日前に帝国ホテルで会ったときよりさらに顔に険しさが加わっていた。頬が以前よりこけ、目もとに隈ができている。薄いコートのポケットに両手をさしいれ、ひどく鋭い目つきで鮫島が歩みよってくるのを見つめていた。

「乗れ」

香田は短くいって、面パトに顎をしゃくった。鮫島は香田を見返した。

「どこへ連れていくんだ？」

わざとほがらかな口調で訊ねた。

「いいから乗れ！　お前に話すことなんかないが、ちょろちょろしやがって目障りなんだよ」

香田は低いが激しい口調でいった。井端が驚いたように香田の顔をうかがった。

「そんな、急にそんないいかたをしたのじゃ、鮫島さんも困っちまいますよ。ねえ」

同意を求めるように鮫島を見る。鮫島は苦笑した。

「話がしたいのなら、うちにあがれよ。散らかってはいるが、コーヒーくらいならだせる」

「どうします、理事官」

「こいつのいれたコーヒーなんか飲みたくないね。姑息な真似をしやがって」

「ほら、理事官。そんなにかっかしちゃ話にならないですよ。同じ職場どうし、もっと仲よくやりましょうや」

とりなすように井端がいう。香田は進みでた。

「何のつもりなんだ、鮫島。こちらは命がけでやってるんだ。嫌がらせのつもりか？　わけのわからん威しをうちの人間に入れて」

「俺も真剣にやってる。藪は大切な友人だ。そいつを撃った奴を一日も早くパクりたい」

「そのことと沼尻に威しを入れるのにどんな関係がある。野郎が元サクラだとか、下らん与太話を並べやがって」

怒りに燃えた目で鮫島の顔をのぞきこんだ。

「与太話じゃない、説明してやる。うちに入れ」

鮫島はアパートの玄関に顎をしゃくった。

「断わる。きたない手を使うお前のことだ。テープにでも録る気だろう」

吐きだすように香田はいった。

「おいおい、そういうのは元公安のあんたらのお家芸だろう。マルBやしゃぶ中を相手にしているような俺たちがそんな面倒をやると思うか」

香田は首をふった。

「駄目だ、お前は信用できない。こっちの車に乗れ」

「悪いがそれはできんな。どうやらあんたは頭に血が昇っているようだ。そっちの用意した車のほうが信用できん」

鮫島と香田はにらみあった。

「お二人とも、まあまあ。どちらも上級試験にうかった秀才さんじゃないすか。そんなやくざ者みたいな威しあいは似合いませんよ」

井端が間に入った。

「じゃ、こうしましょうよ、鮫島さん。私がそこの面パトを運転する。中での会話は口にチャックだ。お二人がうしろで話をして、終わったらまたここに送り届けるというのはどうです？　あっちのお供は帰しますから」

もう一台の面パトをふり返っていった。

「どうですか、理事官」

香田は無言だ。猿芝居だった。井端はおためごかしを演じている。だが話をつづけるにはこれに乗るしかない。鮫島の自宅では、香田は決して核心に触れる会話はしないだろう。

「そうさせてもらおうか」

鮫島がいうと、井端は大きく頷いて、面パトに手をふった。

運転手が降りてきて、井端に歩みよった。

二人きりになると香田がいった。

「お前みたいな奴、もっと早くにどこかへ吹っ飛ばしておくべきだった」

「なぜそんなに俺を目の敵にする？　今じゃあんたの方がはるかに上だ」

「お前のその安い正義感が嫌いなんだよ。もっと大所高所からものを考えろ」

「そのあげくが稜知会か」

打ち合わせを終え、井端が戻ってきた。

「連中は帰ります。残ったのは私ら三人だけです。どうです」

離れていた面パトが走りだした。新青梅街道に合流する道へと赤い尾灯が消えるのを鮫島は見届けた。

「さっ」

井端が黒塗りのクラウンの後部席のドアを開け、うながした。鮫島は無言で乗りこんだ。香田が反対側から乗る。

「とりあえず環七をぐるぐる回らせてもらいます。私は耳に栓、口にチャックですから」

運転席に乗りこんだ井端はいった。クラウンは動き始めた。

香田はふてくされたように前を見つめている。鮫島はいった。

「体は大丈夫なのか、えらく痩せたようだが」

「やかましい！」

香田は大声をだした。

「よぶんな話はいい！　仙田の報告をしろっ」

「いいだろう。沼尻さんにもいったが、七年前、グランドナカノメゾンというマンションに仙田は住んでいた。当時、遠藤ユカという同居人がいて、俺は何度か彼女に会った。仙田は南米に長くいたが、本人が一時期称していたような日系ブラジル人ではなく、日本人だというのは、遠藤ユカの話からも明らかだ。そのときは仙田に逮捕状をとるだけの証拠を集められず、国外へ飛ばれてしまった。だが将来のこともあるので、仙田の遺留指紋を採取して、センターに記録した。その時点ではＦＩＳにヒットせず、俺は前歴がないのだろうとしか考えなかった。この間の事件の前、俺は奴と直接会って話をしたことが一度だけある。あんたも覚えているだろうが、新宿のホテルに住んでいたブライドが殺されたときの一件だ」

かたくなだった香田の表情が動いた。が、何もいわなかった。

「あのときは外一がでてきて現場をおさえた。マル害のブライドが元ＣＩＡだったからだ。そのことを俺に教えたのが仙田だ。しかも仙田は、引退したブライドが日本でコカインビジネスに触っていたことも教えた。なぜそんなことを知っているんだと訊ねると、南米でＣＩＡを手伝ったのだと答えた」

「そんな話を信じたのか。自分がＣＩＡだという奴に本物のＣＩＡがいるか」

「奴は自分がCIAだったとはいわなかった。使い走りをおおせつかったといったんだ。CIAの正局員が直接カルテルの人間と取引をするわけにはいかないから、とな」

香田の目が鮫島を見た。

「あんたなら俺よりそのあたりには詳しい筈だ。奴のセリフには信憑性がある。俺は初め、仙田は七〇年代の活動家崩れで、日本にいられなくなって南米に逃げたのではないかと疑った。もしそうなら、古い逮捕記録をあたれば、奴の紋が残っているかもしれん。センターに登録されているのは比較的最近のデータなので、ヒットしなかったのはそのせいだったのじゃないか。そこで、今はCファイルに入っている筈の、グランドナカノメゾンでとった仙田の紋を古い記録と照合してもらおうと考えた」

「そんな面倒な仕事、誰が引きうける」

香田は吐きだした。

「確かにたいへんな仕事だ。だがあんたは知らないかもしれんが、そういう細かくて面倒な仕事を黙々とやる人間が、まだ警察にはいて、そういう人たちに現場の捜査員は助けられているんだ」

「偉そうにいうな。で？」

「Cファイルから仙田の遺留指紋は消されていた」

「馬鹿な」

「実際はそうじゃなかったと思う。最初の照合で仙田の紋は、FISのデータにヒットした。だが、その人物についてはガードがかかっていた。そこでセンターは該当者がなかったことにして、さらに今後のことも考え、遺留指紋そのもののデータを消去した」

「妄想だな」

「本当にそう思うか。ＦＩＳは警察庁の刑事局だ。あんたならそれについて可能性があるかどうか確かめることができる筈だ」

「必要ない。遺留指紋が不完全だったのでデータとして残さなかっただけだろう。そう考える方がつじつまが合う。ＣＩＡだの何だのをもちださなくとも」

「いいだろう。そう考えるのはあんたの自由だ。だが俺が口からでまかせを沼尻さんにいったのじゃないことはこれでわかった筈だ」

「お前は新宿の歩道橋で仙田と会ったのだろうが。そのときなぜつかまえなかった」

鮫島は香田を見た。嫌みをいっている口調ではなかった。

「奴は、俺と藪がまさに奴のそういう話をしているときにすぐそばまできていた。変装し、銃をもってな。ＳＯＣＯＭという、米軍の特殊部隊用に開発された消音拳銃だった。そして、俺と藪の話にいきなり割りこんできたんだ。『みごとな分析だ』といってな」

香田は眉をひそめ鮫島を見返した。が、何もいわなかった。

「そのとき奴は、はっきり俺を殺しにきた、といった。本当ならうしろから俺を撃ってひきあげるつもりだったが、奴が元サクラだという藪の分析を聞いているうちに、つい声をかけてしまった、と」

「丸腰だったのか、そのとき」

「俺も藪も丸腰だ。話が話なので、署をでたほんのすぐ近くにいたんだ。奴は、古尾明子、本名呉明蘭が、奴の泥棒市場で働いていることを認め、さらに稜知会の石崎謙一と男女の仲になっているのも知っていた」

香田は無言だった。

「にもかかわらず、俺を殺せば、呉明蘭を救えると信じているようなことをいった。だから俺は、本庁組対もそれについて知っていて、稜知会がからんでいる以上、逃れられないといったんだ」

香田は顎をわずかに引いた。

「そのとき通行人の一団が通りかかり、奴の注意がそれた。藪が仙田にとびかかり、撃たれた」

「お前は加勢しなかったのか」

「しようとした。だが藪が撃たれたのに気づいて動転した。さらに通行人が巻き添えになるのも心配だった。結局、仙田は俺を撃たずにその場から逃げた」

「お前がもっていれば、藪は撃たれずにすんだ」

「かもしれん。だが俺を殺しにきたという奴のセリフは威しだった、と俺は思っている」

「なぜだ」

「奴の目的は、稜知会の排除だ。俺を威してたきつければ、本格的な捜査が始まる。もしあのとき俺の口から、石崎や稜知会の話がでなければ、奴は自分からするつもりだったんだ。稜知会がかかわっているとなれば組対が乗りだしてくる。その結果、稜知は手を引く、そう考えた」

「馬鹿ばかしい。稜知が手を引いたところで、仙田は追われるんだ。意味がない」

「奴は呉明蘭を助けたかったのだと思う。あのまま捜査が進めば、呉が唯一の市場側の人間ということになる。だが奴が現われ、石崎の名もでれば、警察はそっちをメインのターゲットにすえると考えたんだ」

「他の男に寝とられた女を助けるためにそんな芝居を打ったというのか」

「奴ならある」

香田は黙った。

「ところが、奴にとっても俺にとっても、誤算となるできごとが起こった。組対は、稜知を捜査対象から外した。そうさせたのはあんただ」

鮫島は告げた。

香田は無言だった。あからさまに嘘とわかるような否定をしないところを、鮫島は香田らしいと思った。高慢で、鼻もちならないエリート主義に毒されている反面、ひどく正直なのだ。公安に長くいても、嘘や裏切りを職務に不可欠な要素として当然のごとくうけいれられずにいる。それは、鮫島も認める香田の美点だった。香田には、その場逃れの嘘をついたり、他人の功績を横どりするような卑劣さがない。なぜなら香田の中には強い正義感があるからだ。同年次で、入庁したときから顔を合わせる機会の多かった鮫島と香田は、早い段階から互いに相容れない性格だというのを感じとっていた。衝突することもあったし、鮫島がキャリアの階段を〝落ちこぼれて〟からは、ことあるごとに香田は鮫島に厳しい言葉を浴びせてきた。が、そこにあるのが、単なる侮蔑の意識だけでないことを鮫島は知っていた。

香田もまた警察という巨大組織の抱える矛盾に気づいているのだ。そして、その不公正さに対して、鮫島とはちがう形の怒りを抱いている。

それが証明されたのが、元ＣＩＡのプライド殺しをめぐる一件で、鮫島が警察官僚出身の国会議員、京山文栄の現役時代の秘密工作を暴いたときだった。

京山を傷つけまいとした警視庁公安部は、鮫島の警察官としての職務権限を停止し、身柄を拘束しようとした。そのとき、刑事部長に公安部の動きを知らせ、鮫島を〝救った〟のが香田だった。どのような手段を使ったのかはわからないが、そうしたのが香田であると知るのは鮫島しかいない。その直後、鮫島の携帯電話にかけてきた香田はいった。

――お前だけが、お前の信じる警察官だけが、この警視庁に必要な警察官じゃない。わかったか。

鮫島が答えずにいると、香田は再度、激しい口調でわかったか、と念を押した。そこには、鮫島に理解されないことへのいらだちがこもっていた。

それはとりも直さず、香田もまた、今の警視庁のありように対し、強い疑問を抱いている証拠だった。

鮫島のおかれた立場、その結果とってきた行動、そこに一定の理解をもちながら、決して肯定はしない、香田の矛盾は、何よりも正義感からきているのだ。

鮫島もまた、香田を好もしいと感じたことはない。が、いかなる職業、立場の人間であろうと、〝今あるこの場所〟に立つために重ねてきた努力や忍耐を自覚する者には、共通の連帯感のような感情が存在する。キャリアと呼ばれるひと握りのエリートがそれを誇示するのは、ひどく鼻もちならない行為ではあるが、香田が自分に対してそれを感じていることに不快感はなかった。

ブライド殺しの捜査では、鮫島と香田は人目を避け、秘かに何度か会って情報交換をした。そのとき、いわれたことがある。

――俺は昔からお前が気にいらなかった。虫が好かないって奴だ。だがお前が俺と同じくらいの努力をしていたのだろうとは思っている。そいつをもったいないと感じているだけだ。

香田が口を開いた。

「お前が俺を責めるだろうというのはわかっていた。そんなものは痛くもかゆくもないが、お前の安っぽい正義感が、俺のしていることを許さんだろうというのはわかっていた」

「俺の正義感などどうでもいい。大切なのは、あんたがしようとしているのは、法の根幹に対する裏切り行為だということだ」

鮫島はいった。

「何が裏切り行為だ！　法が法として機能しない状況となりつつあるなら、まず法が機能できる環境をとり戻すことが先決だろうが」

香田は激しい口調でいい返した。

「あんたは本当に毒をもって毒を制す、などということができると思っているのか」

「俺が考えているのは、日本という国と日本人に、あるべき力をとり戻させたいということだけだ。このままでは、遠からず外国人犯罪集団が現場の犯罪を支配するようになる。奴らには、日本の法などハナクソほどの効力もない。ヒットアンドアウェイをくり返し、組織としての実体をネットワーク内にしかもたない奴らなど、どうやっても取締るのは不可能なんだ」

香田のいいたいことはわかった。中国人を主とする外国人犯罪集団は、明確な形での集団、組織を形成しない。必要に応じて、小集団の結成、分離をくり返し、頂点を定めたピラミッド型の大組織を生みださない傾向にある。

それはひとつには民族性もあるが、永住を容易には認められない外国人であるがゆえに日本国内に大組織を形成しづらいという理由が一番にある。ために、犯行をくり返し、あるていどの収入を確保しても、警察による追及で氏名、身分が特定されそうになるといったん本国へ帰るなどして、犯歴を〝白紙化〟するという行動がとられる。

犯歴が〝白紙化〟されれば、犯罪者社会における〝業績〟も失われるわけで、グループ内のごく内輪の人間以外には、影響力を行使するのが難しくなる。

どのような組織であろうと、巨大化するためには、頂点の人物のもつ求心力が必要だが、偽造のパスポートを使用するなどして出入国をくり返し、犯歴の〝白紙化〟をすれば、求心力をつけることはできない。それゆえ、百人、あるいは千人といった単位での集団を統率できる大物が生まれにくい環境になっている。

もちろんそのことは、犯罪の規模にある限界を課してはいるのだが、一方で小集団による法則性のない犯罪の頻発につながり、追っても追っても、その実体を確保できない幽霊のような犯人が大量に存在する現実を生みだしている。

実際、外国人犯罪者を追跡することに、現場の警察官は疲れきっている。よほどの累犯者で、しかも手口をかえない、低レベルの犯人でない限りは、まず被疑者の特定、逮捕は不可能に近いというのが、現状なのだ。

さらに、プロ化した高レベルの犯罪者には、情報のネットワークが形成されつつあり、日本国内、国外にいようと、次の犯行の標的や必要な人材の確保は、そのネットワークを通じておこなわれる。ネットワークは、人的なものもあるが、インターネット上におかれている場合もあり、それを日本人の警察官が実態解明するのは困難の極みだ。

言語の壁、民族の壁、国籍の壁、習慣の壁、あらゆるものが捜査にたちふさがる。何より、日本人警察官を恐れていない、その追及をどのようにでもかわせると考える、蔑視した姿勢が、警察官の士気を萎えさせる。

「奴らは、日本の警察をなめきっている。運悪くつかまったところで、余罪の立証は不可能だ。実刑をくらったって、たいして長くもなく、日本の刑務所は、中国の刑務所に比べりゃ天国だ。中国じゃ麻薬の不法所持は、逮捕、即日結審、即日死刑執行もありうるが、日本はその点もぬるい。初犯なら、下手すりゃ執行猶予がついて強制送還で終わり、堂々と別のパスポートで舞い戻ってくる。そんな奴らと、どれだけイタチごっこをしたって、犯罪は増えることこそあれ、減ることなんかない。お前だってそれは嫌というほどわかっている筈だ」

今度は鮫島が沈黙する番だった。

「俺のやろうとしていることが、法的に問題がないとは、ひとつも思っちゃいない。これで手柄を立てて、長に昇ろうなんて、これっぽっちも考えない。いいか、俺は本気で、奴らを締めあげたいんだ。日本の警察はなめきっている奴らでも、稜知の看板には逆らわない。それは、警察とは戦争にならなくとも、稜知とは戦争になるというのを知っているからだ。日本人の警官は自分たちを殺さないが、稜知会は殺すとわかっているからだ。実際、稜知はこれまでにも、何十、何百って中国人を殺してきている。被害者が被害者なだけに、死体があがらなければ、届けをだす人間もいないし、捜査もおこなわれない。だからこそ、稜知は恐れられている。だがその一方で、稜知は、こちらには気をつかう。あたり前だ。奴らは日本人で、この日本に組織の実体があり、家族をもち、食わせている。捕まれば、体裁も悪いし、何より不便でしかたがない。三すくみだ。ならば、稜知を使って、外国人を締めあげるのが、現実的な方策だ」

「そのあとはどうなる？」

「そのあと？」

「稜知が泥棒市場を乗っとり、外国人犯罪集団とその情報をコントロールできるようになったとしよう。そのあとはどうなるんだ？　稜知にだけは目をつぶり、外国人だけを片っ端からアゲるのか。やがて外国人がひとりもいなくなるなんて日が仮りにくるとして、そうしたら稜知会はどうする。掌をかえして、一気に潰しにかかるのか」

「だろうな」

香田は平然といった。

「連中はいうだろう。『約束がちがう』と。『約束？　そんなもの、誰とした？　香田？　奴ならとっくに部署を移っている。そんな権限は今はない。くやしかったら裁判に訴えろ。香田のクビならくれてやる。だが稜知会も叩き潰す』、それが官僚機構というものだ」

鮫島は香田を見つめた。

「本気でそんなことを考えているのか」

「いったろう。俺は命がけだと。たとえいつか稜知にさらわれ、一寸刻み五分試しにされようと、奴らの力を利用して、外国人犯罪集団をこの国から叩きだしてやる。それがこの国と市民にとって、最も効果のある手段なら、ためらうことなんか何もないね」

憎悪だ、と鮫島は思った。香田の中にあるのは、外国人犯罪者への強い憎悪だった。

香田は身をのりだした。

「昔いったことを覚えているか。お前だけが、お前の信じる警察官だけが、この警視庁に必要な警察官じゃない、と」

「ああ、覚えている。俺は、そいつを――」

答えて鮫島は息を吸いこんだ。

「一度も忘れたことはない」

「そうか。じゃあ、俺も教えてやろう。それより前、いつだか、あのおかまのバーでお前と情報交換をしたときだ。お前はいった。『自分が過去にしたことを証明するために今があるわけじゃない』と。俺は逆なんだ。過去の努力を、今活かすためにここにいる。お前にはできないことを、俺はやれる。それは過去があったからだ。お前と俺のちがいをこれから見せてやる。お前は、下らない邪魔などせずに、それを黙って見てりゃいいんだ」

香田の目は輝き、頬は紅潮していた。

「香田、やめておけ。それはあんたひとりの命じゃすまない問題をひき起こす。この国の法の存在意義が揺らぐ」

「誰にとっての法だ。犯罪者にとっての法だろうが。不法滞在外国人や、やくざにとっての法だろうが。市民にとっての法じゃない」

「ちがう。法は誰に対しても平等で、またそうでなければならない。こちらで不平等を認めれば、結局は誰もそんな法など遵守しようとはしなくなる」

「とどのつまりはそこか。お前は泥のような現場に落ち、さんざん這いずり回ったあげく、自分の頭の中にしかない安い正義感にしがみついているに過ぎない。全体を見て、最も効果的な手段を選ぶ、発想の柔軟性を失ったんだ」

鮫島は怒りで体が熱くなるのを感じた。

「理想を頭にもたない警察官など、ただの権力者だ。俺たちが何のためにこれだけの権限を与えられているか、一日も忘れてはいけないんだ」

「下らんな。井端、車を戻せ。こいつとは平行線だ」

鮫島は深呼吸した。今ここで香田を殴りつけてでも考えをかえさせたかった。だがそれをすれば思うつぼだ。ただちに拘束され、職務を停止、あるいは解雇されるだろう。

「あんたのやろうとしていることが、日頃、稜知会を追及している担当官たちに伝わったらどうする。彼らはやる気を失う」

「そんなことはない。いずれ稜知も撲滅される。そのためには必要不可欠な努力なのだからな」

「稜知がそんなに甘い組織だと、沼尻さんはあんたに教えたか。逆に、稜知に鼻面をひき回されるのかもしれんのだぞ」

香田は首をふった。

「お前も同じだな。現場の空気に長くさらされていると、妙な現実主義にとりつかれる。いいか、お前も認めた通り、俺たちには強大な権限があり、必要ならそれを行使することが認められているんだ。お前は、法、法とくり返すが、その法は誰が定める？　国家だろうが。稜知会がどれだけ巨大で強い力をもつ組織だろうと、国家を凌駕することなどありえんのだ」

「俺が現実主義なら、あんたは権力主義にとりつかれている。法を、自分の都合のいいようにねじ曲げられると考えているのなら、即刻、警察官などやめるべきだ」

「悪いな。お前には俺をクビにできん。俺はお前を、場合によってはクビにできる。立場のちがいを忘れるな」

「やればあんたもただではすまない」

鮫島は冷ややかにいった。覆面パトカーの中は静かになった。

やがて押し殺したような声で香田がいった。

「それは俺への宣戦布告か」

鮫島は答えなかった。車の前方に、自分のアパートが建つ路地の入口が見えてきた。

「あんたは誰を相手に戦っているんだ。犯罪か、犯罪者か、それともあんたの中にいる、どうしようもなく憎い、誰かなのか」

香田の顔がひきつった。

「貴様……」

歯ぎしりせんばかりにいったとき、覆面パトカーが急停止した。

「理事官、到着です」

感情のこもらない声で井端がいった。香田は我にかえったように運転席をふりかえり、荒い息を吐いた。

「どいてろ。俺がお前にいうのはそれだけだ。そうしなければ、報いをうけさせてやる」

井端が運転席のドアを開け、車外に降り立った。後部席の、鮫島のかたわらのドアを外から開いた。

「お疲れさまでした」

香田の感情の高ぶりをわざと無視するように、車内に首をさしこみ、いった。

鮫島はその眠たげな顔を見つめ、香田に目を戻した。怒りと失望、そしてわずかだが、香田に傷を負わせたことへの後悔がある。

が、それらすべてをあらわす別れの言葉など思い浮かぶ筈もなかった。

香田はまっすぐに前を向いている。

鮫島は無言で車を降りた。井端がドアを閉め、鮫島に体を寄せた。

「お宅までお送りします。現場どうし、ちょっとお話ししたいこともある」

小声でささやいた。

鮫島は井端を見た。表情をまったくかえていない。

二人は歩きだした。

「さっきのセリフはまずかった」

井端がいった。

「噂が流れてるってのは、理事官もご存知だ。ひどく後悔しておられるんです。もっと家のことを考えて、帰っていればよかったと」

「何の話だ」

「奥さんとお嬢さんです。その日は、お嬢さんの誕生日だった。本当なら理事官は早めに帰って、家族でお祝いをする予定だったんです」

鮫島は立ち止まった。井端は首を傾け、歩くよううながした。

「賊が侵入したのは、午前零時を回っていた。そのとき理事官はまだ、庁舎に残って国際電話のまっ最中だった。時差がある相手に、たった一本、電話をするために、帰らなかったんです」

鮫島は顔をそむけた。

「なぜそんな話をする」

「それが現実だからですよ。現場ってのはそういうものでしょう。幸い、お二人とも肉体的には何の被害もなかったが、お嬢さんは精神的なショックが強かった。ＰＴＳＤって奴だ。今も学校に通えずにいる」

「ほしは？」

「捕まりゃしませんよ、もちろん。それもまた現実だ。すみません、トイレをお借りできますかね。実はずっと小便がしたかった」

アパートの前まできて、井端はいった。鮫島は頷き、二人は階段を登った。部屋の前までくると、鍵をだし、ドアロックを解いた。

「トイレはそっちだ」

先に入り、玄関の明りをつけて、井端をふり返った。

井端が上着から手袋をとりだし、つけていた。現場検証で使用するものだ。

そして今度は拳銃を抜いた。ニューナンブではなく、マカロフだった。

鮫島は目をみひらいた。

「部屋の奥にいって下さい」

井端はいい、手袋をはめた手でドアを閉じ、ロックをかけた。

「何だ、それは」

口の中が渇いた。腰にさし、ふだんはその重みを忘れているニューナンブが、急に意識の中で実体化した。

井端が歩みより、左手を鮫島の腰にさし入れた。重みが消える。

「こいつは、以前、組対が押収したマルBがらみのチャカです。出どころはわからない」

部屋の奥へと鮫島を追いこみ、井端はいった。目が素早く、室内を見渡した。

「別に今、ここでハジこうってわけじゃない。ただそうしても、俺はぜんぜん平気です。いっときますが、理事官は何も知らない。これは、俺が決めた、俺の役目だ。あんただろうが、稜知の誰かだろうが、必要なら俺はこれを使う。まあ、あんたのときは、俺はこいつを使わせてもらうが」

いって、鮫島のニューナンブを示し、井端はそれを腰にさしこんだ。

「こいつは預かっておきます。騒げば、俺もあんたも免職だ。俺はかまわないがあんたは困るでしょう」

「そんなことで俺の動きを封じられるとでも思っているのか」

「何かをしてくれといってるのじゃない。何もしないでくれればいいんです。拳銃紛失ってのは、どんな理由があろうと、許されん過失ですからね」

鮫島は首をふった。

「香田も終わるぞ」

「こんなことで理事官に傷はつきやしません。またつけさせませんよ。あんたはどう思っているか知らないが、あの人は本物だ。キャリアの中に本物はめったにいない」

鮫島は息を吐いた。

「銃を返せ」

「返しますよ。何もしないと約束してくれるなら、そしてそれを俺が確認できたなら」

「ふざけたことをいうな。そんなものをつきつけておいて何が約束だ」

井端はふんと鼻を鳴らした。マカロフを腰にさしこみ、ニューナンブをかわりに抜く。カチリと撃鉄を親指で起こした。鮫島は動けなくなった。ニューナンブには五発の三八口径実砲が装塡されていて、その銃口はまっすぐ自分を向いている。

「じゃあこうしますか。職責に耐えかねて、新宿署警部、拳銃自殺」

鮫島は井端の目を見つめた。眠たげな色は消え、どこか狂気が宿っている。

「俺をそこらの公安《ハム》といっしょにせんで下さい。泥水をすすった回数なら、あんたなんかに負けやしない。それをひっぱりあげてくれたのが理事官だ」

まただ、と鮫島は思った。かつて公安部長だった京山文栄にも、この井端のような男が影のようにより添っていた。立花道夫という元警部だ。射殺され、その犯罪はすべて封印された。

「帰れ」

鮫島は吐きだした。こういう男たちには、目的以外何もない。家族も法も無関係だ。目的を遂行する。それだけにしか存在理由を見つけられない人生を送っている。

井端はにたり、と笑った。

そのときだった。鮫島の部屋のバスルームの扉がゆっくりと開いた。井端は背を向けている。そこから影のように仙田がすべりでるのを、鮫島は信じられない思いで見つめた。仙田の手には、藪を撃った銃、SOCOMが握られている。井端は、鮫島の驚きの表情を自分に向けられたものと錯覚しているようだった。仙田の出現にまったく気づいていない。

仙田はなめらかに動いた。SOCOMの銃口が井端の後頭部にあてがわれた。

井端の体が凝固した。

「すでにひとり警官を撃っている。お前が二人目でも私は後悔しない。たとえ過去の自分と同じ公安の人間でもな」

仙田は井端のうしろからささやきかけた。井端は無言で固唾《かたず》を呑んだ。

「よせ」

鮫島は短くいった。井端の目がきょろきょろと動き、その頭が揺れると、仙田は銃口で小突いた。

「動くな」

井端は再び固まった。仙田の左手が井端の握っていたニューナンブ、さらに腰のマカロフを背後からとりあげた。

「今度こそ鮫島警部を殺すつもりで待ちかまえていたのだがね。よぶんな手間をかけさせんでくれ」

仙田はいった。仙田は新宿の歩道橋に現われたときと同じスーツ姿だったが、眼鏡はかけていない。

「じゃ、俺に任せろや。俺がやってやるよ」

かすれた声で井端はいった。

「できないな」

井端の目が鮫島に移った。

「さてはお前ら共犯か。かくまっていたのだろう」

「おいおい、そんなお粗末な頭で、よく公安がつとまったものだな。もっともしかたがないか。公安に引っぱられるノンキャリは、私と同様、たいていの場合、ご主人様のいうこと以外には耳を貸さない忠犬ハチ公ばかりだ」

井端の顔がどす黒くなった。

「手前……」

「強がるな！」

仙田は怒鳴りつけた。井端の体がびくりとした。

「潜入工作をやっていて、殺されると思ったことがお前にはあるか。自分とたいして年のちがわない、親がかりの大学生どもが頭に血が昇ると、そこいらのチンピラよりタチの悪い狂犬になって、よってたかってひとりをリンチする。そんな中で、自分が公安だとバレそうになったら、どれほど恐しいか、お前などにはわかるまい」

「あんた、本当に元サクラなのか」

「お前には関係ない。床に正座しろ」

「何をする気だ」

鮫島はいった。仙田の目が鮫島を見た。怒りがこもっている。

「しっかりしろ、鮫島警部。警察にはあんたの味方はひとりもいないということを、もう忘れたのか。弾はうしろから飛んでくる。それは昔も今もかわっていないんだ」

井端がひざまずき、床に正座した。その頭部に仙田は銃口をあてがいつづけている。

「質問だ、忠犬ハチ公。バリ封をしている最中、誰かがお前を公安のイヌだといいだしたら、どういい逃れをする。答がちがっていたら即死だぞ」

井端は目を大きくみひらき、大量の汗を流していた。

「な、何だって」

「それが答か。質問はくり返さない。生きのびるチャンスは一度だけだ」

井端は荒々しく息を吸いこみ、いった。

「自分をイヌだといった奴こそイヌだといってやる。疑いを他にそらすためだとな」

「三角だな。マルはやれん」

「だったら何と答えりゃマルなんだ!?」

「お前の大切なご主人様に訊け。お前がそこまで自分を賭けられる上司なら、きっと正解を教えてくれるだろう」

仙田のSOCOMが井端の肩ごしに正座した右膝を撃ち抜いた。くぐもった銃声とともに血がとび散り、井端はぎゃっと叫んで床に倒れこんだ。

「何をするっ」

鮫島が足を踏みだすと、銃口が鮫島を狙った。

「騒ぐな。答がバツなら頭を撃ち抜かれるところだったんだ。膝ですんで儲けものだ」

井端は唇をかみ、床でもがいている。

「車の鍵はもっているか」

仙田は訊ね、鮫島は頷いた。

「駐車場は裏手だったな。先にここをでて、車を動かしてもらおう。下につけたらクラクションを鳴らせ。この男を死なせたくなければ」

鮫島は仙田を見つめた。仙田は平然といった。

「携帯をもっているから応援も呼べるだろう。だがそうなれば私はここにたてこもるし、この男は出血多量で死亡する」

「いうことはきく。だからこれ以上傷つけるな」

「自分を殺しかけた人間のかわりに人質になるのか」

からかうように仙田はいった。鮫島はにらみつけた。

「俺に選択の余地があるとでもいうのか」

「ないね」

鮫島はアパートの玄関へと足を踏みだした。扉を閉め、階段を降りかけたところで携帯電話が鳴りだした。とりだし耳にあてた。

「はい――」

「残念だが応援を頼める相手ではない」

仙田だった。

「何のつもりだ」

「数を数えつづけろ。歩いている間ずっとだ。数がとぎれたら、この男は死ぬ」

鮫島は唇をかんだ。

「さあ」

「一、二、三、四、五……」

「もっとゆっくり」

「七……八……九……」

数えながら階段を降りた。香田の残った覆面パトカーは、二〇メートルほど離れた路地の入口にハザードをつけ、止まっている。それを横目で見ながらアパートを回りこみ、裏の駐車場にでた。

「五十八……五十九……六十……」

止めてあるBMWに歩みより、ロックを解いた。イグニションキィを回す。電話の向こうの仙田は無言だった。

携帯電話を耳と肩の間にはさみ、BMWを発進させた。駐車場からアパートの入口までは、数にして十いかぬうちに到着した。

「八十一……八十二……」

クラクションボタンに手をかけたとき、アパートの前に仙田が立っているのが見えた。鮫島はブレーキを踏んだ。

「けっこう」

仙田がＢＭＷの後部席に乗りこんでくるといった。うしろから手をのばし、鮫島の携帯電話をとりあげ、電源を切った。

「そのまま走らせろ」

正面に覆面パトカーが止まっていた。異変を感じたのか、香田がドアを開け、降り立った。ＢＭＷのライトがその姿を照らしだす。

「彼が理事官の香田か」

仙田が訊ねた。

「井端は無事か」

答をはぐらかそうと鮫島はいった。香田は目を細め、不審そうに運転席の鮫島を見つめている。

「死んではいない。なるほど、キャリアの顔をしている」

ＢＭＷが香田のかたわらを走り抜けると仙田は答えた。バックミラーの中で、香田がアパートに向けて駆けだす姿が見え、鮫島は息を吐いた。

「――どこへいくんだ」

「環七の手前、左側にあるコインパーキングはわかるか」

仙田は訊ねた。

「ああ、わかる」

「そこで車を乗りかえる」

鮫島は失望した。このままBMWで走れば、都内主要道路を監視するNシステムに捕捉される。仙田はそれを予期しているのだ。

空いているスペースにBMWを入れ、鮫島は仙田が用意したメルセデスのハンドルを握った。

仙田は後部席にすわっている。

「目白通りにでて、練馬から関越道に乗ってもらおう。少しドライブだ」

「殺すのだったら、そんな遠出は必要ないだろう!」

「真にうけているのか、君らしくないな。ああでもいわなければ、本当に君は私の共犯と疑われかねなかった」

仙田は答えた。

26

「ここに入れ」

仙田が指示をしたのは、関越自動車道の上里サービスエリアだった。埼玉と群馬の県境である神流川を渡る直前だ。

サービスエリアの駐車場の外れに、仙田はメルセデスを止めさせた。

「香田理事官がまっとうな警官なら、緊急配備を要請し、今から二十分も前には、関越道の入口には線が張られているだろう。いずれパトカーがこのあたりにもくる。そう、あと三十分というところか」

仙田は淡々といった。

「あんたはその前に徒歩でサービスエリアをでて、一般道に止めた車で、群馬に逃げる。高速道ならともかく、一般道での県境は、管轄を意識せざるをえない」

鮫島はいった。練馬インターからこの上里サービスエリアまでは、約七〇キロ強の距離で、野方のアパートをでてからちょうど一時間が経過していた。

「私の考えを先読みするのはやめたまえ。君にそんな余裕はない」

鮫島は息を吐いた。

「煙草を吸ってもいいか」

訊ね、返事を待たず、火をつけた。

「新宿の歩道橋で、あんたは俺を殺しにきた、といった。だがあれも嘘だった。あんたは泥棒市場を稜知会が乗っとりかけているということを知らせるのが目的で現われた」

仙田はすぐには答えなかった。やがて訊ねた。

「彼の具合はどうだ」

「命はとりとめた。あんたをパクったらそのSOCOMが欲しいそうだ」

「なるほど。確かに相当なガンマニアだ」

「だがたとえ事故だとしても、奴を撃ったのは絶対に許せん」

鮫島はルームミラーを見つめていった。暗い車内では仙田の表情ははっきり読みとれない。

「私を射殺するかね、機会があったら」

「必要なら、あんたに向けて引き金をひく」

仙田は沈黙した。巨大なトレーラーが一台、ゆっくりと動きだし、駐車場をよこぎっていった。視界がひらけ、まばらな人影が動く、サービスエリアの建物が見えた。

「東京の人口爆発の最初は、十九世紀の終わりから二十世紀の初めにかけて起こった」

やがて仙田がひとりごとのように聞こえる口調でいった。

「一八八〇年代の終わりは五十八万人しかなかった東京市の人口は、一九〇二年には百七十万人と三倍にふくれあがった。農村部から流入してきた人口は、まだ未発達だった機械制工場にうけいれられるだけのキャパシティがなかったため、都市下層民としてスラムに沈澱し、雑業に就かざるをえなかった。当時、都市衛生の専門家として東京市政にかかわっていた森鷗外は、貧民対策をおこなわない限り、社会不安は増大する一方だと警告したが、富国強兵策をとる明治政府は、都市整備よりも軍備に予算を注ぐことを選択した。結果、東京市はスラムを中心として伝染病が猖獗をきわめ、コレラ、腸チフス、ジフテリアなどの流行で数千人規模の死者をだした。キリスト教系社会学者の片山潜はこういった。

『最善と最悪は、都市に於て並び行はるるなり』

わずか百年と少し前のことだ。それに比べれば、日本は大きくかわったともいえるし、まるでかわっていないともいえる」

「都市学か」

鮫島は吐きだした。

「学というほどのものではない。だがすべての地域は都市化に向かい、やがて我々はいったい誰なのか、どんな空間や場所に自分たちが個人として帰属しているのかを見失う、深刻なアイデンティティの危機に見舞われるだろうと警告している社会学者はいる」

「あんたのいいたいのが何なのか、俺にはわからない」

「君は勉強のできた人間だ。だからこそ、キャリアになった。まあ、学校での勉強が、ということだろうが。世界都市という概念を知っているかね」

「資本主義のある到達点のようなものだろう。企業の国際化、情報や会計などの一極集中によって、都市は富裕層と低賃金労働者層に二極分化する。先進国製造業は第三世界に移動し、その結果、移民労働者の大量流入を招きインフォーマルエコノミーが成立する」

鮫島はうろ覚えの知識で答えた。

「到達点ではないが、資本主義経済が今や世界システムといえる以上、避けては通れない都市のあらわれかただ。ここで重要なのは、第三世界と世界都市のあいだには、イデオロギーとは無関係なある種のつながり、ヘソの緒のようなものが生まれる、ということだ。多国籍企業の第三世界への進出は、その世界の住民に、多国籍企業が本拠地をおく先進国の情報をもたらす。早い話、トヨタの現地工場で働く、第三世界の住民は、トヨタを送りだした日本という国の情報を必然的に得る。その彼らが、移民労働者として、海外に向かおうとするなら、情報を前もって得ている、日本という国をその対象に選ぶのは、当然のことだ。突然、何ら情報もない他の先進国を移民先に選ぶことはありえない」

「だからあんたは外国人の味方をするというのか」

「ことはそれほど単純ではない。インフォーマルエコノミーの概念を――」

『そこにいない人間』による労働市場の構成だ。国家は決して認めることはないが、当事者間には存在し、通用する権利と義務でつながった社会関係を生みだす」

「まさに君たちが直面している問題だ」

「犯罪は労働じゃない」

「労働だ。対価を生まない作業に従事する者はいない。もしそれを労働と認めないのなら、犯罪者はすべてボランティアということになる」

鮫島は首をふった。

「犯罪が労働だと認めたとしても、正当化はされない」

「第三世界の話に戻ろう。移民労働者はその国の経済に支配されるが、出稼ぎの外国人労働者が先進国で得た収入を本国に還元しようとするとき、最も効率のよい分配方法は何だと思う」

「わからんね」

「彼らは、本国での人件費との差益を地域に還元させるシステムをもたない。だが犯罪組織がそこに介入すると、ある種理想的な地域還元システムが生まれる。南米の麻薬カルテルは、地域のための病院や学校、保育施設などを作り、コカインで得た収益を還元していた。犯罪組織の上納金制度はいかなる国にも存在し、有無をいわさず、税金以上に逃れることを許さない。そうしたシステムをもつ組織は、先進国、第三世界を問わず、世界都市へと向かう資本主義経済の流れにあって、最も強固な地盤の上にのっている、そうは思わないかね」

「稜知会のことをいっているのか」

「私の野望は、彼らに拮抗しうるシステムを作りあげることだった。できれば出稼ぎ労働者ではなく、移民労働者としてうけいれられたメンバーによってね」

「あんたのそのシステムが優れたものであったからこそ、稜知会は目をつけた。だがはっきりいってやる。あんたの本音は、自分の作りあげたシステムを奪われたくないのではなく、惚れた女への執着だ。稜知を排除したところで、泥棒市場は生き残れない。あんたは、呉明蘭を救いたいだけなんだ」

「その通りだ」

仙田があっさりと認めたので、鮫島は驚きに顔をあげた。

「だが問題は彼女がそれを望んでいないということだ。小難しい理屈を並べたてたが、ことはとたんに、ひどく俗な男女の感情のもつれという話になる」

ほがらかにすら聞こえる声で仙田はいった。鮫島は無言で仙田の言葉を待った。

「さて、ここまではいい。私は私なりに姑息な作戦をたて、稜知会を国家権力によって明蘭からひき離そうとした。警察が襲いかかってくれれば、一バイヤーでしかも一組員の愛人に過ぎない中国人女など、稜知会はあっさり見捨てるだろうと考えたからだ。ところが――」

仙田は言葉を切った。

「なぜ黙っている？」

鮫島に訊ねた。

「別に。興味深い話だと思って聞いている」

「ちがうな。君は私が気づくことを恐れている。私のその姑息な計画を頓挫させたのが、自分と同期のキャリアであると。その結果、私の怒りがその男に向くのを」

「あんたを恐がってなどいない。それにあんたも元警官ならわかっている筈だ。警察機構のとった行動の責任を一個人に求めることの愚かしさを」

「自分を脅迫し、殺そうとした男の上司をそこまでかばうのか」

「かばっているわけじゃない。奴がいなくなっても方針はかわらないといっている」

「ちがうな。方針をたてたのは警視庁でも警察庁でもなく、香田という一理事官だ。あの男の話を私はトイレで聞いていた。もともともっていた情報と総合すれば、結論はそこにいきつく」

「だったらどうなんだ。今度は香田を殺すと威すのか」

「もっと効果的な方法がある」

鮫島は思わず、仙田をふりかえった。

「何をするつもりだ」

仙田は無言で鮫島を見つめ返した。

「仙田――」

「君には私の本名を教えよう。間野総治《まのそうじ》。車の鍵をもらおうか」

「もう逃げ回るのはやめたらどうだ。あんたもいいかげん疲れたろう」

鮫島はいった。仙田は首をふった。

「早くしろ。殺す気はないといったが、傷つけるのにためらいはないぞ」

鮫島は言葉にしたがった。

「手錠をハンドルに通して、両手にはめろ」

鮫島がいわれた通りにすると、仙田は満足そうに頷いた。

「預かったものはここにおいておく。君のニューナンブとSOCOMもだ。せめてもの詫びにあの鑑識係に渡してやってくれ。あの男がもっていたマカロフはもっていく」

後部席に銃や携帯電話を並べ、仙田はいった。ドアを開け、片足を降ろしていった。

「そう、それから君とあの男の会話は、録音してあると、香田理事官にいうといい。私がそのデータをもっていると」

「本当なのか」

仙田は微笑んだ。そしてメルセデスを降りるやドアを閉め、その場から足早に遠ざかった。

埼玉県警のパトカーが駐車場に進入してきたのは、それからわずか八分後のことだった。

27

三日間が過ぎた。それは明蘭にとって、これまでの人生で最もめまぐるしい日々だった。千葉の別荘をでたあと、毛利が待たせていた車に乗って、その夜のうちに大阪へ移動した。ホテルに部屋をとることもなく、翌日は関西空港から台北いきの飛行機に乗りこんだ。荷物はすべて大阪のデパートで買い揃えたものばかりで、渡されたパスポートはまったく知らない「麻宮恵子」という日本人のものだ。「麻宮恵子」は、夫の「麻宮了治」と二人で三泊四日の台湾旅行にでかけるスケジュールになっていた。関西空港で会った〝夫〟の「麻宮了治」は初めて会う人物で、飛行機のエコノミーシートで隣りあわせているあいだもほとんど口をきかなかった。

台北の空港から二人はタクシーで市内のホテルにチェックインした。部屋に入ると「麻宮了治」は明蘭にパスポートを渡すよう求め、それをもってでていった。

「明日の晩まであんたは自由だ。だがパスポートが必要な場所にいったり、警察に目をつけられるような面倒はおこすな」と、いいおいて。

明蘭はほとんど部屋から一歩もでずに過ごした。台北は雨で、湿度が高く、外にでたいとも思わなかった。

胸の中に、毛利の言葉だけがあった。

「俺を信じろ。三日もしたら、お前はまったく別の人間だ。ただしその三日間、俺はお前といてやることはできん。落ちついて行動し、いわれた指示には必ずしたがえ。できるか?」

高速道路を疾走するベンツの後部席でいわれた。ハンドルを握っているのは、明蘭が今まで一度も見たことのない、大柄でヒゲを生やした男だった。

「できる」

短く明蘭は答えた。深見と毛利のどちらもが死なずにすんだ今、もう何も恐いことはなかった。

別荘のリビングで二人がにらみあっていた、氷のような時間を、自分は一生忘れることはない。毛利は、自分のために命を賭けてくれた。

――本気のようだな。

深見がいった。

――本気です。

毛利が答えると、深見は小さく頷き、明蘭を見た。

――じゃあ、彼といきなさい。たった今から君と私は無関係な人間になった。

そのときの深見の瞳がひどく澄んで見えたのを、明蘭は台北のホテルのベッドで何度も思い返した。

見る見る、熱が冷め、温度が下がっていくようだった。かつて一度も見たことのない、他人以下の存在に向ける視線が明蘭を射抜いていた。

自分の中で何かが一瞬揺らいだ。深見といううしろ楯が消える不安、男として愛することはできなかったが、人としてこれほど頼り、大切だと思った人間はいなかった。その人が、目前にいるにもかかわらず、幻だったようにふっと消えてしまった心細さを味わった。

だがその揺らぎに、明蘭は耐えた。ここで振れてはならない。動揺を、深見にも毛利にも、悟られてはならない。

あの瞬間、自分は立ちあがったのだ。

明りを消したホテルの部屋の窓からは、すぐ近くの繁華街、忠孝東路のネオンが見おろせた。

明蘭の学んだ簡体文字とは異なる難しい繁体文字が踊っている。しかし彼らの喋る言葉は、訛があるものの理解のできる標準語だ。これほど多くの標準語を耳にするのはいったい、いつ以来だろう。

そう、自分は中国人なのだ。深見とも毛利ともちがう、中国人だ。

深見から毛利へ。二人の日本人は、明蘭の身柄を受け渡したかのように考えているかもしれない。しかし深見のもとから立ちあがったとき、自分は誰にもよりかからない人間になった。毛利を信じてはいる。男として、たぶん愛してもいるだろう。だが全身を託すことはしない。

呉明蘭の運命はかわった。人は、一生にいく度か、大きく運命がかわる瞬間を経験する。それは、あとであのときがそうだったと気づくこともあれば、この瞬間がそうだとはっきり自覚する場合もある。

千葉の別荘でのできごとがまさにそれだった。深見に対する罪悪感と後悔と同情、そうした気持をすべて断ち切ったとき、呉明蘭はひとりで立ったのだ。毛利との関係が今後どれほど強まったとしても、かつての深見との関係のようにはならない。

深見というゆりかごから立ちあがったとして、毛利というゆりかごに身を横たえることはありえないのだ。

あるいは毛利はそれを物足りないと感じるかもしれない。仕事上のパートナーでいようといいながら、明蘭を保護し、ときには束縛することにおいては、深見以上の感情を露わにしてくる予感があった。

よりかかれ、頼れ、と求めてくるだろう。だが、そうはしない。

自分はこれから、まったく新しい人生に足を踏みだす。稜知会とマーケットのあいだに立ち、そこに不可欠な人間として、学んだことと経験を最大限に生かし、やがては中国本土でのビジネスを開拓する土台を作りあげる。そのためには命も賭ける。そうでなければあの夜、あの場で、深見と毛利という二人の男が命ぎりぎりの交渉をおこなった価値が自分にあったと証明できない。

二人にとっては〝女〟をめぐる交渉だったかもしれないが、明蘭は女であるだけの自分をやりとりされる経験はもう二度としたくなかった。

女としてでなく、人間として価値のある存在になる。毛利が、稜知会が、それをうけいれざるをえないほどの働きをしてみせる。

深見に対して、毛利に対して、恩を返す方法は、それしかなかった。


翌日の晩、〝夫〟がホテルに戻ってきた。新しいパスポートと航空券が手渡された。今度のパスポートの名は「菊池めぐみ」となっていた。航空券も同じ名だ。

「明日の夕方の飛行機で、成田へ飛べ。あんたのことを迎えにくる人間がいる筈だ。明日からあんたは菊池めぐみだ」

明蘭は受けとったパスポートを見た。ページをめくると、そこには三日前、成田を出国したという判が押されていた。

「『麻宮恵子』はどうなるのですか」

〝夫〟は笑った。

「心配するな。明後日、俺といっしょに関空に帰るのが『麻宮恵子』だ。あんたが心配する必要はない。俺とあんたはもう二度と会うことはない。ホテルの勘定もすんでいる」

明蘭は無言で頷いた。

〝夫〟は何かいいたげに明蘭を見た。その視線の中に、わずかだが自分への欲望を明蘭は感じとった。

髪を七、三に分け、眼鏡をかけた、ごく平凡な雰囲気の男だ。年齢は三十代のどこかで、体つきもふつう、偽のパスポートを使い、頻繁に海外旅行をしているようには見えない。

新宿のマッサージ店や銀座の小さな店にいた頃、何十人と会った、日本人のサラリーマンのひとりだといわれても、そうかもしれないと思ってしまうだろう。

しかしこの男も稜知会につながる人間なのだ。中国だったら蛇頭と呼ばれる組織のメンバーだ。頭のいい毛利のことだから、決して日台の警察や入管に目をつけられない、一級のプロを使ったにちがいない。

今夜だけなら、求められてもしかたがない、と明蘭は思った。この男と自分は、夫婦として台湾にやってきた。この男を怒らせれば厄介なことになるだろう。明蘭の弱い立場をこの男も知っている。

「ずっとでかけなかったのか」

男の問いに、明蘭は頷いた。

「腹は?」

「ふつうです」

朝食を食べただけだったが、あまり空腹ではなかった。考えることが多すぎた。

「屋台へいって何か食うか。台湾じゃ名物の夜市がホテルの近くにも立っている」

「夜市?」

「日本の縁日みたいに、食いものの屋台が並んでいる」

男が気をつかっていっていることに明蘭は気づいた。明蘭は男の言葉にしたがうことにした。ホテルをでて、タクシーに乗り短い距離を移動した。

臨江街夜市というところへ連れていかれた。食事の屋台と並んで、洋服やアクセサリー、化粧品などを売る小さな店が連らなっている。

さまざまな麵類や煮こみ料理、餅包、フルーツ、日本の巻き寿司のようなものを売る店もあって、そのにぎやかさに明蘭は圧倒された。標準語の呼びこみがとびかっているが、台湾人たちは、明蘭と男には日本語で話しかけてくる。

「おいしいよ、食べてって」

「いらっしゃい、いらっしゃい、安いから」

新宿にいた頃、一度だけ花園神社の酉の市にいったことがあった。サユリともうひとり、同じスナックで働く、上海出身の娘がいっしょだった。その娘が日本に一番長くいて、「トリノイチ」がおもしろい、と二人を連れていったのだ。

人の多さに驚き、うんざりした。北京や上海で育った人間は別だが、中国人は、狭いところに集まる日本人が理解できない。日本が狭い国だからきっと慣れているのだろうが、広い土地でそれほど多くない人が暮らす黒龍江省で育った明蘭は、その光景を見ているだけで息苦しさを覚えたほどだ。

もちろん今はすっかり慣れ、新宿や渋谷の週末の人出を見ても何とも思わなくはなった。

男は台湾の夜市に慣れているようだ。同じような料理を売る屋台が並んでいても、こっちがいい、と明蘭をひっぱっていって、注文をする。相手が中国語でもかまわず日本語を喋り、それでちゃんとコミュニケーションを成立させていた。

男が選んだ豚モツの煮こみやカキ入りのオムレツは確かにおいしかった。全体に中国よりは味つけが濃いような気がする。

「うまいだろう」

屋台のかたわらに並べられた粗末なテーブルで買ってきた料理を食べながら、男はいった。

「おいしいです」

男は声を低めた。

「年に十回から二十回は、こっちにきてるんだ。本当は家もある」

明蘭は目をみはった。

「台湾の人ですか」

「お袋が台湾人だった。俺がガキのときにでていっちまったが」

男はこともなげにいって、皿にのった油飯をつついた。

「いろんな人間を台湾に連れてきたが、あんたみたいな美人は初めてだな」

「中国語を話せるんですか」

話題をかえようと明蘭はいった。男は首をふった。

「全然。話せないほうがいいんだ。なまじ喋れると、いろいろ疑われる。それに勉強する気もない。タイもよくいくが、タイ語のほうがまだ少し喋れるかな。あっちは、ここより日本語も通じないし、英語も駄目だってのが多いからよ」

「いろいろありがとうございます」

「仕事なんだ。気にするな」

男はいって、あたりを見回した。日本人らしい観光客の姿も目につく。早口でいった。

「今夜は本当はあんたと同じ部屋に泊まるつもりだった。けど、気がかわった。こっからホテルまで送ったらさよならだ。航空券といっしょに渡した封筒の中に一万元入ってる。それで明日タクシーに乗って空港までいきな」

やはりこの男は一級のプロなのだ。私情や欲望に流されない。蛇頭でも、女に体を求めたり、チップをよこせという奴は二級の連中だった。そういうのに限って偽のパスポートに不備があったり、警察や入管に目をつけられている。

毛利が手配したのだから当然とはいえ、明蘭はほっとした。

男は明蘭に目を戻した。

「次にどこかで会っても知らん顔だ。俺も声はかけないし、あんたも声はかけるな」

明蘭は頷いた。男はにやりと笑い、ジャケットの中に手をさしこんだ。

「台湾旅行の記念だ。もっていきな」

粗末な紙袋に包まれたものをテーブルにおいた。翡翠らしき石でできたネックレスが入っている。

「いいんですか」

「ああ。知り合いから安く仕入れてる」

明蘭はとりだし、留め金を外すと首に回した。

「留めてやるよ」

男がいって立ちあがり、明蘭のうしろに立った。

「ありがとう、ありがとうございます」

明蘭は初めて男に笑みを見せた。


成田空港で明蘭を待っていたのは、毛利が千葉に連れてきた運転手だった。大男でヒゲを生やしているのですぐ気づいた。「菊池めぐみ様」と書いた紙を掲げている。

「お疲れさまでした」

男はいって明蘭の荷物をもち、駐車場へと歩きだした。

「道中、何も問題はありませんでしたか」

「はい」

「そりゃよかった。自分は、鈴原といいます。これからもちょくちょく顔を合わせることがあると思いますんで、よろしくお願いします」

「よろしくお願いします」

駐車場に鈴原が止めていたのは、大阪にいったときとはちがう、国産の４ＷＤだった。

「うしろに乗って下さい」

荷物を後部にのせ、運転席にすわった鈴原は携帯電話をとりだした。

「鈴原です。到着されました。これからお送りします」

いって、４ＷＤを発進させた。

「今のは？」

「毛利さんです。これから横浜に向かいます。毛利さんの指示で、横浜の野毛《のげ》に部屋を借りてあります。みなとみらい線の馬車道駅の近くです」

「みなとみらい線……」

明蘭には馴染みのない電車だった。だが東京ではなく横浜というのは、何となく理解ができた。

東京と横浜では、警察の機構がちがう。深見のいっていた、鮫島という刑事は、東京側の人間だ。横浜まで明蘭を捜しにこない、ということなのだろう。

高速道路を乗り継いで4WDが横浜の目的地に到着したのは、夜の十一時過ぎだった。電車のガードに近い、細長いマンションの玄関に鈴原は車をつけた。

「荷物はあとでおもちします。すいません、このマンションの駐車場がおさえられなかったんで、近くに別のところを借りているんで、止めにいってきます」

「だったら荷物はわたしがもっていきます」

「いや、そんなことさせたら、毛利さんに怒られちまいます」

「いいえ。自分でもっていきたいんです」

明蘭はきっぱりといった。鈴原は驚いたように見直したが、頷いて鍵をさしだした。

「わかりました。これが鍵です。下のオートロックは、この鍵と暗証番号の両方で開けられます。部屋は、七階の七〇二です」

「七〇二ですね」

キャスターのついた小型のスーツケースを降ろして、明蘭はマンションに入った。比較的新しい建物のようだが、白金アーバンホームに比べるとやや見劣りがする。

白金のことは忘れなければ、と自分にいい聞かせ、明蘭はオートロックを開いた。エレベータに乗りこみ、七階にあがる。

七〇二号室は、見晴らしのいい2DKだった。電車の高架の向こうにわずかだが横浜港が見えている。まあたらしいベッドと応接セット、ダイニングテーブルなどがすでに入っていて、小型の冷蔵庫もある。飲みかけのペットボトルを入れようと扉を開くと、ドンペリニヨンが一本、さしこまれていた。

「めぐみへ。小さい部屋だし、安い家具だが、ここからがスタートだ。お前と俺でいずれでかい夢をつかむ。それまでは我慢してつきあってくれ」

カードが首から下がっていた。毛利の字だった。

インターホンが鳴った。ドアを開けると、コンビニの袋をもった鈴原が立っていた。

「とりあえず、いろいろ食いものとか飲みものを買っておきました。それからこれをお渡ししろといわれてます」

上がらずに、玄関口で封筒をさしだした。中を見なくともつかんだだけで百万円の束だとわかった。

「あと、十二時に電話が鳴ります。でて下さい。毛利さんからです」

「いろいろありがとうございます」

「いえ。これが俺の携帯番号です。何かあったらいつでも電話をして下さい。駆けつけますから」

鈴原はメモをさしだした。

「明日、菊池さんの新しい携帯電話をおもちします。それと、この鍵、さっきの車の鍵です。駐車場はこのマンションをでて、左に二〇〇メートルくらいいったコンビニの入っているビルの地下です。ただ、免許証の準備がまだなので、なるべくなら乗らないで下さい。

免許証は、あと三日くらいしないとできあがってこないんです」

「菊池、の名前で、ですか」

鈴原は頷いた。

「ええ。うちの取引がある中でもトップクラスの人間に作らせたんで、お巡りにバンかけられたって大丈夫って代物です」

「だったら車の鍵はお預けしておきます。免許証ができたら運転しますから」

「わかりました。たぶん毛利さんからお話があると思いますが、明後日には、新しいオフィスにでてきてほしいそうです」

「新しいオフィス？」

「渋谷に借りてあります。そこの駅から、電車で一本です。自分もそこに勤めさせていただくことになっていますから、明後日に迎えにうかがいます」

「あの、鈴原さんは、毛利さんと同じところの……」

鈴原は頷いた。

「稜知の城南支部に預けられている者です。どうかよろしくお願いします」

礼儀正しく頭を下げた。

「こちらこそ」

鈴原がでていくと、明蘭はコンビニの袋を開けた。ミネラルウォーターやお茶、菓子類、サンドイッチなどが入っている。紙コップもあった。

それをぼんやり見ていると、いきなり電話が鳴りだし、明蘭はとびあがった。電話は応接セットのテーブルの上にあった。

「はい――」

「お帰り」

毛利の声がいった。

「毛利さん。今、どこ？」

「関西や。二、三日、手が離せん。けどお前と乾杯だけしようと思ってな」

「乾杯……」

「冷蔵庫にシャンペンが入ってる。それ開けいや。俺も今、ドンペリのグラス、もってるから」

明蘭は笑いだした。

「電話の向こうとこっちで乾杯するの？」

「しゃあないやろ。しあさってには、俺もそっちにいける。それまでは仮乾杯や」

「あの――」

深見のことを訊こうとして、明蘭は思いとどまった。前だけを見て生きる。

「待ってて」

冷蔵庫からシャンペンのボトルをだし、封を切った。こわごわコルクの栓を抜いたが、よく冷えていたせいか、泡は噴きださなかった。紙コップに注ぎ、電話に戻った。

「いいわ」

「お前とマーケットの未来に乾杯や」

「乾杯」

冷えたシャンペンは口に入ると一気に発泡し、明蘭はむせそうになった。

「早速だけど、仕事の話や」

「はい」

明蘭はすわりなおした。

「あさって、鈴原がセラーを連れてくる。アフリカ人で、ナムディという男や。ものはハシッシュやが、値づけをしたってくれ。こいつはスポットやから値切ってもかまわん」

「だけど相場がわからない」

「グラム千で始めて、二千がいっぱいいっぱいやな。成立したら、鈴原が銭を用意する。ナムディがどんくらいもってくるのかはわからん。たぶん最初は二、三〇〇グラムしかもってこんで、値によっては、あとからキロ単位でもってくるかもしれん。キロオーバーの話になるようやったら、二千五百まで払ったってもいい。あとはお前の交渉しだいや」

数字を頭に叩きこんだ。一グラム千円から始めて、二千円以内で決着をつける。もしキロ単位でもっているようなら、キロ二百五十万円まで払う用意がある。

「わかりました」

「さすがだ。それでこそ、俺の明子だ」

「もう、めぐみでしょ」

「参ったな。明日、また電話するわ。シャンペン飲みすぎるんやないで。ふつか酔いするとつらいからな」

毛利はくっくと笑い声をたて、電話を切った。

28

今度は公式な謹慎処分が鮫島に下った。状況によっては停職、あるいは懲戒処分を覚悟していただけに、意外に軽い処分だった。鮫島の自宅で井端が撃たれた事件は、組対部ではなく捜査二課が担当することになった。

捜査二課は警察官犯罪も担当する。鮫島は事情聴取ではなく、あきらかに取調べの対象者として扱われた。

鮫島が仙田をかくまっていた可能性を疑われたからだ。ただその容疑は矛盾していた。仙田をかくまっていたなら、井端を室内にあげる筈はないからだ。しかしその一方で、なぜ仙田が井端だけを撃ち、鮫島を無傷で解放したのかが怪しまれた。

井端が銃で鮫島を威した事実はなかったことになっていた。口実通りトイレを借りようとあがり、そこにいあわせた仙田と鉢合わせしたのだ、と二課の捜査員に告げている。

鮫島の車内で発見されたのはＳＯＣＯＭと鮫島のニューナンブの二挺だけだ。井端は官給拳銃を携帯しておらず、マカロフが仙田にもち去られた以上、井端の話をくつがえす材料はない。

鮫島も、井端の脅迫については口をつぐんでいた。証拠がない状況で井端を告発すれば、かえって不利になる。右腕と頼む井端を傷つけられ、香田は怒り狂っている。そこへさらに脅迫の告発をしようものなら、全力で鮫島を潰しにかかることは見えていた。

仙田は行方をくらましていた。短期間に二名の警視庁警察官に重傷を負わせたとなれば、容疑者に関するこれ以上の情報秘匿は現場警察官の士気にかかわると警察庁は判断したのか、鮫島が明かした「間野総治」という元警視庁警察官の資料を内部公開した。

それによると間野総治は一九四七年生まれで、一九六五年に警視庁警察官として採用されていた。四年間の制服勤務ののち、二十二歳で公安部に配属され、以降十年間、公安一課に勤務していた。二十二歳で公安一課の私服刑事という人事は大抜擢である。その理由が何であったか、鮫島は、井端に銃をつきつけた仙田の言葉から想像がついた。

仙田——間野総治が公安一課に配属された一九六九年は、学生による左翼活動が最も激しかった時期だ。一九七〇年の日米安全保障条約の自動延長を前に、「全共闘」と称する、思想的背景をもたない学生集団がデモ、大学封鎖など、全国で暴れ回っていた。校舎をバリケード封鎖された大学側は、その排除に機動隊の出動を要請、角材、投石、さらに火炎壜までもちだして学生側は反撃した。その活動の中で尖鋭化した武装集団が生まれ、極左暴力へとつながっていく。

警視庁公安部は、これらの尖鋭的な武装集団の情報を収集するのが目的で、バリケード封鎖された大学構内にたてこもる学生集団の内部にスパイを送りこんだ。それが間野総治の任務だったのだろう。

――あの頃は異常だった。

当時を知る、元機動隊員や公安警察官がよく洩らしていた。

デモやバリケード封鎖に参加した学生の大半は、確たる政治思想をもっているわけではなく、ベトナムに派兵しているアメリカへの反感、それに同調する日本政府への批判意識のみに動かされていた。連帯感が破壊に対する罪の意識を鈍らせ、本来は接点も対立する理由もなかった機動隊が「国家権力の犬」として憎悪の対象となった。

機動隊の側には当初、学生を憎む理由などなかった。年齢的にも学生と前線の機動隊員のあいだには大きなひらきがない。身分を抜きで街でいきあえば、同じようなファッションを身に着け、好む音楽の傾向も似通っていた筈だ。

にもかかわらず、集団心理で暴徒と化したデモ隊は、機動隊との衝突をくり返す。やがて機動隊の側にも憎悪は生まれてくる。投石や火炎壜で失明したり重傷を負う隊員があとを絶たないからだ。仲間を傷つけられれば、当然憤りも覚える。それが年齢も近く、片方は学生という身分での〝お遊び〟で、片方は職務として対峙するとなればなおさらだった。

学生の側にも遊びではなかった、といういいぶんはあるだろう。しかし上官の命令で否応なく、投石の雨にさらされる若い機動隊員とは明らかに事情が異なる。

勢い、機動隊員の応戦も過激になり、双方に負傷者がでるのは日常茶飯事で、ある種の〝内戦状態〟にあったともいえた。

そんな状況下で、公安刑事として潜入捜査に従事した間野総治が心身にうけた重圧は並みたいていのものではなかったろう。

銃をつきつけた井端に発した言葉がそれを如実に語っている。

――親がかりの大学生どもが頭に血が昇ると、そこいらのチンピラよりタチの悪い狂犬になって、よってたかってひとりをリンチする。そんな中で、自分が公安だとバレそうになったら、どれほど恐しいか、お前などにはわかるまい。

職務である以上、間野総治にもそれを拒否することはできなかった。数を頼み、ヘルメットや防護服に身を固める機動隊員よりそれはさらに過酷な任務であったにちがいない。

公安による潜入工作、スパイ活動は、ときに対象者の生活、人格をも破壊する。きれいごとで公安捜査ができないとわかってはいても、やはり鮫島はそうした手法に対しては批判的にならざるをえなかった。しかしリンチをうける危険をおかしてまで任務に従事する捜査官の勇気には敬意を抱かずにはいられない。

公安一課配属から十年後の一九七九年、間野総治は、公安一課分室、通称「サクラ」に転属となった。

そこでどのような活動をおこなっていたか、「当時の資料が現存していない」という理由で警察庁は情報を開示しなかった。

鮫島が噂に聞いたり、入手できる資料から得た情報では、「サクラ」は中野の警察大学校内に本部をおき、配属直後の隊員は、約二十日間の集中講義をうけさせられる。そこには全国から、若くて優秀な公安警察官が集められており、反共教育、尾行、監視から、盗聴、盗撮といった非合法工作の手段まで叩きこまれ、しかも互いを本名ではなく偽名で呼びあうという徹底ぶりだったという。

　こうして晴れて「サクラ」の隊員となったメンバーは、所属する各都道府県警の頭をこえて、「サクラ」のキャップである理事官の指示で動くようになる。ピラミッド型の警察組織にあって、これは異例な活動形態だ。しかも「サクラ」キャップの理事官は、キャリアでありながら在任中は、警察庁の名簿からもその氏名が外されるのが通例だったらしい。

　それはつまり「サクラ」が諜報機関であったことを示している。諜報活動に、合法非合法の境界はない。法の内側にとどまる捜査であれば、表の公安刑事が従事すればよいのだ。

　警察庁の情報によると「サクラ」配属から六年後の一九八五年、国外での職務遂行中に間野総治は「失踪」したことになっていた。この国外での職務がどのようなものかは、やはり資料がないことになっている。

　一九八五年には、鮫島は警察庁に入庁していた。だが一九八七年にその非合法活動が国会で問題になったこともあり、当時の警察庁警備局長の辞職とともに「サクラ」は消滅した。

　まだ同期の宮本は自殺しておらず、その「遺書」である手紙をうけとって孤立する前のできごとだ。キャリアとはいえ、一九八五年当時は、まだ警察官と名乗るのもおこがましいヒヨコでしかなかった。

　鮫島と間野のあいだには、十五近い年齢のひらきがある。警察官としてのキャリアは二十年近い差だ。その二十年近くのあいだに、間野はおそらくは筆舌に尽くせないような過酷な経験を積んだにちがいなかった。そのことが、公安警察官間野総治を「ロベルト・村上」あるいは「仙田」「深見」という偽名を使い分ける国際級の犯罪者に仕立てあげた。

その間野が、今、警察と稜知会という、法をはさんで対立するふたつの巨大組織に追いつめられている。

警察庁が情報をだしたことにより、おそらくＦＩＳに登録された指紋も公開されるだろう。いくら間野がスパイあがりで巧妙な犯罪者であるとしても、日本国内にとどまる限り、逮捕は免れないように思われた。これまでの間野なら、身辺に危機が及ぶとただちに国外に逃亡し、足跡を消す行動をとっている。

だが、今回だけは国外逃亡をしない、という確信が鮫島にはあった。

間野はまだ目的を果たしていない。それが泥棒市場を稜知会に渡さない、ということだけなら、国外逃亡の可能性はある。しかし今回の稜知会の動きの背後に、警視庁組対部の関与を嗅ぎつけた以上、このままでは終わらない、という予感がある。

間野が次に企てることは何か。泥棒市場の奪還か。香田へのテロか。

――もっと効果的な方法がある。

間野は上里サービスエリアの駐車場に止めた車の中でいった。

それが何なのか、鮫島はつきとめなければならなかった。

謹慎が明けた月曜日、鮫島は警視庁組対部に出頭を命じられた。捜査二課とは別に事情聴取をおこないたい、という香田理事官の命令だった。上司である桃井の同行も求められている。そこには、場合によっては鮫島の罷免を求める、という香田の強い意志があらわれていた。

鮫島は取調室に入れられた。書記役の刑事と沼尻をしたがえて、香田はそこに現われた。桃井は別室で待たされている。

香田の目には強い怒りが浮かんでいた。手にしていた書類ホルダーを叩きつけるように机におき、正面から鮫島をのぞきこんだ。書類ホルダーに入っているのは、捜査二課による捜査報告書だろうと鮫島は思った。課外秘の捜査資料も、香田なら入手可能だ。

「井端は全治一ヵ月だ。傷が治っても、もう走ったりはできんだろうということだ。何があったか話してもらうぞ」

「そこに書いてある」

「ふざけるな。お前は間野が室内にいることを知っていて井端を誘いこんだ。ちがうか」

「室内にいるのがわかっていれば、応援を呼び、逃がさないように手を打った」

鮫島は冷静に答えた。

「どうかな。奴とお前は古い仲だ。長いこと追っかけっこをやっている被疑者と捜査官のあいだには友情めいた関係が生まれる場合がある」

「だからといって被疑者を自宅に隠す刑事がどこにいる。しかも井端に俺が何をするつもりでそうしたというんだ？」

「警告じゃないか。自分の捜査を俺に邪魔させるな、という」

鮫島は首をふった。

「それならまるで逆の話だ。自分の邪魔をするな、といったのはあんただ」

鮫島がいうと、香田は深々と息を吸いこみ、書記役の刑事と沼尻をふりかえった。

「悪いがちょっと席を外してくれ。同期どうしで話したいことがある」

二人の刑事は無言で命令にしたがった。取調室のドアが閉じると鮫島はいった。

「あんたが俺と同期だと人前で口にするのは珍しいな」

「お前らしくない嫌みだ。本当の話をしろ。お前と間野は、稜知会に関する情報交換をしていたのじゃないのか。間野はそのためにお前の自宅にきていて、ただお前が知らなかった」

「情報交換などしたことはない。井端は何といっている」

「何もいわん。俺に迷惑をかけたとひたすら恐縮しているだけだ。癖はあるが非常に優秀な人間で、組対に奴をひっぱったのも俺だ」

香田は苦しげにいった。

「だから責任を感じているのか」

「あたり前だ。お前だって藪が撃たれたとき、責任を感じていただろうが」

鮫島は香田を見つめた。

「何だ、何がいいたい」

「井端が俺の部屋にきた目的を、本当に用足しだったと思っているのか」

「いいや。奴は俺のためにお前に何かをしようとした。土下座かその逆か」

「逆のほうだ」

香田は一瞬沈黙した。

「もっと知りたいか」

「いえよ」

「奴は銃をもっていた。組対が押収したマカロフで、足のつく心配はない、と。俺がこれ以上あんたの邪魔をするなら、自殺に見せかけて俺を殺すこともできる、と威した」

「お前にそれをつきつけたのか」

香田は無表情になった。

「つきつけた。俺の銃をとりあげ、預かっておくといった。拳銃の紛失で俺を追いつめられると思ったようだ。俺はあんたに迷惑がかかる、と警告した。だが、井端はあんたに心酔していて、こんなことであんたに傷はつかない、と断言したよ。そこに間野が現われたんだ。奴は、俺と井端の話をずっと立ち聞きしていた。そして元公安だからといって容赦はしない、といった」

「なぜ井端を撃った？　抵抗したのか」

鮫島は首をふった。

「しなかった。正座させ、質問をして、答が正解じゃない、といって撃ったんだ」

香田は目をみひらいた。

「何だと、そんな理由で撃ったのか!?　いったいどんな質問だったんだ」

「バリケード封鎖の内部で、誰かがお前を公安のイヌだといいだしたら、どんないい逃れをするか、だ」

香田は信じられないように鮫島を見つめている。

「それに対する井端の答は、自分をイヌだといった奴こそイヌだといってやる、というものだった。間野は三角だ、マルはやれない、といい、マルはあんたに訊け、といった直後に撃った」

「常軌を逸してる。まだ潜入工作をしているつもりなのか」

「俺はちがうと思う」

「だったら何だっていうんだ!?」

香田は怒鳴った。

「現代ではありえない状況設定の質問をして、ちがっていたら撃つだと。いったい奴は何様のつもりなんだ。中野学校の教官か」

鮫島は無言だった。

「警察を憎んでいるのか？　そうだろう。公安刑事としてきつい任務におかれたあげく、今度は『サクラ』だ。精神がぼろぼろになって、公安関係者を憎んでいる。だから元公安という理由で、井端を撃った」

「憎んではいない。絶望はしているだろうが」

「絶望だと？　犯罪者に落ちぶれた奴に、絶望する権利なんかない！」

「間野から見れば、たぶん、俺もあんたも幸福な警察官だ」

香田は額に手をあてた。

「わけのわからないことをいうな。俺たちの何が幸福なんだ。キャリアだからか」

「公安一課で潜入を十年。年をくい、メンも割れて、今度は『サクラ』にもっていかれた。そこで六年、たぶん海外勤務だったのだろう。いったいどんな任務をやらされたか、外一にいたあんたの方が想像はつく筈だ。たぶん間野の最後の任地は南米で、麻薬カルテルとＣＩＡのつなぎをやらされていた。警察官なら、最後に拠って立つ場所として法がある。が、南米にいたときの間野にはそんなものはなかった」

「だとしても自分がうけた仕事だ。嫌ならやめればよかったんだ」

「だからやめた。犯罪者になった。だがそれは一度目の絶望だ」

「一度目？」

「二度目は稜知会だ。間野が新宿で俺と薮の前に現われたのは、奴の泥棒市場への稜知会の侵食を、警察の力で止めさせるのが目的だった。稜知会の存在を知らせれば、警察が一気に襲いかかり、ひきはがすだろうと考えていたんだ。奴は本気で俺を殺す気などなく、薮を撃ったのは事故に近かった。だが間野の目論見は外れた。稜知会の関与を知っても警視庁組対部は動かず、間野だけを追った。その理由をおそらく奴は稜知会の関係者から聞き、さらに井端の言葉が裏づけた。二度目の絶望だ」

鮫島は香田の目を見すえた。

「しかもその背景が、警視庁全体の方針ではなく、あんた個人の独断専行にあることも間野は知った。すぐに方針をかえ、稜知会との密約をとり消した方がいい。このままではあんた自身も非常に危険だ」

「狙いはそれか」

香田は肩をそびやかした。

「間野に吹きこんだのはお前だな。今度は間野を使って脅迫しようというのか」

「ちがう！」

「結果は同じことだ。俺がびびって、稜知会をひっこめさせれば、奴は市場をとり戻せる」

「間野はもう終わりだ。それをわかっている。奴はもう泥棒市場をとり返そうなどとは思っていない。稜知会と警察が組んだのが許せないんだ」

「だからそれはお前と同じ考えだろう」

「聞けよ。稜知会は、間野から市場をとりあげただけでなく、スタッフだった呉明蘭という中国人の女もとりあげた。間野は呉に惚れていた。が、呉は稜知会の石崎謙一に文字通り抱きこまれた」

香田は嘲笑った。

「今度はふられた腹いせか。それもこれも全部、俺に押しつけるというのか」

「間野は、稜知会が組織の論理で最終的には呉を消耗品にするのを恐れている」

「そりゃそうだろう。やくざにとって女などそういう存在だ」

「石崎がどう考えているか、俺にはわからん。だが石崎の意志とは関係なく稜知会が動くことは予想できる。間野が恐れていたのはそこだ」

「だったら石崎を殺して呉をとり返せばいい」

「これは俺の想像だが、石崎は呉に対して、今の段階では保護する立場に回っているのだと思う。間野には呉と共に行動しているようすはないし、またその余裕もない。にもかかわらず、呉明蘭を警察が捕捉できないのは、石崎を通して稜知会の庇護をうけているからだ。今その石崎を殺せば、呉を守ってくれる人間はいなくなる」

「つまり間野からはもう、市場をコントロールする力は失われた、ということだな」

「その通りだ。あんたの計画は半ば成功したといえる。だがそれは、間野の暴走によってひきおこされた。そして暴走はまだつづく」

鮫島はいった。

「俺を威しているのか」

香田は冷静な表情になっていった。

「奴から何か具体的な計画を聞いたのだな」

鮫島は首をふった。

「間野は、稜知会に泥棒市場を乗っとらせる計画をたてたのは、警視庁でも警察庁でもなく、香田という一理事官だ、と断言した。それに対して俺は、今度は香田を殺すと威すのか、と訊ねた。すると間野はこういった。『もっと効果的な方法がある』。詳細はいわなかった」

香田の目が鋭くなった。

「家族か。奴は俺の家族を狙うつもりなんだな。お前、俺の話をしたろう」

「していない。極力、計画をたてたのがあんた個人であることを、間野には悟られまいとした。が、井端が俺を脅迫するのを聞いて、すべて察したんだ」

「貴様、俺の家族が襲われたら許さんぞ。いったい奴と何を話したんだ」

「間野が語ったのは都市学だった」

「都市学だと」

香田は眉をひそめた。

「いろいろ話していたが、いいたかったのは第三世界の労働者が先進国で得た収入を本国に還元するときの理想的な分配システムについてだったようだ」

理解できないように香田は首を傾げた。鮫島は言葉を続けた。

「間野は、世界都市の概念をもちだし、そこへと向かう資本主義経済の流れにあって、犯罪組織による分配システム、我が国でいうなら稜知会の上納金制度が最も強固なものだ、そして自分はそれに拮抗しうるシステムを作りあげたかった、できれば出稼ぎ労働者ではなく、移民労働者としてうけいれられたメンバーによって、といった」

「アナーキズムだ」

香田は吐き捨てた。

「外国人犯罪者による理想郷をこの国に作ろうとでもいうのか。何が世界都市だ。少しくらい第三世界の現状を知ったからといって、何をわかったつもりでいるんだ。間野は主体となる国家の話をしたか？　世界都市を機能させるためにはどれだけのインフラが必要で、そのための秩序の維持がいかに大切かを語ったか。奴のいうシステムなどが確立されれば、日本は混乱の渦に落ちる。無国籍な、犯罪都市国家が現出するんだ。間野の中にあるのは、日本の、警察によって治安を支えられた現行システムに対する恨みでしかない。それを壊したくて奴は、外国人とばかり手を組んでいる」

「外国人犯罪者より、稜知会の方がマシだ、と？」

「あたり前だ。連中には少なくとも秩序がある。勘ちがいするなよ。俺は稜知会が必要悪だといっているわけじゃない。組織暴力はあってはならない存在だ。だが、あってはならないと考えるのは、そこに大きな力が集約されるからで、その力の強さ、魅力を犯罪者たちが知ってしまった以上、根絶は困難だ。たとえ稜知会を解散、壊滅させられる日がこようと、そこから遠くない未来に新たな組織暴力は必ず生まれる。俺がそうした問題をまるで考えなかったと思うか」

「いいたいことがあるのなら聞こう」

香田は取調室の扉を見やった。

「ここでお前を相手に語ったところでまるで無意味だが、話してやる。未成熟な組織暴力は、一般市民に身体的な被害をもたらす可能性が高い。たとえば終戦直後の日本や現在のロシアがそうだ。組織が乱立し、覇権を争う抗争が頻発する。だが現在の日本はその段階を通りすぎている。成熟した大組織が、奴らの市場を管理し、利益の分配システムも完成している。不要な抗争は、物理的にも経済的にも損害をもたらすと理解しているんだ」

「大組織による市場の寡占化が、公共の経済にも侵食し、やがては排除が困難となるような関係性に発展していく危険は考えないのか？」

「そんなものは法をかえることで対処できる」

香田はいった。鮫島は首をふった。

「あんたと俺には根本的なちがいがある」

「何」

「あんたは、警察は犯罪組織より、常に優秀だと考えている」

「当然だ。こんなことは他ではいえないが、我々以上に優秀な頭脳の人間はめったにいない」

「新たな犯罪を創出するのも優秀な頭脳で、そこに先回りした警官など、今までいたためしがない」

「警察というのはそういう存在だ。起こりうる犯罪を前提に行動すれば、それは警察国家を生みだすだけだ」

「それには反対しないが、警察の方が常に優れていると考えるのは危険だ。確かに小組織の乱立による抗争は社会不安をもたらす。だが巨大犯罪組織が排除もできないほどはびこった社会は、倫理感の後退を招く」

「誰が排除できないといった？　企業であれ、犯罪組織であれ、巨大化した機構は、必ずシステムの硬直を起こして、崩壊への道をたどるものだ。警察はそこに食いつけばいいし、硬直をうながす法改正もおこなわれている。お前が心配するほど優秀なやくざなどこの世にはいない。資本主義経済が高度化すればするほど、優秀な頭脳は犯罪などに向かわない」

「そうかもしれん。だが犯罪組織には、暴力という機能がある。それを使えば、優秀な頭脳が立ちあげた新たな利益追求システムに、〝横入り〟することが可能なんだ。その排除は簡単ではないと、あんたもわかっている筈だ。犯罪組織が巨大であればあるほど、触手は深くシステムに刺しこまれる。それを引き抜こうとすれば多くの犠牲が生じるので、結局は社会はシステムへの寄生を許す方向へと流れる」

「社会システムそのものを強化すればいいんだ。そのために官僚が知恵を絞る」

「官僚だろうと、システムにたずさわる企業社員だろうと人間だ。暴力の圧力に屈しないでいるのは困難だ。いいか、警察官は、警察機構そのものによって守られているが、ふつうの市民はちがうんだ。暴力団による脅迫を、『日常茶飯事だ』と笑いとばせるのは、守られているからこそなんだ。一般の市民にそれを強要するのは思いあがりだ」

「一般市民の身体、財産を傷つけるのは、暴力団よりも外国人犯罪者の方がはるかに多い。そのことを忘れたか」

「忘れてはいない。前もいったが、組織暴力の手を借りて外国人犯罪者を排除する、その手法に俺は反対している。もっというなら、あんたは個人的な怨恨によって判断力が低下しているんだ」

「貴様――」

香田は顎をそらし、息を吸いこんだ。その目をとらえ、鮫島はいった。

「あんたの家族に起こった事態には、心底、同情する。責任を感じるあんたの気持は、もちろんわかる。だがそのことと、今回の稜知会に対するあんたのアプローチは別問題だ。沼尻さんを介してあんたは稜知会の幹部と連絡をとり、間野を市場から排除する工作のあと押しをした。もちろん頭のいいあんたのことだから、稜知会に言質をとられたり、密約が存在していると外部に思われるようなやりかたはしなかったかもしれん。だがそれでも、稜知会はこれが警視庁組対部の了解を得たシノギだと解釈する」

「そんなものは勝手に解釈すればいい」

家族の話をされても今回は、香田が興奮することはなかった。

「ひとつ訊かせてくれ。あんたの今回の計画を仲立ちしたのは沼尻さんだろう。その沼尻さんの向こうにあんたがいることを、稜知会は知っているのか」

「俺を何だと思ってる。いざことが明らかになったとき、すべてを他人に押しつけて逃げるとでも？」

鮫島は息を吐いた。

「俺を腰抜けだと思っているんだな。やくざ者やしゃぶ中とやりあったことがないから――」

「そうじゃない」

鮫島は香田の言葉をさえぎった。

「確かにあんたは俺とはちがう。だがそれは根性とか勇気の問題じゃない。立場の話だ。あんたは、あんたがよくいうところの〝兵隊〟じゃない。そのあんたが、稜知会に了解を与えたというのは、現場のマル暴が、マルBと貸し借りを作ったり、顔をつなぐのとはわけがちがう。稜知会も当然そのことはわかっている。とことんそのことを利用しようとしてくる筈だ」

「だからいったろう。俺のクビなどくれてやる、と」

「奴らはあんたのクビになど興味は示さんさ。警視庁組対部とのパイプを大切にする。あんたのしたことは、今後、稜知会にだけパスポートを与えたのと同じになる」

「ありえない。お前は稜知会を過大評価している。確かに稜知会は巨大で根絶するのが困難な組織だが、国を相手に勝ち残れはしない。利用するだけしたら、俺は自分のクビと引き換えにでも奴らを叩き潰す」

「そんなに甘くはないぞ。それこそあんたの家族を人質にとられるかもしれん」

香田は息を止めた。

「今、俺を脅迫しているのは、お前か、間野だ。少なくとも稜知会じゃない」

「間野が何を考えているかはわからないが、間野にも稜知会にも警戒はすべきだ。今、あんたの身には何が起こっても不思議はない」

「間野は何をしようとしているんだ。奴は、俺の家族にあったことを知っているのか？」

「わからない。少なくとも、間野の前では、俺も井端もその話はしなかった」

間野が香田の家族に危害を及ぼす可能性はあるだろうか。答えながら鮫島は考えていた。

鮫島の知る間野は、そういう手段を嫌いそうな男に見えた。だが、何もかもを失いかけている状況では、そんな手段を間野が用いてもおかしくはない。

「家族の安全は確保しているのか」

鮫島は訊ねた。

「お前が知る必要はない」

香田は冷ややかにいった。

「お前からは一切、俺の家族に関する発言を聞きたくない」

「そうか」

鮫島は頷いた。

「だったら何もいわん」

「間野のこれからの行動をいえ。ずっと追ってきたお前なら想像がつくだろう」

鮫島はメルセデス車内での会話を思い返した。

「奴の目的は今のところひとつしかない。泥棒市場と呉明蘭に対する稜知会の影響力を排除することだ。それ以外には、たとえ自分の身の安全に関しても、興味がないように思える」

「マスコミを使う可能性は？」

「ないとはいえない。俺の家での、井端と俺の会話を録音してある、とあんたにいえ、と奴はいった。それが真実かどうかはわからないが――」

香田の表情がわずかに変化した。

「井端は何を話した」

「あんたに不利になることは何もいっていない。すべては自分の判断だといい、俺の銃を奪い、拳銃紛失でクビになりたくなければおとなしくしていろ、と。それを拒否すると、自殺に見せかけて殺す、といった」

香田は目を閉じた。

「いったろう。井端はあんたに心酔している。だが彼にそんな行動をとらせた責任は、あんたにもあるぞ」

「わかりきったことをいうな。全部、井端が悪いなどという気はない」

「もし録音データが実在するとして、公表されたら、井端は終わりだ」

鮫島はいった。それはまちがいない。そして香田にも深い傷がつく。

香田は考えていたが、訊ねた。

「お前はなぜそのことを今まで黙っていた。俺との交渉の材料にする気だったのか」

「それもある。あんたが本当に部下をかばう気持があるのならな」

「いっておくが、井端をかばうために、この件から手を引く気はないぞ。もしそんなことをすれば、井端は自責の念で自殺しかねない」

「だろうな」

鮫島は認めた。脅迫の事実を明らかにしなかったのは、それが一番の理由だった。井端のような警察官は決して認めないが、そのことと自殺に追いこむのとは別だ。

「お前は井端をかばったつもりか。いや、井端と俺を」

鮫島は黙った。真実を告げるのなら、「警察をかばった」というべきだった。だが、自分はそういう警察の体質を何より嫌っていた。その体質こそが、今の自分をここにおいているのだ。

だからそれだけは口にしたくなかった。

鮫島の沈黙の理由を、香田も理解した。

「矛盾だな、鮫島」

「俺が明らかにしなくとも、間野がするかもしれん」

「そのときお前はどうするんだ？　脅迫があったと認めるのか。それとも捏造だというのか」

「――わからん」

鮫島は答えた。

「お前らしくないな。お前の正義感もぬるくなったということか。あたりかまわず周りを傷つけてもつっ走ろうとしていたお前が、そんなこともわからんとは」

鮫島は香田を見つめた。

「俺の仕事は間野の逮捕と泥棒市場の壊滅だ。それをあんたが妨害するというのなら、脅迫の事実を公表する」

香田は鮫島の目を見返した。

「勝負だな」

やがていった。

「やりたいようにやらせてやる。間野がつかまれば俺にとっても好都合だ。だが市場を、お前ひとりで潰せるかどうか」

鮫島は息を吸いこんだ。香田から稜知会に流される情報いかんによっては、自分は稜知会の的、にかけられる。そうなれば、万にひとつも生きのびられる術はない。

だが、ここは退《ひ》けなかった。

「ああ。勝負だ」

鮫島はかすれた声で答えた。

29

新たなオフィスは、国道二四六号に沿って道玄坂を登った南側の雑居ビルにあった。鈴原の話によれば、八階建てのそのビル全体が、稜知会のフロント企業の所有で、だがそのことは警察もまったく把握していないという。

「世間では稜知会というと、何だか何万人という組員がひとつところにかたまってにらみをきかせているってイメージがあるようですけどね。実際、俺らも自分に近いところの人とか、マスコミにでてくるような大幹部の名前しか知りません。大企業だってそうじゃないですか。社員何万ていう会社じゃ、お互いの顔を全部は知りませんよ。道で会ったって、まさか同じ会社だと思わないのといっしょで、このビルも毛利さんに教えられるまでは、まるでそうとは知りませんでした。もっとも、それだからサツも目をつけようがないんでしょう。皆が全部を知っているのなら、ひとりをひっぱりゃ洗いざらい吐かせられますからね」

雑居ビルに入っている他のテナントは、外国語学校、司法書士事務所、携帯電話ショップなど、およそ暴力団とはかかわりのなさそうなところばかりだ。

六階の四分の一を占めた「株式会社　流通情報局」というのが、新たなオフィスの名だった。

明蘭が出勤すると、そこにはすでに新宿の〝会社〟にいたスタッフが二名出勤していて、初めて見る二人に、パソコンによるセラー情報の扱いかたを教えていた。新しい二人はどちらも二十代の終わりから三十代の初めで、きちんとスーツを着け、ネクタイを締めている。二人とも言葉に関西訛はあったが、やくざっぽい雰囲気はみじんもない。

そこで明蘭は、「専務」と呼ばれることになった。鈴原が「部長」だ。

他には少し派手な印象のある女がひとりいて、電話やお茶汲みなどの仕事をしている。その女に対する接し方で、明蘭はもしかすると鈴原の愛人なのかもしれないと思った。

午後になると五十代の公認会計士がやってきた。会社の経理全般をみることになった者だといった。大阪に本社がある会計事務所の名刺をさしだし、月に二度、チェックのために上京すると自己紹介した。

ダブルのスーツを着け、髪をオールバックにしたその公認会計士が最もやくざっぽく見えることに気づき、明蘭はおかしくなった。

他のスタッフは、鈴原を含め、およそやくざには見えない人間ばかりだ。

結局、やくざとそうでない者の境はどんどんなくなっていくのだろう。

明蘭専用にあてがわれたスペースで、スタッフが新宿から運んできてくれた自分のパソコンを立ちあげ、明蘭は思った。個室でこそないが、パーティションで、他の目が気にならない配置になっている。

やくざになる人間は、地道な努力を蔑み、〝太く短い〟生きかたで大金を得られる職業としてそれを選択する。勉強するのが嫌いであったり、たとえ頭がよくても、世の中から差別される環境の中で育ったりした者が多い。

毛利が以前いっていたが、やくざの十人が十人、暴力的な人間であるわけではない。暴力がまったく駄目というのは向いていないが、殴り合いにいくら強くても〝出世〟できるとは限らない。逆に腕っぷしに自信のある人間は、トラブルを力で解決したがる傾向があって、一時的には存在が目立つが、いずれは駄目になるというのだ。

「本当にケンカが必要なときにはためらわず、とことん、いく。だがそれ以外はなるべくおとなしくしている。それが一番や」

稜知会ほどの大組織になると、いろいろな人間が集まってくる。ケンカ以外に能がないという人間もたくさんいる一方で、事情があって表社会には拒絶されているが、〝そこいらのサラリーマンが束になっても勝てないくらい〟頭のいい人間もたくさんいる。そういう人間に、ケンカでのしあがらせる必要はない、と毛利はいった。

「頭がええ奴は、銭を稼がせればいい。本当なら役所や一流企業に入って頭角をあらわせるような奴が、どこでまちがえたか、向こうに断わられて、うちにくる。そんな奴にチャカやヤッパもたせて何の意味がある。パソコンもたせる方がよっぽど武器だ。しゃぶの買いつけのかわりに株をやらせる。タネ銭と金儲けのもとになる情報はいくらでも入ってくるのが、俺らの世界だ。それでうまくいかなかったら、ケンカしか能のない奴を使えばいい。相手が大手の銀行だろうが証券会社、不動産屋、まるで畑のちがうIT関連だろうと、人間という点じゃ皆いっしょだ。自分がかわいい。おいしい思いはしたいし、痛い目にはあいたくない。看板は最後までひっこめておく。代紋ちらつかせて商売の話ができたのは、大昔のことだ。今は、代紋をちらつかせるところからサツにもっていかれる。稜知の中にも、そういう阿呆はいる。だがそんなのがいくらもっていかれても、〝本部〟は痛くもかゆくもないんだ。そんなチンケな奴らの稼ぎはタカが知れているからさ。代紋を使わないで、金儲けも威しもできる人間の方が重宝されるんだ」

金がすべてで、ミもフタもないといえばそれまでだ。だが、毛利と深見のちがいはそこだった。深見には、明蘭にはわからない〝理想〟のようなものがあった。それをはっきりと深見が口にすることはなかったが、中国人である自分には、夢のように現実感のないものに感じられるときがあった。

もし自分が中国人でなく日本人であれば、深見のその夢に共鳴し、より深く深見に惹かれていたのではないか、と思ったことがある。だが一方で、自分が中国人だからこそ、深見はパートナーに選んだのだ。したがってその仮定はまったく無意味だった。

会社でたとえるなら、深見は自分の理想を実現しようとするワンマン社長で、毛利は大企業から送りこまれた出向役員のようなものだ。マーケットの利益効率をよりあげるためにやってきた。

やくざがやくざらしくふるまって、それでお金を稼げる領域はどんどん狭まっている。一見、ふつうのサラリーマンのように見える姿で、しかしサラリーマンには動かせないような大金や、入手できないような裏の情報を用いて、金儲けをするのが、現代のやくざなのだ。しかも必要なら威し、傷つけ、殺すことも、業務の中に含まれている。

マーケットは、稜知会という巨大企業の中の、秘密の収益事業部門に組みこまれようとしている。そして稜知会には、脅迫、殺人という暴力行使部門があって、明蘭が見たこともない人間が、必要ならマーケットのためにそうした業務をおこなうのだろう。

その方が警察も目をつけにくく、全体像を把握しきれない。

もちろん、こちらの部門を警察が追及してくることだってある。鮫島という刑事が目をつけたように、この「株式会社　流通情報局」だって、いつ警察のマークをうけないとも限らない。

そのとき毛利がどうするか、明蘭には想像がつくような気がした。会社を解散し、関係者をばらばらにする。場合によっては国外に逃がすこともあるだろう。だが決して失くしはしないのが、マーケットのシステムと運営するノウハウだ。それを別の場所、別の人間に受け継がせれば、この収益部門が失われてしまうことはない。

もしかすると、毛利――石崎の名を警察がつきとめることはないのではないか、つきとめてもマーケットとの関係を立証できないのではないか。

深見の仕事を手伝い始めて、まず気づかされたのは、中国と日本の警察の捜査法のちがいだった。

中国の警察は、日本の警察に比べると、雑で乱暴な捜査をする。証拠がそれほどそろっていなくとも、ひどいときには密告が何件かあったというだけで容疑者を拘引し、取調べをおこなう。しかも取調べに拷問はつきもので、痛みや恐怖で自白すれば、ただちに裁判がおこなわれ、結審してしまう。上告や再審請求はまず通らず、懲役、ひどいときには死刑が執行されてしまうのだ。これを逃れるには賄賂しかない。

賄賂を払っていれば、あらかじめ捜査対象から外されるか、最悪の場合、逮捕される前に逃げろという知らせがくる。

日本の警察は、賄賂はほとんどとらない、と聞いた。そして裁判所がきちんとしているため、逮捕、起訴するのに必要な証拠を細かく大量に集めるらしい。

証拠がそろわなかった者に関しては、起訴を免れるのはあたり前になっている。

稜知会に限らず、日本の暴力団が〝優れて〟いるのは、この証拠を、そ、ろ、え、さ、せ、な、い、という ところだ。下の人間は、上の人間の命令でやったとは、決していわない。たとえばの話、この「株式会社　流通情報局」が警察に踏みこまれ、鈴原が逮捕されたとしても、毛利の名は決して口にしない、ということだ。

それは、殺されるから口にしない、というのではない。もちろん口にすれば、それなりの報復はあるにちがいないのだが、鈴原はそれを恐れて口にしないのではなく、やくざのルールとして、しないのだ。

おそらくそれは日本人の性質だろう。たとえ暴力団でなくとも、一般企業が法に触れることをして現場の社員は逮捕されても、それが役員や社長にまでは決して及ばない。

日本人は、上をかばうのを美しい、と感じる体質なのだ。

自分はどうなのだろうか。

今は、毛利をかばいたい気持はある。ある意味で恩人だし、男としても惹かれてもいる。たぶん、愛しているだろう。

だが何年か後、二人の関係が今とは変化したときに逮捕されたら。そして毛利のことを喋れば罪を軽くしてやる、といわれたら。

絶対にかばう、という自信はない。

「専務」

鈴原の声に我にかえった。

「セラーとお会いになる時間です」

鈴原は、富山《とみやま》という新たにスタッフに加わった若い社員といっしょだった。明蘭は二人とともに、ビルの地下駐車場に停められていたボルボのワゴンに乗りこんだ。ハンドルを富山が握る。

「今日のセラーは初めての相手です。アフリカ人で、P―4を二〇〇もってくることになっています」

鈴原がいった。マーケットは、新たに薬物系の商品を扱うことになり、それにPコードが与えられた。P―1がヘロイン、P―2が覚せい剤、P―3がコカインで、P―4がハシッシュだ。P―5がMDMA、P―6がマリファナ、となっていて、Pコードは、睡眠薬や向精神薬まで、全部で15まである。

「質は富山が鑑定します。この男は、十代の終わりから二十五まで東南アジアでずっとバックパッカーをやってましてね。そのときにあらゆるクスリを試してるんです。だから上モノとクズのちがいは一発で見抜けます」

「はい。任せて下さい」

富山がルームミラーの中で明蘭を見やりいった。明蘭はいった。

「お願いします」

「でも、よくお前、クスリから足を洗えたな」

鈴原がいった。

「いやあ、けっこうヤバかったっす。一番ハマったのは、阿片チンキ漬けのマリファナで、あれで本当四〇キロまで体重落ちましたから」

「どこでやったんだ」

「バンコクですよ。けっこう高いブツだったんですが、ちょっとまとまった金があったんで、手をだしたら止まんなくなっちまって。やっぱり、アッパーとダウナーを同時に食いだすと際限がなくて駄目ですね。やめられたのは、カオサンの安宿でいっしょに泊まって、吸ってた女が、朝起きたら冷たくなってたからです。前の日に拾ったばかりの女で、日本人だったんですけど、泊まるところがないっていうんで連れてきて、セックスして吸わせたんすよ。なんかいろいろ試したことあるみたいな話をしてたんで、大丈夫だろうと思って一本やったら、こっちが飛んでるあいだにいっちまったらしくて。あとでいろいろ訊いたら心臓が弱かったっていうんです。参りました。でもそれで、俺もこんなことしてたら、遠くないうちにくたばっちまうだろうと思って、足を洗ったんです。そのあと、タニヤの方で日系企業の使いっ走りとかやってるうちに拾われて、日本に戻ってきました」

「拾ったの、誰だ?」

「吉兼《よしかね》さんです。前に『関西旅行』って代理店やってた——」

「ああ」

知っているのか、鈴原は頷いた。

「でも吉兼さんは確か――」

「カンボジアで亡くなりました。P―5の買いつけでいって、そうしたら昔つきあってたタイ人の女がそっちで売春屋の元締めの彼女になってて。久しぶりだったんで、よろしくやってたら、その元締めに見つかって……」

「つまんねえ死にかただな」

「ええ。でもね、東南アジアでやさぐれてるとそんなんばっかりですよ。別の組の奴でも、タニヤを仕切ってやるなんてほざいてたのがいたんですが、結局、頭ぶち抜かれて川に浮いてたり。やったのは、警察か軍隊だろうっていわれていますがね。あっちはでかい組がないかわりに、警察と軍が裏を仕切ってますからね。やりすぎるとそっちに殺されます」

「吉兼さんが亡くなって、毛利さんの世話になったのか」

「はい。『盃は向いてないだろう』っていわれたんで、いただいちゃいませんが」

「まあいいさ。給料さえ払ってくれるのなら、それでいいのだろう」

「そうですね。俺も『構成員』とかいうガラじゃありませんから。うちで盃もらってるのは、部長だけじゃないですか」

「そうだ。当分は、代紋でやる仕事じゃないと、毛利さんもおっしゃってるしな」

ボルボは、広い公園のかたわらを走り抜けていく。明蘭が見ていると、

「代々木公園です」

と鈴原が教えた。

「セラーとはどこで会うのですか」

「代々木三丁目の外国語学校です。P系を扱う場合は、囮捜査があるんで、けっこう気をつかいます。今回の相手はナイジェリア人ですが、必ず自分たちだけでこい、といってあります。もし日本人がいっしょだったら、そいつがマトリだったりする可能性もあるので」

「マトリ？」

「麻薬取締官です。奴ら、囮捜査つって、わざと買うだの売るだのをもちかけてきてパクるって、きたねえやりかたをするんですよ。だからまずそれを警戒します。あと、CDって手もあります」

それは聞いたことがあった。コントロールドデリバリィという方法で、薬物をもっている人間をわざと泳がせ、接触した人間をつかまえるというやりかただ。

「いずれにしろ、セラーは、ブツをだす前に一度、すっぱだかにします。隠しマイクとかカメラをつけてる可能性がありますから」

明蘭は頷いた。貴金属やバッグ類なら、万一鑑定の現場に踏みこまれても、盗品とは知らなかったというい いわけがひとまずはできる。だが違法薬物となるとそうはいかない。

盗品であろうがなかろうが、〝触って〟いるだけで犯罪なのだ。

「P系はとにかく気をつかいますよ。今日のナムディってセラーは、もともと六本木のクラブのセキュリティをやっていた奴なんです。女がたまたまうちの系列のカジノ屋の客で、そっちの筋から入ってきた話です。P―4をけっこうな量もってるらしいんだけど、そこらへんの組にもちこむわけにはいかないわけがあるらしくて、どこか引きとってくれるところはないかって。毛利さんがそれを聞いて、余分な人間をかませないで、直でうちに回せって指示したんです。あいだに余分な人間が入ると、それだけ利ザヤを抜きたがって高い値になるし、話が洩れやすくもなるからと」

「ナムディの身許確認は？」

「それは今回特別に、うちの城南支部がやりました。毛利さんが頭を下げて頼んでくれたんです。そのぶん、動いた奴にはあとでこづかいをやらなきゃなりませんが。とりあえずクリーンだってことで、うちのP系の初仕事にしようって話になりました。だから今、そのナムディには、城南の人間が四人張りついて、妙なヒモがついてないか見張っています」

ボルボは道を右折し、キリスト教の教会が見える通りをさらに曲がった。明蘭にも見覚えのある景色だった。小田急線の南新宿駅の近くだ。

「あれがそうですが、いったん通りすぎて、ようすを見ます」

鈴原がいい、ボルボは外国語学校の看板がでた古いビルの前を通りすぎた。周辺には同じような外国語学校らしい建物がいくつもある。

「しかし外国語学校を取引に使うってのはすごいですね」

富山がいった。二〇メートルほど走り、別の外国語学校の入口の近くでボルボを停止させる。

「経営者が二代目のアホでな。カジノにはまってパンクしたのを、毛利さんとこの金融がおさえたんだ。毛利さんは頭だけをとっかえて、あとはそのままそっくり残した。生徒も先生も、まさか学校のもち主が稜知会だとは夢にも思ってない」

「すげえ」

富山が感心したように首をふった。鈴原の懐ろで携帯電話が鳴った。

「はい」

応えた鈴原が相手の声を聞き、

「お疲れさんです」

といった。しばらく相手の話に耳を傾け、

「何」

眉をひそめた。

「ちょっと待ってくれ。おりかえし電話する」

通話を切って、明蘭を見た。

「専務、見張りをさせてる人間からの連絡で、ナムディがもってるブツの筋がわかったらしいんですが、ちっとやばいネタのようです」

「やばい？」

「ええ。もともと共栄連合系の東心会が仕入れたブツで、それをナイジェリアから運んできた別の運び屋を刺してかっぱらったっていうんです。共栄連合は、田島組って、関東じゃ大手の系列で、うちとはまあまあうまくやってるところです。刺された運び屋もナイジェリア人で、最初、強盗の被害者ってことで新宿署に保護されていたらしいんですが、ポケットからP—4が見つかってパクられてます」

明蘭はすばやく頭を働かせた。

「問題があるとしたら、ふたつです。ひとつ目は、その共栄連合というところが、うちとナムディとの取引を知ったら怒るか。もうひとつは、つかまった運び屋がナムディのことをどこまで警察に喋っているか。部長にとっては、どっちが重大ですか」

鈴原の目にわずかだが驚きの表情が浮かんだ。明蘭を〝専務〟と呼んで立ててはいるが、心の中では毛利の愛人に過ぎないと思っていたのだろう。

「それは、ですね」

鈴原は口ごもった。

「マーケットのことは、うちがらみだという話はまだまったく伝わってません。だから田島組からクレームがつく心配はないと思います。ナムディはつかまりゃ場合によっちゃ消されますが、奴ももちろんマーケットがうちの傘下だとはまるで知らない。だからひとつ目の問題は無視していいと思います。万一、流れたP―4がもともと共栄連合が仕入れたのと同じブツだというのがわかっても、それで稜知にケンカを吹っかけるような馬鹿はしないでしょうから」

「二番目の問題は？」

「つかまった運び屋しだいですが、当然その野郎もナイジェリア人でプロでしょうから、よけいなことはうたっていないと思います。うたっても手前の罪が重くなるだけですからね。そうなりゃ、よくある不良外人の薬物所持ってんで、とっくに送検されてます。それをいつまでも追っかけるような暇なデコスケがいるとも思えません」

明蘭は頷いた。ひとつだけひっかかったのが、セラーであるナムディの起こした強盗傷害事件を新宿署が捜査した、ということだ。

新宿署には、深見のいっていた、鮫島という刑事がいる。

「鮫島」

明蘭はつぶやいた。

「え？」

鈴原が訊き返した。

「新宿警察署には鮫島という刑事がいて、マーケットのことをしつこく調べていました」

「鮫島……。知らないな。専務はどこでその名前を聞いたのですか。直接会ったことがあるとか」

明蘭は首をふった。

「会ったことはありません。深見さんから教えられたんです」

鈴原の表情が曇った。

「鮫島はマーケットの存在に気づいて、セラーやバイヤーを捜し、そこからわたしのことをつきとめました。深見さんの話では、わたしが前いたマンションをずっと監視して、逮捕状をとるための証拠を集めていたそうです」

「監視の話は聞いています。だから毛利さんは専務を一度国外にだした。それが鮫島だったんですね」

「そうです。深見さんの話では、鮫島はかわっていて、ひとりで何でも調べるのだそうです」

「そんな刑事がいるんですか」

驚いたように鈴原はいった。

「深見さんはマーケットを守ろうとして、その刑事を殺そうとしましたが、うまくいきませんでした」

「それが例の、新宿での事件だったんですか。で、深見さんは今、どうしているんです？」

明蘭は首をふった。

「まるで連絡をしていません。わたしの携帯電話は処分して番号をかえてしまいました。わたしからは連絡をとることもないので」

鈴原は無言で頷いた。考えこんでいるような表情だ。

「鮫島はずっと深見さんを追いかけていて、でも簡単にはつかまえられなかった。だからわたしに目をつけたのだと、深見さんはいっていました」

「だったらきついいいかたですが、専務を切るなり、いったん外国にだせばよかったのに。なんで刑事を殺そうなんて無茶をしたんだろう」

「わかりません。深見さんと鮫島はずいぶん前から、お互いを知っていたみたいです」

「因縁の仲って奴だったのですかね。まあ、深見さんの話はいいでしょう。問題はその鮫島ですが、所轄の刑事なら、そう心配する必要はないと思います。いろいろあって、うちには今触らないことになってると聞いていますから」

「何ですか、それ」

富山が訊ねた。

「お前は知らなくていい。ただサツにもいろいろ事情があるってことだ。どうしますか。専務のご判断でけっこうです。毛利さんからも、専務の判断を最優先しろ、といわれていますし。退《ひ》くなら退くで、この件はナシにします」

鈴原は富山をたしなめると、明蘭を見つめた。明蘭は深々と息を吸いこんだ。もう、深見に判断を仰いでいた、昔のマーケットとはちがうのだ。

「いきます。セラーと会いましょう」

明蘭は答えた。

30

捜査はふりだしに戻った。古尾明子こと呉明蘭と間野の二人に焦点を絞りこみ、市場のシステム解明まであと一歩、というところまでいって、間野は市場を離れ、呉明蘭も姿を消した。

存在を特定できるのは、稜知会とその構成員、石崎謙一だが、そこへ向かうには、香田のブロックがかかっている。石崎に関する情報を警視庁組対部からひきだすのは不可能だろう。

鮫島は関西に向かうことを考えた。が、沼尻という、稜知会の専門家を香田が味方にひき入れている以上、石崎や稜知会についての情報を大阪府警や兵庫県警から得るのは難しい。

石崎を〝古尾明子〟名義で登録されたベンツの件で追いこむという方法もあるが、それにはベンツを流した吉野の自供が不可欠だ。稜知会幹部を窮地におとしいれるような供述を、吉野がするとは思えない。もし強要すれば、吉野ひとりでなく吉野興業やその上部組織である尾久組から犠牲者がでる可能性もあった。

残された方法は、再び盗品の故買ルートの追跡以外にない。

間野から稜知会へと泥棒市場の管理者が変更になったとしても、市場の〝営業〟そのものは決して休止していない筈だ、という確信が鮫島にはあった。

窃盗犯はいつまでも盗んだ贓物《ぞうぶつ》を手もとにおいておきたくはない。所持しているだけで自分の犯行の証拠となるし、早目に換金しないですむ余裕があるのなら最初から窃盗などおかさない。したがって市場が休止していれば、たとえそれより換金率が悪くても、別の故買屋に売り払う。

ただ、ふだんつきあいがなければ、互いに信頼感を抱いているとはいえず、条件も悪く、さらにはどちらかがつかまれば相手に累が及ぶという危険を含んでいる。たとえばの話、常習的な故買屋は、警察に摘発された場合、重罪を逃れるために〝お得意〟ではなく一見の客を売る。〝お得意〟を売ってしまうと今後の商売にさしさわるからだ。

市場にとっての〝お得意〟がそういう理由で逮捕されれば、余罪の追及によって市場の存在そのものが危うくなる可能性がある。したがって自らの身を守るためにも市場は営業を長時間休止するわけにはいかないのだ。

鮫島はオドメグが密輸し、ナムディが奪ったハシッシュのことを考えていた。そのハシッシュは本来、田島組系の東心会が〝輸入〟したものだ。オドメグの協力者だったナムディがそれを知らない筈はなく、いきあたりばったりでハシッシュを手近の暴力団にもちこむとは考えられない。そうなると、市場への稜知会の関与をナムディが知っているかどうかはともかくとしても、安全な故買屋として、市場は第一候補にあがるだろう。

本来、窃盗犯とその〝お得意〟としての故買屋という、ごく限られた、閉鎖的な商取引空間を大きく広げたところに、この泥棒市場の〝価値〟がある。

もちろん、窃盗犯なら誰でも接触し、商品を買いとってもらえるわけでないだろうが、個人営業の故買屋なら「つきあいがない」「扱っていない商品だから」という理由で締めだされるような窃盗犯に対しても、市場は門戸を開いている筈だ。

間野はまさにそうしたシステム作りを得意としていたし、実際にそれに成功していた、と鮫島は考えていた。またそうでなければ、稜知会が乗っとるほどの魅力もない。

ナムディが以前、クラブの警備員をしていたというオドメグの話をもとに、鮫島は訊きこみをおこなうことにした。

若者向けのクラブで、外国人セキュリティをおく店は、新宿、六本木、渋谷に集中している。ナムディがセキュリティをつとめていた店は二日後に判明した。六本木の「ＺＯＯＭ」という店だった。ナムディは半年前に退職していたが、「ＺＯＯＭ」の従業員から、ナムディが日本人女性と同棲していたという情報を得た。女性の名は、児島貴美江《こじまきみえ》といい、キャバクラやクラブホステスの経験があるが、もともとは資産家の娘で、外国人男性とばかりつきあう傾向があったという。

鮫島はさほど期待せず、児島貴美江の前歴を調査した。すると、窃盗、覚せい剤取締法違反、賭博現行犯などの逮捕歴が次々にあがってきた。年齢は二十七だが、写真は二十そこそこにしか見えないほど若作りしたものが、資料として記録されている。現住所は、港区南麻布四丁目のマンション。

鮫島はそこに向かった。

まずおこなったのは、マンション管理人及び周辺住民への訊きこみで、それによると児島貴美江は現在も、そのマンションに居住していた。ナムディらしき、大柄なアフリカ系外国人は、以前はともかく、この一ヵ月は姿を見られていない。マンションは低層だが、造りのしっかりした分譲タイプで、児島貴美江は、完成直後からの区分所有者だという。

鮫島は一階ロビーにあるオートロックのインターホンで、児島貴美江の住む「三〇一」号室を呼びだした。時刻は午後三時を少し回っている。

ややあって、

「はい」

けだるげな女の声が応えた。インターホンにとりつけられたテレビカメラに鮫島は身分証を提示した。

「新宿警察署の鮫島と申します。児島さんにおうかがいしたいことがあって参りました」

「何の話」

「それは直接お目にかかって」

万一、ナムディが三〇一号室にいる可能性も考え、鮫島は答えた。

インターホンが切れた。鮫島はオートロックが開くのを待った。

が、そのままだった。児島貴美江はインターホンを一方的に切っただけで、自動扉を開けなかった。

しばらく待ち、鮫島は再びインターホンを押した。応答はない。

出入口がこのロビー以外にないことは、管理人に確認してある。子供じみた対応だった。

鮫島はもう一度、インターホンを押した。ようすを見守っていた管理人をふり返った。

「部屋からこちらは見えているのですか」

管理人は五十代の女性だった。管理会社からの派遣で、平日の昼間だけ詰めているのだという。

「音声は？」

「はい。インターホンを押すと、その部屋のモニターが自動的に映る仕組ですから」

「それは受話器をとらなければ聞こえません」

鮫島はテレビカメラに向き直った。無言で見すえる。

不意にインターホンがいった。

「今、弁護士に連絡したから」

「どうぞ。私はお話がうかがえるまでここにいます」

「あんた、クビになるよ。やり手なんだから」

横柄な口調だった。

「警察官が訊きこみにうかがっただけでなぜクビになるのですか」

インターホンは切れた。

四十分後、弁護士が現われた。濃紺のスーツにバッジをつけた四十代の男だった。ロビーに立っている鮫島を見ると歩みよってきていった。

「児島貴美江さんの依頼をうけた弁護士で谷と申します。身分証を拝見できますか」

鮫島は提示した。

「新宿署の鮫島です」

色白でいかにも秀才という雰囲気の谷の表情が翳った。

「もしかすると『新宿鮫』と呼ばれている？」

「そういう人間もいます」

谷は小さく頷くと、それについてはもう触れずに訊ねた。

「児島さんにどういった用件でしょう」

「逮捕状を請求する予定の強盗傷害犯に関しての情報提供のお願いです。被疑者はナイジェリア国籍で、児島さんと親しくしており、ここで同居していたという情報があります」

「その根拠は？」

谷は手にしていた鞄から、ノートとペンをとりだした。

「被疑者が以前勤務していた、六本木のクラブの従業員から聞きました。さらにこのマンションの住人も、被疑者らしい人間と児島さんがいっしょにいる姿を見ています」

「被疑者の写真はありますか」

鮫島は首をふった。

「それを児島さんに提供していただければありがたいと思っています」

「児島さんに何らかの嫌疑をかけているのではありませんか」

「現段階ではありません」

「現段階では？」

谷は鮫島の顔を見つめた。谷が、決してヒステリックに依頼人の権利をいいたてるタイプの弁護士ではないと見て、鮫島は告げた。

「被疑者には多量の大麻樹脂を強奪した疑いがあります。それを自ら吸引するとともに、暴力団関係者に売却している可能性もある。児島さんがそうした行為に関与しているかどうか不明ですから」

「被疑者の名は？」

「ナムディ」

「ナムディ、何と？」

「それ以外は不明です」

谷は鮫島を再び見つめ、ようすをうかがっている管理人の目を気にした。

「外でお話を」

鮫島は頷き、マンションのロビーを谷とともにでた。エントランスの階段に立つと、谷はいった。

「児島さんは捜査協力を拒否されると思います」

「その場合は、捜索令状をとって児島さんの部屋を調べることになります」

谷は小さく頷いた。

「彼女のご実家をご存じですか」

「知りません。資産家のようですが、それにしては逮捕歴が多い」

「名前をいえば誰でも知っている企業のオーナー一族です。十六のときに児島さんはご実家を離れられた」

「事情があったのでしょうな」

谷は小さく息を吐いた。どうやら児島貴美江の〝尻ぬぐい〟をこれまでも何度かしたことがあったらしい。

「鮫島さんの目的は、ナムディの逮捕ですか?」

「それもあります」

谷の表情が険しくなった。

「他に何が?」

「ナムディが強奪した大麻樹脂の売却先の特定です。そんじょそこらでは売れない理由がある」

「何ですか」

「指定暴力団が密輸させたものです。そこに知られたら、ただではすまない。児島さんには暴力団関係者との交友がありますか」

谷は首をふった。

「それにはお答えできない」

「弁護士さんならわかる筈だ。大麻樹脂強奪後のナムディの行動いかんでは、児島さんも被疑者となる可能性がある」

「威しですか」

「いえ」

鮫島はいって、谷を見つめた。

「児島さんに協力して下さるよう、説得された方がいいと思います。捜索令状をとれるだけの材料はあります」

谷は横を向いた。

「薬物はまずい」

ひとり言のようにいった。

「わかりました。ここで待っていて下さい」

谷はロビーに入っていった。鮫島が見ていると、インターホンを押し、開いた自動扉をくぐる。

約二十分後、谷がロビーに戻ってきた。

「私が同席の上、捜査協力をします」

児島貴美江は化粧をしておらず、ひどく顔色が悪かった。金髪に近いほど髪を脱色し、記録写真に比べるとかなり太っている。襟ぐりの深いトレーナーにジーンズ姿で、部屋ではなく近くの喫茶店で向かいあった。

「ナムディにはずっと会ってないよ。二ヵ月前にケンカして、でてった。あいつ、何にもしないんだもん」

「ナムディの友人のナイジェリア人を知っていますか」

「誰」

「知っている名を挙げて下さい」

「皆んな本名じゃないから、アテになんないよ。あいつだって最初、キャンベルなんて、アメリカ人みたいな名前使ってたんだから」

「アメリカ人と自称したのですか」

児島貴美江は首をふった。

「まさか。色がちがうし、あいつらの英語はピジンイングリッシュだから、すぐアフリカってわかるよ。でも、まあいいかって」

「まあいいか、とは？」

児島貴美江は長いメンソール煙草をとりだした。

「あたしさ、日本人とつきあわないんだよね。外人の方があってんだ。あいつ、アフリカの割にマシだったし」

「ナムディのフルネームをご存じですか」

「知らない」

「オドメグという友人の名を聞いたことはありますか」

児島貴美江は即座に答えた。

「ないよ」

「ナムディが今どこにいるか心当たりはありますか」

「そんなのわかんないよ。別れた男のことなんか、いちいち気にしないからね」

「今は別の人と――？」

「鮫島さん、それは捜査とは無関係では？」

谷が口をはさんだ。

「もしその人がナイジェリア人なら、ナムディのことを何か知ってるかもしれない」

鮫島はいった。

「今、空き家」

煙を吐き、児島貴美江はあっさりといった。

「ナムディの携帯電話の番号を教えて下さい」

「ないよ」

「ない？」

「別れたから消去しちゃった。だからない」

鮫島は谷を見た。無表情に鮫島の視線から目をそらせた。

「いつ消去したのですか」

「別れてすぐよ。疑ってんの？」

「ナムディの日本人の知り合いをご存じありませんか」

「いっぱいいたみたいだけど。あいつ長かったから」

「長かったとは？」

「二年くらい。日本語もそこそこ喋れるし」

「いっしょに遊びにいったりした日本人はいませんか」

「それはいない。あいつ仕事やめてからはずっとあたしのとこにいたから」

「暴力団関係者との交友はありませんでしたか」

「何それ。そんなのあたしにわかるわけないじゃん」

鮫島は息を吐いた。

「児島さんは、覚せい剤取締法違反と、賭博現行犯で逮捕されていますね――」

「鮫島さん、それは本件に関係がない」

谷がいった。

「そうでしょうか。賭博の逮捕は、赤坂の地下カジノでのもので、暴力団が開帳していた。覚せい剤の事案もあわせると、何らかの交友が暴力団関係者とあったと思われますが」

「それって名誉毀損じゃん。訴えてもいいんだよね、谷さん」

児島貴美江は谷を見やった。

「逮捕の事実は事実です」

鮫島はいった。そして児島貴美江の目をとらえた。

「谷さんは確かに弁護士で、あなたの権利を守るために同席されています。しかし、あなたがもし何らかの犯罪に加担されているとしたら、それを帳消しにすることまではできない。この件には複数の広域暴力団が関係していて、場合によっては児島さん自身に危険が及ぶ可能性があります」

「それは脅迫ですよ」

「そうよ、何いってんの。あたしがやくざ者と何かしたっていいたいわけ」

児島貴美江は腕を組んだ。

「そうではありません。可能性に言及しただけです」

「鮫島さんの言動は、依頼人を著しく不快にさせるものです。協力はここで打ち切らせていただきます」

冷静な口調で谷がいった。

「では最後にひとつだけうかがわせて下さい。稜知会の関係者にお知り合いはいますか」

「鮫島さん――」

谷がいったが、無視して鮫島は児島貴美江の顔を見つめた。児島貴美江の表情がこわばった。が、無言で席を立った。

「この件は、警視庁に抗議をします」

谷がいうと、足早に児島貴美江のあとを追った。

31

鮫島はただちに赤坂警察署に向かった。児島貴美江の逮捕は、四年前の六月だった。赤坂七丁目のマンションの一室にあった地下カジノを、当時の警視庁生活安全部保安課と赤坂警察署が急襲し、客八名と従業員七名を現行犯逮捕している。

そのときの担当者に会えないかと考えたのだ。警視庁を通じての情報提供依頼は時間もかかるし、場合によっては香田のブロックにぶつかる可能性があった。

幸い、生活安全課の副課長である外川《とがわ》という警部補がいて、その案件を覚えていた。外川は退官間近の年齢ながら、よそへの転出を拒んで、赤坂署で警察官人生を終わらせたいのだと、鮫島に語った。

「この街は、おもしろかったのよ。銀座や六本木とはちがってて、うさんくさいのがいっぱいいたからねえ。一番おもしろかったのは、七〇年代かね。でかいナイトクラブが管内に何軒もあり、不良外人やら外国の政治家、日本の商社マンやらが接待でしょっちゅうきていたからね。まあ当時は料亭もいっぱいあったけど、そっちは俺らは触《さわ》れなかった」

赤坂の料亭街は、高級官僚や政治家の密談の場だった。そこには警察は触れなかった。立ち入れるのは、地検の特捜部くらいのものだった、と外川はいった。

「今はもう、中国人と韓国人だな。政治家も減ったし、官僚はほとんどこない。お宅のいる新宿とあまりかわらんよ」

「四年前に摘発した、赤坂七丁目の地下カジノの事案を覚えておられますか」

「ああ、覚えてる」

二人は国道二四六号に面した和菓子屋の二階にある喫茶室にいた。一見酒好きそうな小太りの体格に似合わず、外川は甘いものに目がないのだ、といった。言葉通り、餡のたっぷり入った饅頭を注文している。

「現行犯逮捕した客の中に、児島貴美江という女がいたのですが」

「ああ、あれね」

外川は顔をしかめた。

「髪まっ金、金の派手な姐ちゃんで、どこのホステスかと思ったら、素人だった。なんか親が大物らしくて、すぐ弁護士がすっ飛んできた」

「地下カジノを開いていたのは、マルBだったのですか」

「そうだよ。開帳図利《かいちょうとり》で四人ばかりマルBをパクったな。構全会系の地元の組員だ」

鮫島は失望した。構全会は、北関東を本拠とする老舗の博徒系暴力団だ。稜知会とは別組織だ。

「構全会ですか」

「うん。半年くらい前から情報があがっていて、内偵をかけていたんだ。連中もいつかやられるとは覚悟してたろう」

「稜知会はかんでいなかったのですか」

「稜知って、関西の?」

「ええ」

「連中はこっちじゃやらんだろう。特に四年前はまだ『連合』との申し合わせが生きていた筈だからな。鉄火場をやってたとなれば、明らかにシノギの侵害だ。もめるだろう」

「そうですね」

外川は饅頭を頬ばった。顔をほころばせる。

「そうそう、この味。甘すぎなくていいんだ」

鮫島は苦笑してコーヒーをすすった。

「そういや、その女、児島だっけ」

「はい」

「連れがいた。関西の人間だった」

「どんな人物です」

「金融屋だったから、もしかすると稜知のフロントかもしれん。同業の祝儀できていた可能性もある」

同業の祝儀とは、地下カジノを開帳する人間が、互いに客として行《い》き来《き》することだ。大金を動かす客がいればカジノの雰囲気が盛りあがり、他の客も張りやすくなる。いわばサクラのようなものだが、勝っても負けても現金は動く。

地下カジノの経営者、通称カジノ屋の世界ではバックにつく組とは関係なく、こうした行き来はありふれたつきあいだ。

「金融屋が飲み屋やカジノをやるのは、ごくふつうだろう」

「その男の名はわかりますか」

外川は頷き、手帳をとりだした。ベテランの刑事らしく、人名や日付などがびっしり書きこまれている。

「坪田由季夫《つぼたゆきお》、当時四十一歳。新宿区新宿七丁目、弁天アーバンハイツ六〇一、有限会社天神総業代表取締役、という肩書きだった。坪田由季夫に前歴はない」

「フロントだと考えた理由は？」

「怪しげな会社の社長の名刺をもっていて、エルメスのバッグに現ナマを五百万もつっこんでりゃ、カタギには見えんさ」

鮫島は頷いた。

「坪田の本籍は、大阪府の東大阪市で、言葉も関西弁が丸だしだった。関西だから稜知とは限らんが、向こうでカジノ屋を張っていれば、こっちの連中とつきあいがあっておかしくない。西のカジノで稼いだ金を、東の街金で洗う。今はこっちでもカジノをやっているかもしれんがな」

「坪田と児島の関係は？　恋人どうしとか、そんなようすでしたか」

「いや。あんまり覚えてはいないが、そういうのじゃなかったな。坪田のほうはおとなしくて、割に目立たんようにしてたが、児島って姐ちゃんはすごかった。『あたしを誰だと思ってるんだ』なんて開き直りやがって。どこのあばずれかと思ったくらいだ。彼氏とかなら、坪田が少し抑えたろうが、坪田のほうも巻きこまれたくねえって顔をしてたな。それでも弁護士がきたら、ちゃっかりのっかって保釈されていった」

「その後、この児島や坪田を管内で見ましたか」

「坪田のほうは、一、二度見かけた。若い衆連れて、韓国クラブに出入りしていたよ。児島は見ていない。あれは、どうにもならない感じの女だった」

「去年、しゃぶの所持で渋谷でパクられています」

鮫島がいうと、外川は首をふった。

「バクチ好きにしゃぶがからんだのじゃ、どうしようもねえな。落ちるとこまで落ちるぞ、それは。いいとこのお嬢さんでも、立ち直るのはちっと難しいだろうな」

「たぶん身内にはもう切られているのだと思います。親族の名がでないよう、弁護士だけをつけている、という感じでした」

「そんなことされりゃ、よけい荒れるわな」

外川は息を吐いた。

「いい旦那でも見っかりゃ別だろうが」

ナムディが〝いい旦那〟だったとはとても考えられない。だがそのことは告げず、鮫島は礼をいって、席を立った。


弁天アーバンハイツはその名の通り、抜弁天《ぬけべんてん》の商店街の近くにあった。金融屋が看板を掲げるには地味な一角だ。おそらくは関東の「連合」との協定が効力をもった時代に、稜知会フロントとして進出したため、歌舞伎町のような目立つ場所に事務所をかまえられなかったのだろう、と鮫島は思った。

とはいっても、少し先の明治通りをまたげば、歌舞伎町二丁目と大久保一丁目だ。もともとフリの客などを相手にしない、多重債務者向けの闇金融だろうから、看板よりも足の便を優先したにちがいなかった。

弁天アーバンハイツには管理人が常駐しておらず、場所がらか、六〇一号室の近隣住人も、鮫島が訪れた夕刻は、どこも不在だった。

水商売関係に従事する住人が多そうだ。

弁天アーバンハイツに向かう前に、鮫島は署に寄って、コンピュータで坪田由季夫の前歴を検索していた。赤坂での逮捕以降、ひっかかるものがないかを調べたのだ。

昨年、大阪で恐喝の疑いで逮捕されていた。だがこのときは不起訴処分になっている。

逮捕したのは住之江警察署の刑事課だ。鮫島は警察電話を使って照会してみることにした。

応対したのは住之江署刑事課の大本という刑事だった。鮫島は自分の所属を告げ、つづけた。

「お忙しいところを申しわけありません。薬物がらみの案件のマル被に親しい人物としてあがってきた者が、昨年、おたくで恐喝容疑でつかまっているのですが、それに関して情報をいただけないかと思って電話をしました」

「新宿署。お江戸でっか。そりゃまあ、わざわざ。で、何ちゅう奴です?」

大本はほがらかな声でいった。

「坪田由季夫といいます。今年、四十五になる男で、金融屋かカジノ屋をやっていると見ているのですが」

「坪田ぁ? ああ、あれはフロントですわ。おっしゃる通り、カジノ屋です。千日前のほうでバカラ屋とかを若い者にやらせとります。そうですか、そっちでもちょろちょろしとりましたか」

「フロントというと、どこのフロントです?」

「こっちでフロントというたら、稜知しかおりませんがな。あいつはどこやったかな。確か、岩泉一家ちゅうところのフロントやった筈です」

「岩泉一家」

「そうです。親分の岩泉ちゅうんは、稜知の大阪若中でしてね。つまり大阪の子分、ちゅうことですわね」

「大きい組ですか」

「どれくらいやったかな。おーい、岩泉って今、何人くらいおった?」

電話の向こうで同僚に訊ねている。その屈託のなさに半ばあきれながらも、鮫島は笑わずにいられなかった。

「三十？　四十？　そんなもんか。四十人くらいやそうです」

「その岩泉一家ですが、石崎という組員はいませんか。幹部の筈です」

「石崎？　おったかな、そんなん。今、パソコン打ってみますさかい、ちょっと待ってな」

大本はいった。やがて、

「石崎、何ていいます」

「謙一です」

「石崎……謙一、と……。ああ、これは大阪やないで。兵庫や。兵庫の北稜組の人間やね」

「北稜組」

「名前に稜が入っとんのは、本家直系の証明ですわ。北稜組の組長は、稜知会会長の舎弟で、黒《くろ》住《ずみ》といいます。こりゃイケイケでね。けど最近は銭儲けもうまいっちゅうんで、会長の覚えがめでたいらしい」

「大本さんは詳しいですね」

鮫島がいうと、大本はくっくと笑い声を立てた。

「関西《こっち》でやっとりましたら、嫌でも詳しくなりますわ。何せマルBちゅうたら、ほとんど稜知ですから。あとはどんな人事がありそうやとか、あっこがそろそろアタマ交代するらしいでとか、自然に噂が耳に入ってきますよ。ま、週刊誌とかで情報を仕入れることもありますけど」

「そうですか。北稜組と岩泉一家の関係はどうなのです」

「どうやろうね。格でいったら北稜組の方が上ですわ。けど大阪の若中やったら、早いうちからの稜知会やろうから、つきあいはそれなりにあるでしょう」

「たとえば岩泉のフロントである坪田が、北稜の幹部である石崎とつきあいがあるとか？」

「いやいや、それはどうですやろう。フロントはしょせんフロントですから、北稜の幹部っちゅうたら、そりゃもう本社のバリバリのエリートですわ。それに比べると、坪田は、支社のそのまた下請けっちゅうところでっしゃろ。そうそうつきあいはでけへんと思いますよ。あいだに誰か嚙んどらんと……」

「坪田が起こした恐喝というのは、どんな内容だったのですか」

「ケチなもんです。タクシーの運転手を威したんですわ。なんや態度が悪いとかほざいて。それで運転手が交番につけて、御用、ですわ。けど、あとから訴えをとりさげたもんだから、不起訴になりました。銭払ったか、よほど威したか、ですわ。たぶん銭やろうと思いますよ。それほど太いタマやなかった筈ですから」

「なるほど」

「けど、クスリいうのはどうかな。自分の遊びでいじるぐらいはあるやろうけど、売り買いはせえへんのやないかな。そんなん勝手して儲けとんのがバレたら、岩泉にえらいシメられますからね」

「岩泉のところでは扱っていないのですか」

「あっこは、ホテトルと貸しお絞り、それにカジノが中心やね。クスリはあまり聞かんな」

「北稜はどうです？」

「北稜は、何でもや。頭いいのがおるらしくて、経済事犯が多いみたいやね。会社の乗っ取りやら株の買い戻しで、裏でえらい儲けとるっちゅう話やけど、兵庫やから、こちらは手ぇつっこめませんわ」

「ありがとうございました。大変参考になりました」

「いやいや。けど、稜知はほんま手こずりまっせ。あっこは、右手のやっとることを左手が知らん、いうのがあたり前ですからね。知っとるのは、本部だけですわ。もちろんその本部は指令をとばしてるだけで、自分は何もせんから、まずワッパはかけられしません」

「そうですか」

「あと、いっこ忠告や。岩泉あたりはええけど、北稜クラスになると、変につつき回すと鉄砲玉が飛びよります。たとえば、坪田がなんぞ北稜の弱みにからんどるとなると、フロントあたりは、あっさり消されますわ。そこのところ、充分、気ぃつけたほうがいい」

声をひそめ、大本はつづけた。

「上にいくほど触らせん。それが稜知の掟ですわ。上に何かあると、あれだけの大組織ですからお家騒動の原因にならんとも限らん。万一、お家騒動が起こったら、大阪、兵庫が静かでも、日本中で血が流れます」

午後十時を回ったが、弁天アーバンハイツ六〇一号室の窓は暗かった。事務所なのですでに誰もいないか、まだ帰宅していないかのどちらかだろう。郵便受には「天神総業」という表示があるから転出していないことは確かだ。

建物が面する道路が狭いので、駐車した車からの張りこみができず、鮫島は近くの商店の閉めた軒先などを借りて監視をつづけた。

児島貴美江の知る稜知会関係者が坪田である可能性は高い、と鮫島は思っていた。たとえ本当にナムディと児島貴美江が別れていたとしても、ハシッシュの処分先に困って相談をもちかけることはあっておかしくない。鮫島がそう考えるのは、児島貴美江がナムディの携帯電話の番号を〝消去した〟といったからだった。

あとは坪田の用心深さしだいだ。同じ日のうちに刑事がくるのを想定して逃げだすか。簡単には自分をつきとめられないだろうと、タカをくくるか。

午前二時二十分過ぎに、白のメルセデスが弁天アーバンハイツの前で止まった。細い体に似合わないダブルのスーツを着けた若い男が運転席にいる。後部席から、上着の前を開け、ネクタイをゆるめた大柄な男が降り立った。シューズケースのようなセカンドバッグを手首にぶらさげている。

酔っているようすで、運転手に手を振り、メルセデスを発進させた。そのまま弁天アーバンハイツのエントランスをくぐろうとする。

「坪田さん」

物陰からでた鮫島が声をかけると、足を止めた。ぎょっとしたようにふりかえる。坪田の写真は、赤坂署で確認ずみだ。

鮫島は身分証を提示した。

「警視庁新宿署の鮫島といいます。こんな時間にたいへん申しわけないが、お話をちょっとうかがわせて下さい」

坪田は、頭頂部を残して髪を剃りあげていた。赤らんだ丸い目をみひらいて鮫島を見つめた。

「なんや、こんな時間に。明日にせいや、明日に」

「では明日、署のほうにご同行願います」

鮫島がいうと、赤い目が真剣になった。

「待ったれや。どういうこっちゃ、それ。任意同行、ていいたいんか」

「そちらしだいです。私は現在、強盗傷害事件の捜査をおこなっています」

「強盗傷害？　何じゃそれ。ワケのわからんこというなよ」

「きちんと説明しますか？　コーヒーをご馳走しますが」

どうやら警告はいっていないようだ。坪田は瞬きした。

「すぐ、すむんかい」

鮫島は頷いた。

「お話によっては三十分くらいで」

坪田は深々と息を吸い、あたりを見回した。

「どうしますか。今、お話をさせていただくか、明日、署のほうにおいでいただくか。ただ署においでいただくと、記録が残ります」

坪田の頬に笑みが浮かんだ。

「なんや、親切なことというやないか。真にうけとったら、えらい目にあうんやないか」

鮫島は微笑み返した。

「強盗事件に関係されていないのなら大丈夫でしょう」

坪田は首をふった。

「そんなん知らんわ。ええわ、つきおうたる。コーヒー、どこや」

「この少し先にファミリーレストランがあります。坪田さんがまずくなければそこで」

坪田はおうように頷いた。

二人は徒歩で二〇〇メートルほど歩き、ファミリーレストランに入った。明るい店内に入ると坪田は少し酔いがさめたようすで、顔色が悪くなった。目に用心深さが宿る。

店内に暴力団関係者らしい客がいないことを確認し、鮫島は奥の席にすわった。半分近く埋まった客席の大半は、韓国人だ。

「先月の十日に、新宿中央公園で強盗傷害事件が発生しました」

被害者がナイジェリア人であることはわざと告げず、鮫島は話を始めた。

「被害者は全治二週間の怪我を負い、もっていたスポーツバッグを奪われました」

「先月の十日？　韓国いっとったな。知らんわ、そんなん」

「韓国のどちらに？」

「済州島や。ま、観光やな」

「おひとりですか」

「いや、社の若い者もいっしょや」

「海外はよくいかれるのですか」

「そう、しょっちゅうやないな」

「アフリカにいかれたことはありますか」

「アフリカ？　あんな遠くて暑いところ、誰がいくか」

「アフリカ人のお知り合いとかはいませんか？」

「アフリカ人……、いてないで、そんなん」

「そうですか？　忘れている人とか、いませんか？」

「いてない、いうたろうが」

「児島貴美江さんという女性をご存知ですね」

「児島……」

坪田の表情がかわった。

坪田は苦しげに頷いた。

「ご存知ですよね」

「わかっとんのやろ。前に、カジノでパクられたん」

「ええ。その後もおつきあいがありますね。今日、南麻布のご自宅にうかがってきたんですよ」

坪田は唇をなめた。コーヒーを飲み、煙草に火をつける。鮫島はつづけた。

「児島さんとは長いおつきあいのようですね。五年、もっとですか」

坪田は掌で顔をこすった。

「そんなもんや」

「児島さんが大阪にいかれることもあるらしいですね。坪田さんがやっておられる千日前のお店とかに」

手が止まった。小さい声でいう。

「何や、それ」

「大阪にちょっと問い合わせたものですから」

「千日前の店なんて、知らんで」

「まあまあ。管轄がちがいますんで、気にしていません」

坪田は咳きこんだ。

「どのくらいよく会うのですか、児島さんとは？」

「貴美ちゃんは何ていうた」

鮫島はにやりと笑った。

「両方からお話を訊くことになっていますので」

「――半年に一遍か二遍や」

「二、三ヵ月に一度くらい、ということですか」

「そんなんやろな」

「彼女が外国人の男性と同居していたのはご存知ですね」

「あれはもう病気や。黒人ばっかり追っかけてるわ。よほどあっちがええか知らんが……」

鮫島は煙草に火をつけた。間をおく。

「――そういや」

坪田のほうから喋った。

「あれ、アフリカやったな」

「どんな用件でした」

「先々週やった、思うわ」

坪田は宙をにらんだ。

「で、電話で話したのはいつです」

「そうや、ナムディや。でっかい図体して、なんか辛気くさい感じやった」

「ナムディ」

「おったよ。何、いうたっけ、あいつ」

「そのとき、同居人もいっしょですか」

「大阪や。ホテルのバーで会うて、一杯やった」

「どこで」

「ちゃう、ちゃう。電話や。会《お》うたんは、もう、二ヵ月以上前や」

「正確な日付をお願いします。お会いになられたのですね」

「いつやったかな。一週間、二週間前やったかな」

坪田は瞬きした。

「いつその話をされました？」

「そうや。つい最近、別れた、いうとったけど」

「児島さんの同居人のことですか」

「あの子の彼氏や」

「あれ、とは？」

「元気か、いうて。それと、わたし別れたんよ、ナムディと、て」

「それだけですか」

「それだけや」

「北稜組の石崎謙一という組員を知ってますね」

「誰や、それ!?」

坪田の目が大きくなった。

「ナムディが強盗傷害事件で強奪した大麻樹脂を売りつけようとしている人物です」

「ちょ、ちょ、ちょっと待ったれや。何や、何や、それ……」

坪田は泡をくったようにいった。

「だからずっとその話をしているじゃありませんか。先月の十日、新宿中央公園で、ナムディは、同じナイジェリア人の運び屋から大麻樹脂の入ったバッグを奪った。その大麻樹脂は、あなたの紹介で石崎謙一に売られることになっている」

「誰も、そんなん紹介してないわ。妙なこというな」

「じゃあ誰に紹介しました?」

「だ、誰?」

「ナムディは奪った大麻樹脂の処分に困り、児島さんに相談した。児島さんはあなたに相談した。その結果、あなたが——」

「待たんかい。何でわいが相談されなあかんのや」

「なぜかというとですね。ナムディが奪った大麻樹脂は、田島組系の東心会という組が輸入させたブツだった。となると、東京のそのあたりの組にもっていくわけにはいかない。坪田さんは大阪の方だ。岩泉一家ともおつきあいがある。相談をもちかけるにはぴったりの相手だ」

坪田の顔に酔いとは異なる赤みがさしていた。黙っていたが、やがていった。

「あの子がそういったんか」

鮫島は坪田の目をとらえた。

「もしそう認めていたら、あなたは今、ここにはいません。彼女も自宅にはいられない」

坪田は長い息を吐いた。赤みが冷めていく。

「石崎謙一についてはどうです」

「石崎なんて知らんわ」

「じゃ、誰を紹介しました」

坪田は唇をかんだ。無言だ。

「児島さんのところにいき、もう一度やり直してもかまいませんが、そうなると二人とも事情聴取ではすまない。大麻取締法にひっかかってきます。岩泉一家にその件が伝わるのは、まずくないですか」

「何をいわせたいんや」

「名前を訊きたいだけです。児島さんの相談をうけたあなたが誰を紹介したか。それさえ教えてもらえれば、今夜の話はこれで終わりです」

「わいの名がでるやろが」

鮫島は首をふった。

「直接ひきあわせたのですか。ちがうのでしょう。だったら、あなたの名はでません」

「岩泉のとこは関係ないんや、この件は」

「でしょうね」

鮫島は煙草を灰皿に押しつけた。

「けど、こととしだいによったら、わいは消されてしまうわ」

赤みの消えた坪田の顔には、もう血の気がまるでない。

鮫島は視線を外した。

「あなたと私が今夜ここで話したことは誰も知りませんよ」

坪田は肩で息をしていた。鮫島は待った。

「――いうとくがな、わいは本当に北稜組の石崎なんて人は知らん。北稜の人間とはまるでつきあいはないわ。わいが紹介したんは、城南支部の若いやっちゃ」

「どこの城南支部です?」

「本家の連絡事務所や。直系のいろんな組から修業に若い者が預けられるんや。その間稜知会の名刺は切れるが、ほんまは寄り合い所帯で、ひとりひとりは別の組に所属してる。せやから、ほんまはどこの組かは知らん。たまたま知りおうた奴で、目端のきく奴やったから、話をふってみたんや。それやったら大丈夫や、いうんで、貴美ちゃんに名前と携帯の番号を教えただけや」

「大丈夫や、というのは、大麻樹脂の処分ができるという意味ですね」

「詳しいことはわからんわ、いうたろ。名前を教えただけや、と」

「名前は何です」

「鈴原や」

「鈴原、何？」

「鈴原宏平《こうへい》」

「年齢と外見を」

「三十四、五。えらいがたいがよくて、ヒゲを生やしてる。極道にはあまり見えんわ。言葉づかいもていねいやし」

「携帯電話の番号を」

「それは堪忍してや」

「もしあるだけの情報をもらえないのなら、逆にあなたの名をだして、あちこちで話を訊かなければならなくなる。『カジノ屋の坪田さんと親しい鈴原という男について何か知りませんか』とね」

坪田は上衣から携帯電話をだした。メモリーを調べ、画面を鮫島に向けた。

「けっこうです」

「わいのことは誰にも喋らんのやろな」

低い、抑揚のない声で坪田はいった。

「ナムディは児島さんと別れたのですね」

「だからそういうたやろ」

「私が追っているのはナムディです。つまり、児島さんも児島さんの友人であるあなたも、今の段階では関係がない」

鮫島は携帯電話の番号を記した名刺をだした。

「もし何か困ったり、危険を感じるようなことがあれば、ここに連絡を下さい。たぶん、そんな事態にはならないと思いますから、児島さんに電話などはしないほうがいい」

「そんなん、わかっとるわ」

力なくいい返し、坪田は名刺を受けとった。児島貴美江に鮫島と話したことを告げれば、鈴原に伝わる危険がある。カタギで、しかも女性の児島貴美江はとにかく、稜知会傘下団体フロントである坪田があっさり消される危険は確かにあった。自分の身がかわいければ、坪田は今夜の話を口が裂けてもしないだろう。

32

「稜知会には、城東と城南のふたつの支部があります。城東は上野に、城南は渋谷にそれぞれ部屋を借りていて、六ヵ月交代で十五人前後の傘下組員が出向しているそうです。一組から一名で、送られるのは、三十代で所属する組の幹部候補生というのが決まりのようです。交流をはかり、その後自分の組に戻ったあとつきあいを円滑に保っていく目的があるため、支部は連絡事務所の機能しかもたず、実際のシノギはいっさいおこなっていない、というのが実情だそうです」

鮫島は桃井に告げた。翌日の午前中だった。二人は新宿署の使っていない会議室にいた。

「鈴原宏平のデータはあったのか」

桃井の問いに鮫島は頷いた。

「ありました。北稜組の組員です」

「つまり石崎の部下か」

「そのようです。石崎は、東京と神戸を行き来しているようですが、鈴原はこちらに住居をかまえています。したがって、市場の東京での管理を実質的におこなっている可能性があります」

「坪田からその鈴原に、君の捜査の件が伝わることはないか」

「自殺行為ですからないと思います」

桃井は鮫島を見つめた。

「香田さんは『勝負だ』と君にいったのだったな」

捜査二課による事情聴取のあと、鮫島は組対部にも出頭を命じられた。その際桃井も同行し、鮫島は香田とのやりとりの一部を、桃井に報告していた。

「彼は私に『やりたいようにやらせてやる』といいました。間野がつかまるのは自分にとって好都合だし、私ひとりで市場が潰せるとは思っていないようです」

「だが、鈴原という名を君が手に入れたとなると状況はかわってくる」

桃井は深いため息を吐いた。

「君が鈴原にぶつかれば、鈴原は石崎に報告する。そして石崎は香田さんのところにいく。香田さんの力で何とかならないか、というだろう」

「今の香田はそれができません。井端と私のあいだで起きた一件がある」

桃井には、井端が脅迫しようとした事実を話してあった。

「結果、どうなる」

鮫島は首をふった。

「予測は難しいですね」

「香田さんが石崎に丸投げするということはないか。君の処遇を」

桃井の表情は険しかった。

「果たしてそこまでやるかどうか。香田は決して稜知会にコロされているわけではないのです。奴の目的は外国人犯罪者の情報コントロールと最終的には撲滅です。その目的がもし果たされるときがくれば、次は稜知会の撲滅へためらわずシフトする。連中の力を借りて私を排除すれば、結果弱みをもつことになる。そんな危険をおかすかどうか……」

「香田さんは大きな賭けをしている。そういうときは、目先の勝負でも負けたくないものだ」

確かにこの状況では、先のことを考えられる余裕は香田にないだろう。市場をコントロールする態勢が整うまで稜知会は、警察の介入を嫌う筈だ。今はまさにその端境期で、鮫島の動きは、香田、稜知会、双方にとって最も好ましくない。

「香田と稜知会の両方に余裕があるなら、ナムディを切ってやり過ごすことも考えられます」

「ナムディを逮捕させて逃げる？」

鮫島は頷いた。

「例の女、呉明蘭は、どんな風にかかわってくると思う？」

「鈴原の下にいるのか。あるいは、石崎と鈴原のあいだにいるのか。実際に市場を動かし始めれば、呉明蘭の働きは必要不可欠です。石崎が東京に定住していない以上、彼女の存在は市場にとって小さくありません」

「つまり売買の現場を呉が仕切っている」

「鈴原は、連絡要員として出向中の身です。こちらでシノギをする必要はありませんから、時間は余っているでしょう。しかし泥棒市場のシステムや贓品の鑑定眼は簡単には身につかない。いずれは責任者になるとしても、今は呉なしで市場を成立させるのは難しいと思います。互いに商売をする相手が相手ですから、鑑定や値づけに関しての信頼は重要です」

　桃井は目を閉じた。考えていたがいった。

「すると、ナムディを切る切らないの判断は、呉に負うところが大きい、ということになるな」

「鈴原の名が挙がったことまで知らなければ、市場はナムディのもちこむハシッシュを買いとる方向で動くでしょう」

　桃井は顔をしかめた。

「ナムディの動きさえつかんでいられたら、ＣＤ《コントロールドデリバリイ》で奴らを潰せたな」

「その通りです。二ヵ月前にナムディと別れたという児島貴美江の言葉は嘘ではなさそうですが、ナムディの動向をつきとめるためにそれ以上の協力を彼女に求めるのは難しかったと思います」

「別れていたのに、ナムディのために口をきいてやったということか」

「育ちがよく、しかし早い段階から実家をでていっただけに、複雑なものを抱えている女性だと感じました」

「いずれにせよ、ハシッシュに関する取引はもうおこなわれているだろうな」

「ええ」

「取引終了後にナムディをつかまえ、吐かせられれば、まだ何とかなる、か」

鮫島は桃井の目を見た。

「そう思います。ただ――」

「アフリカ人の動向をおさえるのは難しいか」

正業に就く者ならとにかく、観光ビザで来日し、その後行方をくらます外国人の居住地をつきとめるのは、現在の警察力では容易ではない。言語の問題がまずある上に、開発途上国の出身者の多くは、警察や入国管理局といった公的機関に対して強い警戒心を抱いている。警官や入国管理官は、自分たちの〝味方〟ではないという思いが抜きがたくあるのだ。この国にも、出身国によって形成される彼らのコミューン、ネットワークはあるだろうが、そこに入りこんで情報を得るのは、ほぼ不可能だ。

日本の急速な国際化に対し、警察が追いついているとはとうていいえない。

まず警察官のほとんどが英語にすら堪能とはいえず、中国語やましてそれ以外の言語となればお手上げの現状だ。通訳を介せば、その通訳に対する被疑者の脅迫が目前でおこなわれていても察知することすら困難なのだ。

ましてや刑事が通訳を同行しての訊きこみなどありえない。

一方で、特定の言語に堪能な日本人は、その言語が使用される地域、文化に対して愛着をもっていることが多い。そうした人たちと、被疑者として外国人を扱う警察官の立場には大きなへだたりがある。結果、不必要な弁護が翻訳に加わり、事実関係の確認が難しくなる場合もある。

いずれにしても、言語、習慣、文化の異なる外国人を対象にした捜査は難しい。対応をあやまれば〝国際問題〟に発展する可能性もあるので、現場警察官は及び腰になりがちだ。

スリや窃盗、違法薬物の密売など、現行犯逮捕できる特殊な状況を除けば、情報収集や行動確認はほぼ不可能とあきらめることが多い。

だがそれは日本一国の問題ではない。国外からの多くの流入者を抱える先進国は等しく同じである。

その問題への対策はひとつしかない。日本への帰化外国人を警察官として採用することだ。今から数十年後、日本での二世、三世に日本国籍が与えられるようになれば、可能になるかもしれないと、鮫島は思っていた。

強盗傷害事件を起こしたナムディを手配し、逮捕することはまだ可能だろうが、所在を確認した上でコントロールドデリバリィにかけるのは、現行の捜査態勢では不可能だ。

「無事取引を終え、金をつかんだナムディに、日本国内にいつまでもとどまっている理由があるとは思えません。ピジンイングリッシュという特殊な英語にせよ、英語を話せるナイジェリア人なら、世界中どこでも不便を感じないでしょうから」

「出国でおさえる、という手はある。稜知会にからめなければ、本庁を通して入管に網をかけてもらうことはできるかもしれん」

桃井の言葉に鮫島は頷いた。

33

富山の鑑定の結果、ナイジェリア人セラーがもちこんだP―4は、等級でいうなら上から二番目くらいのものだということがわかった。

セラーは、毛利が教えたナムディという名ではなく、キャンベルと名乗った。もうひとり、若い長身の黒人を連れている。そちらは名乗らなかった。明蘭は、一グラム千円ではなく、八百円で始めた。

キャンベルが外国語学校に持参したP―4は、二〇〇グラムだった。「八百円」という値づけにキャンベルは激昂したようすを見せたが、

「もし一キロ以上用意できるのであれば、グラム千二百円まで考える」

と告げた明蘭の言葉に考えこんだ。

「二キロだったら、千八百円、あなたどうか?」

「二キロ、三百万円。それ以上は払えない」

「オーケー」

キャンベルは白い歯を見せた。そして鑑定のためにだしてあった二〇〇グラム分のハシッシュをしまいこもうとした。

「待って」

明蘭はそれを止めた。

「その二〇〇グラムに関しては、八百円で話がついている筈よ」

キャンベルの笑みが消えた。明蘭は富山を見た。

「十六万円、払ってあげて。それはこの場で買いとる。あとは改めて二キロもってきてもらったときの取引になるわ」

キャンベルは呆然とした表情を浮かべている。富山は笑いをこらえているような顔で、金を払った。そして指紋がつかないよう、手袋をはめた手で、ビニールに入ったP―4をとりあげ、バッグにしまった。バッグは建物をでた時点で、外で待つ別の社員に渡される手筈になっている。外国語学校に入ったのは、明蘭と富山の二人だけだ。二人が入る前に、鈴原の話では、キャンベルは全身の検査をうけさせられたという。

キャンベルをその場に残し、二人は外国語学校の教室をでた。鈴原が、もうひとりの社員とともにロビーで待っていた。富山がバッグをその社員に渡すと、

「いってきます」

とだけ告げて、先に外国語学校をでていく。P系専用の保管所を会社は設けていて、そこでしばらく寝かせることになるのだ。

「スポットですか」

ボルボに向かって歩きながら、鈴原が訊ねた。

「典型的なスポットです。値段のこともあまり知らなかったようだし」

「奴はどれだけもっているといいました」

「二キロ」

「いくらで手を打ったんです？」

「千五百」

三人はボルボに乗りこんだ。鈴原が首をふる。

「やりますね。二千までは払えると聞いていましたが」

鈴原と毛利は、自分抜きで頻繁に連絡をとりあっている。つまりそれは自分が上手にやれるかどうかを監視されているのと同じだ、と明蘭は思った。

「奴がまだもっていて小だしにして、さらに値を吊り上げてくることはありそうですか」

「それはないと思います。これはもともと別のところにいく筈だったP―4です。あちこちには売れないでしょうし、グラム千五百という値段には納得していたようですから」

ボルボが走りだすと、明蘭は鈴原に訊ねた。

「寝かせたP―4は、いつ頃売りにだすのですか」

「急ぐことはないと思います。今は値が落ちついていますからね。それにP系は地方のほうが高値がつきます。そっちにもっていくことも考えられます」

明蘭は頷いた。稜知会という全国組織の強みだ、と思った。買いとった商品を、バイヤーに急いで売る必要がない。利幅の大きい時期、土地を選ぶ体力がある。

「うちに入ってきた情報では、キャンベルがP―4をかっぱらった運び屋は、自分用に少しくすねていて、それが理由でパクられています。つまり同じP―4をマルKももっているということです」

マルKというのは「流通情報局」内部で警察をさす符丁だった。富山がいった。

「マルKは薬物指紋というのを集めています。P―7から15までの製薬会社の製品を別にすれば、P系の大半は、小さな工場や作業所で精製や濃縮をした、少量生産物です。精製に使った化学薬品や不純物の含有量が、たとえば同じP―1であっても、工場によって微妙にちがう。P―4でも、色や匂いが生産地でかわってきます。そういうのをデータとして集めていけば、何年か後に今日のP―4が、たとえば九州でまわっても、キャンベルがかっぱらったブツだとわかってしまうわけです。ただマルKのほうも、システムがまだ完璧じゃないんで、こっちがそんなに急ぐ必要はないのですがね」

「つまり時間や場所をかえて売っても意味がないということですか」

「マルKの思惑通りならそういうことです。しかし実際は売った奴がパクられて、それが今日のブツだとわかったとしても、まん中にいる流通をつきとめない限り、マルKもどうしようもない」

鈴原が答えた。

「末端の売人なんてのは、それこそゴキブリみたいにいっぱいいるわけです。マルKがその気になりゃ、毎日だってパクれます。新宿でも渋谷でも、どこでもです。じゃなぜやんないかというと、末端をパクっても意味がないからです。奴らのなり手はいくらでもいる。早い話、P―1でもP―2でも、食ってる奴は、誰でもクスリ欲しさに売人をやります。元締めは、十パケ売ったら一パケ、お前にやるという具合で、オマケをつけて流しますからね。百パケ預かっても、売り上げは九十パケ分納めりゃいいんです。そんなおいしい話に乗らない奴はいません。でもってパクられたとしても、誰から預かったとは絶対うたわない」

「殺されるからですか」

「いやいや」

鈴原は笑った。

「末端の売人が何をうたったって、殺しゃしませんよ。映画とはちがいます。そんなカスを殺して長六四《ながむし》くらっちゃ割が合わないじゃないですか。マルKにうたった売人は、誰からも相手にされなくなるだけです。元締めはもちろんブツは流さないし、客の信頼もなくなるから、にっちもさっちもいかない。稼げなくはなるわ、手前用のブツも入らない。だからパクられても絶対にうたいません。マルKもそこのところはわかってます。どんだけ絞っても何もでない野郎に手間暇かけたって時間の無駄ですからね。さっさと送検して終わりです。だから売人がパクられて、薬物指紋が一致したところでたいして恐くない」

「じゃ、何を気をつければいいのですか」

「今日みたいな〝入口〟ですよ」

鈴原はあっさりいった。

「売人が〝出口〟とすりゃ、今日は〝入口〟です。動く量も多いし、こっちとしてもカイシャの顔が見える形で触っています。だからCDに警戒するんです。もし今日、さっきの学校に踏みこまれたら、うちの社は一巻の終わりですからね。だから次の二キロのときは、別の場所を使います。専務が動く必要もありません」

明蘭は頷いた。P系の商品は他とはちがうということを覚えておかなければならない。確かに以前のマーケットでは、ここまで秘密めいた取引はなかった。メールで情報交換をして、倉庫やコンテナにおさめられた〝商品〟を目で確認すれば、現金のやりとりは別の場所でおこなう。警察の監視にそれほど神経質になる必要もなかった。

それをいった。鈴原は答えた。

「P系は特殊です。他の商品に比べると、うちにくるのはスポットばかりだ。今回のような、運び屋の仲間割れか、あとはせいぜい薬局荒しくらいです。ふつう、盗みに入った先に、しゃぶが山積みになってるなんてことはありませんからね」

「じゃあどうしてP系を扱うことにしたのですか」

「利幅がでかいこと、それにこれからは増えると毛利さんが判断されたのだと思います」

「増える？」

鈴原は頷いた。

「これは専務にも意識していただきたいことなんですが、今後、セラーは商売がやりにくくなる。マルKの指導でピッキングやガラス割りが簡単にはいかない時代が、もうすぐそこにきています。早い話、昔からの泥棒のことを、業界じゃノビ師っていうんですが、そういう連中が商売あがったりで、やっていけなくなっている。中国人警戒で、日本人の泥棒も入れるところがどんどん減っているわけです。ですがこれは一般家庭に限った話で、会社や商店なんかは、まだまだゆるいところがある。まあ当然ですわね。誰だって、自分の家に泥棒が入って、生活費や宝石を盗まれるのは頭にくるが、会社の商品を盗まれるぶんには、自分の懐が痛むわけじゃない。つまりガードがそれだけ低い。その中に、病院や薬局も入ります」

「現金はないけれど、P系がある」

「そういうことです。P系は裏で売れば銭になる。向精神薬なんざ、処方箋があって保険が使えりゃ、一錠何十円て代物ですが、裏で売りゃ千だ、二千だの値がつくわけです。だから仕事がやりにくくなってるってセラーがいたら、そっち系はどうだって、水を向けちゃくれませんか。田舎いきゃあ、ゆるい薬局なんていくらでもあるでしょうからね」

毛利はそこまで考えていたのだ。

「むしろ狙いの中心はそっちでしてね。今回みたいのは、本当に特例だと思います。なのになんで専務に任せたかというと、テストの意味もあったんだと思いますよ。専務は充分いい点をとった。それは今日のキャンベルとのやりとりを見りゃわかります。ネタ的にはやば筋だったのに、きれいにさばいた。みごとなもんです」

「そんな」

明蘭は首をふった。

「皆さんが助けて下さったからです」

鈴原は笑みを浮かべた。

「それを忘れないで下さい。今日の取引は、ここにいる人間だけじゃなくて、毛利さんの意を受けた者が、何人も陰からバックアップして、できたものです。専務がいつもそのことを心にかけておいて下さるなら、カイシャは順調にいくでしょう。うちはどんな小さい問題でもないがしろにせず、全力でことにあたる。それが方針なんです」

明蘭は頷き、少ししてから気づいた。鈴原が口にした〝うち〟というのは「流通情報局」をさしているのではない。稜知会のことをいっている。

34

鈴原宏平の住居が判明した。東急東横線の学芸大学駅に近い、目黒区のマンションだった。鮫島は行動確認に入った。

初日、鈴原は午前十時に自宅マンションをでると東横線で渋谷にでた。徒歩で向かったのは、駅に近い雑居ビルだった。そこには稜知会の城南支部がある。たまたま〝当番〟の日にあたったようだ。午後五時過ぎまで、鈴原はそこに詰めていた。

新宿中央公園で発生した強盗傷害事件からすでに五十日以上が経過していた。児島貴美江の弁護士である谷からの抗議は三日ほど前に警視庁に届いていたが、形式的なもので、これ以上児島貴美江に触らなければ問題はない、と判断されていた。

午後五時二十分、監視していた雑居ビルから鈴原が姿を現わした。ピンストライプが入ったシングルのスーツにネクタイを締めていて、ふつうのサラリーマンにしてはやや派手だが、暴力団員にまでは決して見えない。同じビルに出入りする者の中には、明らかにそれとわかるダブルのスーツ姿の人間もいた。

鮫島は尾行を開始した。通常、尾行に完璧を期すのなら、四人から六人の人間が必要だとされている。単独捜査をおこなう鮫島は、対象者の動きを事前に予測し、前方から側方を移動する尾行法を多用している。

鈴原はまっすぐ渋谷駅に向かっているように見えた。

鮫島のジャケットの内側で携帯電話が震動した。イヤフォンマイクを耳にさしこみ、鮫島は歩きながら応答した。

「はい」

「桃井だ。今、話せるかね」

「大丈夫です」

「今朝早く、六本木の路上でアフリカ系外国人が倒れているのが見つかり、救急車で病院に搬送されたが、意識不明のまま正午過ぎに息を引きとった。死因は脳挫傷で、頭部打撲の跡があった。所持品を奪われていたが、地取りの結果、元クラブ従業員の通称ナムディ・キャンベルだと判明した」

鮫島の足が止まった。

「所持品を奪われていた？」

「財布、身分証、携帯電話等すべてだ。麻布署は強盗殺人の方向で捜査を始めているが、目もおらず、かなり面倒なことになりそうだ」

鈴原の背中が、渋谷駅周辺の雑踏の中に消えていった。

「本庁の捜一はどういう扱いを？」

「帳場をたてるかどうか検討中だ。ナムディに関する情報をあげれば、組対にも話がいく。場合によっては組対がうけもつことになるだろう。そうなると……」

桃井は言葉を切った。暴力団がからんだ殺人事件の場合、捜査一課ではなく組対四課（旧捜査四課）が捜査を担当することが多い。ましてナムディのような不良外国人は組対二課の管轄なので、事件全体を組対がうけもつ公算は高い。

ナムディが稜知会城南支部の鈴原と接触した疑いがある、との情報を流せば、捜査は組対主導になるだろう。当然、香田の耳にも届く。

「ナムディは石崎に消されたのだと思います」

鮫島はいった。ナムディが警察に追われていたのを石崎は知っていたのだろう。ハシッシュは買うが、その後ナムディがつかまれば、売り先として泥棒市場、さらには呉明蘭を含む関係者の名が挙がる危険がある。だから買いとったのち、ナムディの口を封じた。

市場がふだん取引をおこなっている相手であれば、もちろんこんな真似はしない。信頼を失って、誰も取引をしなくなる。だがナムディは、飛びこみの売り手だった。しかも運び屋ですらない。殺しても市場の評判に影響があるとは考えられない。

「実行犯は――」

「もちろん石崎じゃありません。傘下の二次団体のチンピラでしょう。消す理由も知らされずに、上からおりてきた指示にしたがっただけだと思います」

「どうする？　情報をあげるか」

「あげて下さい。その前に私は児島貴美江に会います」

「だが本庁に弁護士からの抗議を受けさせたばかりだ。前回は無視できたが、二度めとなるとどうなるか。場合によっては香田さんがそれを利用するかもしれん」

「そうなったら、そうなったときです」

桃井は沈黙した。やがて訊ねた。

「児島貴美江から何をひっぱる？」

「ナムディは単独犯ではありませんでした。オドメグを襲ったとき、従弟といっしょだったのです。そっちはまだ生きています。ナムディがハシッシュを売ったのなら、それに関する情報を何かもっているかもしれません」

ナムディの供述なくして、鈴原を追いこむのは難しい。ナムディと泥棒市場の接触を直接知っている可能性が残っているのは、新宿中央公園での強盗の共犯である従弟と児島貴美江の二人だ。坪田由季夫は、ナムディが消されたと知れば震えあがり、大阪に逃げて、当分東京には戻ってこないだろう。

鮫島はそれを話した。

「坪田が逃げれば、ナムディと稜知会の鈴原をつなげられるのは、その従弟と児島貴美江しかいません」

「香田さんは捜一に任せるかもしれないな。どちらかの供述がなければ、ただの強殺だ」

「いったん捜一に任せてしまうと、あとから鈴原や稜知会の名がでてきても、事件を横どりできません。それを見越せば、香田は最初からこの事件をやろうとするでしょう」

「待った。そこまで見越しているとするなら、香田さんは取引のことを昨夜以前から知っていたことになる」

「稜知会にコントロールさせようとしたからには、ナムディが奪ったハシッシュを市場にもちこむ可能性があるのはわかっていたと思います。もちろん、石崎がナムディの口を塞ぐとまでは思っていなかったでしょうが」

答えながら、そうであってくれ、と鮫島は願った。殺人まで容認したとなれば、それはもう警察官ではない。

鮫島の言葉のもつ意味の重大さに桃井も気づいた。

「万一、知っていたとなると、君も安全ではない、ということになる」

鮫島は無言だった。

「銃は？」

「もっています」

「とにかく、用心することだ。鈴原に手が届けば、石崎も尻に火がつく。香田さんの意思とはかかわりなく、何かしかけてくるかもしれん」

「わかりました」

鮫島は低い声で答え、電話を切った。

タクシー乗り場が目の前だった。南麻布の児島貴美江のマンションへと向かった。

一階ロビーのインターホンを押すと、本人が応答した。

「しつこいわね。何なの」

テレビカメラで鮫島とわかったようだ。

「ナムディが亡くなりました」

鮫島は短くいった。

「冗談でしょ」

「本当です。今朝早く、六本木の路上で倒れているところを病院に収容されたそうです。夜のニュースでは流れる筈です」

「うそっ」

児島貴美江は絶句した。

「お話をうかがわせて下さい。また弁護士を呼ぶというのなら、それでもかまいませんから」

ガラスの自動扉が開いた。

「あがってきて。三階のつきあたりの部屋よ」

児島貴美江はくぐもった声でいった。

「三〇一」号室に入ると、強い香水の匂いがした。玄関に近い部屋に鮫島は通された。厚いカーペットがしきつめられていて、椅子はなく、大きめのクッションがいくつも転がっている。内装は東南アジア調で、児島貴美江は部屋の中央にクッションを抱えてすわりこんだ。水色の、スポーツウェアのような上下を着けている。

「本当に死んだの」

児島貴美江は放心したようにいった。鮫島は頷いた。

「電話してみたよ。つながんなかった」

携帯電話の番号を消去した、といったのを忘れているようだ。それには触れず、鮫島はいった。

「お悔やみ申し上げます。最後に話されたのはいつでした？」

児島貴美江はすぐには答えなかった。眼の下に隈が浮いている。二十七という実年齢より、十近く老けて見える。

「おとついの晩。今度、食事に招待するって」

宙を見つめたまま、児島貴美江は答えた。

「電話ですか」

頷いた。

「まとまった金が入ったんですね」

「知ってんだろ。あいつ、チョコもってて、売り先捜してた。あたしに買わないかっていってきたけど、あたしはもう、そういうのと手を切るって、ママに約束したから断わった」

「ママ？」

「母親。前にしゃぶでパクられたとき、半狂乱になってさ。いっしょに死んでくれってベランダにひきずりだされた。それがあんまりかわいそうで、やめたんだ」

「チョコをどこで手に入れたか、ナムディは話しましたか」

児島貴美江は首をふった。

「ときどきもってた。あっちはけっこうとれるじゃん。運んでくんのがいると、仲間うちで分けてたみたい」

「どれくらいの量をもっていたのです」

「二キロっていってた。そんなの買えるわけない。もってて踏みこまれたらアウトだもんね。自分で吸うつもりでしたっていったって、二キロもチョコ吸うの、何年かかるんだよって話で」

投げやりな口調だ。

「それで誰かを紹介したのですか」

「ツボちゃん。大阪のカジノ屋で、そっちにも顔が広いから」

「ツボちゃんというのは、坪田由季夫さんですね」

「そう。昔、いっしょに赤坂でパクられた」

鮫島に目を向けた。

「調べたんでしょ」

「ええ」

「あんたが上がってくる前にツボちゃんにも電話した。つながんなかったよ。大阪にすっとんで帰ったんだろうね」

鮫島は頷いた。児島貴美江の目がきつくなった。

「ナムディ、なんで死んだの。殺されたんでしょ」

「死因は脳挫傷だそうです。頭部に打撲の跡があったようなので、解剖に回されます」

「ふーん」

児島貴美江はいって首をふった。見る見る、その目に涙がたまっていった。

「ツボちゃんはさ、鈴原ってのを紹介したんだよ。顔が広いから、何とかしてくれるだろうって」

「勤め先とかは聞きましたか」

「勤め先って、決まってんじゃん」

涙目のまま、児島貴美江は笑った。

「関西のやくざだよ。組までは聞いてない」

「会ったのですか、あなたもその鈴原と」

「まさか。そんなのとかかわりたくないもん。ナムディが話してくれた。いくら入るかはいわなかったけど、たぶん二百か三百にはなったのだと思う。えらい機嫌よくってさ、『キミエさんにディナーごちそうします』って。思わず、あんたもチョコ吸ってんじゃないのって訊いたくらい。馬鹿だよね、アフリカの田舎者がやくざとうまくやれるわけないのに……」

瞬きすると、涙の粒が頰を転がり落ちた。

「だらしなかったけど、根っこはピュアなんだよね、あいつら。すごい苦労もしててさ。知ってる？　イボ族って、昔、何百万人も虐殺されたんだってね。日本はきれいで、皆やさしくて、殺さないって、よくいってた。アフリカはさ、まだ人の命なんて安いんだって。人ひとりが殺されてニュースになるってすごいことだよってていわれた」

「ナムディはひとりで行動していたのですか？」

「従弟だっていうのとときどきいっしょにいたよ。ナムディにあんまり似てない、のっぽのアフリカン」

「名前は？」

「アブジャ」

「いくつくらいでした」

「ナムディのふたつ下だから三十二。六本木でストリップバーの呼びこみをやっているって」

「ナムディは六本木で殺されました。従弟のアブジャと会っていたのでしょうか」

「じゃない。あいつら基本的には世間がすごく狭いから、自分のテリトリーでしか人と会わない」

「アブジャの連絡先を知っていますか」

児島貴美江は赤い目で鮫島を見た。

「会ってどうすんの？　ナムディ殺した奴、つかまえるの」

「そうしたいですね」

「ナムディを殺したのって、やくざ？」

「可能性はあると思います」

「なんで？　金が惜しかったから？」

「どうでしょうか。考えられるのは、ナムディは強盗の容疑で警察に追われていた。ハシッシュを売ったあとでつかまれば、売り先がバレる。それを防ぎたかったのかもしれない」

「チョコなんてどこでも売ってるじゃん。そんなことで殺すの？」

「ナムディがハシッシュをもちこんだのは、組織的な盗品の故買市場だったと思われます。そこではハシッシュ以外にも、宝石や有価証券など、いろいろな盗品を買いとっている。規模も金額も大きい」

「そこまでわかっているのに、なぜつかまえないの」

「盗品をもちこむのは、ほとんどが外国人のプロの泥棒です。彼らはなかなかつかまらないし、つかまえても口を割らない。市場があるとわかっていても、証拠が得られないのです。その点ナムディは、プロの泥棒ではなかった。目先の金欲しさに、知り合いの運び屋がもってきたハシッシュを奪ったんです。つかまれば、市場のことを喋るかもしれなかった。だから口封じに殺されたのではないかと考えています」

児島貴美江は口を開き、大きく息を吐いた。

「——あたしがさ、ケンカしたとき、怒鳴ったんだよね。『金もってこいよ』って。『人にタカることばっかで、あんたぜんぜん稼ぎ、ないじゃん。たまにはどっかで稼いでこいよ』」

「それはいつですか」

「だから二ヵ月前。追いだしたとき。それでかな。それでチョコかっぱらったのかな」

鮫島は無言だった。

「田舎者だよね。本当に」

強盗の被害者である、運び屋のオドメグを思いだした。「イナカモノ」というのが口癖だった。

「オドメグのことは知っていたのですか」

「名前はね。会ったことはない。羽振りがいいっていってた。貿易をやってたみたい。こっちで買った安い電化製品とかをコンテナでナイジェリアにもっていくと高く売れるんだって。でも現地でワイロとかをいっぱい用意しなきゃならないんで、元手がかかるってナムディはいってた」

「アブジャの連絡先を教えていただけますか。彼も危険かもしれない」

児島貴美江は、着ていたスポーツウェアのポケットから携帯電話をひっぱりだした。鮫島を見つめながらボタンを押し、耳にあてた。

「アブジャ？　キミエ」

相手がでるといった。内容までは聞きとれないが、早口の甲高い声が鮫島の耳にも届いた。

「知ってる。あんたも危ないらしいよ」

答えて、児島貴美江は鮫島に訊ねた。

「こっちにこさせる？」

「ここへ呼べるのですか、彼を」

児島貴美江は頷き、携帯電話に告げた。

「今ここにポリスがいる。そう。あんたたちがチョコ売ったことも知ってる。そいつらがナムを殺したの。あんた、金もらったの？」

まずい、と鮫島は思った。児島貴美江は、アブジャとどんどん話を進めている。もし児島貴美江の説得が不調に終われば、怯えたアブジャは姿をくらますだろう。

「いくら？　五十？　そう。どうすんの」

相手の話を聞いていた。

「無理だよ、そんなの。つかまっちゃうって。ポリスは空港も見張るから。今どこにいんの？」

友だち、という単語が鮫島にも聞こえた。

「だからどこ!?　あたしが迎えにいってあげるから。あんたポリスにいったほうが安全だって」

「児島さん――」

「任せて」

眉根を寄せて、児島貴美江はいった。

「どこ。ホエア、ユウ、アー。え？　五反田？　五反田のどこなの。うん、知ってる。そこにいる？　だったらこれから迎えにいくから。逃げちゃ駄目だよ」

電話を切った児島貴美江は、鮫島を見た。

「五反田にある、アフリカ料理の店にいるって。知り合いがやっているところで、ナムディが殺されたのを仲間から知らされて逃げてたらしい」

「場所を教えて下さい」

「あたしもいっしょにいくよ。じゃないと、あいつ逃げるし」

「それなら応援を要請していいですか」

「駄目。あたしはあんたと二人だったら案内する。他にうじゃうじゃ刑事がくるのならお断わり」

児島貴美江は首をふった。

「しかし危険を伴うかもしれない。アフリカ料理店なら、アブジャの口を塞ぎたがっている連中にも知られている可能性がある」

「別に平気だよ。やくざ者なんか慣れてる」

「威したりとか、殴ったりというのとはわけがちがいます。はっきり殺すつもりでいるんです」

「あんたが恐いの？」

強い視線で児島貴美江は鮫島を見すえた。

「もちろん不安です。何より、あなたやアブジャに被害が及んでは、元も子もない」

児島貴美江は薄笑いを浮かべた。

「調子のいいこといわないで。あたしのことを心配する人間なんて、この世の中にいるわけないじゃん」

「そんなことはないと思います。あなたは私の捜査に協力してくれている。その一点だけでも、あなたを危険な目にあわせられない」

「自分の身がかわいいんじゃないの？　いろいろ規則とかあって」

鮫島は首をふった。

「あんた、有名な刑事だって、谷先生がいってたよ。そんなふうには見えないけど。決めんのはあんた。あたしと二人でいくか。どこもいかないでここにいるか」

鮫島は息を吐いた。予想もしていなかった展開だった。児島貴美江は、ナムディを死に追いやった者への怒りからか、自分への責めからか無謀な行動をとろうとしている。五反田のアフリカ料理店が稜知会に知られていた場合、周辺には傘下団体の組員が張りこんでいる可能性があった。そうなると二人だけでいくのは危険だ。が、遅くなればアブジャの身柄を先におさえられてしまう。

「――わかりました。ただし、約束をして下さい。もし五反田で危険を感じるようなら応援を要請します。いいですか」

「いいよ」

児島貴美江は答えた。

35

二晩泊まらせてくれ、といって毛利がやってきたのは、外国語学校での取引から二日後の晩だった。

「急にこっちにこなけりゃいけなくなった。目黒のマンションにも飽きちまったし。いいか」

横浜に移ってから毛利と会うのは初めてだった。明蘭は心が弾むのを感じた。

毛利は夜遅く、午前零時近くなって現われた。鈴原に送らせたようだが、部屋にはひとりであがってきた。スーツ姿だった。

シャワーを浴び、明蘭が用意した缶ビールを開けると、珍しげに室内を見回した。

「前のとこより狭いが、眺めは悪くないな」

明蘭は頷いた。部屋の前から、横浜港の一部が見える。一度だけいったことのある、上海の浦東に景色が似ていた。

「少しは慣れたか」

「部屋には。でも周りがどんなところなのか知らない。いつも渋谷にまっすぐいくから」

「近くに中華街がある。嫌じゃなきゃ、明日でもいってみるか。明日は会社にでなくていい。鈴原とも話がついてる」

明蘭は毛利を見つめた。

「俺も明日は何もない。久しぶりに一日、いっしょにいようや」

毛利は笑いかけた。明蘭は毛利が手にしているグラスを奪って、ビールをひと口飲んだ。

「嬉しい」

「本当か」

明蘭は毛利をにらんだ。

「どれだけ会いたかったか、わからないでしょう」

「あんまり喜ばせるな」

明蘭は毛利ににじり寄った。裸の腰にバスタオルを巻いただけの姿だ。そのバスタオルの下に手をさし入れた。

「あなたにわからなくてもいい。彼にわからせるから」

毛利の分身を握りこみ、囁いた。深見にはどれだけ恩を感じても、こんな気持にはならなかった。感謝の気持が欲望になる。それは初めての経験だ。

毛利には強い雄の匂いがある。それを嗅ぐと、自分は雌になる。毛利とのセックスでは、これまでにつきあったどの男とのものより、大胆になれた。自分の体を見せつけ、見られることで、さらに快感が高まる。

見えるぞ、と毛利がいうと、もっと見て、と明蘭は答えた。つながっている場所をみひらいた目で確認し、そこを見ている毛利の顔にたまらない愛しさを感じた。

外が明るくなるまで、二人はリビングで過ごした。

翌日、ゆっくりと起きだすと、連れだってマンションをでた。二時間ほど、腕を組んで散歩をする。

観光客が多く訪れるみなとみらいにいき、クレープを朝食がわりに食べた。ショップを冷やかし、若いカップルに混じって観覧車に乗った。

夕方に一度部屋に戻ると、毛利が求めてきて、今度は寝室で愛しあった。暗くなってから、タクシーで中華街へとでかけた。

横浜の中華街を訪れるのは、六本木のクラブ「オーロラ」が潰れた日、深見に連れていかれて以来だった。ほんの二年前のことだが、ずいぶん時間がたったような気がする。あのときは心の余裕もなく、中国や台湾の匂いに懐かしさよりも、むしろ不安をかきたてられた。日本にきた目的を果たすことなく、そこに帰っていかなければならないのか、という情けなさもあった。

だが今はちがう。この二年で自分は進歩した。法には反しているかもしれないが知識と技術を身につけた。今の境遇にまったく不安を抱いていないといえば嘘になるが、少なくともあの夜よりは、夢に近づいている。

深見に連れていかれたのは奥まった路地にある小さな店だったが、毛利は中華街の入口に近い、大きな店を選んだ。以前にもきたことがあるらしく、広州人らしいマネージャーは毛利を認めるとぺこぺこしながら、奥の席へと案内した。毛利は渡されたメニューを開かず、明蘭に告げた。

「食べたいものがあったら、何でも頼め。メニューになくても何とかしてくれる」

明蘭はメニューを見た。中国本土で使われている簡体文字ではなく、香港や台湾の繁体文字が記されている。読める文字もあるが、読めないものもある。

簡体文字のメニューはありますか、と訊きかけ、明蘭はやめた。自分が中国本土の出身であることをここで明らかにする必要もない。

「あなたに任せます」

明蘭がいうと、毛利は頷いた。

「適当にもってきてくれ。あと、うまい紹興酒を頼む。安物は駄目だ」

「はい、もちろんです。毛利先生に失礼なものはおもちしません」

マネージャーは答えて、ひきさがった。

前菜とともに紹興酒が運ばれてくると、二人は小さなグラスで乾杯した。

「鈴原からPの話を聞いた。よくやった」

「まだまだです。わたしは――」

いいかけた明蘭の言葉を毛利はさえぎった。

「待て。まだこっちの話は終わってない」

明蘭は瞬きし、毛利の顔を見つめた。一日笑顔を絶やさなかった毛利の目が今、別人のように厳しくなっている。

「セラーとのやりとりを聞いたが、かなり値切ったようだな」

「スポットだし、素人だったから、絞れると思った。まちがっていますか」

毛利は首をふった。

「それじたいはまともな判断だ。だが俺は確か、千から始めて二千から二千五百、といわなかったか」

「ええ。でも——」

「いいか。お前の気持はわかっている。なるべく会社に儲けさそうというのも、まちがったことやない。けど、あのときはあれで進めてよかった」

明蘭は唇をかんだ。

「わたしの判断はいらない、ということ？　よけいなことをしたの？」

毛利は煙草をくわえた。

「よけいなこと、とまではいわん。だがあのセラーに関しては無駄な努力だった」

「無駄？」

「あいつと今後取引をする予定はない。だがアフリカ人にはアフリカ人のネットワークがあるからな。あまり厳しく絞ると、今後うちの社に連中が寄りつかなくなる」

「スポットだから絞ってみたのだけど、それじゃ駄目だったということ？」

「スポットの連中にはむしろ、ぬるい、と思わせておいたほうがいい。もちろん品物の等級によっちゃ絞らなきゃならんときもあるだろうが」

「わたしはちがうと思う。常連のセラーにはそれなりにいい思いをさせてあげる必要はあるけれど、スポットの連中にそこまでしてやっても意味がない」

「俺とは逆の考えやな。常連は絞ったほうがええ。甘い顔見せると、つけあがる奴がでてくる。スポットの奴らはもう二度と会わんようなのばっかりや。そんなんときつい交渉して疲れるのは、エネルギーの浪費や」

明蘭はそっと息を吐いた。

「交渉するのはわたしよ」

「お前にはなるべく前にでてほしくないんや。お前のもっとるスキルを、若い社員に教えるだけでいい。お前は女やから目立つ。それに一度、マークもされている。しばらくは表にでんとやってほしい」

「じゃ今度のこれは何だったの？　テスト？」

「まあ、そんなもんや」

毛利は認めた。

「あのアフリカ人がつかまったらどうなるの。わたしもつかまるの？」

「その心配はない。あいつはもう国に帰った」

「いつ」

驚いて、明蘭は訊ねた。残りのP—４の取引は一昨日おこなわれた筈だ。

「昨夜の飛行機や。終わったらすぐ飛行機に乗せるよう、指示してあった」

「聞いていない」

「別にいわんでもええことやからな」

こともなげに毛利はいった。明蘭はいらだたしさを感じた。毛利は自分を一人前に扱ってくれると信じていた。なのに会社の取引先に関する情報をすべて明かしてくれていない。

「そういうことはできればやめてくれませんか」

「え？」

「もしわたしを信頼してくれているのなら、会社に関係する情報は全部、知らせてほしいんです」

毛利は息を吸いこんだ。

「本気でいうてんのか」

「はい。駄目ですか」

毛利の目を見つめた。怒っているようには見えない。

「お前が傷つくことがあるかもしれん」

「何も知らされないことと大切にされることは別だと思います」

毛利は瞬きをした。そのとき、毛利のジャケットの内側で携帯電話が鳴りだした。

「待て」

毛利はいって、耳にあてた。

この二日間で毛利に電話がかかってきたのはこれが初めてだった。メールは入っていたようで、何度かチェックするのを見たが、直接かかってきたことはなかった。つまりそれだけ急を要する用件なのだ。

「何だ」

わずかにいらだった声で電話に訊ねた。

「誰？　アブジャ？　それがどうした」

相手の声に耳を傾け、いった。

「現場の連中は何といってる」

黙った。

「どのくらいや。今朝からか。それでマルKの動きは」

返答を聞き、念を押した。

「ほんまやな。いてないんやったら、ひきずりだしたらんかい、そんなもんいつまでも待っといたかて意味ないわ。さっさと決めたれ」

相手の言葉をさえぎった。

「かまわん。銭の貸し借りがあったとか、適当なこといって、若い者いかせりゃええ。そんな先まで気にせんでええわ。もってかれるより、なんぼかマシじゃ。ええな」

電話を切った。息を吐き、紹興酒を呷った。

「大丈夫ですか」

明蘭は訊ねた。

「ああ、何でもない。追いこみかける筈やったんが逃げられて、バタついとる阿呆がおるだけや」

「鈴原さんですか」

毛利は明蘭を見た。

「お前が気にすることやない」

明蘭はそっと息を吸いこんだ。

「あなたはわたしを一人前に扱ってくれる、そう信じていました」

「扱ってるやないか」

明蘭は首をふった。

「生意気だったら許して下さい。あなたがしているのは、フリです。一人前に扱っているフリ。本当は、鈴原さんにわたしを監視させ、わたしの知らないところでわたしをかばっている。でもそれではわたしは本物になれません。失敗もして、まちがっていたことは反省して、本物になりたいんです。本物になって、あなたの役に立ちたい」

毛利は煙草を手にとった。椅子に背を預ける。料理が運ばれてきてテーブルに並んだが、どちらも箸を手にとらない。

「知らんでもええことがある」

「毛利さんの仕事の全部を知りたいわけではありません。本当は知りたいけれど、それでは毛利さんが困ることもあります。でも、会社に関係することは知っておきたいんです」

毛利は明蘭の目をのぞきこんだ。ひどく暗い視線だった。

「やめとき」

明蘭は涙がこみあがるのを感じた。それに気づいた毛利の目が驚きに広がった。

「なんで泣くんや」

「信じられていないのは、愛されていないのと同じだから」

「誰もそんなこと思ってない。俺はただ、お前をかばいたいんや」

明蘭は首をふった。涙がこぼれ落ちた。

「日本人の女の人は、それを喜びます。でもわたしはちがう。中国人です。全部を知らされるほうが嬉しい」

毛利は新たな煙草をくわえ、火をつけた。投げだすようにライターをおき、

「わかった」

と答えて、ウェイターに手をあげた。寄ってきたウェイターに告げる。

「勘定してくれ。急用ができた」

ウェイターは目を丸くした。料理にはほとんど手をつけていない。

「包みますか、これ」

「いらん」

短く答えて、毛利は立ちあがった。明蘭をふり返り、

「部屋に帰って、つづきを話そう」

といった。

36

ＪＲ五反田駅の東側にある飲食街にそのアフリカ料理店はあった。まっすぐにタクシーをつけようとした児島貴美江を制し、鮫島はあたりを一周させた。ネオンが点り、人通りはそれなりにあるが、はっきりそうとわかる男たちが、二、三人連れであちこちにかたまって立っている。止めた車の中で、携帯電話を耳にあて、指示を待っているグループもいた。

「わかりますか、この連中」

鮫島がいうと、児島貴美江は驚いたように目を向けた。

「全部そうなの!?」

「ええ。地回りとは話がついているんでしょう。二十人近く、駆りだしていますね。アフリカ人ひとりを追いこむにはずいぶんな数だ。よほど上から指示が降りている」

「上って?」

鮫島は答えなかった。頭を働かせ、タクシーの運転手に告げた。

「運転手さん、悪いけどもう一度、さっきの店の前に戻ってくれるかな。で、俺だけ降りるから、ハザードを点けて、待っていてほしいんだ。もうひとり連れて俺がでてきたら、すぐに発車してほしい。行先は新宿警察署だ」

運転手は、えっとふりかえった。鮫島は身分証を見せた。

「お客さん、恐いことは勘弁して下さいよ」

「もし何か因縁をつけられたら、俺を待たずに発車していい。そのときは山手通り沿いにある大崎署に駆けこんでかまわないから」

詳しい事情は説明せず、いった。怯えた運転手にここで降ろされたら、万事休すだ。

「わかりました。あの、本当に、恐くなったら逃げちゃいますから、いいですね」

「大丈夫。俺の名前は、新宿署の鮫島です。もし大崎署にいったら、あったことを全部話してくれていいですから」

鮫島は児島貴美江に目を移した。自分の名刺をとりだし、ボールペンで桃井の名を書きつけた。

「そのときはこの番号に電話をして、桃井という人に全部を話して下さい。私の上司で、これまでの捜査のことを知っています」

「あたしもいっしょにいくから――」

「それは駄目です。あなたはこの車から降りてはいけない」

鮫島は首をふった。外に立つ男たちを示していう。

「この男たちは、アブジャをナムディと同じ目にあわせるのが目的です。今はアブジャがとじこもっているので待っている。アブジャがでてくればさらってどこかへ連れていき、口を塞ぐつもりなんです。アブジャの次に危ないのがあなただ」

「あたしは女だしカタギよ。あいつらとは何の関係もない」

「たとえカタギでも、今回は容赦しない。それだけのものがかかっている」

鮫島がいうと、初めて児島貴美江の目に恐怖が浮かんだ。

「じゃ、あんたは平気なの」

「何ともいえません。私は警官ですが、ひとりなので、場合によっては奴らも力で押しきろうとするかもしれない」

「押しきるって……」

「何人かで私を囲み、因縁をつけているあいだにアブジャを連れだす」

「そんな。だったらもっと大勢できたほうがよかったってこと？」

「そう、いいました」

児島貴美江はぽかんと口を開いた。

「じゃ、今から呼ぼうよ」

鮫島は首をふった。

「もう遅い。このあたりを走っているあいだに、何人かがこのタクシーに気づいています。中をのぞきこんだ奴もいた。応援を呼んでも、到着する前に、あの店に押し入ってアブジャを連れだすでしょう」

タクシーは飲食街を一周し、「キリマンジャロ」というアフリカ料理店が入った雑居ビルの前に戻ってきた。「キリマンジャロ」は二階にあり、外階段で地上とつながっている。

今、その階段を、四人のやくざが登りかけていた。

「止めて！」

鮫島はいった。反射的に運転手が急ブレーキを踏み、キキッという音が路地に轟いた。階段をあがっていた男たちがふりかえる。

「運転手さん、あとは頼んだ通りにして下さい」

鮫島は開いたドアから降りた。即座に、外階段周辺で待機していた別の集団に囲まれる。

鮫島と階段のあいだに立ち塞がり、露骨に通せんぼをした。

「どいてくれ」

「ああ？」

スーツを着た坊主頭の大男が鮫島をにらみつけた。剃った眉に刺青を入れている。

「何だと」

「上に用があるんだ、通してくれ」

大男は肩をそびやかした。道を譲る気配はない。

「いけよ、勝手に」

別のチンピラがいった。残った二人がタクシーの中をのぞきこんでいる。

「おい、こんなとこ止めんじゃねえ。動かせ、こらっ」

鮫島は身分証をだした。

「警察の者だ、そこを通してくれ。それからタクシーにからむのはやめろ」

「知らねえよ、そんなもん！　ごちゃごちゃうるせえんだよ」

チンピラが唾を吐いた。

「どかないと公務執行妨害の現行犯になるぞ」

「この野郎、何いばってんだよ！」

大男が鮫島の襟をつかんだ。瞬間、鮫島は特殊警棒を引き抜くとひと振りして、男の顎の下につきつけた。

男の動きが止まった。

「何だ、手前。やる気かよ」

鮫島は警棒を左手にもちかえた。右手で腰のホルスターを探ると、カバーを外す。

男たちが目を見交した。

「もう一度いう。どけ」

「チャカもってるからって、ひとりで勝てると思うなよ、この野郎！」

そのとき階段の上方、「キリマンジャロ」の店内で、パリン！　というガラスの砕ける音が響いた。階段をあがっていた男たちは店内に消えている。

鮫島は警棒を大男の首すじに押しつけながら足払いをかけた。不意をくらって、大男は倒れこんだ。

「あっ」

「何しやがる、この野郎」

「ぶっ殺せ、ぶっ殺せ！」

タクシーに群らがっていたチンピラが殺到した。鮫島はニューナンブを抜いた。

「やってみろ」

銃口を男たちに向け、告げた。一瞬、男たちがためらった。それを逃さず、階段を駆け登った。

おらあっという怒号が「キリマンジャロ」の内側であがった。女の悲鳴がつづく。

遅かったか。鮫島は唇をかんだ。怒号は背後からも浴びせられた。

キリマンジャロの山並みを描いたガラス扉を引き開けた。

入ってすぐ、ワインラックが壁ぎわに積まれた通路に男の集団がいた。中心に頭ひとつ高い黒人がいる。

「警察だ、動くなっ」

鮫島が叫ぶと、集団が崩れた。視界が開け、ステンレス製の包丁が黒人の腹につき刺さっているのが見えた。

「何だこの野郎！」

ひとりが鮫島に襲いかかった。特殊警棒でその顔面を殴りつける。黒人がくたくたっと床にしゃがみこんだ。放心した表情で包丁の柄に手をかける。

「抜くなっ」

鮫島は怒鳴った。抜けば一気に出血が激しくなる危険があった。

別の男が店内に吊るされていたフライパンをとり、ふりかぶって黒人の肩に叩きつけた。

「よせっ」

鮫島は銃を向けた。

「手前――」

別の男が鮫島の腰にとびつき、勢いで鮫島はワインラックに体を打ちつけた。崩れたワインボトルが床に散乱する。

鮫島は倒れこみながらも特殊警棒を払った。組みついた男の肩にあたり、男は叫び声をあげた。

黒人を見た。床に正座するような姿で目をみひらき、自分の体につきたった包丁の柄を見ている。苦痛や恐怖より、むしろ放心したような表情を浮かべていた。

ひきあげろっ、という声がかかり、鮫島は我にかえった。怒りがこみあげる。

「待てっ」

「キリマンジャロ」の出入口に男たちが殺到していた。

「やかましいわっ」

ひとりが怒鳴り、床に転がっていたワインボトルを逆手にとって殴りかかった。反射的に警棒で受けとめると粉々に割れ、ワインが飛び散った。それを頭から浴びて、鮫島は視界を失った。

「ざまあ見ろ、この野郎！」

顔をぬぐい、ガラス扉を押し開けたときには、階段下の路地をクモの子を散らすように男たちが逃走していくところだった。

37

「お前は何になりたいんや。俺の女か。それとも極道か」

野毛のマンションに戻るまでのタクシーで、毛利はひとことも口をきかなかった。

部屋に入り、小さなリビングで向かいあうと、いった。

「仕事のできる人間です」

明蘭は答えた。

「あなたの恋人でいたい。それには仕事ができなければいけない。いずれはわたしは中国に帰ります。そうなっても、あなたの恋人でいたい」

毛利は小さく頷いた。

「中国に戻っても、俺とつきあっていくためには、ビジネスパートナーになれるだけの技量が必要やと。そう考えてるんやな」

「はい」

毛利の目を見つめ、明蘭は答えた。

「知らないところでかばってもらっているのに一人前の顔はできません」

毛利は煙草の煙を吹きあげた。

「そうか。それやったら、いうわ。ナムディはな、死んだ」

「死んだ？」

「ああ。六本木で喧嘩に巻きこまれてな、頭を殴られたんや。もうひとり、お前の会ったんは、アブジャちゅう男やが、それももうじき死ぬ。理由は同じや。お前の顔を見てるから」

明蘭は瞬きした。信じられなかった。二人の人間が、あっというまに殺される。その理由は、この自分の顔を見たからだ。

「お前も聞いとる筈や。あの二人は、新宿で仲間のアフリカ人からブツをかっぱらった。その件にはマルKも首をつっこんどる。あいつらがつかまれば、まっ先にブツをどこへやったかを調べられる。一引く一は零や。そこにお前の話がでれば、マーケットにまだお前がかんどるっちゅうのが、すぐにわかる。何のために台湾くんだりにいった。水の泡や」

明蘭は黙っていた。鮫島という刑事の名前が頭に浮かんでいた。深見を追い、自分を見張っていた刑事が、ここまでやってくるのだろうか。

「聞いてるか」

「はい」

毛利の顔を見た。

「俺も勝負をかけてる。マーケットの件は、本家にとっても小さくない話や。ここで下手を打てば、俺ひとりの問題じゃすまなくなる。なにせ、からんどる相手が相手やからな。うまくいったら、マーケットはでかいシノギになり、しかもマルKとの太いパイプにもなる。けどしくじったら、俺の極道としての人生はおしまいや。今が一番、その瀬戸際なんや」

「おしまい……」

「稜知いうのは、大組織や。大組織やが、それは外に向かっての話や。稜知会にはふたつの顔がある。ひとつは外に向かっての一枚看板、何万ちゅう構成員がおって、一朝ことあらば、それが全部敵に回る、いう恐さや。もうひとつは内向きの顔や。何万の組員も実態は、何百という組のメンバーで、その何百が勢力争いをしてる。そこから抜きんでていくんは、大抵やない。俺が身をおいてる、北稜組は本家直系の主流派やが、それだけに力のあるんを見せんと、傘下団体にナメられる。力とは何か。ケンカに強いことだけやない。銭や。ごっつい銭を、それも一回二回のバクチのような稼ぎやのうて、きっちりコンスタントに稼げるシノギで運んでこられる。それが力なんや」

「マーケットはそのために？」

「マーケットがでかいシノギになれば、北稜組は直系の中でも幅をきかす。それはつまり、稜知の頂点が見えるっちゅうことや」

「じゃあ毛利さんは最初からそのつもりでマーケットの仕事をしたのですか」

「狙っとったんは、お前とマーケットの両方や。どっちが欠けても、マーケットは円滑に動かせん」

「利用したの？」

「馬鹿。俺はスケコマシやない。銭のために女は抱かん。本気でお前に惚れたから、でかい夢を見ることにしたんや。そこに格好の申し出もあった」

「申し出」

毛利は決意のこもったまなざしを向けた。

「ここまできたら全部話したる。お前も薄々気づいとったろうが、マーケットの件には警察の大物もからんどる。今の警察はな、外国人の犯罪者にはほんまに手を焼いてるんや。パクってもパクっても、あとからあとから入ってきよる上に、日本人にも組む奴がでてきたせいで、どんどん手口が巧妙になってきてる。はっきりいうて、このままいったら、日本は外国人マフィアの天国になる。どっかで食い止めなあかんのやが、その方法が見つからん。日本の警察はヌルい、そう思われとるんがわかってても、どうもできん。中国みたいにかたっぱしからつかまえ、拷問してぶちこむか処刑するっちゅうわけにはいかんからや。

そこで考えた奴がおった。外国人のワルのシノギは何か。まずは窃盗や、それからクスリ。それをどっかで一括して管理できんもんかと。マーケットや。実際、マーケットはそういう仕事をしてた。深見さんは外国人と組むんがうまくて、信頼もあった。なぜならあの人は、日本の味方やなかったからや。日本の国が嫌いやった。正確にいえば、日本の政府が嫌いやった。だから警察に協力するっちゅうことはありえん」

明蘭は頷いた。そんなような言葉を明蘭も聞いたことがあった。日本の風土や食物は好きだが、日本の政治や役人は嫌いだと。いや、信用がおけない、といっていた。

じゃあどこが好きか、と訊ねたら、深見は寂しげに笑った。

残念ながら、どこも好きではない。そういう意味では私はアナーキストだよ。

アナーキストという言葉の意味が明蘭にはわからなかった。

「稜知会はちがうのですか」

明蘭は訊ねた。

「お前は知らんかもしれんが、長いこと稜知会は警察の目の敵にされとった。どこよりも最初に潰さなあかんのが稜知会やと、警察の幹部が口を揃えていいつづけとる。けど実際は、稜知会はどんどん大きくなっている。なんでかわかるか」

「日本人は大きな組織が好きです。大きければ強い、と思います」

「その通りや。中国人はちがう。韓国人もちがう、小さくともいいから頭を張りたがる。百人のナンバー2でいるより、十人のトップでいたがるんが、中国人や韓国人だ。それはそれでかまわんが、大組織には大組織ならではの力がある。外国人もそのことはよう知ってる。だから稜知会には決して刃向かってはこんのや。ある意味、外国人には警察より稜知会の方が恐がられている。そこで頭のいい警察の幹部が考えた。マーケットを稜知会にやらす。情報は全部集まるから、タチの悪い外国人犯罪者をだせ、いうたら、稜知会ならだすやろう。ただの泥棒やらスリはええ。けど、強盗に入った先で人を殺したり、田舎の金持ばかりを狙って押し入るようなんは、全部パクらせろというわけや。盗られた品物がわかっとれば、売りにきた奴をサせばいいんや。そうやってじょじょに悪いのを抑えこんでいけば、日本が天国やない、いうのが伝わっていく。

もちろん泥棒はなくならんから、マーケットが駄目になるわけじゃない」

「警察と組む、ということですか」

「もともとこの国には、ここまでは極道の領分で、ここから先はでたらあかん、ちゅう暗黙の了解が、警察とのあいだにはあった。それをせん限り、バクチでも女でも、見て見んフリをしてやる、と。それが崩れたんは、バブルのせいや」

「バブル？」

「今から二十年くらい前の話や。日本の土地が馬鹿みたいに高くなり、不動産や建設、銀行なんかが大儲けした時代があった。そのときに本来はカタギの筈のそういう企業が、金儲けの邪魔になる会社や個人を極道の力を借りて排除した。その結果、カタギの大企業と極道のあいだにつながりができた。そこには政治家や役人もからんで、うまい汁を吸ったんや。そして、そのバブルが弾け、金が回らんようになると、なったらなったで極道の力がまた必要になった。返さん奴から借金をとりたてたり、借金のカタを隠して逃げようとするのを見つけたり、さらには銀行や街金からもそっぽを向かれたような奴に金を回したり、と。必要悪としての存在が大きくなった。

バブルからバブル崩壊後の何年間か、この国は極道の組織力が裏支えしとったようなもんや。それを急に『お前ら、でかい顔しすぎや』と取締りを強化してきた」

「中国でもそんな話はたくさんあります。役人は必ず、人民を裏切るんです」

「その通りやな。けど、わしらは文句はいわん。引っこめ、いわれたら、とりあえずそこからは引っこむ。国家権力と喧嘩しても勝てん、ちゅうのはわかっているからや。これがカタギなら、万にひとつ裁判で勝てることもあるかしれん。けど極道にはない。極道は存在じたいが悪や、そういう風に国民全部が考えるよう仕向けられてるからや。それでいて、必要となると、政治家や役人はすり寄ってくる。つまり、でかい顔をさせんが、いなくなったらなったで困る、それがこの国の、極道の立場なんや」

「うまく生きのび、その上に大きくなってきたのが稜知会なんですね」

毛利は頷いた。

「どんだけ小突き回されても、役人には恨みごとをいわず、耐えてきた。ほんまの話、ふざけるな、といいたくなることはなんぼでもある。けどな、そこでムキになったら負けなんや。叩かれたら引っこみ、叩かれんところで力を見せる。今回のマーケットの件もそれや。警察の幹部は、稜知にマーケットをしきらせ、タチの悪い外国人を日本でやっていかれんようにする、それがうまくいったら今度は、何くれと理由をつけて、稜知も締めあげようとしてくるやろ。けどそれまでに、互いの尻尾をつかみあっておけば、向こうも簡単にはそれができなくなる。やりようによっちゃ、見て見んフリをさせることも可能になる、と思っとる。もっともそうなる前に俺は、マーケットから手を引く。中国へいくつもりや。お前と組んで、別のでかいビジネスをあっちで始める」

「だましあいなんですね」

「いってみればそうだ。俺は警察とだましあいをし、稜知の中でも下手を打たず、のしあがらなけりゃならん。それを全部うまくこなしてこそ、道がひらける。だから、あのアフリカ人ふたりを生かしておくわけにはいかなかった、ちゅうわけだ」

役人のずるさ、えげつなさは、自分の方が知っている、と明蘭は思った。中国の田舎では、役人が勝手に税金を上げ、払えない農民からは土地をとりあげる。その悪行を中央に報告しようとした村の代表を、警察はいわれのない罪で逮捕し、拷問で口のきけない体にしてしまう。警察の幹部と役人がぐるなのだ。

日本ではそんな話は聞かないが、役人というのは結局、どこの国でもそんな連中なのだろう。人民の財産は国家の所有物で、国家とはつまり役人の財布だと思っている。

毛利がやろうとしているのは、ひどく危険な賭けだ。国家権力を相手に、いいぶんを通し、分け前をよこせと迫るに等しい。

深見のいった、アナーキストという言葉の意味を、今ようやく明蘭はわかったような気がした。

政府、役人、ひいては大企業のような大きな組織。大きな権力につながるすべての存在を信じない、かかわらない、そんな人間にちがいない。

毛利の携帯電話が鳴った。

「おう」

画面を見て、毛利は応答した。

「どないなった?」

ひとつひとつの言葉ははっきりとは聞きとれないまでも、早口の興奮した口調が流れでた。毛利は眉をひそめた。

「何?　どういうこっちゃ」

わずかに体の向きをかえ、明蘭に顔をそむけた。

「――誰や」

声が低くなった。

「名前は聞いとらんのか、誰も」

険しい目が落ちつきなく動いた。

「で、アブジャは」

明蘭は立ちあがった。キッチンでインスタントコーヒーをいれる。何らかのトラブルがあったようだ。

「――確認したんか」

人を殺す以上のトラブルとは何なのだろう。毛利の口調は切迫している。

「阿呆！　なんで確認せん、相手はひとりやったんだろうが。何⁉　そんなん通じるか、ど阿呆！　サツはガン首写真揃えとるわ。ええか、いった奴で、そいつにツラ見られたんは、待機させとけ。そいで話を合わさせとけよ。金のトラブルでええ。アブジャに借金があって返さへんかった、それでいけ」

アブジャの顔を明蘭ははっきり思いだせなかった。ナムディは覚えている、外国語学校での取引で、主に喋っていたほうだ。もうひとりの背が高くて無口な男がアブジャだったのだろう。

明蘭は目を閉じ、息を吸いこんだ。この自分が顔を覚えていないように、アブジャも本当は明蘭の顔などよく見ていなかったのではないだろうか。なのに二人とも、毛利はあっさり殺してしまった。もちろん直接に手を下したわけではないだろうけれど。

深見が人を殺したことはあっただろうか。

過去にならあったかもしれない。それに鮫島という刑事を殺そうとした、ともいった。だが実際に誰かを殺した、という話を聞いたことはなかった。

不意に吐きけがこみあげた。二人で手をつなぎ、ランドマークタワーを見上げ、観覧車に乗ったとき、すでに毛利はアブジャを殺させる指令を下していたのだ。それも明蘭のために。

キッチンのシンクのへりを明蘭は強く握りしめた。そうしていないとしゃがみこんでしまいそうだ。

毛利の女になる、というのはそういうことなのか。平然と指示した人殺しがおこなわれているその間に、抱かれて幸福を感じている。

「めぐみ」

新しい名を呼ばれ、我にかえった。

「はい」

真剣な表情の毛利がキッチンの入口に立っていた。まだ携帯電話を手にしている。

「お前のこと追っかけとった刑事だがな。顔を見たことはあるか」

明蘭は首をふった。

「わたしはありません」

「確か、新宿の鮫島だったな」

明蘭は頷いた。

毛利は電話に戻った。

「で、いっしょにおった女いうのは誰やと？」

相手に訊ねている。

「ナムディの前の女？　なんでそんなんが現場におったんや」

返事を聞き、毛利の顔色がかわった。

「ほんまか、それ」

床に目を落とす。

「まずいな……」

つぶやいた。キッチンを離れ、リビングに戻った。

「その千日前のバカラ屋は今どこにおるんや。戻ってる？　確かやろうな。それやったらええ。岩泉のとこ連絡して、しばらく行方をつかまさんようにせえ、といっとけ。それでお前は今、どこにいてるんや」

毛利は唸り声をたてた。

「いや、お前は逃げられん。たぶんこっちでのヤサも支部のことも、その刑事はつかんでるやろ。アブジャんとこへきたんは、うちとマーケットをつなぐ人間をおさえたかったからや。わかった、それはこっちが動く。とりあえずお前は、ヤサには戻らんと、どっかに隠れとけ。話がつけば、たぶん、お前んとこまではいかん筈や。現場で全部すませられるようにもっていく」

コーヒーカップを盆にのせ、リビングに運んだ。毛利は電話を切ったところだった。

荒々しく息を吐き、宙を見すえている。やがて携帯電話のメモリーから番号を捜し始めた。

見つけだすとボタンを押し、耳にあてた。やがていった。

「毛利です。ちょっと面倒なことになったようです。連絡をもらえますか」

留守番電話だったようだ。

「まずいこと?」

明蘭はそっと訊ねた。毛利の目が明蘭に注がれた。

「いわなあかんか」

明蘭は首をふった。

「いいたくなければいい」

毛利は目をそらせた。

「ちょっと待っとってくれ」

低い声でいい、コーヒーカップに手をのばした。

38

香田が現われたのは、鮫島が大崎署の刑事課におかれたコンピュータで、関東地方の稜知会系暴力団の組員写真をチェックしている最中だった。大崎署と機捜による現場検証はすでに終了していた。アブジャは搬送先の病院でICUに入っている。生命をとりとめるかどうかは微妙な状況だった。もちろん事情を聴取できるような状態ではない。

鮫島はすでに二人の組員をピックアップしていた。ひとりはワインボトルで殴りかかった男で、千葉市に本部をおく、稜知会系滝本組湾岸一家の新川順次といった。もうひとりは階段のところで通せんぼをした眉に刺青を入れた男だ。こちらは府中に本部がある、稜知会系錦織組高遠会の北詰和己という名だった。

どちらも本家直系ではなく、傍流のそのまた傘下団体だ。北稜組と直接のつながりはない。

「何をしている」

香田の声に、鮫島のかたわらでパソコン操作を手伝っていた水巻という大崎署員が立ちあがった。

「香田理事官!?」

刑事課四係の水巻が香田の顔を知っているのは不思議ではない。だが組対部の理事官がまだ捜査本部も立っていない現場に現われるのは異例のことだった。水巻の声にそれが表われていた。

「ナイジェリア人襲撃犯の顔を確認していたところだ。二名、見覚えがあった。このうちの新川は、実行犯のひとりだ」

鮫島が答えると、水巻は目を丸くした。

「鮫島さんは香田理事官とお知り合いなのですか」

敬語を使わないことへの驚きだった。その水巻を無視し、歩みよってきた香田はコンピュータの画面を凝視した。

「千葉と府中。ぜんぜんシマがちがうじゃないか」

「そうなんです。どちらも地元の組じゃありません」

水巻がいうと、初めて気づいたように香田はふりかえった。

「このあたりを縄張りにしているのはどこだ」

「ふたつ入ってて、水商売なんかには昔からあるテキ屋系の古橋一家。あと風俗には小宮山総業というのが幅をきかせています。古橋一家は蒼心会の系列です」

蒼心会は「連合」に所属する広域暴力団だ。

「どっちも関東なんだな」

「はい。でも、この二人、湾岸一家と高遠会は、稜知の系列です。まさか今になって稜知と『連合』が戦争ってのも考えられないんですが……」

「そんな筈はない」

ぴしりと香田はいった。

「現場周辺に縄張りのちがう組員がそれだけの数でていたのに、地元の組は何をしていたんだ」

「それが妙なんです。古橋一家は今日に限って総員集合がかかって、全員、組本部に詰めていました」

「上から話が通っていたんだ」

鮫島はいった。

「迷惑はかけないから知らん顔をしてくれ、と」

「誰がそんな話を通すんだ」

「稜知会の城南支部だ。連絡業務が仕事なんだ」

香田はすわっている鮫島を見おろした。

「稜知会がナイジェリア人を襲う理由は？」

「知っている筈だ」

鮫島は香田の目を見返した。

「今日のマル害は、六本木で殺されたナムディ・キャンベルの従弟だ。二人は新宿中央公園で起こった強盗傷害事件のほしだ」

「強盗のほしと稜知会がどうつながる」

「二人は同じナイジェリア人の運び屋からハシッシュを奪った。それを泥棒市場にもちこんだんだ。支払いでもめたか、口封じのため、狙われた」

香田は水巻を見た。

「空いてる部屋はあるか」

「はいっ」

水巻の案内で、鮫島と香田は使われていない応接室に入った。

香田は二人きりになると、鮫島をじっと見つめた。

「それはマル害の血か」

鮫島はシャツに散った染みを見おろした。

「ワインだ。新川がボトルで殴りかかってきたんで、警棒で受けた」

香田は目をそむけた。息を吐く。

「なぜひとりでいった。違反だろう」

「しかたがなかった。アブジャのいどころを知る情報協力者が、応援を呼ぶなら案内をしないといった。現場に着いたら後悔していたが」

「児島貴美江だな。父親が前の四国管区の局長と大学同期だったそうだ。その線から、穏便にしてくれという要請がきている」

「彼女がヤマを踏んだわけじゃない。ナムディ・キャンベルの恋人だっただけだ」

香田は小さく頷いた。

「ただしハシッシュの処分に困ったナムディの相談をうけ、遊び仲間の稜知会フロントを通して、稜知会城南支部の人間を紹介している。そいつが泥棒市場へとつないだ」

「その男の名は」

鮫島は首をふった。

「まだ判明してない」

「嘘をつくな。そこまで調べてわかってない筈はない」

「石崎じゃない」

「そんなことは訊いてない！　その城南支部の組員の名をいえ」

鮫島は香田を見すえた。

「いったらどうするんだ。その男に自首させるか。それとも消えろ、というのか」

「何」

香田の顔色がかわった。

「石崎がナムディとアブジャを消す可能性があることを、まさか知っていたのじゃないだろうな」

「ふざけるな。そんなことまで知っているわけがない。市場の管理は黙認しても、殺しまで許可するとと思うか」

「そうであるのを願っている」

「あたり前だ！　俺を何だと思っている」

香田は声を荒げた。

「あんたがこの二件の捜査をどこまでやるかで見きわめられる」

冷ややかに鮫島はいった。香田は黙りこみ、やがて訊ねた。

「アブジャを刺した凶器は？」

「現場の料理店のものだ。計算してやがる」

匕首やナイフをもちこめば、殺意の存在が認定される。現場にあった包丁を使ったのは、「かっとなった挙句、手近にあった凶器を手にした」という理由で、万一アブジャが死亡しても、殺人ではなく傷害致死で刑を軽くしようという狙いがあるからだ。

こうした〝知恵〟を使うのは、暴力団特有の犯罪だ。それはつまり、新川らが最初からアブジャを殺すつもりだったのを意味する。しかし裁判所が殺意の存在を認定するためには、新川らが、「上の指示で殺しにいった」ことを検察は明らかにしなければならない。

それはほぼ不可能だ。やくざは決して、「上の指示」で犯行に及んだことを認めないからだ。たとえ一面識もない被害者に対してであろうと、やくざは、「人間として許せないと思った」とか「話しているうちになめられていると感じ、かっときた」という動機を語る。どれほど見えすいた言葉であっても、自供しているなら裁判ではそれが証拠として採用される。殺人の背後関係が暴かれることはない。

組織がしっかりとしていればいるほど、こうした見えすいた殺人の動機がまかり通る。暴力装置としての凶悪さがそこにある。

暴力団による殺人は、実行犯が逮捕されても、真の動機が闇に葬られてしまうのだ。

「客を殺せば、市場にブツをもちこむ人間などいなくなる。そんな馬鹿をなぜするんだ」

香田はいった。

「ナムディとアブジャは追われていた。しかも二人はプロの運び屋でも窃盗犯でもない。つかまれば市場のことをうたう」

「だったらそんな連中から買わなけりゃいいんだ」

鮫島は息を吐いた。ようやく緊張がほどけ、体のあちこちが痛み始めている。

「ずっと考えていた」

鮫島の言葉に香田は眉をひそめた。

「確かにそんな危険なブツを扱うのは妙だ、と。だがいくつか、理由はある」

「いくつか……」

「ひとつ目は、ハシッシュが強盗で奪われた品だと、初めのうちは市場の関係者が知らなかった。もともと田島組系の組織に卸される筈のブツだから、稜知会には情報が入ってこない。とはいえ、卸し先も決めないでハシッシュを密輸する馬鹿はいない。そのあたりの状況を市場の関係者はわかっていなかった」

「それはどういうことだ」

「あくまでも俺の勘だが、市場は今まで、ドラッグの類を扱っていなかったのかもしれん。当初俺が調べ始めたときも、家電製品や宝石などといった盗品の買いとり、故買などの情報が先に入ってきて、ハシッシュも、もちこみ先としてなら考えられる、という話だった。その後、間野がかかわっている可能性がでてきて、妙だ、と思った。奴は麻薬ビジネスはしない、と以前俺にいったことがあり、その理由も経歴がわかった今、あるていど納得できる」

香田はいった。

「南米でコカインを扱っていたのじゃなかったのか」

「それは任務としての話だ。『サクラ』にいた間野はＣＩＡへの現地協力を命じられ、コカインビジネスにかかわった。それが結果、警察と袂を分かつ理由につながった。だからこそ、中南米や中国からの外国人犯罪者とかかわりながらもドラッグを扱わなかったのじゃないかと俺は考えている」

香田の目が険しくなった。

「お前はこういいたいのか。市場を間野でなく、稜知が実効支配するようになったので、ドラッグを扱うようになった、と」

「そうだ。間野を追いだし、市場を乗っとった石崎には、ドラッグを扱わない理由がない。ただし、盗品のドラッグがもちこまれるケースはめったにない。そこにナムディらの話がきた。乗ったものの、筋の悪いブツだというのがあとからわかって、二人を始末することにした」

「それだけじゃ弱いな。どうしてもナムディとアブジャの口を塞がなけりゃならん理由にはならん」

「最後の理由は、呉明蘭だ。市場を支配できても、優秀なバイヤーは簡単には育たない。石崎は、間野から市場と呉明蘭の両方を奪った。呉明蘭の足どりが不明なのは、稜知会の組織力がものをいったのだと考えるべきだ。

一方で、呉明蘭は警察に面が割れていて、市場にとっては両刃の剣だ。呉の知識も必要だが、その存在が市場を危くする。そうとわかっていても、間野が呉を切れなかったように、石崎も切れずにいる。もし、今回のハシッシュの取引に呉がかかわっていれば、ナムディらの口を塞ぐ理由になる」

鮫島は香田の目を見つめた。

「呉明蘭を俺はずっと追っていた。間野はそれに気づいて、稜知会の排除に利用しようとし、失敗した。今日、アブジャの現場に俺が現われたので、石崎にも、まだ俺が手を引いていないことが伝わっただろう。次に石崎が打つ手は何だと思う」

香田は鮫島を見返した。

「俺はそんな取引には乗らん」

「だがそうしなければ、あんたの目的であるところの、稜知会による市場の情報管理は不可能だ、と威されたら」

「お前は勘ちがいをしている。連中とは五分五分の関係じゃない。見て見ぬフリをしてやるから、必要な情報をだせ、といっている。奴らの方からこちらに、あれをしてくれだの、これをしてくれだのと要求できるような立場じゃない」

「あんたがそう思っているだけだとしたら？　最初から不利とわかっていて、そんな条件に乗る奴はいない」

「それだけ追いつめられているんだ。稜知会壊滅を最優先でやってきたのだからな」

「実際にはどんどん勢力を拡大している」

香田は首をふった。

「見せかけの数字だ。確かに傘下団体が増え、比例して組員数も上がっているが、それだけに内部統制は簡単じゃない。上納のノルマを果たせず、組長が夜逃げを考えているような傘下団体だってあるほどだ。たとえ同じ稜知会でもいいところはいいが、きついところは食っていくのがやっとなんだ」

「そこにあんたは新しいシノギを投げてやろうとしている」

「優先順位の問題だ。稜知会の壊滅よりも、外国人犯罪集団の排除の方が重要課題だ。国民の安全に直結しているのはどっちだ」

香田は平然といった。

「ひとつ訊こう」

鮫島は息を吸い、いった。

「向こうの人間と直接会ったのか」

「答えられんな」

おそらくまだ会っていないのだろう、と鮫島は思った。よごれ役は、沼尻や井端が買ってでた筈だ。が、これからはそうはいかなくなる。

「じきにあんたもひっぱりだされる」

鮫島はいった。

「今日の一件で、奴らは、あんたの話とちがう、というのを感じた筈だ。奴らは要求してくるぞ。俺を排除しろ、と」

「挑発しているつもりか。奴らの要求などなくても、俺はお前を排除できる」

「――そういうことか。だからわざわざ五反田くんだりまでやってきたのだな」

鮫島は理解した。ナムディ殺し、今日の事件と、香田は組対部主導で捜査を進めるつもりなのだ。だがそれは背後関係を明らかにするためではない。

「俺がどこまでつきとめているか、探りを入れるのが目的か」

名前を告げないまでも、鈴原の所属先をつきとめたことを明かしてしまったのを鮫島は後悔した。

「何を勘ちがいしている。お前がどこまでつきとめようと、知ったことじゃない。お前の捜査情報はどんな形をとろうと、一度は組対部にあがってくるんだ。俺に内緒で何かできると考える方がどうかしている」

鮫島はこみあげる怒りをおし殺した。その通りだった。その辺のチンピラならともかく、稜知会直系に所属する石崎や鈴原を逮捕しようとすれば、組対部の許可を得ずには動けない。逮捕状の申請すら、待ったをかけられるだろう。

「俺はあんたがコロされていないことを願っていた。だが実際はコロされているより、タチが悪かった。コロされている人間は、金で良心を売るが、あんたは信念で良心を渡しちまっている」

「お前などにわかってたまるか。もう一度訊くぞ。城南支部の組員の名をいえ。これは組対部理事官としての命令だ」

「断わる」

「本気でいっているんだな」

香田は念を押すようにいった。

「だったらどうする」

「以前俺はお前に勝負だ、といった。俺も本気でやる」

「俺のクビを飛ばすか。井端の脅迫の事実を公表する」

「勝手にやれ。井端の退職願いを俺は預かっている」

鮫島は絶句した。

「下の人間をそこまで犠牲にするのか」

「もう止められない。ここまできて手を引いたら、警察は本当にナメられる。稜知会にも、外国人にも、な。最後までやり通すしか、道はないんだ」

傲然と香田はいった。

「いっておくが、組対部長やその上に直訴しようとしても無駄だ。俺の狙いに薄々気づき、賛同してくれている人が警察庁《サッチョウ》にもいる。もちろん何かあれば全責任は俺がとる。その条件において、俺の行動はぎりぎりまで黙認される筈だ」

「ぎりぎりまで、とはどういうことだ」

「俺やお前の他にも、本気の人間がいる、という意味さ。その人たちも、やくざと外国人犯罪集団と、どちらを先に排除すべきか、という問題に俺と同じ答をだしている。ぎりぎりの意味はその人その人でちがうだろうが、末端の一警察官の辞職やマスコミを使ったバッシングていどでは揺るがない、ということだ」

言葉を切り、異様なほど冷たい目で香田は鮫島を見つめた。

「お前は終わりだ、鮫島。たとえ宮本の一件があろうと、警察官としてのお前は、たった今、終わった」

39

「組対部長から私のところに直接電話があった。署長の方にも連絡がいっている。君を服務規程違反で戒告、休職処分にしたい、ということだ」

その夜遅く、野方のアパートに戻っていた鮫島に桃井から電話がかかってきた。

「服務規程違反の理由は何ですか」

「命令不服従。五反田の現場で、捜査情報の伝達を拒否した――」

鮫島は目を閉じた。

「それでどうなります」

「処分に不服のようなら、私と副署長とで状況を聞き、審問会をおこなうよう本庁の方に要求はだせるが、その場合下手をすると懲戒解雇になる」

「その方向でいって下さい」

「だが審問会に並ぶのは、君に対して好意的な人間ばかりではないぞ。君の件となれば、警務部や公安部からも人がでてくる。その中には、君がいまだ現職にとどまっていることすら気に食わない人もいるだろう」

同期キャリア、宮本の自殺から二十年近くがたった今も、手紙の公開を恐れている人間がいる。いや、二十年近くたったからこそ、かつて以上に重い立場にあり、それを失うことを恐れているのかもしれない。

桃井はつづけた。

「その人たちにとってみれば、今回の懲罰は願ってもないきっかけだ。過去の問題に触れることなく、君のクビを飛ばせる」

「審問会にならなければ、香田が稜知会とおこなおうとしていることを明らかにできません。香田は、警察庁《サッチョウ》内にも賛同者がいるような口ぶりでした。あながちハッタリとも思えないのです。つまり、審問会以外の方法でこの話を上にもっていこうにも、どこにもっていくべきか、判断がつかないのです。組対部長は論外としても、生活安全部長ならじゃあ味方になってくれるのか。かりに部長が味方であっても、警察庁の生活安全局長が香田の理解者だったらそこで終わりです」

「確かにそうだな。君と香田さんの問題である限り、判断を下すのはすべてキャリアの人たちだ」

桃井の声は沈んだ。二十七万人の中のわずか五百名の中に、香田と鮫島はいる。そして、鮫島以外の四百九十九名の中に味方はいない。

「すると君は自分のクビと引きかえに香田さんを告発したい、ということか。もしそうなら副署長は乗ってこないだろう」

新宿署の副署長もまたキャリアだ。しかも鮫島や香田よりも年齢が若い。

「私がしたいのは香田の告発ではありません。警察が稜知会の活動にお墨つきを与えるような行為を防ぎたいだけです。もし今回それができなければ、一時的には外国人犯罪集団の取締りに効果があっても、将来に必ず禍根を残します」

「それはわかる。だが君ひとりが背負わなければならないことか。職を失ってまで食い止めても、稜知会がこれで壊滅できるわけではないぞ」

「迷いはあります」

鮫島は素直に認めた。警察官でなくなったときの自分の暮らしを、この一、二週間、想像しようとしてきた。できなかった。

「香田は本当になりふりかまっていません。部下である井端の辞職願を預かっているといいました。おそらく沼尻さんも同様でしょう。万一のときは、自分を含むその三人の退職でもって、ことをおさめるつもりです」

桃井は黙りこんだ。

「奴がクビをかけている以上、私のクビを飛ばしにくるのは当然のことです。それでもまだ――」

稜知会の殺し屋に消させようとしないだけマシだ、という言葉を鮫島は呑みこんだ。

「これは、いってみれば方法論の対立です。奴は買収されたわけでもなく、脅迫に屈したのでもない。本気で日本の治安回復のために稜知会と組もうとしているのです」

「過去、日本がアメリカに占領統治されていた時代だが、同じような話があった。闇市の利権をめぐって外国人勢力と日本人が対立し、警察は無力だったという話を読んだことがある。そのとき多くのテキ屋や愚連隊が日本人側につき、警察はそれを黙認した。さらにその十数年後、共産革命の脅威が生まれたときも、博徒や愚連隊からなる義勇軍の結成を認めるかという話があったそうだ。歴史はくり返すのだろうか」

苦渋のこもった口調で桃井はいった。

「もしかすると、日本人の官憲哲学の中には、外国人勢力の排除に、旧来の職業犯罪集団の力を利用する、という発想が埋めこまれているのかもしれませんね」

鮫島はわざと明るい口調でいった。

「それはつまり、暴力団の根絶は不可能だということか」

「困ったときに力を借りるという意識がある限りはそうでしょう。警察は決して認めないでしょうが、『もちつもたれつ』の関係は、確かにありました」

それを自分は憎んだ。貸し借りを作らず、やくざの顔を立てることになど頓着せず、新宿署で働いてきた。

警察にはふたつの顔がある。キャリアに代表される有能な官吏が公の席で「暴力団壊滅」をうたう一方で、現場警察官は課せられた「拳銃取締」や「違法薬物摘発」のノルマのために、顔見知りの暴力団員の力を借りる。

幹部は清潔で理想的であれ。泥は末端がかぶればよい。

鮫島が許せないと感じる、警察の根本的な体質だった。

だがそれすら崩れようとしている。香田と稜知会とのあいだの密約が効力を発揮すれば、幹部が汚濁にまみれることになるのだ。

その事実が明らかになったとき、現場警察官はどう思うだろう。

「知り合いに信用のできる週刊誌の記者がいる。警視庁記者クラブがあるから新聞はアテにならないが、週刊誌なら――」

桃井がいいかけ、鮫島はさえぎった。

「マスコミは駄目です。現場の人間たちを失望させてしまう」

キャリアは雲の上の存在。自分たちとは世界がちがう。多くの警察官はそう考える。その一方で、キャリアが汚れることは想像もしていない。

キャリアのための無理を強いられるのと、キャリアそのものが汚れることは別問題なのだ。

警察官という職業は、人間の最も人間的な面を直視する。それは情や憎しみの汚泥に首までつかる仕事だ。その頂点に立つキャリアが、非人間的なまでのエリートであることはある意味、必要な要素なのだと、現場の人間は感じるときがある。

人間の最も人間的な面と向きあう仕事の統率者であるからこそ、情に流されない非人間的なエリートがあたるのがふさわしいのかもしれない、と。

無論、人間の何たるかを知り尽くし、酸《す》いも甘いも嚙み分けた者こそが警察の統率者たるには理想かもしれない。が、人のしがらみや世の中の仕組を知って尚、ときには冷徹に法の執行者たることなど、誰にもできるわけがない。それならいっそ、非人間的なエリートが法とシステムに則《のっと》って超然と執行してくれるほうがよほどすっきりしている、というものだ。

だが、香田はエリート主義者ではあるが、エリートではなかった。人間的な怒りを外国人犯罪集団に対して抱き、その怒りのあまり、キャリアが決して越えてはならない線をまたごうとしている。

「マスコミへのリークは駄目です。問題外だ」

鮫島はきっぱりといった。

「それは外から見た警察がどうこうという話ではないのです。しがらみに縛られながらも、善良であることを自分に課している、現場の人たちの誇りを踏みにじってしまいます」

桃井が息を呑むのが聞こえた。

「どちらの立場で、君は今、それを思っている？」

「どちらの立場？」

「キャリアゆえの発言なのか、それとも現場警察官としての発言か」

「わかりません」

鮫島は答えた。本当だった。

40

「アブジャの件やがな、思ったより尾をひいてる。ま、こっちもそれを利用せないかん、と思っとるんやが」

翌日「流通情報局」に明蘭が出社してみると、鈴原の姿はなかった。それ以外のスタッフは全員、何ごともないように仕事をこなしている。遅い昼食を明蘭が終えて会社に戻ってくると、外線が入っていると告げられ、受話器をとった耳に、毛利の声が流れこんだ。

「鮫島ですか」

周囲を見回し、自分のブースの近くに人がいないのを確認して、明蘭はいった。

「それとは別の筋、例の大物や。あいだに入っとるマルＫの人間に連絡を入れ、鈴原の件を何とかするように頼んだ。このままやと、ナムディとアブジャの件にからんで鈴原がひっぱられる可能性がでてくる」

「なぜです」

「鈴原の名が洩れてる。ナムディの前の女がＰ－４の件で知りあいの大阪のフロントにツナギを頼み、たまたま鈴原がそれを知っとったものだから、うちにきた。女は、ナムディを殺されたんでヤケになってマルＫに協力した。それが鮫島だったようだ。間の悪いことに、鮫島はアブジャを消すように手配した現場に現われた。逮捕状がでて、傘下団体の者が二人ほどパクられることになりそうや。それじたいはどうということはあらへん。アブジャが死んでも、傷害致死で四、五年ちゅうところやろう。パクられる奴らは、そっちのことは何ひとつ知らんから、迷惑が及ぶ心配はない」

「そんな話、電話でして平気ですか。マルKは盗聴すると聞きました」

「そこはまだマルKに知られていない。それは確信がある。俺は今、神戸に戻ってるんやが、明日からまたそっちにいくことになりそうや。鈴原は腹をくっとるといってくれてるが、そこを立ち上げたばかりやし、何とか助けたい」

「どう助けるのです？」

「ナムディとアブジャの件は、若い者をいかす。あくまでマーケットとは無関係や。ただ鈴原がP－4の売買にからんだという話が、ナムディの前の女からでている以上、鮫島を止めさせなければならん。そこで例の大物と会って、話をつける」

「お金を払うのですか」

「金じゃ動かんやろ。エリート中のエリートやからな。男と男の話やな。こっちはこうするから、そっちはそうしてくれ、ちゅう奴や。ただ、これを機会に、俺もそいつの顔を拝んでおこうと思ってる。一度でも会えば、互いに知らん顔をできなくなる。今後何があっても都合のいいことをいわせんようにしようと思ってる。そこでお前に相談や」

「わたしに？」

「お前もその場にくるんや。一度鮫島に追われ、古尾明子としてマルKにマークされてる人間が同席したとなれば、その大物もひくにひけん立場になる」

明蘭は理解した。毛利は明蘭を使って、警察の大物の弱みを握ろうとしているのだ。

「鮫島に追われているわたしに会ったら、大物の弱みになる、ということですね」

「その通りや。向こうも相当の用心はするやろう。写真やテープに会った証拠を残すんは、絶対に避ける筈や。けどお前本人がでてきてしまったら、どうもこうもない」

「どこで会うのですか」

「それは今、協議中や。ホテルなんかでおおっぴらに会うわけにいかんやろうから、いい手がないか相談してる」

どこか街を離れた田舎の別荘とかを使うのだろうか。明蘭に思いつくのはそういう場所だ。

「とにかく、この一週間くらいは、いつでも動けるように体を空けといてくれ」

「わかりました」

「それと鈴原は当分、会社にはでられない。奴がおらんでも、下の人間と話して業務はつづけといてくれ」

「大丈夫です」

こういうときこそ信頼できるという証明をする機会だ。明蘭はわざと明るい口調で答えた。

41

休職処分が決まると同時に、鮫島は審問会の要求を桃井と副署長にだした。まずは署内での事情聴取だが、副署長は多忙を理由に、数日間の猶予が欲しい、といってきた。

「おそらくその間に、審問会のメンバーに予定されそうな人たちと事前のすり合わせをしたいのだろう。まだ先のある身だからな」

出署した鮫島に、桃井がいった。

所轄署では、署長がキャリアで副署長がノンキャリアという人事が多い。署員の不祥事が発覚した場合などにマスコミ対応をするのは、ノンキャリアの副署長だ。つつがなく警官人生をつとめあげ、退官を間近に控えた優秀なノンキャリアの〝花道〟として、副署長というポストが用意される。そのかわり、事件に際しては、キャリアの防波堤となることが義務づけられている。

だが新宿署においては逆で、キャリアは署長ではなく、副署長につく。これは新宿という土地の特殊性からきている。多くの暴力団が事務所を構え、風俗業者が軒を連ねる新宿では、いついかなる形で、署長が責任を問われる事態が生じるかわからない。そこで新宿署の署長には初めからキャリアをおかない、という暗黙の了解があるのだ。とはいえ、キャリア不在はもろもろ不都合があるので、副署長ポストにおく。

キャリアにとっても新宿署への配属は、軍隊でいうなら最前線への配属と同じ意味をもち、勤務実績をあげられれば、その後の出世競争で有利に働く。だからこそ鮫島の存在は歴代の副署長には頭が痛い。数年で交代するキャリア人事の中で、新宿署へ配属される人間には、自分のことは〝申し送り事項〟になってきたにちがいない、と鮫島は思った。

「だから私も粘った。君に対する休職処分は、審問会の要求をおこなうための事情聴取をやってから下して欲しい。話も聞かず休職で、いつ審問会が開かれるかわからないでは、あまりに一方的だ、と。もちろんその結果、君が今回の処分を不服としていることは、本庁にも伝わったわけだが。それでよかったか」

「ありがとうございます」

「副署長の話では、来週には時間がとれるということなので、それまで君の処分は保留だ」

鮫島は机上のカレンダーを見た。今日は水曜日なので、あと四、五日は、身分証や拳銃をとりあげられずにすむ。

その間に何ができるだろうか。

桃井の目は真剣だった。

「事情聴取はともかく、審問会でどれだけの証拠をあげられるか、だ。香田さんが稜知会と密約を交していたとしても、具体的な証明ができなければ命令不服従の理由にはできない」

「もし香田が認めなければ、証明は難しいと思います。まず、香田はこれまで直接稜知会の人間とは会っておらず、沼尻さんなどを通しての交渉だった筈です。ただし香田は、すべてを沼尻さんにかぶせようとは考えていません。その点では、いずれは奴も稜知会の人間と同じテーブルにつくときがきます。むろんのこと、後々になって稜知会に有利になるような証拠や言質は与えないでしょうが、少なくとも面と向かいあわずに今後稜知会をコントロールしていくのは不可能です」

「すると審問会で君が密約について述べたとして、香田さんが否定するかしないかで、結果は大きく異なってくるな」

鮫島は頷いた。

「もし香田が、そんな密約のことは知らないとつっぱねれば、たとえ密約の存在を証明できたとしても、責任は沼尻さんや井端どまりです。香田が否定せず、自分は実際にそういう活動をおこなっているが、それは外国人犯罪の抑止に必要な捜査の一環である、と述べれば、審問会は決断を迫られます」

桃井は大きく息を吸いこんだ。

「沼尻と井端の独断専行であったとするなら、君と彼ら二名を処分し、ことをおさめる方向がある。だが香田さんがひらきなおり、自分がやらせた、その何が悪いのだ、といったら、審問会はすべてを認めるか、香田さんを処分せざるをえなくなるかのどちらかだな」

「そうです。香田の口ぶりでは、たとえそうなっても孤立しないという自信があるようでした。ただ、水面下での活動に対する理解と、公の立場での支援は別です。密約の件が審問会で問題となり、香田がそれを認めたとき、果たしてどれだけの人が彼の味方になるか」

キャリアの出世競争は熾烈だ。完全なピラミッド構造である警察官僚の世界において、頂点である警察庁長官のポストはひとつしかない。それを複数の年次の人間が争うのだ。

香田の敵か味方か、旗色を鮮明にした時点で、競争からの脱落が明らかになってしまう可能性もある。

そういう人間たちにとってみれば、重要なのは、外国人犯罪の抑止でも稜知会の壊滅でもない。自らのサバイバルだ。どちらの判断を下せば、今後の自分に可能性をつなげられるかが最大の判断規準となる。そこにいたって、香田や鮫島の警察官人生など何ら意味をもたない。

ある意味、香田のほうが自分より純粋だ、と鮫島は思った。これまでの警察官人生で、鮫島はほとんどすべての警察官僚から敵視され、ときには侮蔑の対象にされてきた。鮫島を理解し、味方するキャリアはひとりもいなかった。

香田は孤立したことがない。常に、どちらかの側についたり、立場を同じくする上司キャリアの下で働いてきた。組対部理事官への着任が香田の希望だとするなら、それが初めての、自らの意思による異動だったろう。おそらくその時点で、香田は以前より、うしろ楯を失っている。簡単にいってしまえば、派閥から離脱したのだ。それに気づいているかどうか。

離れていった者に対し、派閥の側から訣別を告げることはない。したがって香田の中に自覚がなければ、本人にはまだ帰属意識がある。が、公安部外事一課から組対部への異動は、明らかに派閥にとっての〝戦力〟としては減少だ。それを自ら望んだ者を、派閥があと押しする理由はない。

人事には意外性がつきものだから、今後、香田がどのように返り咲かないとも限らない。だからかつての派閥の同僚や上司は、面と向かって香田を敵視するような言動はとらないだろう。その点では、返り咲く可能性がゼロである鮫島とは対しかたがまるでちがう。

香田のいう〝賛同者〟が、果たしてどれだけ実在するのか。審問会の場で、密約に関して香田がひらきなおったとき、初めて明らかになる。

「香田さんが信じるほど、本庁や警察庁に味方はいないかもしれん、と?」

「それはそのときになってみなければわからないでしょうね。しかし、ふりかえってみたら味方がいない、と香田が思うようなことになったら奴は不幸です」

鮫島はいった。

「奴の方が、私より警察という組織を信じてきたわけですから」

桃井は宙を仰ぎ、息を吐いた。

「そうなったら君は失職し、香田さんはどこか小さな署に赴任することになる」

「ええ」

そのとき香田は、警察を辞めるだろう。あらゆる可能性を奪われて尚、警察にとどまれるほど、香田のプライドは低くない。

「結果がそうであるとするなら、いったい君らは何のために闘ったことになるんだ」

警察という組織のための闘いだ、と鮫島は思った。だが、その組織の中枢にいる人々は、そんな鮫島の気持など一顧だにしないだろう、なぜなら、たとえどちらが勝ったとしても、彼らが勝者に対し、褒賞を与えることなどありえないからだ。

まずは新たな市場の所在地をつきとめることだ。市場の所在地をつきとめない限り、香田が稜知会と交した密約の存在を証明するのは難しい。

鈴原宏平は、東急東横線学芸大学のマンションから姿を消していた。予測できた動きだった。アブジャに対する襲撃を裏で操ったのは、石崎と鈴原だ。その鈴原が市場に関係していると鮫島がつきとめたのを、稜知会は気づいている。鮫島にマークされる危険を冒す筈はなかった。

アブジャは意識不明がつづいていた。事件の二日後、鮫島が資料写真から特定した、新川と北詰を含む四名の稜知会系暴力団組員が出頭し、組対部に逮捕された。四人は動機を借金の不払いをめぐる争いだったと供述した。

ハシッシュの取引に関して取調べがおこなわれたかどうかは不明だった。かりに捜査員がつっこんでも四名はもちろん否認する。実際にその四名は市場に関係していないだろうから否認は当然だ。内容が伝わらなくとも、取調べがそこから先へは進まないと鮫島は容易に想像ができた。市場に何の関係もない組の人間だからこそ、連中はアブジャの襲撃を命じられたのだ。

稜知会城南支部にも鈴原は現われなかった。鮫島のマークを警戒し、完全に行方をくらましたようだ。

手詰まりだった。周辺をあたろうにも、もともと関西が本拠の鈴原の交友関係が不明だ。時期を同じくして、坪田由季夫も姿を消していた。

坪田は、アブジャと鈴原をつなぐ存在だ。消されたか、バックの岩泉一家の指示で飛んだかのどちらかだった。鮫島は、以前、情報協力を仰いだ大阪住之江署の大本刑事に問いあわせた。が、地元にも坪田が帰阪しているという情報はなかった。

ナムディからハシッシュを買いとった以上、市場は活動を再開している。そしてそのためには、何らかの形で窓口が不可欠だ。だがその窓口がどこにあるのか、呉明蘭と鈴原宏平を見失った今、知るてだてはない。

週末にかけての四日間を、鮫島は、稜知会や故買屋に詳しい人間たちへの訊きこみに費した。が、めぼしい情報は入らなかった。それは情報が存在しないのでなく、稜知会の締めつけが理由だった。

市場に関して喋れば命が危ないと、すでに多くの人間が知っていた。ナムディとアブジャへの襲撃を、市場に関係したからだと警察は断定できなくとも、裏社会の人間ははっきり理解しているのだ。その状況では、情報が得られる筈もなかった。

週が明けた。水曜日の午後事情聴取をおこなう、という副署長の指示が月曜九時に、桃井に届いた。

桃井は鮫島にかわって、兵庫県警に石崎の行動確認を要請していた。石崎は、この週末、神戸を離れていない。

「石崎は動かない。鈴原と呉明蘭は行方不明。坪田由季夫も所在をくらましている。徹底して市場をガードする気のようだな」

暗い表情で桃井はいった。

「しかたがありません。石崎はかなり頭のきれる男のようです。ナムディとアブジャの口さえ塞げば、あとは頭を低くしているだけだと考えているのでしょう」

「まさかとは思うが、ここをしのげば大丈夫だなどという情報がこちら側から流れているのではないだろうな」

「審問会に関しては、香田もどう転ぶか予測のできない状況です。したがっていつまではおとなしくしていろ、とはいえない筈です。まして香田自身にとっても、ナムディやアブジャへの襲撃は予想外のできごとです。私には市場との無関係をいいはりましたが、腹の中は奴も煮えくりかえっていると思います。そうでなければわざわざ大崎署まで情報をとりにはこなかったでしょう」

「そうすると今回の件が理由で、稜知会側と話しあう必要が生じたということだな」

鮫島は頷いた。

「もし密約が存在するなら、私の捜査はそれに反した行動です。稜知会は香田に抗議をし、私を排除するよう要求してくるでしょう。私への休職処分請求は、それを見こした香田の判断だと思います」

いってから鮫島は気づいた。もしそうなら、香田が稜知会の人間と会うのは、鮫島に対する処分が決定する前だ。万一、審問会で求職処分請求がくつがえるようなことにでもなれば、香田の言葉は効力を失う。

そうなった場合、密約そのものが消えるか、鮫島を排除する役目を稜知会が負うか、だ。

香田は当然、それを予測していた。

「奴は、香田は、私を救おうとして休職処分請求をしたのかもしれません」

桃井は顔をあげた。意外そうな表情を浮かべている。

「君を救おうとして——？」

「私の捜査は、稜知会にとっては約束違反です。市場の管理を任せるといっておきながら、摘発しようとしている。当然、強硬な抗議を香田にするでしょう。私を現場から外せと要求してきます。それができないのなら、稜知会が私を排除する」

桃井は黙りこんだ。しばらく宙を見つめていたが、いった。

「香田さんを信じているんだな」

「警察という組織や、職業としての警察官に対する考え方はまるでちがいますが、奴はまともな警官です」

「広域暴力団と手を結び、犯罪にお墨つきを与えるような人間が、か」

桃井は珍しく語気を荒くした。

「方法論のちがいだと奴は考えています。結果をだすことがまず重要だと。確かに今のやり方をつづけていても、外国人犯罪を抑止するのは難しい」

桃井は息を吐いた。

「犯罪の撲滅に特効性のある方法など存在しない。警察国家のようにすべてを監視するような社会にでもなれば別だろうが、私はそんな国に住みたくはない」

「私も同感です。ですがそれはたぶん現場の人間の考え方で、高級官僚として批判の矢面に立たされる人間は、まったく別のことを考える。政治やマスコミに対して、彼らは答を用意しなければならない。これまで通りのやり方を粛々とつづけるといったのでは、批判はかわせない」

「では、香田さんと君の考え方のちがいは、立場のちがいによるところが大きいと?」

「それだけではありません。性格のちがいももちろんあるでしょう。育った環境や影響をうけた人もちがう」

桃井は首をふった。

「今度の件で、私は自分に対して腹が立ってしかたがない。君の気持を、信念を、本庁や警察庁《サッチョウ》の人たちにわからせたい。だが私の言葉は彼らに届かない。どれだけ大きな声をだそうと、初めから耳を塞いでしまっている人たちには無駄だ。しかもその人たちが愚か者というわけでもない。最高学府をでて、我が国でも選りすぐりの優秀な頭脳をもった人たちだ。なのに見ようとしない、聞こうとしない。いったい自分は三十年以上も、何をやってきたのだろうと思う」

鮫島は無言だった。桃井の言葉は、鮫島の失職を覚悟しているようにも聞こえた。

鮫島の机の電話が鳴った。桃井が自分の机の電話を切りかえ、とった。

「生活安全課、桃井です」

鮫島を見た。

「君あてに外線が入っている。公衆電話からだそうだ」

鮫島は受話器をうけとった。

「鮫島です」

「外線です。村上という男性からです」

交換手がいった。

「つないでくれ」

直後気づいた。ロベルト・村上は、仙田と同じく、間野の偽名だ。

「間野です」

小声でいうと、すばやく桃井は別の受話器をとった。

「鮫島です」

「五反田ではたいへんだったようだな」

間野の声がいった。

「何の話だ」

「ナイジェリア人を保護しそこねたろう」

鮫島は息を吸いこんだ。

「その件について、あんたの意見を聞こうと思っていたんだ」

「取調室でかね」

「もちろんだ」

「それにはまだやることが私にはある。新マーケットの所在地はもうつきとめたか」

「いや、まだだ。だが呉明蘭にとって状況は悪くなる一方だ。殺人と殺人未遂の従犯になるかもしれん」

「指示したのは石崎だ。彼女は何も知らない」

「あんたは新しいマーケットの所在地を知っているのか」

「むろんだ。マーケットに品物をもちこむ人間の中には、今でも私に相談をもちかけてくる者がいる」

「呉明蘭を救いたいなら、マーケットの所在地を教えろ」

「渋谷にきたまえ」

迷ったようすもなく、間野はいった。

「もちろん君ひとりで、だ。そこにいる君の上司も含め、お供がいたら、情報はない」

「会ったらあんたを逮捕する」

「君がそうしようとするのはわかっている。あきらめる男じゃないからな。一時間後に渋谷の道玄坂上だ。携帯電話の番号はかわってないな」

「かわっていない」

電話は切れた。

「この電話は聞かなかったことにする」

桃井がいった。

「間野と接触しない限り、市場の情報は入らない」

鮫島は頷いた。

「今の間野には私に危害を加える理由がありません」

「といって素直に出頭する気があるとも思えない。市場の所在地を教えるだけなら、わざわざ呼びだして会う必要はない」

桃井はいった。

「ナムディとアブジャの一件を奴は知っていました。それに関して何かを伝えたいのかもしれない」

「銃と防弾ベストを忘れずもっていけ。渋谷の道玄坂に市場があるなら、稜知会の人間もそこにいる」

42

関越道上里サービスエリアから姿を消して以降の間野の動向を、警視庁捜査一課及び組対部は、まるでつかめずにいた。その結果、国外逃亡したのではないかと考える捜査員も多かったが、鮫島はちがっていた。

市場と呉明蘭をめぐる争いで、確かに間野は稜知会の石崎に敗れた。さらに藪を傷つけてまで、警察に稜知会を排除させようとした計画も失敗し、間野はすべてを失ったかのように見える。が、稜知会と警察との密約の存在を、間野は知った。

その結果、間野の矛先が香田に向くのではないかと鮫島は危惧した。だが今のところその気配はなかった。

間野が石崎を襲う可能性もないではなかったが、間野にかわって石崎が呉明蘭の保護者となった今、それは考えにくい。なぜなら石崎が襲われ、間野が警察と稜知会の双方から追われる立場になれば、呉明蘭を守る者がいなくなる。間野は市場のビジネスに呉明蘭を引きこんだ張本人だ。たとえ恋愛感情を裏切られたとしても、呉明蘭の運命に責任を感じている。呉明蘭が孤立し、危機におちいるような手段は決してとらないだろう。

間野はまだ呉明蘭に未練をもっているのだ。もし裏切られた憤りで報復を企てるのなら、より早い段階で別の方法がいくらでもあった筈だ。それを選ばなかったことが、間野の気持をあらわしている。

だが、なぜ今になって間野が自分に接触してきたのか、鮫島には不明だった。桃井がいったように、新しい市場の所在地を教えるだけなら会う必要はないし、警察がそれを知って苦境におちいるのは石崎だけでなく明蘭も同じだ。

間野は、稜知会によってこれ以上明蘭が血にまみれる前に、逮捕させたいのだろうか。

しかし捕まれば明蘭はすべてを失う。間野もそれは望まない筈だ。

間野の中にあるのは、やはり香田への憤りだ。それはふたつの理由に根ざしている。ひとつは、稜知会を警察によって市場から排除しようとした計画を妨害されたこと。もうひとつは、元警察官として、キャリア警察官がこの国最大の組織暴力と手を組んだこと。

だがその憤りを晴らすため、市場の新しい所在地を鮫島に教える行動には矛盾がある。なぜなら今さら鮫島がその所在地を知ったとしても、捜査の継続が困難であると、元警察官の間野は予測できるからだ。

間野の目的はどこにあるのか。

渋谷に向かうあいだ、鮫島は考えつづけていた。

国道二四六号の上を首都高速三号線が走り、渋谷駅からつづく道玄坂と交差する道玄坂上に鮫島が徒歩で到着したとたん、携帯電話が鳴った。新宿署からだった。

「話せるかね」

桃井の声がイヤフォンマイクに流れこんだ。

「大丈夫です」

「石崎の行確を依頼していた兵庫からたった今、連絡が入った。石崎が新神戸を十五時五十五分にでるのぞみに乗りこんだ。同列車の東京駅着は十八時四十六分だ」

鮫島は時計を見た。午後五時をまわったところだ。約一時間半後に石崎は東京に到着する。

「香田の行確は可能ですか」

「組対にいる知り合いにこっそり訊いた。香田さんは今日は、外事一課時代の部下との懇親会で五時半に退庁するそうだ」

「懇親会」

「したがって今日の接触はないか、あっても深夜ということになる」

「まだ間野と会っていないので、東京駅に十八時四十六分までにいけるかどうか確信がありません」

「そっちは私に任せてくれ。石崎はたぶん君のメンを割っているだろう。東京駅からの行確は私がやる」

「お願いします」

「連絡できる状況になったら、私の携帯にかけてくれ」

電話を切り、鮫島は周囲を見渡した。間野の姿はない。

そのまま時間が過ぎた。間野はどこからか自分を監視しているのだろう、と鮫島は思った。間野を逮捕するために、周辺に警察官を張りこませていないか、確認するのは当然だ。

五時半を過ぎた。人通りがさらに増え、多くの人々がゆきかっている。

電話が鳴った。公衆電話からだった。鮫島はすぐ近くの道玄坂の中腹にたつ電話ボックスを見た。中は無人だ。

「鮫島だ」

「ひとりかね」

「見ればわかるだろう」

鮫島はいった。まちがいなく間野は近くにいる。だがそれには答えず、間野は告げた。

「渋谷駅に向かって道玄坂を降りるんだ。最初の角を右に曲がれ」

鮫島は言葉にしたがって動いた。

「曲がったぞ」

「そのまま道なりにいくと、二四六号と平行する坂にでる」

「でた」

「つきあたるまで進め」

坂道は途中でとぎれていた。

「つきあたった」

「左手のビルだ。一階に携帯電話ショップがある」

「淀橋ビルか」

「その六階に『流通情報局』という会社が入っている。そこだ」

「それが新しい市場なのか」

「そうだ」

「あんたはどこにいる。姿を現わせ」

鮫島はあたりを見回した。目の前の淀橋ビルには地下駐車場がある。そこから車が一台でてきた。黒のボルボワゴンだ。

思わず目をこらした。運転席に男がひとり乗っている。後部席にも人がいるようだが、濃いスモークシールのせいで判別できない。

ワゴンは、今鮫島が歩いてきた坂を登っていった。それを見送り、鮫島ははっとした。

後部席にいたのは女だった。一瞬しか見えなかったが、呉明蘭に似ていた。

「私は今、横浜にいる」

間野は意外な言葉を吐いた。

「横浜だと？」

「理由を知りたいか」

「呉明蘭が横浜に住んでいるのか」

「さすがだ。彼女は今、馬車道駅に近いマンションに住んでいる」

「会っているのか」

「いや。彼女とはずっと会っていないし、これからも会う気はない」

「じゃあなぜ横浜にいる。ストーカーのように住居を見張っているのか」

鮫島は頭を巡らせながらいった。横浜へは東横線を使えば早い。夕方のラッシュアワーに入り、車で移動するとなると時間が読めない。

間野は黙っている。

「もしもし、聞こえているか」

「聞いている。そこを君がつきとめたとして、何ができる」

「そこというのは、新しい市場のことか」

「そうだ」

「前回のようにじっくり内偵する時間はないだろうな。五反田の件で、俺には休職処分請求がだされている」

「香田理事官からか」

迷ったが、答えた。

「香田からだ。奴は俺を助けるつもりだと思う」

「稜知が君を的にかけないようにか」

「推測だが」

「君らは同期か」

「そうだ」

「なるほど。横浜の中華街にきたまえ。また連絡する」

電話は切れた。

43

「専務、部長から先ほど連絡がありました」

セラーからのメールをチェックしていた明蘭は、富山の声に我にかえった。

「鈴原さんから？」

ついさっき、毛利のメールが携帯電話に届いたばかりだった。

――今そっちに向かっている。鈴原の指示にしたがえ。

新幹線の中から打ってきたようだ。

「車で専務を横浜までお送りしろ、といわれました」

富山はいった。

「それだけ？」

富山は頷いた。

「六時を回ったら、ここをでるようにとのことです」

明蘭は驚いた。

「そんなに早く？　まだセーリングメールのチェックが終わっていません」

富山の表情はかわらなかった。

「それは明日でいいと思います」

でも、といいかけ、毛利のメールを思いだした。

「わかりました。送って下さい」

六時になると富山がブースに現われ、明蘭は仕度をした。他のスタッフはまだ残っている。

「お疲れさま」

「お疲れさまでした」

口々にいいあい、明蘭は富山とともにエレベータに乗りこんだ。富山は地下駐車場に止めていたボルボに歩みよった。

「うしろでお願いします」

ボルボはビルをでて二四六号に入った。カーナビゲーションをチェックし、富山はいった。

「首都高が混んでいるようなので、環八を通って第三京浜に入ります」

「はい」

いつになく富山は無口だ。それに第三京浜道路に入ってからも慎重な運転をした。普段なら覆面パトカーに警戒しながらもスピードをだすのが富山の運転だった。過去何度か、深夜までオフィスに残ったとき、送られたことがある。

ボルボは保土ヶ谷インターチェンジで第三京浜から首都高速に入った。合流は渋滞にかかった。

この時間帯は、車よりも電車のほうがはるかに早い。なのになぜ車で送れと、鈴原は指示したのだろうか。

みなとみらいの超高層ビル群と観覧車が前方に見えてきた。オフィスをでてから一時間近くたっている。

「いつもならみなとみらいで降りるのですが、今日は横浜公園までいかせて下さい」

富山はいった。野毛のマンションに帰るときは、首都高速のみなとみらいの出口で降りるのが一番近い。だが、富山はその先の出口で降りる、といったのだ。

「わたしの家まで送るのじゃないのですね」

「はい。中華街に、社長と部長がおられます」

富山は答えた。

44

横浜中華街は、横浜港に面した山下公園の南側にあった。約五〇〇メートル四方の広さがあり、大小五百の中国料理店、土産物店などが軒を並べている。

中華街のすぐ西側には横浜スタジアムを擁する横浜公園があり、隣接して横浜市役所や中区役所、地裁などが建つ、横浜の中心部だ。また運河をはさんだ南側には元町が、さらに坂を登れば港の見える丘公園、山手といった観光名所が集まっている。

夕刻の食事どきということもあって、鮫島が中華街の東口である朝陽門をくぐると、溢れるほどの人がゆきかかっていた。

中華街の中心部はほぼ碁盤の目の形をしており、東西に走る中華街大通りと関帝廟通りに、南北に走る市場通りが交差し、さらに平行して上海路や香港路、中山路といった路地がある。

料理店の数は二百近くあり、その半数を広東料理店が占め、残りが上海、北京、四川、台湾、福建などといった料理の店だ。

渋谷から東急東横線で元町・中華街駅まで、約四十分の所要時間だった。時計は六時四十八分をさしており、二分前に石崎は東京駅に到着した筈だ。

メインストリートである中華街大通りは、特に人でごったがえしている。広い宴会場をもった料理店や中国雑貨を扱う店が軒を並べているためだ。

鮫島はやみくもに動き回るのをやめ、市場通りとの交差点近くの雑貨店の軒先に立った。

間野は、呉明蘭の住居が馬車道駅近くのマンションだといった。その馬車道駅はまさに今降り立ったみなとみらい線の元町・中華街駅の二つ手前だ。つまり、呉明蘭の自宅とこの中華街はさほど離れていない。

呉明蘭が中国人だからといって、頻繁に中華街に足を運んでいるとは思えない。が、歩き回って万一、呉明蘭や市場の関係者に顔をあわせるような危険は冒したくなかった。

桃井がいったように、市場の関係者は、鮫島の顔を知っている筈だ。警察が暴力団員の写真をそろえるように、広域暴力団も担当する刑事の〝ガンクビ写真〟を集め、内偵に警戒する。

一度も面と向かって会話を交してはいないが、石崎や呉明蘭が鮫島の顔を知っていて何ら不思議はない。

七時になると、鮫島は桃井の携帯電話を呼びだした。

「大丈夫ですか」

「大丈夫だ。今どこにいる」

桃井が訊ねた。

「横浜の中華街です」

「中華街……。そうかっ」

桃井が小さく叫んだ。

「どうしたんですか」

「十八時四十六分着ののぞみに石崎は乗っていなかった。途中下車したと思われるが、こののぞみは新横浜にも止まった」

鮫島は緊張した。石崎が新横浜で下車したとすれば、呉明蘭の住居にまっすぐ向かった可能性は高い。

間野が中華街に鮫島を呼びだしたのは、呉明蘭の住居を訪れた石崎と何か関係があるのではないか。

「電話で間野と話したのですが、呉は、中華街から遠くないマンションに住んでいるようです」

「石崎はそこに向かったのか」

「可能性はあります」

「私もそちらに向かう。また連絡をくれ」

桃井は短く告げて、電話を切った。

鮫島は息を吐いた。間野はいったい何を自分にさせようとしているのか。たとえ石崎と呉明蘭がいっしょにいる場所に踏みこんでも、鮫島は石崎には手をだせない。まだ石崎には何の容疑もかかっていないのだ。かりに参考人としての事情聴取ができたとしても、それによって石崎の逮捕が可能だとはとうてい思えなかった。

七時三十分になった。電話が鳴った。

「今、どこにいる」

「中華街大通りと市場通りの角だ」

間野に鮫島は答えた。今度は公衆電話からではなく、〝非通知〟の回線からだ。

「そのまま中華街大通りをまっすぐ西に進め。二本目の中山路を南方向に折れて、関帝廟通りにぶつかった角に杭州楼という大きな中国料理店があって、二階と三階は個室の宴会場になっている。そこの三〇三号室だ」

「杭州楼の三〇三だな」

鮫島はいって電話を切った。桃井の携帯を呼びだす。電車の車内にいた桃井は小声で応答してきた。行先を告げ、すぐに通話を終える。

奇妙だった。手配されている身の間野がなぜ、中国料理店の個室を指定してきたのか。たとえそこで鮫島と話せても、移動するのは困難だと考える筈だ。そこから呉明蘭の住居まで鮫島が黙って同行するとでも思っているのか。

本来なら杭州楼を組対部や捜一の刑事が囲み、即座に逮捕されて不思議はないのだ。

鮫島は指示された通りに中華街を進んだ。

市場通りの先に平行して香港路という路地があり、その先が中山路だった。そこを左に折れ、関帝廟の方向に進む。

正面に、ひときわ大きい料理店が見えてきた。杭州楼だった。

45

「関帝廟」という建物が見えた。関帝廟は中国でも各地にある、三国時代の武将関羽をまつった廟だ。信義にあつく、理財にたけていたことから商売の神様といわれている。

赤い柱に金箔を張った門柱があり、そこには龍があしらわれ、本殿へと登る雲龍石の石段が立派だ。

本殿への門はすでに閉まっていた。金色の屋根瓦の上で何匹もの龍が泳いでいる本殿に明蘭が見とれていると、ボルボが止まった。

杭州楼という大きな料理店の前だった。

富山がふりかえった。

「ここからはおひとりでお願いします。三階に『祖父江商会』という名で部屋がとってあります。そこへいって下さい」

「『祖父江商会』」

「はい。社長も部長も、もう着いておられます。私はここで失礼します」

「わかりました。ご苦労さまでした」

明蘭はいって、ボルボを降りた。そのまま杭州楼の自動扉をくぐった。チャイナ服を着た女の従業員が、

「いらっしゃいませ」

と迎えた。

「三階に、『祖父江商会』で――」

明蘭がいいかけると、手元のノートに目をやり、

「あ、はい。三〇三号室でございます。奥のエレベーターで三階におあがりになって、通路のつきあたりまでお進み下さい」

告げた。

明蘭は頷いて言葉にしたがった。毛利と鈴原がいっしょにいて、自分を呼びだしたということは、今日ここに、警察の大物もやってくるのだろうか。

三階に登り、通路を進んだ。三階にはみっつの個室があったが、使われているのは奥の三〇三号室だけのようだ。通路に立った男の従業員は明蘭を認めると頭を下げ、奥を示した。

閉じられたドアをノックし、訛のある言葉で、

「お連れさまがお見えです」

と告げ、ドアを開ける。

中は十人ほどがすわれる円卓がおかれた個室だった。テーブルについているのは、毛利と鈴原

の二人だけだ。二人ともスーツにネクタイを締めている。

鈴原が立ちあがった。

「ご苦労さまです。まあ、すわって下さい」

毛利も小さく頷いた。わずかだが緊張しているようにみえる。

「いつ、着いたんですか」

着席し、明蘭は訊ねた。

「十分くらい前やな。新横浜で降りて、まっすぐここへきた」

明蘭は頷き、テーブルの上に目をやった。全部で五人分のナフキンや皿が用意されている。前菜が何品か並んでいたが、手をつけたようすはなかった。

「あの、あとの人は？」

毛利が腕時計を見た。

「あと十分か十五分くらいすればくる。今、下の部屋にいる筈だ」

「下の部屋、ですか」

「我々とは別で、この店の個室で会合をやっているんです。そこを中座して十分ほどここにきて話し、また下に戻るんです。この階の部屋は全部うちがおさえていますが、使っているのはここだけです。政治家なんかがよくやる手でしてね、カゴ抜けっていいます」

鈴原がいって、茶のポットをとりあげた。

「すいません、呼ぶまでは部屋に入ってくるなと従業員にいってあるので――」

注がれたジャスミン茶を明蘭はひと口飲んだ。

「こんなにぎやかなところで会うのですね。わたしはどこか寂しいところで会うのだと思っていました」

毛利を見ていった。

「寂しいところにいくには移動が必要や。けど高速道路の料金所には全部カメラがあるから、どこで降りても、あとから調べれば一発でわかる。しかも移動に片道一時間かけるとなると往復で二時間、話した時間も足せば三時間近く、お互い時間を空けなきゃならん。同じ日に三時間、行方がわからんということになれば、疑われてもしかたがない。だがここで会うぶんには、お互い別々に理由があってきているわけや。この階におる従業員は皆中国人で、日本にきて日が浅いんを用意させた。言葉もわからんし、顔もよく覚えられない。二階から三階にあがって、十分だけここで話し、下に降りる。下でいっしょに宴会をやっているのは皆、マルKの連中や、何かあっても、皆、大物のために口裏を合わせるやろ」

明蘭は頷いた。毛利がここにきて警察の大物と会ったといえるのは、実際にこの部屋にいる者と廊下にいた中国人のボーイだけというわけだ。確かに時間を使って人のいない田舎にいくよりはるかに目立たない方法だった。

「下の連中は六時半から宴会を始めています。もうじき一段落する頃です。そこに電話が入り、中座してこっちにくるという段取りです」

腕時計をのぞき、鈴原がいった。

「鈴原さん、いろいろ大変だったのじゃありませんか」

明蘭がいうと、鈴原は白い歯を見せた。

「いえいえ。もう、どうってことありません。ほとんど片づきました。最後の問題は、例のマルKですが、そいつについても今日会う人が何とかしてくれる筈です」

「何とかならなかったら、こっちで人を用意する。それで静かになる」

毛利がいった。

それはまた人を殺すということなのだろうか。明蘭はどきりとした。だが訊く勇気はなかった。

そのときドアがノックされた。

「お連れさまがお見えです」

紺のスーツを着てショルダーバッグをさげた男がひとり、案内されて入ってきた。痩せて、背が高い。

「ご苦労さまです」

毛利が立ちあがり、いった。明蘭と鈴原も立った。

男が鋭い目で明蘭を見た。

「こちらは？」

「私のアシスタントの菊池めぐみです。菊池くん、沼尻さんだ」

「初めまして」

明蘭は頭を下げた。

「アシスタント？　何をしている人だ」

「こちらの管理を任せています」

沼尻は目を細めた。

「すると呉明蘭か」

「以前の名は」

毛利が答えると、沼尻の表情がかわった。

「石崎さん、そういう話は聞いていない。この人が同席するなら、今日の話はなしだ」

「まあまあ。同じことなのですから。ここでの話はすべて彼女に伝わる。それに予定とちがうのは、そちらも同じでしょう」

毛利が静かにいって沼尻を見つめた。

「何の話だ」

「それを話す前に確認したいことがあるのじゃありませんか。レコーダーや隠しマイクがないか、先にチェックするためにきたのでしょうが」

沼尻はわずかに息を吸いこんだ。

「全員、上着を脱いでもらいたい。彼女はバッグもだして」

毛利は明蘭に頷いた。明蘭は言葉にしたがった。上着やバッグを調べると、

「ボディチェックもさせてもらうぞ」

と沼尻はいった。

「どうぞ」

さらに沼尻はショルダーバッグから、明蘭が見たことのない機械をとりだした。イヤフォンとアンテナがついていて、液晶の表示がある。イヤフォンを耳にさしこみ、アンテナを三人の体に

向けたあと、テーブルの下や天井の照明、壁などを細かく調べた。

やがて納得したのか、機械をバッグにしまった。

「あんたらにもプライドがある。姑息な真似はしないとわかっているが――」

「けっこうです。こんなことは大事の前の小事ですよ。さっきの話ですが、五反田の一件です」

毛利が沼尻を見つめ、いった。沼尻は息を吐いた。

「それについては、ご本人から話がある筈だ」

すると本物の大物はこれからくるのだ。明蘭はテーブルの上にぶちまけられたバッグの中身をしまいながら思った。

ドアがノックされた。スーツ姿でメタルフレームの眼鏡をかけた男が現われた。どこか冷ややかな雰囲気を漂わせている。

全員が立ちあがった。

「お忙しい中をありがとうございます」

毛利がいって、眼鏡の男を見つめた。

「自分は石崎と申します」

眼鏡の男は毛利を見すえた。

「沼尻くんから名前はうかがっています。香田です」

互いに名刺はださない。

「鈴原です」

鈴原が頭を下げた。香田の目が明蘭に注がれた。

「菊池めぐみです」

沼尻が香田に歩みより、耳打ちした。香田の目が動いた。〝でたほうがいいと思います〟という小声が明蘭の耳に聞こえた。

だが香田は動かなかった。毛利を見やり、いった。

「はめたつもりか、我々を」

「人聞きが悪いことをいわんで下さい。私ら一蓮托生、ちがいますか」

「なるほど」

香田はいって、椅子を引いた。

「おもしろい。そういうことならつきあおう」

「理事官――」

沼尻がいった。香田は首をふった。

「こういう形ができてしまった以上、じたばたしても始まらない。それに一度、顔を見たいと思っていた」

明蘭の目を見た。

「あなたのせいでいろいろなことが起きたからね」

厳しい目だった。

「深見さんの件ですか」

毛利がいった。

「深見？　間野総治か。二件の殺人未遂で手配をされている。海外逃亡に慣れた男のようだから、もう国内にはいないだろう」

「殺人未遂?」

「あの男は私の部下ともうひとりの警官を撃って逃走した。二度と戻ってはこられない」

明蘭は目を閉じた。深見はあれからまた誰かを傷つけたのだ。自分のせいで自暴自棄になっているのだろうか。

「時間がないので早速、話に入らせてもらいます。五反田の一件ですが、なぜあんなことになったのか」

鈴原が咳ばらいをし、いった。

「それをいうなら、なぜあのナイジェリア人を殺した」

沼尻がいった。

「その件は出頭した人間のいう通りのことです。連中はうちの金融から金を借りて逃げ回っていた。相当タチの悪い奴らです」

毛利が平然と答えた。

「私の聞いている話はちがう。あの二人は別のナイジェリア人から強奪したハシッシュを君らのところにもちこんだ。なぜ口封じをする必要があったのか、聞かせてほしい」

香田がいった。毛利は頷いた。

「わかりました。ではお話しします。理由はふたつ。ひとつは奴らのブツは、もともと田島組系のところにもちこまれる筈のものだった。奴らが今後田島組の人間につかまってうたえば、まるでうちがかっぱらわせたように思われる危険があった。もうひとつは、鮫島という新宿の刑事さんです。この人はなぜか知らないがしつこく、深見さん、いや間野さんか、を追い回していて、その関係でうちの菊池にも目をつけていた。うちとしては、田島組はともかく、そちらサイドの問題が、まだこの期に及んで生じるとは、夢にも思っていませんでした」

香田は無言で聞いていた。

「それについて香田さんのご意見は？」

鈴原がうながした。

「現在、市場は過渡期にある、と我々は考えている。間野の管理下からそちらの管理に移行する過程で、いくつかの齟齬をきたしたのだろう。そちらのナイジェリア人もそうだし、こちらの新宿の人間に関してもそうだ」

「では今後、そういう事態が決しておきないよう、互いに努力する、ということですか」

香田が毛利を見すえた。

「こちら側の人間に関しては、休職処分に付し、いずれは現場を外すつもりだ。君らがこの問題に対して、早まった解決策をとらないよう、忠告しておく」

「香田さん」

毛利があらたまって呼びかけた。

「少し誤解があるようですね」

「誤解？」

「こちらとそちらの関係ですよ。これは許認可事業じゃない。正直申しあげて、いずれにしてもうちは、マーケットの経営をひきつぐつもりでした。そこへ沼尻さんからのお話があり、ご協力をさせていただく、という形になった。ただそれにはあるていどの時間が必要ですし、こちらの態勢が整うまではいろいろ行き過ぎもあるでしょう。だがそのひとつひとつに目くじらを立てられるとなると、うちとしてこの関係をつづけることに疑問を感じざるをえない」

「石崎さん、それは威しかね」

沼尻が割って入った。

「そうじゃありませんよ。香田さんはたいへん優秀な方だろうから、わかっていただけると思っていっているんです。ご存知のようにうちは大所帯だ。全員がどこで何をやっているかなんて把握しようがない。それを毎度、お宅の誰が何をしたの、かにをしたの、といってこられては困るということです。もしこの件で、うちの全部をコントロールできるようになると考えておられるようなら、それは誤解だと申しあげたいのです」

「もちろん稜知会の動きがすべて、あなたを通して伝わるとまでは期待していない。だが関東での動向については、あるていど把握できる筈だ。そこに外国人犯罪集団をからませないように、あなたから警告をだすことも」

「私はそんな大物じゃありません。マーケットは大きなシノギになりますが、それだけで関東全部を仕切るのは無理ですよ」

「誤解をしているのはそっちのようだ。我々の関係いかんでは、あなたが関東に大きな影響力を与えられるようになる、と私はいっている」

毛利が目をみひらいた。

「そりゃどういう意味ですか」

「稜知会傘下にはいろいろな組織がある。それを我々が整理し、そちらが水面下で統合する。その仕分けの目安となるのが、外国人犯罪集団との関係性だ。我々は現在、外国人犯罪の抑止を最重要課題にしている。ここ数年、外国人犯罪集団は、日本人の暴力団員との混成グループになる傾向が強い。すなわち、お宅らの関係者の中で外国人と手を組む人間がいれば、情報を入れていただきたい。そちらのいうマーケットに関しては、極端に悪質な実行犯によるもちこみ金品以外の取引を認める。具体的には小規模な窃盗、詐欺といった事案の被害品を示している。強盗、あるいは誘拐といった凶悪性の高い犯罪について、情報の提供を希望する。こちらとしては、そうした犯罪が生じた場合は、ただちに被害品の情報を流す。売りこみがあった時点で連絡をもらいたい」

「そいつは難しい。そんなことをしたら、やがて誰もマーケットに品物をもちこまなくなる」

「その心配は無用だ。贓品《ぞうひん》の故買市場というのは、過去からつづいてきたものだし、今後もなくならない。石川五右衛門の見得ではないが、この世から盗っ人がいなくなることはない。外国人犯罪集団の勢力が衰えれば、日本人の窃盗犯が息を吹きかえす。そのときに贓品を売買する市場をそちらが独占していれば、何ら問題はない。小規模な故買屋は淘汰されるだろうし、我々もその方向にもっていく。つまりこれはビジネスモデルとして、君らが問野からうけついだ形より、進化し将来につながる形なのだ」

毛利は深々と息を吸いこんだ。

「本気でいっているのですね」

「この場で冗談や理想を語れるほど、リラックスしてはいない」

不意に個室のドアが開いた。明蘭は息を呑んだ。深見が入ってきたのだ。

毛利があっけにとられたように深見を見つめた。

「誰だ」

沼尻が立ちあがった。深見がいきなり拳銃を抜き、その額に向けた。

「すわれ」

「深見さん、あんた何で――」

毛利が深見を見つめ、いった。

「静かに。君らは重要な証人だ」

「証人だと。何をいってやがる。でていけっ」

鈴原が腰を浮かせ叫んだ。深見の銃口が動き、鈴原に向いた。耳をつんざくような銃声がして、鈴原が椅子ごと仰向けに倒れた。

「深見さんっ」

明蘭は叫んだ。思わず口もとを手でおおっていた。床に倒れた鈴原は目をみひらいている。眉間がめりこみ、そこから血が溢れていた。

「何をする！」

香田がいった。

「手前……。どういうつもりだ」

鈴原を見おろしていた毛利がくいしばった歯のあいだからいった。今まで見たことのない、恐しい顔をしている。

「私が本気だというのを証明するためだ」

深見は落ちついた口調でいった。扉に背を向け、銃をかまえている。

「間野総治……」

香田がつぶやいた。

「いったい何が目的だ」

「じきにわかる」

深見の目が明蘭に向けられた。

「なぜ君がここにいる。すぐにここをでろ」

「えっ」

「ここをでて中国に帰りなさい」

「何をいうとんのじゃ。おのれは気は確かかっ」

毛利が怒鳴った。

「早く！」

「明子はどこもいかんのじゃ」

深見は毛利に銃を向けた。

「やめて」

思わず明蘭はいった。深見は瞬きをした。白い不精ヒゲが頬をおおい、目もとの皺が以前より深くなっている。

「君が彼をかばいたいなら、すぐにここをでろ。さもないと射殺する」

「明子、どこもいかんでええ。ここにおれっ。深見、やれるもんならやってみいや」

「いいのか、それで。じきにここは修羅場になる」

ドアの向こうが騒がしくなった。お客さま、お客さま、という声がする。

「何でもない。騒ぐなっ」

毛利が怒鳴った。直後、ドアがさっと開かれた。従業員をしたがえ、銃を手にした男が立っていた。

「鮫島……」

香田がつぶやいた。

46

ガラスの自動扉のかたわらに「本日の御予約」と表示された黒板があった。三〇三を鮫島は捜した。三階の宴会場を使っての予約はないようだ。並んでいるのは二で始まる部屋番号か、一階と記されたものばかりだ。目を外そうとして、何かがひっかかった。

「二〇三　永江様」

本庁外事一課に永江という警部がいる。井端と同じく香田の下にいたが組対には移らず、外事一課に残った。ノンキャリアだが、外務省に出向し、中国の日本領事館などで勤務した経験がある。

鮫島はそっと息を吸いこんだ。香田は外事一課時代の部下との懇親会にでる、と桃井から聞いていた。

もしここに記された「永江」が、その永江なら、これは偶然の一致ではありえない。

石崎と香田はここで会っているのだ。間野はそれを教えようとした。懇親会は、香田が石崎と会うのをカバーするために設定されたものだ。宴会の途中、香田は別室の三〇三号室に足を向ける。そこに石崎が待っている、という仕組だ。沼尻と永江が相談し、日時と場所を決定した。

自動扉をくぐった。

「いらっしゃいませ」

チャイナ服の上衣を着た店員が声をかけてきた。中国人だ。

「三〇三号室で予約が入っていると思うんだが」

「三〇三号室、あ、はい。祖父江商会さまですね。奥のエレベーターでどうぞ」

従業員は告げた。

「ありがとう」

鮫島はエレベーターホールまで進んだ。かたわらに非常階段がある。エレベーターには乗らず、階段を使って三階まで登った。

鮫島は混乱していた。香田と石崎が密会している現場に踏みこんだとして、自分に何ができるだろう。

おそらくそこには、鈴原や沼尻も同席している。だが、後々、そこにいた顔ぶれを証言するのは鮫島ひとりしかいない。四名がそれを認めることはありえず、この杭州楼の従業員もおそらくない。従業員が喋らない、という確信があったからこそ、この店が選ばれたのだ。

階段に面した従業員用の通路からは、早口で声高な中国語のやりとりが響いてくる。ここは中華街なのだ。考えるまでもなく、店の従業員は、ほぼすべてが中国人だ。たとえ証言が得られても、日本にきて日の浅い中国人では、その信憑性は乏しい。

桃井の到着を待つべきか。だがそれをすれば、香田と自分の争いに桃井を巻きこむことになる。鮫島は迷った。

三階の踊り場に達すると、通路との境にあるスイングドアを押した。

それを背に立っていた従業員がいて、驚いたようにふりかえる。

「お客さま……」

訛のある日本語でいった。そのとき、通路の奥で、バン、というこもった銃声が響き、大きなものが倒れる音がつづいた。

従業員はびくりとして、目を通路に戻した。

鮫島は肩からさげていたショルダーバッグを開いた。中に防弾ベストが入っている。着けての移動は目立つしかさばるので、バッグに入れていたのだ。

上着を脱ぎベストを着けた。腰のホルスターに差した銃が露わになると、従業員は目を丸くして後退った。

「大丈夫。私は警官だ」

身分証を提示する。従業員は不安げに瞬きした。二十代半ばの男で、白いシャツに黒い蝶ネクタイをしめている。

「一一〇番をして、警察を呼んでくれ」

「でも――」

怒声が聞こえた。

――気は確かかっ。

別の従業員が通路の反対側から現われた。目の前の男より年配で、騒ぎに気づいてやってきたらしい。中国語で若い従業員に話しかけ、通路の奥へと向かった。

「お客さま」

つきあたりの個室のドアをノックして呼びかける。

「お客さま」

「何でもない。騒ぐなっ」

扉の向こうから叫び声が返ってきた。鮫島は二人の従業員を押しのけると、小声で、

「退がって」

といった。ニューナンブを抜き、個室のドアを開いた。

マカロフを手にした間野の姿がまず目にとびこんできた。正面に口ヒゲを生やした体格のいい男がいる。石崎だった。そのかたわらで目をみひらいているのは呉明蘭だ。そして床に倒れこんだ男の体をはさんで、沼尻と香田がいた。

「鮫島」

香田が低い声でいった。鮫島は床の男を見た。鈴原だが、ひと目で死んでいるとわかった。仰

向けに倒れ、後頭部の下に大きな血だまりができている。

わっという叫び声が背後であがった。鮫島につづいて室内をのぞきこんだ従業員が鈴原の死体に気づいたのだ。二人は通路に駆けだしていった。

「間野！」

鮫島は間野に向き直った。間野は無言で部屋の中央にある円卓を回りこんだ。銃口は石崎から、香田と沼尻へと向けられた。

部屋の奥、全員を見渡せる位置へと移動し、間野はいった。

「部屋の扉を閉めてくれないか」

「何をいってる、銃を捨てろ。いったいこれはどういうことなんだ」

「鮫島警部、今は議論しているときではない。私の指示にしたがうか、犠牲者が増えるかだ」

間野の銃が沼尻の顔に向けられた。

「待て」

鮫島はいって、ドアを閉めた。間野は鮫島が手にしたニューナンブを見やったが、気にするようすはなかった。

鮫島はドアを背に向きなおった。

「そっちの要求は呑んだ。まず、銃をテーブルにおいてもらおうか」

間野の口もとに笑みが浮かんだ。最後に会ったときよりひどく老けこんだように見える。

「まだだ。いずれ投降はするが、今はその段階ではない」

「自分が何をしているのかわかっているのか」

香田がいった。間野は香田を見ずにいった。

「あんたは静かに。確かにこの場の階級はあんたが一番上だろうが、鮫島警部と私は話している。なぜかわかるか」

マカロフを掲げた。

「ここで銃をもっているのは、私と鮫島警部だけだ。こういう場合、攻撃力の高い者が指揮権をもつ」

「それが何だっちゅうんじゃっ」

石崎が怒鳴った。今にも間野にとびかかりそうだ。

「よせ」

鮫島はいった。

「お前には何も訊いとらんわ。そのチャカよこせ！　このガキ弾いたるっ」

石崎は怒鳴り返した。

間野が銃口を石崎に向けた。石崎は目をみひらいた。

「やるんか。やるんやったら、やれやっ」

「話を鮫島警部がくる前に戻そう。明子、この部屋からすぐにでなさい」

呉明蘭は間野を見つめた。顔はまっ青だが、自分を失ってはいないようだ。

「嫌です。でるのなら、毛利さんとでます」

間野の顔がわずかに歪んだ。

「大丈夫だ。毛利が手をださなければ、私は撃たない」

「じゃあ、いっしょにでていきます！」

呉明蘭はいって、石崎の手をつかんだ。毛利というのは石崎の偽名のようだ。

間野が首をふった。

「それはできない。彼はここに残らなければならない」

「いったい何が目的なんだ」

香田が訊ねた。間野が香田にふり向いた。

「教えよう。あんたを射殺することだ、香田警視正」

「馬鹿なっ」

「馬鹿なことをいうな」

沼尻と鮫島は異口同音にいった。

「馬鹿なことではない。警察官ひとりが死んだところで組織が何もかわらないのなら、確かにそれは意味のない行為だ。だがこの場合、香田警視正の死は、警察全体に大きな影響を及ぼす。なぜか。稜知会幹部と同席の場で射殺された理由を、多くの人間が知るからだ」

香田の顔がひきつった。間野は石崎と呉明蘭に目を向けた。

「そういうわけなので、君にはここにいてほしくない。鮫島警部の応援が駆けつける前にでていくんだ」

呉明蘭は石崎を見つめた。石崎は大きく肩で息をすると吐きだした。

「それがほんまなら、お前はここをでたほうがええ。巻き添えをくらうことはない」

呉明蘭は首をふった。間野に目を移す。

「嫌です」

「何をいっている。私も毛利も君のことを考えているんだ」

間野がいった。わずかだがいらだちがこもった口調だった。

「わたしはそんなに弱い人間ですか。深見さんはいつもいつもわたしを守ろうとして、大切な場所から遠ざけてきました。それはつまり、わたしが何もできないと考えているのといっしょです。わたしはわたしに何ができるかを証明したかった。深見さんの恩に報いるために。深見さんの……気持に応えるために。なのに、深見さんは一度もそういう機会を与えてくれなかった。わたしは花じゃない。飾っておいて、眺めるだけなんて嫌です」

間野が息を詰まらせた。呉明蘭はつづけた。

「毛利さんは、女としても人間としてもわたしを認め、いろんなことを任せてくれました。それがとても嬉しかった。わかりますか。愛されるだけじゃ人間はつまらないんです。愛されたら愛し返したい。それを深見さんはさせてくれなかった」

間野は目をみひらき、呉明蘭をただ見つめている。後悔と苦渋のにじんだ顔になっていた。

「もう、ええ」

石崎が低い声でいった。

「はよ、ここをでるんや」

呉明蘭は石崎に向きなおり、首をふった。

「嫌です。あなたが殺されるかもしれないのに、ひとりだけ逃げたくない。たとえ殺されても、刑務所に入れられてもここにいる」

石崎は目を閉じた。

「阿呆やな、お前」

呉明蘭はきっと香田を見すえた。

「その人を殺すのなら、早く殺して下さい！」

間野は目をみひらいた。

「君がそんなことをいうとは思わなかった」

「わたしを何だと思っていたんですか。わたしは中国人です。偽のパスポートとビザでこの国にきて、毎日毎日、恐い思いをしながら生きてきました。警察が恐い、入国管理局が恐い。でもお金持になりたい。嫌な日本人、嫌な中国人、いっぱいいいました。でも泣いて中国に帰るのは絶対に嫌でした。必ず勝つ、必ずお金持になる、そう決めて生きてきたんです。それは、深見さんにも毛利さんにもわからない。わたしだけにしかわからない」

間野は目をそむけ、長い息を吐いた。鮫島は口を開いた。

「間野、もう充分だろう。あんたの目的は、これで達せられた」

間野は無言だった。その間に、沼尻がじりじりと近づいていた。香田をうしろに押しやり立ち位置を入れかわろうとしている。

「そうはいかない」

間野は顔をあげた。

「君は、私が警官だった事実を忘れている。今ここで私が投降すれば、ここで何が話し合われていたか、明らかになることは永久にない。警察は警察を守るためにその事実を公表しない。そして最悪の場合、ここにいる連中の考えは実行に移されるだろう」

「それの何がいけない!?」

香田が強い口調でいった。

「お前が警官をしていた時代とは何もかもがちがうのだ。この国の治安は、確実に、外国人勢力によって蝕まれている。中国人だけではない。韓国人、ロシア人、ナイジェリア人、犯罪のプロどもが次から次へと上陸し、好き放題にこの国を食い荒している。まず日本人としてそれを食い止めるのは当然だろう。いいか、東西冷戦や、極左暴力集団の跋扈など、今となっては牧歌的とすらいえる時代になっているのだぞ」

「では訊こう!」

マカロフの銃口をさっと香田の顔に向け、間野は叫んだ。

「バリ封をしている最中、誰かがお前を公安のイヌだといいだしたら、どういい逃れをする!?」

鮫島ははっとした。間野は同じ問いを井端にぶつけ、答が正解ではなかったという理由でその膝を撃ち抜いた。

ニューナンブを間野に向けた。

「よせっ、間野」

間野は見向きもしなかった。銃の狙いをつけ、香田をにらんでいる。

「答えろ、香田警視正。まちがえれば、あんたは殉職する」

香田の呼吸が乱れた。やがていった。

「そんな問題に正解などない。こうすれば助かるとわかっているなら、誰もがその答をいう。そしてその結果、スパイであるかどうかの問いなど意味をなさなくなる」

間野の口もとに笑みが浮かんだ。

「正解だ。だがそれを知らされずに送りこまれた多くの者がリンチにあった。命を失い、あるいは体のどこかを失って、それでも警察という組織を信じて、ぶら下がりつづけた。なのにお前は、その警察という組織を汚泥にまみれさそうとしている。正解を知っているがゆえのその愚行は万死に値する！」

銃口をつきだした。その直後、沼尻が香田をつきとばし、間野に躍りかかった。マカロフが二発発射され、沼尻の体がのけぞった。

「間野！」

鮫島は叫び、ニューナンブの引き金を絞った。間野の体が個室の壁に叩きつけられた。が、倒れることはなく、鬼のような形相で間野は叫んだ。

「まだだっ」

マカロフが立ちすくんでいる香田を狙った。鮫島はさらに二度、引き金を絞った。ドン、ドン、という銃声とともに、間野の体が揺れ、壁にもたれかかるように倒れこむと、ずるずると尻もちをついた。みひらいた目で鮫島を見ている。

背後の扉が勢いよく押し開かれ、勢いで鮫島は前のめりになった。桃井と防弾ベストを着けた警官がなだれこんできた。

鮫島は円卓を手で押しのけ、間野に走りよった。沼尻がそのかたわらに倒れ、目を薄く開いて浅い息をしている。

「救急車ぁっ」

「一台じゃ駄目だ！　二台！　いや、三台、三台！」

叫び声がとびかう中、間野の顔をのぞきこんだ。間野の顔はかたわらの沼尻と比べても、まるで血の気がない。鮫島の放った三発は間野の腹と胸に命中していた。おびただしい出血が、沼尻や鈴原のものともあわさり、膝をつくとびしゃりと音がするほど床にたまっている。

「間野っ、しっかりしろっ」

鮫島は叫んだ。それに応えるように間野は瞬きした。唇がわなないた。

「何だ、何だっ」

鮫島は耳を寄せた。今目の前で、人がひとり死のうとしていて、それをもたらしたのが自分だという事実に対し、怒りとも悲しみともつかない激しい混乱だけがあった。

あ、という声が聞こえた。

「あ？　明子か!?」

鮫島は頭上を仰ぎ、呉明蘭を捜した。だがその姿はなかった。石崎や香田とともに室外へ連れだされていた。

突然、ごぼごぼっという音がして、鮫島は間野に目を戻した。口から大量の血が溢れでた。

「間野ぉっ」

間野は答えなかった。その瞳から光が失われていくのを、鮫島はなす術もなく見つめていた。

47

パトカーに乗せられてからも明蘭はまっすぐ前を向いていた。毛利とは離れてしまったが、たぶんすぐに会えるだろう。

これからどんなことが自分の身に起こるのかはわからない。だがここは中国ではないので、死刑になることだけはない、とわかる。

あの大物を結局、深見は殺せなかった。かわりに、たぶん自分が死んでしまった。深見は最初の計画通り、鮫島を殺すべきだったのだ。そうすれば、自分が撃たれずにすんだ。殺されるのは負けだ。生きのびた人間だけが、次のチャンスを待つことができる。

自分と毛利は生き残った。

深見の死は、きっとあとになって自分の心の中に何かをもたらすだろう。今は、ただの鈍い痛みだ。なぜなら深見は最後まで、明蘭をただの〝花〟としか見ようとしなかったからだ。

死ななければきっと、〝花〟ではなく、動いて獲物を狩る獣だとわかってくれたろうに。

たぶんわたしが一番落ちついていた、と明蘭は思った。わたしを傷つけることは、誰も望んでいなかったから。

パトカーがバウンドし、周囲が暗くなった。どこか建物の中に入ったのだ、と明蘭は気づいた。

警察につかまるのは初めてだ。いったい、いつ自由になれるのだろうか。マーケットのビジネスに戻れるのはいつで、上海でさらに大きなビジネスを始めるまでには、あと何年かかるのだろう。

だが必ず始める。もしかすると何年か刑務所に入れられ、そのあと中国に強制送還されるかもしれない。そうなったとしても、負けはしない。

今度のことで、自分はさらに強くなった。

48

水曜日の午後一時、署長と副署長による事情聴取がおこなわれた。桃井は立ち合いを許されず、鮫島との三人だけの事情聴取となった。

副署長は、鮫島より十歳以上若いキャリアだった。席上、開口一番に副署長が告げた。

「諸般の事情が大きくかわりました。あなたの処遇については、本庁の指示を待ちたいと思います。したがって今回のこの事情聴取は審問会を前提としたものではありません」

ひどく緊張している。

「どういうことでしょうか」

鮫島は訊ねた。三十一歳のキャリアは無言だった。鮫島はかたわらの署長を見た。

署長も答えない。鮫島は息を吸い、いった。

「私の要求した審問会はおこなわれない。それなしで、私の処分が決定される、ということですか」

署長が咳ばらいをした。副署長が制服からメモをとりだした。何度も折り曲げては広げたらしい跡がある。身長は採用規準ぎりぎりの高さで、分厚い眼鏡をかけ、年齢のわりに頭髪が後退している。

「ええとですね。あなたに対する休職処分請求は、昨日の時点でとりさげられています。それと同時に組対部の香田理事官は辞職願を総監に提出されました」

署長がつづけた。

「当該事案である五反田での命令不服従に関しては、そういう事実はなく、香田理事官の誤解によるものだった。現在、問題となっているのは、横浜中華街レストラン内における発砲と、被疑者死亡に関しての法的妥当性だ。広報部は問題はなかったと考える、と発表しているし、君が応援要請をおこなったが、それを待つ余裕がなく突入した事実に虚偽性がないことは、桃井課長やレストラン関係者の証言からも明らかだ。したがって、厳しい判断は下されないものと思われる」

鮫島は下を向いた。

「そうですか」

と低い声でいった。副署長がいった。

「私としては、異動願をあなたが提出されることを期待します。本署に長く勤務されたことで、あなたにも相当、肉体的精神的負担がかかっているのではないでしょうか」

鮫島は顔をあげ、副署長の顔を正面から見すえた。副署長はたじろいだように瞬きし、息を吸いこんだ。

「そのお話は、検討はさせていただきますが、たぶん難しい、と思います」

「難しい、とは？」

鮫島は微笑んだ。

「私を受け入れて下さる部署、そして部署長が、本庁、及び本庁管内の各署にあるとは思えません。それに何より、私はこれからも新宿警察署においての勤務続行を希望いたしております」

署長がそっとため息を吐き、いった。

「わかった。部署に戻って下さい」

副署長はまだ何かいいたげにしている。が、鮫島が見ている間に適当な言葉を思いつけなかったようだ。

「ご苦労さまでした」

とだけ、いった。

署長室をでた鮫島は、生活安全課で待っていた桃井に、内容を報告した。

「――そうか。香田さんは辞職願をだしたか。無理もないな。沼尻は命をとりとめたものの、全治三ヵ月だからな」

桃井はいった。石崎は事情聴取のあと、とりあえずは釈放されている。呉明蘭に関しては、神奈川県警からの移送を待って、本格的な取調べを始めることになっていた。

「ずっと考えていたんです」

鮫島はいった。

「何を、だね」

「間野は、本気で香田を殺すつもりだったのでしょうか」

「他に何がある？　鈴原を射殺し、沼尻も撃った。香田さんだけを助ける理由はない」

「確かに鈴原の射殺は確信犯です。自分が本気であると示す必要があった。沼尻さんについては、弾みだったかもしれません。問題は奴がわざわざ私を呼びだしたことです」

桃井は黙った。

「あの場には、第三者が必要だった。その目前で、香田を殺すと間野は宣言したわけですが、結果として間野が死亡しても同じことだった。香田は辞職願をだした。それはつまり、奴と稜知会の密約が無効化したのを意味します」

「間野は死ぬつもりだったと？」

鮫島は桃井を見つめた。かつてこの上司は、鮫島を救うために、拳銃密造犯を射殺した。今、自分にも「被疑者射殺」という重い荷が課せられることになった。

「私に撃たれるつもりだった。それは確かです」

長い沈黙ののち、桃井はいった。

「君は、そう感じたのか」

「はい」

桃井は天井を見上げた。そのまま二人とも口を開かない時間が流れた。

突然、あたりがにぎやかになった。別件の捜査で出動していた複数名の課員が戻ってきたのだ。

桃井にはその報告をうける義務がある。鮫島を見やり、告げた。

「通常の職務に戻りたまえ。ご苦労さまでした」

鮫島は頷いた。なぜだかはわからないが、〝通常の職務〟という言葉を聞いた瞬間、鼻の奥が熱くなるのを感じた。

後記

以下の本を参考にさせていただいた。記してお礼を申しあげる。

『都市の思想』 吉原直樹 編著 青木書店

『〈都市的なるもの〉の現在』 関根康正 編 東京大学出版会

『都市と消費の社会学』 J・クラマー 著 橋本和孝・堀田泉・高橋英博・善本裕子 訳 ミネルヴァ書房

『麻薬と紛争』 アラン・ラブルース、ミッシェル・クトゥジス 著 浦野起央 訳 三和書籍

『日本の公安警察』 青木理 著 講談社現代新書 講談社

『公安警察スパイ養成所』　島袋修　著　宝島社
『乱用薬物密造の化学』　薬師寺美津秀　著　データハウス
『これが麻薬だ』　剣持加津夫　著　立風書房

また光文社図書編集部、渡辺克郎、田中省吾両氏には、いつものように叱咤激励され、ようやくここまでたどりつくことができた。
ありがとうございました。

大沢在昌

◎初出◎「小説宝石」２００５年１月号から２００６年９月号の連載に加筆・訂正。

大沢在昌（おおさわ　ありまさ）

一九五六年名古屋市生まれ。七九年に「感傷の街角」で第一回小説推理新人賞を受賞してデビュー。九一年『新宿鮫』で第一二回吉川英治文学新人賞と第四四回日本推理作家協会賞長篇部門を受賞。また「眠らない街　新宿鮫」のタイトルで九三年映画化された。「新宿鮫」シリーズは爆発的な人気を博し、シリーズ第四作の九四年『無間人形』で第一一〇回直木賞受賞。他にも数多くの著作があり二〇〇四年には『パンドラ・アイランド』で第一七回柴田錬三郎賞を受賞している。現代日本を代表するエンターテインメント作家。公式ＨＰ「大極宮」
http://www.osawa-office.co.jp/

狼花《おおかみばな》　新宿鮫《しんじゅくざめ》Ⅸ

二〇〇六年九月二十五日　初版一刷発行

著　者　大沢在昌
発行者　篠原睦子
発行所　株式会社　光文社
〒一一二―八〇一一　東京都文京区音羽一―一六―六
電話　図書編集部　〇三（五三九五）八二五四
販　売　部　〇三（五三九五）八一一四
業　務　部　〇三（五三九五）八一二五

印刷所　萩原印刷
製本所　ナショナル製本

ISBN4-334-92518-9